ŞÜPHELİ ÖLÜM

Irina Andreeva

ŞÜPHELİ ÖLÜM
IRINA ANDREEVA

Yazarı (Author): İrina ANDREEVA
(Georgian & Russian & Turkish Novelist & Author)

Sayfa Düzeni ve Grafik Tasarım: E-Kitap PROJESİ
Editorial & Kapak Tasarım: © E-Kitap PROJESİ
Yayıncı (Publisher): E-KİTAP PROJESİ
  http://www.ekitaprojesi.com, MURAT UKRAY

Yayıncı Sertifika No: 45502
Baskı (Print): INGRAM INC.
İstanbul, Nisan 2025
  ISBN: 978-625-387-089-8
  E-ISBN: 978-625-387-088-1

İletişim ve İsteme Adresi:
E-Posta (e-mail): irina_andreeva09@hotmail.com

İNSTAGRAM: www.instagram.com/irinaandreeva.official

Cevap ve yorumlarınız için:
{For reply and your Comments}
  http://www.ekitaprojesi.com/books/supheli-olum
www.facebook.com/EKitapProjesi

© Bu eserin basım ve yayın hakları yazarın kendisine aittir. Fikir ve Sanat Eserleri Yasası gereğince, izinsiz kısmen ya da tamamen çoğaltılıp yayınlanamaz. Kaynak gösterilerek kısa alıntı yapılabilir.

Yazar Hakkında

İrina Andreeva, 1970 senesinde Gürcistan'ın Dedoplisckaro kasabasında fakir bir ailede dünyaya geldi. 1992 senesinde Tiflis'te meslek yüksekokulunu bitirdi ve o senelerde güçlü bir bağımsızlık hareketiyle sarsılan memleketini terk ederek, hayatını kazanmak için annesinin memleketi olan Rusya'ya yerleşti. "Hayat dipsiz bir kuyu", sözünü sık sık dile getiren yazar, şimdilerde yaşamını Türkiye'de, iki oğlu ve eşiyle sürdürmekte.

Kitapları:

1. ATEŞLE DANS. (Basılmış kitap)
2. KARANLIKTAKİ SOLUK. (Basılmış kitap)
3. ŞÜPHELİ ÖLÜM. (Basılmış kitap)
4. KEMİKTEN YAPBOZ (Basılmış kitap)
5. KANLI NOTALAR (Basılmış kitap)
6. VE DİĞER KİTAPLAR (Basıma hazırlanıyor..)

Kendime bir pencere açtım, oradan annemin ayak izlerini takip ediyorum. Onun insanlığına hayranım.

Kızı olmaktansa gurur duyuyorum.

Bu kitabı anneme ve annem gibi tozlu yollarda yürüyen ülkemin insanlarına ithaf ediyorum.

GİRİŞ

BİRİ BENİ VİCDAN DAMARLARIYLA ÖRÜLMÜŞ İDAM İPİNDEN KURTARIR MI?

Lilia.

ÖLÜME İLAÇ BULACAĞIM.

Stefan.

Kızının ölümünü kabullenemeyen Lilia, kendini içkiye verip beklemediği şekilde eline silah alır. Mahvettiği kaderinden kaçmak için memleketini terk etmek zorundadır. Başka çaresi olmadığını düşünen Lilia, Soçi'de yaşayan, bilinmez sebeplerden kaybolan ikiz kardeşinin kimliğine bürünür. Çıkmaz yollara giren Lilia hayatta kalmayı başaracak mı? Ona deli gibi aşık olan Stefan eski kimliğini kazanmasına yardımcı olacak mı?

1.

"**M**erhaba Lilia!"

Sesi işittiğimde tabaktan kafamı kaldırdım. Karşımda sarışın, gür saçlı, kırk yaşlarında bir adam duruyordu. Bu yabancı adamın gözlerinde keskin acıya bürünmüş ifadeye rastladım. Kimdi bu adam ve beni nereden tanıyordu? Nodari'nin iş arkadaşı ya da onun çevresinden biri olsaydı tanırdım herhalde. Bu restoranda en mutlu günlerimizde Nodari ile görüştüğümü bilen biri olmalı. Hayır, o da olamazdı, çünkü yaklaşık iki senedir buraya uğramıyorduk.

"Oturabilir miyim?" sorusuna sadece başımı evet anlamında sallayarak karşılık verdim. Karşıma geçip oturdu, ellerini masaya koydu. Hafifçe öne eğilerek, "İyi misin?" diye sordu. Neden bahsediyordu bu adam, yoksa başıma gelenleri mi biliyordu? Sustum. Adamın yüzüne merak dolu bakışlarımı diktim. Beni çok iyi tanıyormuş gibi izliyordu. Belki de tanıyordu. Votka dolu bardağı kaldırıp dudaklarıma götürdüm. İçkiyi içimi çekerek yudumladıktan sonra kaşlarımı kaldırarak şaşkınlığımı ifade ettim. "Ben Katya'nın babası Viktar." deyince beynimden vurulmuşa döndüm. Elimdeki çatalı tabağa düşürdüm ve şaşkınlıktan açılan ağzımı titrek ellerimle kapattım. "Sakin ol, buraya seninle kavga etmeye gelmedim! Acımız aynı, sen de kızını kaybettin. Kendini suçlasan da bu senin suçun değil, bir kazaydı."

"Siz?" diyerek parmağımla kendisini işaret edince adam:

"Ben yurt dışında idim. Oradan cenazeye gelmem imkansızdı. Ama dün buradaydım. Mahkemede kızımın ölümüne sebebiyet veren adamın ağır yargılanması için adaletten gerekenin yapılmasını bekledim, ama maalesef..."

Yanımıza garson yaklaşınca adam sustu. Garsondan içki isteyip sigarasını yaktı. Garson uzaklaşınca masaya dirseklerini koyup yüzünü avuçların arasına aldı. Omuzları titriyordu. Sesini bastırmaya çalışsa da ağladığını anlıyordum. Çevreye bakarak tutamadığım iri gözyaşlarımı silmek için acele ettim. Eğilip omzuna dokundum. Başını kaldırdı ve ıslak yüzünü avuçlarından kurtardı. Sigaradan ciğerlerine en güçlü şekilde bir nefes çektikten başını hafifçe çevirerek dumanını dışarıya verdi.

"Bu sene hazırlığa gideceklerdi, seneye okula. Onu en kaliteli okula vermek ve geleceğini en iyi şekilde inşa edebilmek için gurbette, acımasız insanların ağzına bakarak eşek gibi çalıştım. Ama..." adam kederinden daha fazla konuşamadı.

İç geçirdim. Kaşlarımı çatıp, yüzümü bir cesede bakar gibi iğrentiyle buruşturdum. Başımı olumsuzca salladım. Koluna dokundum. Çok şey söylemek istesem de sustum. Adamın dudakları tekrar kıpırdadı: "Rüyalarımda mı düşlerimde mi bilemiyorum, defalarca adamı öldürdüğümü görüyorum inan..." diye fısıldadı ve kısa bir duraklamadan sonra ekledi: "Bazen çok gerçekçi geliyor. Başka türlü kendime gelemeyeceğimi düşündüğüm anlar oluyor."

Onu çok iyi anladığım halde, başımı sadece olumsuzca sallamakla yetindim. Adam bana "Bir şeyler söyle, susmak iyi gelmez. Biliyorum oradasın, o ölüm çukurunda... Nasıl bir acı içinde boğulduğunu bilirim. Çünkü ben de senin düşündüğünü düşünüyorum, ben de senin hissettiklerini hissediyorum." dedi.

"Keşke hayatı o günde durdursaydık. Bu olanları hiç yaşamasaydık." dedim.

"Ama yaşandı değil mi? İhmal olmasaydı yaşanmazdı. Sebebiyse o pislik! Üstelik şimdi serbest, basit bir para cezasıyla kurtuldu. Buyur, şimdi bu öfkeyle yaşa! Yaşa bakalım eğer yaşayabilirsen..." dedi ve masanın üzerine koyduğu ellerini yumruk yapıp sıktı. Gözlerini kıstı. Derisinin altından çene kemiklerinin oynadığını görüyordum. Büyük ihtimal o da benim düşündüğümü düşünüyordu, adamı ölüme nasıl göndereceğini... Votkadan iri bir yudum aldı ve gözlerini kısarak kalabalığın içinde gördüğü karanlığa baktı.

"Zaman acıyı hafifletir diyorlar, ama yalan... Ben bu saçmalığa inanmıyorum. Evlat acısı dinmez, nasıl dinecek ki..." dedi. Başımı salladım:

"Haklısın, her yerde kızımı görüyorum. Şimdi kızlarımız altı yaşında olmalı idiler. Boyları daha uzun, o çok sevdiği saçları beline kadar uzamış. Önden yeni düşürdüğü iki dişin yerine iki iri tavşan dişi çıkmış olacaktı, kahkahaya boğulurken ona çok ama çok yakışacaktı."

Gözyaşlarımı silip bir bardak daha içtikten sonra sustum. Adamın morarmış yüzüne gizlice baktım. Masaya baksa da onun kızının mezarından başka bir şey görmediğinden emindim; çünkü ben başka bir şey görmüyordum. Sonunda adam kısa bir sessizlikten sonra elinin tersiyle gözyaşlarını sildi, acıyla yutkundu ve konuşmasına devam etti:

"Ben yurt dışından dönünce beraber hayvanat bahçesine giderdik. Orada ona her hayvanın özelliklerini anlatırdım. Eminim ki aslandan korkardı. Bebek gibi kucak ister, boynuma sarılırdı. Sarılırdı ya ben de ona sıkı sıkı sarılırdım içime sokarcasına. O minik tatlı yüzünü öpücüklere boğardım. Sonra oradan uzaklaşırdık. Yolda benden balon veya dondurma isterdi. Boğazı şişmesin diye dondurmayı küçük ısırıklarla yemesi için ikna etmeye çalışırdım onu. Her zamanki gibi söz dinler numarasını yapardı ama dinlemezdi. Üzerine akıta akıta dondurmasını yerdi. Ona "Annen kızar." derdim. Duymazlıktan gelirdi. Adam başını salladı.

Sandalyenin sırtına yaslandı. Tükenmişti. Hayatı ondan çaldıkları için bu iriyarı adam adeta ölmüştü. Görüyordum, o da tıpkı benim gibi ruhunu öldürmüştü. İkimiz de konuşmuyorduk, ama ikimiz de müteahhidin sadece bizim kızlarımızı değil, daha başka kaç kişiyi öldürdüğünü düşünüyorduk. Arkadaşlarımın cenazede bana söylediklerini hatırlamak için kendimi zorladım, "Yaşam devam ediyor." cümlesini dile getirmenin etkili olacağını düşündüm. Yalan...

"Ya kızların ileride olacak aileleri, çocukları, torunları...

"Hayat devam ediyor. Güçlü durmamız lazım."

Sonunda söyledim ama kelimelere kendim bile inanmadım. Bana doğru eğilerek iç geçirdi. Ağzını bir şey söylemek istercesine kıpırdattı. Ne düşündüğünü bilmek istiyordum. Soru dolu bakışlarımı ona diktim. Birkaç dakikalık sessizlikten sonra dili çözüldü.

Bana doğru biraz daha eğilerek, "O adamı öldürmeden yaşamak mı?" dedi, şaşkınlıkla yüzüne baktım. Bu kelimeleri söylerken gayet ciddiydi. Adam ölünce ruhunun acısının sona ereceğine inandırmıştı kendisini. Acaba, dedim içimden; sonra acı bir biçimde güldüm. Ve onun kısık gözlerle baktığı karanlığa ben de baktım.

Restoran kapısının önünde birbirleri ile gülüşüp kahkaha atan iki genç kız gördüm. Birbirlerinin koluna girmiş dönüp dönüp arkaya bakıyorlardı, belli ki arkadan gelenleri bekliyorlardı. Kapıdan önce orta yaşlı şık giyimli sarışın kadın, sonra Tamazi Kufaradce girdi. Onu görünce afalladım. Katil müteahhidin burada ne işi vardı? Benim gibi kederden kendini içkiye boğmaya gelmemiştir herhalde. Eğlenmeye geldiği gülümseyen geniş yüzünden belliydi. Hem de ailesiyle gelmişti.

Garson, ayırdıkları masaya kadar onlara eşlik etti. Bizden sadece birkaç metre uzak mesafedeki masanın çevresine yerleştiler. Şıkır şıkır giyinen kızlar bize sırtı dönük oturunca adamla karşı karşıya oturmak zorunda kaldım. Delirmiştim, beynimin içinde kızımın ve de arkadaşının toprak altındaki tabutlarının kapağı yerinden oynamış, hatta göğe kadar fırlamıştı. Kızlarımızın orada nasıl çürümeye başladıklarını gördüm. Artık yaşamıyorlardı. Damarlarında bir zaman akıp, onları hayatta tutan kanları kurumuş, yüzleri ve etleri çürümüştü. Tabutun içindeyken giydirdiğimiz elbiseler çürümüş etin lekelerden boyanmış iğrenç halini almıştı. Bu benim kızım mıydı? Midem bulandı. Masanın üzerine kusmamak için ağzımı sıkıca kapattım. Sandalyeyi itekleyerek oturduğum yerden hızlıca kalktım. Lavaboya doğru koşarken kimin sandalyesine ayağım takıldıysa düşmekten son anda kurtuldum. Lavaboda iki kişi vardı. Omzumla onları sıyırarak çeşmeye doğru koştum. Titrek ellerim beceriksizce, hırçınca çeşmeyle savaştı. Sonunda su kendini sert gücüyle lavaboya boşalttı. Ya ben, bu öfkemi nereye boşaltacaktım? Boğuluyordum. Bağırmak, herkese sesimi duyurmak, dünyayı ters yüz etmek istiyordum. Çaresizdim. Hepsi orada gördüğüm o kahrolası adamın yüzünden... O önce kızımı, sonra da beni diri diri mezara koymuştu. Şimdi buraya gelip ailesiyle eğleniyordu.

"Adalet nerede?" diye bağırmak istedim. Duvarları yıkana kadar bağırmak; ama biri beni geriye çekip susturuyordu. Bunu yapan insanlığım olmalıydı. Peki, insanlığım çileden çıkarsa ne olurdu? Bak işte bundan çok ama çok korkuyordum.

Artık restorana geri dönemezdim. Sokağa koştum. Park halinde duran arabamı bir süre tartaklayıp tekmeledim. Biri yolunu değiştirerek bana yaklaştı. Orta yaşlarda bir adam bana iyi olup olmadığımı sordu. Sustum. Delirmiş bakışlarımla cevap vermiş oldum. Az ileride duran arabama oturdum. Direksiyona kapaklandım. Deli gibi ağlamaya başladım. Yanıma birinin oturduğunu kapının çıkardığı sesten anladım. Başımı çevirdim.

Viktar elinde votka şişesiyle koltuğa yerleşiyordu. Bana acıyarak uzun uzun baktı, iç geçirdi ve başını restoranın kapısına doğru çevirdi.

Kısa bir sessizlikten sonra: "Adamın yaptığına bir bak... Hiçbir yerde huzurumuz kalmadı. Efkâr dağıtmaya gelmiştik güya. Onun da içine etti şerefsiz! Nefsimize çöreklendi resmen. Bizi bitirmeye kararlı. Bizi tek seferde değil de yavaş yavaş kederimizle öldürecek." diye söylendi.

Viktar'ın sesi tuhaf bir şekilde sakindi. Bu beni şaşırtmıştı. İçini çekti. Votka şişesinden iki-üç iri yudum aldı. Sonra gözlerini kısarak karşımızda sıralanmış park halindeki arabalara göz attı.

"Sence adamın arabası hangisidir?" Acı bir kahkaha attım:

"Ne fark eder?" diye geveledim ve elinde tuttuğu şişesine sertçe asıldım. İri yudumlarla içmeye başladım. Votka boğazlarımı yakarak mideme indi. "Zengindir pezevenk, güç onda olduğuna göre... Ama ölüm zengini fakiri bilmez değil mi?" Onu öldürmeyi mi düşünüyordu acaba? Aklıma sızan korkunç düşünceleri dağıtmak için yüzüne dikkatle baktım. Yüzü ciddi ve soğuktu. Onu izlediğimi fark etmiş olmalıydı.

Dönüp bana bakmadan "Sebebim yok mu sence?" diye aynı soğuk sesle sordu.

"Var!" dedim ve votkadan bir yudum daha aldım.

"Bu zengin pezevengi her gördüğümüzde acımız tazelenir. Gözyaşlarımızı tüketesiye kadar ağlarız; ama ne göz yaşlarımız tükenir ne de acılarımız..." Viktar'a acı dolu gözlerle baktım. "Ne... Yalan mı? Evde mi oturacaksın? Öyle yapsan bile, televizyon ekranlarında ona gene rastlarsın, kızının benzerine rastlarsın. Pislik herif pahalı reklamlarda sırıtıyor olacak. Terlik fırlatasın gelir; ama..."

"Sus!"

"Bak, olacakları duymaya bile tahammülün yok. Bunlar yaşanacak; ama eğer ölürse..." Dönüp yüzüne baktım. Donuktu. Restoranın kapısını izliyordu. Çene kemiklerinin oynaması hızlanmıştı. Birden elini kıpırdattı, beline götürdüğünü fark ettim. Siyah ceketinin altından silahını çıkarıp torpidonun üzerine bıraktı. Elimdeki içki şişesini kapıp kafasına dikti. Koltuğa kaykıldı. Bakışları sabit ve tek noktanın üzerinde idi. Büyük ihtimalle müteahhidin restorandan çıkmasını bekliyordu. Sabredemedim, "Eşin nasıl?" diye sordum. Yüzünü ekşitip acı bir biçimde gülümsedi.

"Sence?"

"İyi olmasını beklemiyorum tabii ki ama..."

"Ağır depresyon geçiriyor. Gün boyu ağlıyor, yiyip içmiyor, uyumuyor."

"Beni suçluyor değil mi?"

"..."

Bana dikkatlice bakarak yüzümü inceliyordu. Büyük ihtimalle gerçekleri sakladığımı düşünüyordu. Ancak benim saklayacak bir gerçeğim yoktu.

"Hayat bu, kimi nelerin beklediğini bilemeyiz? O gün benim için sıradan bir gündü. Öğrencilerime bale dersi veriyordum. İçeriye Jenya girdi, telaşlı idi. Yanında kızınız vardı. Bir yere yetişmek zorunda olduğunu, kızı bana bırakmak zorunda kaldığını söyledi. Dersim var diyemedim, beni dinlemeyeceği belliydi hem çoktan kapıya doğru yol almıştı. Kızlarımıza orada oturmalarını ve bizi izlemelerini söyledim. Oradaydılar. Kızımın dizlerinde defter, resim yapıyordu. Tatya ise onu izliyordu. Ben onların gözden kaybolduklarını inan fark etmedim. Malum meşguldüm."

"Ve o sırada..."

"Evet..."

Adam başını olumsuzca salladı. İçini çekip elin tersiyle yanaklarından süzülen gözyaşlarını sildi. İçim burkuldu. Teselli etmek adına omzuna dokundum. Başını bana doğru çevirdi. Göz bebeklerinde ruhunun dehşetli acısını gördüm. Acıyla gülümsemeye çalıştığını da... Belli ki hıçkıra hıçkıra ağlamamak için kendisiyle savaşıyordu. Ben ağlıyordum. Omzumu okşadı. Beni teselli etmek istediğini görüyordum, ama bir yandan çocuklardan gözümü ayırdığım için beni suçladığını da düşünmüyor değildim. Kendimden ve düştüğüm çıkmazdan nefret ediyordum. Çaresizliğin karanlığı tüm umutları kapatacak kadar güçlüydü ne yazık ki...

"Bizimki öyle oturup resim yapmaz. Duramamıştır. Kızını parkta oynamaya davet etmiştir."

"Bilmiyorum."

"Biz biliyoruz..."

Acı bir biçimde güldüm. Gözlerimi boşluğa çevirdim.

Zor duyulan bir sesle: "Eşim benden nefret ediyor, kızıma bakamadığımı söylüyor. Bale uğruna kızımızı öldürdüğümü, benim gebermemi candan istediğini..."

Daha fazla konuşamadım. Gırtlağımı koca bir yumruk tıkamıştı. Viktar'in bana acıyarak baktığını hissettim. Çene kemikleri oynamaya devam ediyordu. Yumruklarını sıktığını gördüm. Büyük ihtimalle katil dediği o adamın şah damarını avucunun içinde sıkarak can vermesini bekliyordu. Belki de hayal ediyordu. Sonunda yumruğunu torpidoya vurdu.

"Sakin ol!" diye fısıldadım. Bana ters ters baktı.

"Gördün değil mi, adamın bize ne yaptığını gördün? Her şeyi elimizden aldı. Yaşamamıza sebep olan her şeyi... Ve şimdi sen benden öylece durmamı mı bekliyorsun? Yapabilir miyim sence? Yapamam!"

Viktar arabanın kapısını açıp dışarıya fırladı. Birkaç asabi, hızlı adımlarla ilerledikten sonra siyah Volga'nın önünde durakladı. Elini kaşların üzerine siper ederek hafifçe eğildi ve arabanın içini süzdü. Neden o araba? Müteahhide ait olabileceği fikrine kapıldım. Öyle olmasaydı Viktar arabanın sol ön tekerliğine sırtını yaslayarak oturup kalmazdı. Kendince pusu kurmuştu. Kurbanı orada bekliyordu. Bir ara kararlı bir tavırla cebinden telefonunu çıkardı. Birini aradı. Konuştu. Telefonu tekrar cebine koydu. Başını "Tamam" anlamında salladı. Kimi aramış olabilirdi? Ne konuştu? Votka şişesini başıma diktim. İçimi tuhaf bir huzur kaplamıştı. Sanırım Viktar'ın fikrine katılıyordum. O adamı öldürecekti. Ben de yastığa kafamı huzurla koyacaktım. Votkadan bir yudum daha aldım. Bir yudum daha... Acı votka zamanla tatlandı. Çok içmiştim. İntikam coşkusu tavana vurmuştu. Gözümü Viktar'ın üzerinden ve onun bulunduğu çevrede gelen geçenden ayırmıyordum. Gözümün önünde olan her şeyi önce çifter çifter görmeye başladım. Sonra görüntüler gittikçe çoğaldı.

Kapıda hareket vardı. Birileri restoranı terk edip keyifle kahkaha atarak arabalara doğru yürüyordu. Evet, mutluydular. Gidecekleri yerde huzur vardı. Ya ben? Bakışlarımı Viktar'a çevirdim. Sigarayı iki dudağının arasına sıkıştırmış içmek yerine adeta çiğniyordu. Zavallı adam... Zavallı ben... Öfke bizi esir almıştı. Ondan kurtulmadan nefes almak zordu. Katili öldürecekti. Öldürmek zorunda idi. Restoranın çıkış kapısına baktım. İçerde gördüğüm adamın kızları dışarı çıkıyorlardı. Ellerinde pahalı telefonlar, kahkahalar atarak adımlarını Viktar'a doğru atıyorlardı. Viktar sanırım bir dürtüyle başını onlara doğru çevirdi. Kızları görür görmez doğruldu. Yanlarına yaklaştı. Onlara laf attı. Ellerini sallayarak, bağırarak konuştuğuna göre onlara kötü bir şeyler söylüyordu. Kızların yüz ifadelerini tam olarak göremiyordum. Ama gülmedikleri belli idi. Başlarını yere eğmişlerdi, el ele tutuşup kaçmaya hazır pozisyon almışlardı; ancak nedense hala orada idiler. Sanırım şoka girmişlerdi. Tabii ki öyle olacaklardı. Biri bana "Baban katil!" deseydi ben de şoka girerdim. Doğruya doğru...

Viktar hala bağırmaya devam ediyordu. Şimdi ne yapacaktı? Oturduğum yerde kaskatı kesildim. Direksiyonun üzerine abanmaktan canım acımıştı. Arabanın ön camını tartaklıyordum. Haydi! Viktar ne bekliyorsun? Bağıra bağıra ağlıyordum. Bir ara arabanın kapı koluna asıldım. Açılmadı. Panikten kilitlemiş olabilirdim. Kızlardan birinin restoranın kapısına doğru koştuğunu gördüm. Diğeriyse Viktar'ın ellerinden kurtulmak için çırpınıyor, avazı çıktığı kadar bağırıyordu. Viktar'ın kızın ağzını kapatmak için çaba sarf ettiğini gördüm. Sanırım o da benim düşündüğümü düşünüyordu. Ön kapıda gördüğüm korumaları başına sarmak istemiyordu. Kıza bağırarak bir şeyler anlatmaya çalışıyordu. Ses geniş alanda yayıldığından mı yoksa beynim alkolden haşat olduğundan mı bilmem, kelimeleri tam seçemiyordum. Bir ara katilin adı geçti. Viktar onun gelmesini istiyordu. Kız ise onu dinlemiyor, bağırıyor, ortalığı ayağa kaldırıyordu. O an Viktar'ın sabrının tükendiğini gördüm. Kızı dövmeye başladı. Bir müddet sonra kız birden yere yığıldı. Viktar ise durduğu yerde donuk bir vaziyette onun başını bekliyordu. Ortalık sakindi. Ölüm sessizliği yayılmıştı. Uzun sürmedi, nihayet kapıda babaları göründü. Adam durakladı. Sanırım kızını orada, o halde o an gördü. Birden Viktar'a doğru koştuğunu gördüm. Yerde kıpırdamadan yatan kızının başında diz çöküp onu sarsmaya başladı. Tıpkı benim kızımdan istediğim gibi, ondan kalkmasını, gözlerini açmasını istiyordu. Bağırdığını duyuyordum. Bir şeyler diyordu; ama ne? Kız kıpırdamıyordu. Arabanın kapı koluna tekrar asıldım, açılmadı. Viktar'ın orada neden hareketsiz durduğunu çözemiyordum. Onun harekete geçmesi gerekmiyor muydu; yoksa aklını mı, cesaretini mi yitirmişti? Olamazdı, olmadı da... Vahşet ona geri döndü. Adamın arkasındaydı. Onu öldürmek için kollarını sıvadığını gördüm. Neden çıplak ellerle? Anlamadım. Belki de sadece canını yaka yaka öldürdüğünde tatmin olacaktı. Bilemedim. Adamın kafasına sert bir yumruk indirdi. Müteahhidin ona doğru seri bir şekilde dönüp saldırdığını gördüm. Ellerini gırtlağına dolamıştı. Şimdi onu boğacaktı. İkisi de sarhoştu, ikisi de güçlüydü. Viktar'ın yere düştüğünü, adamın altında çırpındığını gördüm. Bir ara kalkmak için kollarından destek almak istedi ama adamdan gelen sert tekme onu tekrar yere serdi. Viktar'ınsa pes etmeye hiç niyeti yoktu. Bir süre sonra tekrar ayaktaydı ve adamın gövdesine sert yumruklar indiriyordu. Arabanın koltuğuna yaslandım ve büyük bir rahatlıkla kollarımı kavuşturdum. Viktar tekrar yere düştüğünde, zamanında yerden kalkamadığında keyfim kaçtı. Bu kez de kötüler kazanmamalıydı! Bu Allah'ın adaletsizliği miydi? Burnumu neredeyse cama dayayarak oturduğum yerde kasıldım. Ne gördüğümü anlamadım. Başım patlamak üzereydi. Kızlarımızın ağlama sesleri kulaklarımı dolduruyordu. Midem iyice kasıldı. Ölümün beni de gırtlaklamaya hazır olduğu hissiydi bu. Sonunun kötü bitmesini istemiyordum, sadece adaletin yerini bulmasını istemekten başka... Ama ama... Bu kahrolası katil adam şimdi de ruh ikizimi mi öldürdü yoksa? Buna izin veremezdim! Ne olduğunu görmek için cama burnumu dayadım, kasıldım. Orada iki kişinin yerinde bir ordunun kavgaya karıştığını gördüm. Zihnimin bir köşesi bana yanıldığımı fısıldayınca daha net görmem için közlerimi kırpıştırdım. Kavga sürüyordu. Bağırış çağırış, küfürler duyuyordum. Taşta kanı gördüm. Evet, gördüm. Ama... Ama Allah kahretsin! Kime ait olduğunu seçemiyordum. Yerde birinin can çekiştiğini görüyordum? Kimdi acaba? Kimlerdi? Kaç kişiydiler? Bu böyle olmazdı. Viktar'a yardım etmeliydim. Evet, yardım etmeliydim. Evet, yardım edecektim; ama nasıl? Arabanın kapı koluna asıldım, açılmadı. Aceleyle karşı koltuğa geçtim. Oradan çıkmak, katilin ölümünü görmek istiyordum. Torpidonun üzerindeki silahı fark ettim. Viktar'ın silahını burada unuttuğuna inanamıyordum. Ona yardım etmem gerektiğini biliyordum. Daha doğrusu kendime, kızıma...

Kızımın dökülen kanın taze kalması için onun da kanının dökülmesi gerekiyordu. O zaman kızımın mezarında ektiğim çiçekler yeşerirdi. Biri bana sesleniyordu: "Acele et! Acele et! Acele et anne!" diyordu. Silahın üzerine elimi kapattım. Bu soğuk cismi elime almak zorunda mıydım? Beceriksizce de olsa sonunda silah elimde, parmağımsa tetikteydi. Göz bebeklerim irileşti. Müteahhidin sorumsuzluğundan dolayı kızımın kara toprağın altında koku saldığını, çürüdüğünü görüyordum. Bedeli keyifli restoran yemeği mi olmalıydı? Hayır! Hayır! Hayır! Bağırdım. Silahı ona doğrulttum. Ellerim titriyordu ve sonunda doğru bildiğimi yaptım. Tetiğe bastım. Silah ateş aldı. Birini vurdum. Onu vurmalıydım, sanırım vurdum; ama kimi? Yere sadece bir kişi değil, birkaç kişi birden yığıldı. Taşta akan kan şeritlerinin çoğaldığını gördüm. Oraya koşan ve dizlerinin üzerine düşen kızlar; arkalarından onlara yaklaşan anneleri kulağa sivri gelen bir sesle bağırıyorlardı. Başımın üst kısmının soğuduğu hissettim. Beynim sanki yaşamın var olduğunu o an fark etmişti. Daha önce beni terk eden duyular "Müteahhidin ölümünden sonra" yeniden yeşermeye başlamıştı. Koyu bir boşlukta yüzüyor gibiydim ve orada, o an, belki de sadece beynimin içinde bir cenaze marşının birkaç dilden yükseldiğini duydum. İçim inanılmaz derecede ferahladı. Doğduğum, ilk nefes aldığım günkü gibi... Bu ferahlık kısa sürdü. Birden elim ayağım zangır zangır titremeye başladı. Terliyordum, midem bulanıyordu. Zihnimde, bir yerlerde binlerce, hatta milyonlarca ışık sönmüştü. Oradan kaçmalı mıydım? Nereye? Cehennemin dibine... Arabanın motorunu çalıştırdım. Gaza basıp oradan uzaklaştım, "Öldüğümden" henüz haberim yoktu...

2.

Kayalığın bitiş noktasında hızlıca frene basarak arabamı durdurdum. Ölümün ellerinden son anda kurtulduğumdan mı bilemem, cesaretim noksan kalmıştı. Kendime deli gibi öfkeliydim. Ben ne yaptım? Ben ölmeliydim, bu kâbus bitmeliydi. Ama hayır, hayır, işte buradayım... Aldığım nefes bana haram. Neden, neden? Tanrı'mın benim için düşündüğü ceza daha ağır olmalıydı belki de... Bunu o an bilemezdim.

"Ben..." Midem bulanıyordu. Gördüğüm, binlerce biçimsiz taş kurumaya yüz tutmuş kanlarıydı. Duyulan koku insanlığımı sarsmıştı. Bu, şu anlama geliyordu; vicdanım kanı tatmış, zehirlenmişti. Varlığımı zehirlemiştim. Göz bebeklerime zehir basmıştım. Kendimde kendimi öldürmüştüm. Bir yanım da mutluydu. Bu ne saçmalık? Nasıl bir insana dönüştüm ben? Yoksa insanlığımı kızımın, İa'mın ölümünden sonra yitirmiş miydim? Bu hallerimi görse, beni tanımazdı herhalde. Tanımazdı tabii ki... Allah'ım ben... Ben nasıl? Allah'ım... Senin adını da ağzıma aldım ama... Farkındayım. Sen affedemezsin. Bunu yapmamalısın da... Peki, bu cezayı bana neden verdin? Kızımın, İa'mın ölümünü neden istedin? Seni affetmek mi? Hayır! Beni diri diri öldüren sen değil misin? Şimdi... Şimdi... Ölüme susadım. Azrail'i daha fazla beklemek istemiyorum. Yemin ederim ki istemiyorum. İstemiyorum! Gözlerimi yumdum; bak yumdum! Duygularımın çemberinde boğuluyordum. Hissediyorsun değil mi? Gırtlağımda kimin ellerinin olduğunu adlandırmam zor. Ellerim orada... Herkes benden nefret ediyordu. Bu durumumdan iğreniyorum. Varlığımla sigara dumanıyla boğulan oksijen gibiyim. Hastalıklı, çaresiz... Ne yazık ki hep böyle kalacağım, yaşam boyu... Bundan adım gibi emindim.

Birden uçurumdan gelen o melodiyi duydum. Geçmişimi hatırlatan, mutlu günlerimin sesini... Yumuşak, insanın ruhunu okşayan sesi... Nodari'nin ustaca çaldığı saksafondan yükselen sesi ve... Defalarca yaşadığım durumu o an gene yaşadım. Cani tarafım, iyi olan yanımı kemirmeyi başladı. Ses! Ses değişti. Cenazelerde duyulan ses kalıplaştı. Hayatımı karartan ölümün sesiydi bu. Mutluluğumu kemiren... İnsanın içini darbeleyen ses... Kendime ölüm hançeri saplıyordum. Ama hayır! Er ya da geç bu ıstıraptan kurtulup kendime gelmem gerekiyordu. Kızım bunu yapmamı isterdi. Güzel bir anne olmamı isterdi. Kıpırdandım. Sırt çantamı dizlerimin üzerine aldım. Fermuarlı olan ön cebinden puantleri çıkardım. Seri bir şekilde, ayağıma giydiğim beyaz spor ayakkabılarımdan kurtulduktan sonra mor ve beyaz ince çizgileri olan çoraplarımı da sıyırdım. Puantleri ayağıma geçirip kalktım. Müzik sesi kulağımı dolduruyor, içimdeki öfke dürtüsünü sindirmem için beni delice dans etmeye davet ediyordu. Ayak parmaklarımın üzerinde yükseldim. Ellerim havadan huzur koparırcasına başımın üzerinde döne döne hareket halindeydi. Kulağımı okşayan müzik sesini duyuyordum. Mutluydum, kendimi unutmuştum. Ama mutluluğum kısa, sadece birkaç dakika sürdü. İçimde bulunan keder beni yeniden sarıp sarmalamayı başardı. Hayat bu... Acısıyla, tatlısıyla yaşanır. Bunu kabullenmem gerekirdi. Allah'tan âşık olduğum bale ritmi beynimdeydi ve ben nefes alabiliyordum. Dans etmeye devam etme hırsıyla kendimi öyle unutmuştum ki, canım feci bir şekilde yandığı halde kayalığın sivri taşlarını fark edemiyordum. Ruhumun acısını, fiziksel acıyla güreştirmem şarttı. Başka türlü nefes almam imkansızdı ve sonunda kendimle savaşma gücüm sona erdi. Yere yığılıp içimden kopan feryadın nehrine kapılarak kendimi kaybettim. Bir müddet deli gibi ağladıktan sonra, gözüm burnumun dibinde olan sivri taşlara takıldı. İçim acı kahkaha atmaya, aklımsa ölüme giden yolları göstermeye başardı. Birkaç sert darbeyle, kayalıklar beynimi delebilir, hafızamı çökertebilirdi. Yapamadım... Kızımın minik gölgesi karşımda belirip göz temasıyla bana ayağa kalkmamı emretti. Benim için yeni çizdiği yolu parmağını boşluğa uzatarak işaretledi. Onun sözünü dinlememek olmazdı. Arkasına takılıp onun benim için açtığı arabanın kapısının kolunu kapanırken son anda yakaladım. Suçlayarak bakan gözlerinin yeniden gülümsemesi için sözünü dinlemeye karar verdim. Onun kulağıma fısıldadığı adrese doğru arabamı sürdüm. Beynimde insanlıktan uzak, derinleşen uçurumun açlığını, hırçınlığını, intikam dolu çağırışları, suçun alkışlandığını duyunca irkildim. Kendimi tanımaz olmuştum, bu doğru... Ya karşıma çıkan yol? Kızımın bana fısıldadığı yol doğru muydu? Çıkış yolu nerede? Nerede? Anne kucağı? Anne mi? Acı bir kahkaha patlattım. Kendisine faydası olsa keşke... Ya baba? Ya tohumundan düştüğüm babam? Kederimin yaraları kanamaya başlamıştı. Babam beni terk edip soğuk toprağı seçmişti. Onun son günlerinde sığınak bildiği yazlık evi beni kabul etmezdi herhalde. Nasıl kabul etsin bir katili? Asla! Asla! Bu durumu nasıl hazmederdim? Aklıma gelen ilk fikirle avunmaya çalıştım. Arkadaşların söylediği mantıklıydı benim için. Okul kızımın adını alacaktı. Öğrencilerimin başarısı onu yaşatacaktı. Ne oldu? Neden zayıf düştüm? Bana ne oldu? Yüreğimin sulu göz yaşlarına kandım. Olmaz! Kesinlikle olmaz! İnsanlığıma bu yakışmaz! İa'mın annesine aklını yitirmek yakışmaz! Hatırladım, bana yardım edebilecek Tengo Doktor'un çevremde var oluşunu hatırladım. Demek İa'mın bana gösterdiği yol buydu. Tengo Doktor'un cenazede bana olan moral desteğini hatırladım. Ondan yardım istemeliydim hem de hemen. Beynimi susturmasam, öfkem sönmezdi. Elim durmazdı. Hissediyordum. Arabamı birkaç sokak ötede yaşayan Tengo Doktor'un dairesine doğru sürdüm. Dar sokağın birini geride bırakıp, daha geniş yolun kıyısında olan süper marketi görünce kendime "geldim sayılır" diye fısıldayarak derin bir nefes aldım. O an labirentin çizgisinden yürüme sevincinin benzerini yaşadığımı hissediyordum. Sadece birkaç dakika sonra buna emin olacaktım. Aylar sonra ilk sağlıklı adımı atmış olacaktım. O sokağa döndüm. Zenginlerin yaşadığı sokaktı bu. İnsanlara tepeden bakan küstah kavak ağaçlarıyla çevriliydi yolun iki yanı. Ağaçların sağa sola sallanarak çıkardıkları sesler havayı dolduruyordu. Doktor Tengo'nun öğrencim olan kızıl saçlı, küçük kızına, Tea'ya, olan düşkünlüğü beni çok etkilemişti. Belki bu yüzden beni çok iyi anlayabileceğinden emindim. Çoğu kişiden de doktorun meşhur bir psikiyatrist olduğunu duymuştum. Apartman kapısının önünde indim. Şu anda önemli olan bu değil miydi? Tengo Ciahuri yazan zile bastım.

Kapı açılmadan önce megafondan "Kim o?" sesi yükseldi.

Cevap vermek için tereddütle durakladığıma inanamıyordum. O an halimden ne kadar utandığımı anlatamam. Oradan kaçmak istiyordum ama kızımın "Hayır anne!" deyişi beni "Ben Lilia Soselia" demeye zorladı. Kapı tereddütsüzce açıldı. İtekledim. Asansöre kadar birkaç adım neredeyse koşarak yürüdüm. Asansörün içine adım attığım ansa heyecandan, utancımdan, korkudan kalbim neredeyse yerinden fırlayacaktı. Beni daire kapısında karşılayan doktor yüzüme içimi okurcasına baktıktan sonra merhabalaşıp kapının önünden çekilerek beni içeriye buyur etti. Kısa adımlarla beyaz halının üzerine adım attığım andan itibaren titrediğimi hissettim. Beynimdeki bir sürü sorudan önceliği hangisine vermem gerektiğini düşünüyor, içten içe köpürüyor, karar veremiyordum.

"Buyurun lütfen!" dedi Tengo Bey bana beyaz deri koltuğu işaret ederek. Koltuğun köşesine oturdum. Ellerimi dizlerimin üzerine bıraktım. Titrediğimi fark etmemesi için bir elimi öbür elimle kapattım. Doktor benim karşıma düşen koltuğa oturdu. Kısa bir sessizlikten sonra:

"İyi görünmüyorsunuz, size nasıl yardımcı olabilirim?" diye sordu. Ona iri iri açılmış gözlerimle bakıp, acı bir biçimde yutkundum.

İçimden "Kızımı kaybettim nasıl iyi olabilirim?" diye bağırmak geliyordu. Ama dilimi tuttum. Gözlerimi kıstım.

"Bana açık olabilirsiniz, bunu biliyorsunuz değil mi?" dedi.

Başımı "Evet!" anlamında sallasam da bundan emin değildim. Sadece birkaç dakika önce elimde, bu parmakların arasında bir silah tutup ateş etmiştim. Kan kanla yıkanır mı? Sorsaydım ne derdi? Büyük ihtimalle aklımı yitirdiğimi düşünüp beynimi enkaza dönüştüren bir ilaç verirdi. Acaba? Ya bana hak verirse...

Genzimi temizledim. Gözlerimi boş duvara çevirip "Kâbus görüyorum." diye geveledim. "Kızımın ölümüne sebep olan..." Ben sözümü bitirmeden odanın kapısı çaldı. İçeriye doktorun eşi girdi. Beni görür görmez boynuma atılıp, omzumda hıçkıra hıçkıra ağlamaya başladı.

"Lilia'cım, Allah sana sabır versin. Nedir senin bu başına gelen? Düşmanıma dilemem. İnsan aklını yitirir, yitirir ya! Ben olsam tımarhanelik olurdum. Melek gibi çocuk..."

"Natiya sakin ol! Natiya lütfen... Bu nasıl bir söz?"

Kadını kolundan tutan Tengo Bey eşine iri, öfke dolu gözleriyle uzun uzun bakıp, susması için adeta yalvarıyordu. Ama kadın onu duymuyor, göz yaşları içinde boğuluyor, sırtımı okşuyor, haykırışların devamını getiriyordu. Bir an durakladı, beni kollarımdan tutup, "Ne oldu o katile? Ne oldu?" diye bağırarak sarsmaya başladı. Genç kadının ağzımdan "Öldü!" kelimesini duymak için adeta delirdiğini hissetmiştim. Onu bu kelimeden mahrum edemezdim.

"Öldü! Öldü!" dedim, kendini bilmez ruhumun dürtüsüyle. Benden çıkmış kelimelerin kabahatinden cehennem yollarına fırlatıldığımı hissederek korkuya kapıldım. Onun kollarından seri bir şekilde kurtulup, koltuğa iki büklüm oturdum. Yüzümü avuçlarımın arasında gizleyerek ağlamaya başladım. Sanırım Tengo Bey eşinden bizi yalnız bırakmasını rica etti. Yanıma oturduğu zaman odada bizden başka kimse yoktu. Ağır ataklarımı bir müddet izledikten sonra yanımdan kalkıp uzaklaştı. Tekrar bana yaklaştığında elinde ilaç tanesi ve bir bardak su vardı. İçmem gerektiğini dile getirmese de yüz ifadesinden bunu anlamıştım. Avucunun ortasında peçetenin üzerine konmuş ilacı ağzıma koydum ve küçük bir yudum suyla onu gırtlağıma doğru ittirdim. Bir müddet sonra sakinleştim. Konuşmamı beklediğini görüyordum.

"Az önce söylediğim doğru." diye geveledim, sonunun nereye varacağını hiç düşünmeden.

Tengo Bey hafifçe bana doğru eğilerek "Siz bana bugün yaşadığınız tam olarak neydi, onu anlatın. Ruh halinizi merak ediyorum. Ne yaptığınızı... Ne düşündüğünüzü..." Bu sözleriyle beni suçlamadığını, hatta bana inanmadığını algılayınca içim az da olsa rahatladı. Sustum. Sadece eğer doktor katil olduğumu bilse beni polise verir miydi, diye düşündüm.

"Tabii ki!" diye içimde haykıran bir ses beni koltuğun sırtına yapıştırdı. Ona korku dolu gözlerle bakıp "Bugün benim için ağır bir gündü. Dün geceden (o da hapiste ölecek) iyi haber duyacağım umuduyla dirilmeye çalıştım; ama ne yazık ki katil serbestti ve birkaç saat önce ailesiyle restoranın birinde bir zaferi kutluyordu." dedim.

"Zaferi mi?"

"Evet, düşünebiliyor musunuz? Düpedüz zaferi... Ölümün zaferi olur mu? Size bunu soruyorum?"

"Siz onu gördünüz mü?"

"Evet, ama inanın bir tesadüf sonucu, planladığım bir şey değildi."

"Ve tesadüfen onun öldüğünü mü gördünüz?"

"Evet, gördüm, sanırım gördüm. Deli gibiydim, ağlıyordum; ne gördüğümden tam olarak emin değilim."

"Bakın Lilia Hanım, siz ağır bir depresyon geçiriyorsunuz, sizin dinlenmeniz ve bunları düşünmemeniz lazım."

"Bunu bende isterim doktor bey, ama bu mümkün değil."

"Biliyorum, ama kendinizle bu yüzden savaşmanız lazım. Sizin için farklı bir yol sağlıklı olmaz, olamaz... Sizin gibi sanata tutkulu bir insana yakışmaz da..." Doktorun kelimeleri bitirmesine kalmadı, kızı, öğrencim olan Tea beklemediğim bir anda kapıyı açarak içeriye girdi. Küçük kız hızla bana doğru koşup boynuma sarıldı:

"Öğretmenim hoş geldiniz. Sizi gördüğüme çok ama çok sevindim."

Sesi cıvıl cıvıl, heyecan dolu çıkmıştı. Utangaçlığı bana sarılmasına engel olmamıştı. Öğrencimin bana sevgisinden dolayı ruhum tatlandı. Odanın havası iyimserlikle değişti. Doktor haklıydı, ben bu değildim. Kötü biri değildim. Hala sevgiyi hissedebiliyordum. Doktor o anki ruh halimi anlamış olmalı ki bizi bir müddet müdahale etmeden izledi. Tea şirin hareketleriyle odanın ortasında, ayak parmakların üzerinde, elleri havada gülümseyip dans ediyordu. Alkışladığımda doktor tarafından izlendiğimin farkındaydım. Bir müddet sonra küçük kızının bizden zaman çaldığını düşünerek adam "Tea kızım, sen odana koş. Annen seni orada bekliyor. Lilia öğretmenini yarın müsait olursa okulda görürsün zaten." Küçük kız yüzünü asıp dans etmeyi bıraktı. Bana yavaşça yaklaştı. Gözlerimin içine hüzünle baktı. Dudağının bir köşesini ısırıp "Yarın dersimiz var mı?" diye sordu.

"Hayır!" kelimesini duymanın tedirginliğini elleriyle uğraşmasından anlıyordum. "Eğer başım ağrımazsa..." dediğime inanmıyordum.

Gözleri dolan kız, babasına doğru iki adım atarak onu kolundan yakaladı. "Baba kalk öğretmene ilaç ver. Başı ağrımasın. Lütfen, ne olur..." diye mızıldandı.

"Peki kızım." dedi doktor ve oturduğu yerden doğruldu. Kızının alnına düşen saç tutamını kulağının arkasına yerleştirdi. Kısaca gülümseyip, burnunun ucuna sevecen bir şekilde dokundu. "Üzülme, Lilia öğretmen yakında okula dönecek kızım. Sen yeter ki üzülme... Sizi çok seviyor. Hiç sizi bırakır mı?"

"Okula gelsin baba, onu özlüyorum. Rüyamda elimi tutup dans ettiğini görüyorum; ama uyandığımda..."

Küçük kız bakışlarını bana çevirdi. Bense orada donuk bir biçimde onları izliyor, düşüncelerimin içinde boğuluyordum. Ruhum çalkalanıyordu. Orada, o an, yaşamaya imkân olmayan kutuplardan sıcakla yeşermiş tropikale düştüğümü hissettim. Vahşi düşüncelerimi zihnimden kovmak için o anlara sıkı sıkı sarılmayı arzuladım. Bu bendim. Şimdi hissediyordum. Küçük Tea'i bezgin halimi unutarak izlediğimi fark eden doktor, göz göze geldiğimizde hoşnutça gülümseyip, "Eminim ki diğer öğrencileriniz de onlara yeniden ders vermeniz için sabırsızdırlar. Size sabır dilemekten başka söz bulmakta inanın ki zorlanıyorum. Ama tek bir şey eklemek istiyorum; onların dünyası, iyiyle biten masallardan, hayallerden ibarettir. Hiç kimse tatsız yaşamın yaşanmasını istemez ama bir şekilde kazalara kaldığımız oluyor." Sustum. Ne dememi bekliyordu ki o zaten haklıydı.

"Hayat devam ediyor. Bizi seven minik yürekler size ait değil mi? Minik, yetişkin ve yaşlı kalpler... Sırf bu sebeple bile olsa yaşamaya, sevgiyi yaşatmaya değmez mi?" Doktordan duyduğum her kelime, içime işliyordu. Her varlık gibi ben de çareyi oksijene saldırmakta buldum. Oradan kaçmam gerektiğini hissettim. Orada, bilinçli bir güç tarafından sert kayalığa düz çakılması için uğraşılmış çivi olmuştum. Mantıklı düşünmem için zamana ihtiyacım vardı. Oturduğum yerde huzursuzca kıpırdandığımı fark eden doktor, ayağa kalkıp siyah çalışma masasına yaklaştı. Kutudan kendi kartını çıkarıp bana uzattı.

"Bu sizde dursun. Sizi kliniğime müsait bir zamanda bekleyeceğim. Hatta durun bakalım..." diyen doktor solda duran not defterini eline alıp tarih işaretli olan sayfalara göz gezdirdi. İki ya da üç dakika geçmeden, "Sizi yarın üçte bekliyor olacağım" dedi.

Afalladım. Ne cevap vereceğimi bilemedim. Gözlerimi utanarak yere eğdim. Genzimi temizledim. Ayağa kalkıp vedalaşmak için elimi uzattım. Teşekkür edip, kapıya yürüdüm. Kapıya doğru yürürken beni izleyip izlemediğini merak ediyordum. Ne düşündüğü merak ediyordum. İçimden acı bir biçimde güldüm, alkolden kendini kaybetmiş şu halimle ilgili ne düşünüyor olabilir ki? Acıyor muydu bana? Bilemem. Belki de insan dışı davrandığımdan acıyordu. Ya adalete tutkun biriyse? Ya söylediğim hakkında gösterdiği gibi değil de farklı düşünüyorsa? Ya adamın öldüğü duyulunca beni ihbar eden doktor olursa?

Arabama kadar hızla yürüdüm. Nereye gideceğimi bilemedim. Arabamın içinde oturdum. "Daireme olmaz." diye düşündüm. Restoranın önünde kamera varsa polislerin ev adresini kolaylıkla bulacaklarını biliyordum. Kalabalık trafiği arkamda bırakarak arabamı dar sokağın birinde park ettim. Oradan hızla ayrılıp hafif eğimli sokaktan eve doğru yürüdüm. Gece olmasına rağmen sokaklarda yürüyen çoktu. Kimi benim gibi içkiye boğmuştu kendini, yalpalayarak belki de benim gibi nereye gitmek istediğini bilmeden yürüyordu. Yolun iki tarafında kırk sene önce inşa edilmiş yüksek, oldukça yıpranmış binalar vardı. İçlerindeki günahları, suçları, göze gelmeye korkan mutlulukları akla getirmemek için sağlıklı bir şekilde tamir edilmemişlerdi; bu yüzden ayakta durmakta zorlanıyorlardı. Geçmişimde verandalarda saksıların içinde, bu mevsimde rengarenk açmış çiçeklerle bana sevimli görünen bu evler, neden şimdi korkumu hatırlatıyordu ki? Olacakları hissettirmeye meyilli miydiler? Kendimden, kapkara ruhumdan hiç olmadığım kadar iğreniyordum. O an tek isteğim yok olmaktı. Ama nasıl? Koca insan nasıl, nereye yok olur ki? Karşımda küçük bir tepecik halindeyken gittikçe kamburlaşan köprüye bir göz attım. Beni köprünün altında süzülen, kirli ama sakin duran nehir kabul eder mi acaba? Düşündüm. Hızlı adımlarla korkuluklara yaklaştım. Şehir yüzünü karartmıştı. Gündüz telaşından kaçmış, sırasını alan gecenin şeytan ordusuna, eline yapay ışıkları alarak, düşüncesizce katılmıştı. Her ortamı, her mevsimi gören nehir yaşama ayak uydurmaya çalışsa da bazı günler öfkeyle taşıyordu. O akşam sus pus, kulağını dikmiş, içten pazarlıklı planlarla uğraşıyordu. Sık sık akla gelen ölüm çare miydi? Ölmek miydi çıkar yol?

Korkuluklara sarıldım. İçimin binlerce renginden, binlerce sebepten "Hayır!" kelimesini duyunca geriye çekildim. Ayaklarım, bedenim titriyordu. Her an bayılacakmışım gibi çekilince çareyi oracıkta çömelmekte buldum. Başımı avuçlarımın arasında dizlerimin üzerine koydum. Kendime her saniye hatırlamam gereken "sakin ol" kelimesini söylemeye başladım. Bana yaklaşan ayak sesini geç duymama rağmen oturduğum yerden hızla kalkıp yürümeye başladım. Bu gece için gidebilecek tek bir yerim vardı; babamın yazlık evi... Çevreye dikkatlice bakındım. Oraya varmak için her aracı kullanamazdım. Tramvay en mantıklı olandı. Duraksa üç yüz metre ötesinde olmalıydı. Stresten kendini salmış bedenimin son gücünü toparlayarak yürümeye başladım; yetmedi, koşmak için birkaç hızlı adım attım. Çevredeki bakışları üzerime çektiğimi hissedince tekrar yürümeyi tercih ettim. Durağa yaklaştığımda tramvayın yaklaşmak üzere yavaşladığını işittim. Arkasından kendisi de gri olan kabiniyle göründü. Yaklaştığım durakta beni tanıyan var mıdır diye bakınarak kendimi yiyip bitirdim. O an tek isteğim yok olmaktı. Önümde duran tramvaya binmek için acele ettim. Oradaydım, kalabalık arasında. Tehlikeyi arkamda bıraktığımı düşünüp, derin derin nefes alıyordum. Ciğerlerimden fırlayan alkol kokusunu gizlemek için başımı açık olan cama çevirdim. Hızla değişen şehrin kendine mahsus telaşından, bana kör kaldığını düşünmek istiyordum.

Bunu yapamazdım. Kalan ömrümü kandan nehre boğan bendim. Babamın yazlık evine başımı sokup uzun uzun ağlamak istiyordum. Doktorun bana verdiği sakinleştiriciyle beynimin uzaktan uzağa uyuşturduğunu hissetsem de hâlâ çoğu kısmı - büyük ihtimalle doğru olmayan, yanıltıcı düşünceleriyle- canlı kalmıştı. Ölümü geri planda bıraktığını hissetsem de sevinmeli miydim, üzülmeli miydim, bilemedim. Şehrin her yeni mahalle duraklarında tramvay çoğu yolcudan kurtulsa da yeniden yenilenen kalabalıktan memnun olacağımdan şüpheliydim.

Geceye adım attığımda, insanların ruhlarındaki korkunun keskinleştiğini hissediyordum. İç geçirdim ve çantamda yazlığın anahtarlarını aramaya koyuldum. Oradaydılar. Gülümsememe sebep oldular. Düşündüğüm her ne ise kurtuluş muydu bilemem, ama o an doğru olan tek yol olarak gözüküyordu. Eğer şansım iyi giderse...

Tramvayın yazlık evlere yaklaştığını, birkaç yüz metrelik mesafeden bazı bahçelerde ağaç dallarının arasından tedbirli bir şekilde yanmakta olan cılız ışıkları fark edince anlamıştım. Durduğum yerde huzursuzca kıpırdamamın tek sebebi, bu mahallenin ziyaretçisi olan kaçakçıları avlamaya çıkan polisin sık aralıklarla kurulan kontrol noktalarında olmasıydı. Tramvay ağır ağır fren yaparak son durağa kavuştuğunda, içinde kalan dört ya da beş yolcuyla beraber inmek için onlara doğru yürüdüm. Aralarından en yaşlısıyla omuz omuza yürürsem polislerin bize yaklaşmayacağını düşündüm. Yaşlı kimsenin olmadığını fark ettiğimde aptal fikirlerim için kendime acıyarak sırıttım. Bu saatte yaşlı köpek bile yattığı yerden kıpırdamazdı. Acı acı yutkunup iki kişiden sonra ben de tramvaydan indim. Yolun karşısına geçip sadece birkaç ay önce açılmış tozlu, topraklı yoldan yürümeye başladım. Babamın yazlığı dar ormanın ötesinde, en son sırada, yitik bir yerdeydi. Oraya varmak için ormanın içinden kıvrımlı, biçimsiz, yaklaşık seksen santim darlığında, uzun bir patika yoldan yürümem gerekiyordu. Karanlıkta yolun neresinde olduğumu seçemiyordum. Sağa sola iyice bakındığımda bazı komşu bildiğim yazlıklara yaklaştığımı anlamıştım. Yorgundum. Duraklamaya, az da olsa dinlemeye ihtiyacım vardı. Ortalık iki ayaklılar açısından güvenli görünüyordu. Ormandan gelen sinsi seslerden, aniden çıkabilecek hayvanlardan başka beni kimsenin rahatsız edemeyeceğini düşünsem de ağacın dibine yaslanarak ot sarmış toprağa oturdum. Derin derin nefes alıp veriyordum. İçim tuhaf, adı olmayan huzursuzlukla daralmıştı. Başımı yukarıya kaldırdım. Kara gökyüzünün üzerinde yıldızların sayısı çok azdı. Hatta parmakla bile sayılabilirdim. Ne tuhaf, içimdeki his dünyadaki çocuk sayısının da onlar kadar az kaldığını söylüyordu. Aptalca şeyler düşünüp, gökyüzüne bakmamaya karar verdim. Başımı eğdiğimde uzaklarda iki tane biçimsiz, kara, dev dağın arasından kızımın beyaz bir elbisenin içinde bana baktığını gördüm. Hayattaymış, bana gülümsüyormuş gibiydi. Yanına koşmak istesem de bunu yapamıyordum. Benden hızlıca uzaklaşıyordu. Çıldırmıştım. Giderayak bana buradan, bu şehirden gitmem gerektiğini söylüyordu. Onu tabii ki dinlerdim. Kızımın bana gösterdiği yolun beni çekilmez bir sürgüne sürüklediğinden haberim yoktu. Birden beklenmeyen bir dürtüyle oturduğum yerden doğrulup ona ulaşmak için koşmaya başladım. Arkamdan sadece kendi ayak sesimi değil; ölülerin beni, öldürmek için kovaladığı anda, taşlı yola vurdukları topuk seslerini de duyuyordum. Sert bir taşa toslayıp yere kapaklandım. İçimde kopan ıstırabın uğultusunu işittim. Rahat rahat, acı çekmeye bile fırsat olmadan onların başıma çullanıp, sırayla hırıldayan gırtlağıma saldırmasını bekledim.

Zar zor doğrulup, beni hayata bağlayan zerre kadar cesaretle, daha hızlı adımlarla yürümeye koyuldum. Yazlığa ulaşmam gerektiğini biliyordum. Kızımın bana işaret ettiği yoldan yürümem gerekiyordu. Ev gözüktü. Karanlıkta gömülen, eski ama benim için anılarla değeri biçilemez olan, tek katlı, kırmızı tuğladan örülü, demirci ustanın elinden uçan kuşlarla taçlandırmış çatısıyla, evimiz gözüktü. Babam sanatkârdı. Bu evin çatısından da bahçenin el yapımı kapısından da anlaşılıyordu. Onu özlemiştim. Kaderi çileli babamı deli gibi özlemiştim. O yanımda olsaydı yürümem gereken doğru yolu gösterir, deliliğime karşı çıkardı ama yalnızdım. Öfkeyle baş başa, doğruyu bulmaya çalışırken, adaleti isterken... Ben haklıydım!

"Sen haklısın ama hapiste çürümeye mahkumsun! Sen haklısın, ama çıkmazdasın. Sen haklı olabilirsin kızım, ama unutma yolların kanlı..." Bu kelimeleri babamın sesinden duyabiliyordum. "Katilsin! Katilsin!" Beni suçlayarak bakan gözlerle yargılıyordu. Ne yapmam gerektiğini fısıldasaydı keşke ama görüyordum benden yüzünü çevirmişti. Beni bir kez daha terk etmişti, bu kez farklı; sonsuza dek.

Ondan miras olarak kalan eve girmek için son gücümü de topladım. Evin kapısını açtığımda, adımımı atar atmaz oracıkta yığıldım kaldım. Ağlamadım, babam buna izin vermezdi. Doğrulmam gerektiğini; onun karşısına, masanın başına oturmam gerektiğini söyledi. İsteğini yapmak için acele ettim. Tozlu masaya kollarımı koyduğumda bir şeyin düştüğünü hissettim. Karanlıkta el yordamıyla ne olduğunu anlamaya çalıştım. Bir resim çerçevesiydi bu. Anımsadım, çerçeve boştu. Daha doğrusu ben boşaltmıştım. Fotoğrafta bile olsa sahte sevgi gösterisine hiç gerek yoktu çünkü. Fotoğrafın çekildiği seneyi hatırlıyordum. Babamı ziyarete geldiğimiz günlerin birinde, burada çekilmişti. Nodari'yi yazlık eve dil dökerek sürüklemiştim. Bu fotoğraf onunla ettiğimiz kavgalı günün devamında çekilmişti. Babam bizi o gün çekmişti. Annem o zaman ne o karelerde ne de hayatımızda vardı. Kim bilir hangi kapının eşiğinde içki şişesine sarılmıştı? İkiz kardeşim Tanya onunla yaşıyordu. Zavallı kardeşim hasret kaldığı anne sevgisini ararken, sık değiştirdiği sevgililerle flört günleri yaşıyordu. Bu zorlu aileye rağmen mutluydum. Sancılı ve şüpheyle dolu evliliğime rağmen eşime deli gibi aşıktım. Ya şimdi? Aklım uçurum... Hayır! Kâbusları düşünmek yok! Yok! Hayata yeniden başlamalıyım. Ben buraya niye geldim? Sağlıklı düşünmeye ihtiyacım olduğumdan. Peki yaşadığımı ısıtıp ısıtıp beynime sunmam gerekmez, değil mi? Sağlıklı bir hayata ihtiyacım var. Nasıl mı? Bu kanlı, çürük temelin üzerinde yaşanmaz! Yaşanmaz, biliyorsun değil mi? Ya yeni temel inşa edersem? Hım... Bunu yapmalıyım. Zihnimdekileri unutmazsam kim bilir daha nasıl kanlı çoraplar örülür başıma? Evet!

Kendimden emin kararlı tavrımla harekete geçtim. Baştan bir şeyleri görüp düşünmem için zerre kadar da olsa ışığa ihtiyacım vardı. Evde elektriklerin olması bir mucize olmalıydı. Babam yaşamını yitirdikten sonra, buraya kaç kez uğramıştım, evle ilgilemiştim ki? Gaz lambasının burada bir yerde olması gerektiğini düşünerek mutfağa gittim, buzdolabının üzerinde olduğunu anımsadım. Buzdolabı pencereye yakın olduğundan dışarıdan cılız da olsa gelen ışığa doğru yürüdüm. Fazla yüksek olmayan buzdolabın tepesine yetişip lambayı elime aldım. Hafifçe sarsarak içinde yakıt olup olmadığını kontrol ettim. Sıvının hareket edişini duyunca oracıkta bir kibritin var olduğu düşüncesiyle parmak uçlarımla arandım. Aldığım kibrit kutusunu kot pantolonumun cebine sokarak ağır ağır odanın ortasında duran masaya yöneldim.

Lamba odaya hafif ışık saçarak beni geçmişe sürüklüyordu. Babamın burada yaşadığı günlere... Buraya ben evlendikten sonra, yalnızlığa alışmak için taşınmıştı. Bahçenin olmasının, komşuların samimiyetinin ona iyi geleceğine inandırmıştı kendini. Ev, az parayla döşendiği için sadeydi. Fazla eşya yoktu burada. Girişteki odayı gri renkli kanepe, iki de tekli koltuk zaten tıklım tıklım doldurmuştu. Bir de benim yanı başında oturduğum masa vardı. Odadan açılan kapı, dar ve uzun koridora uzanıyordu. Arkada iki yatak odası vardı. Birini burada olduğum zamanlarda ben meşgul ediyordum, birinde ise babam yatıyordu. Evin her köşesinde ağaçtan el yapımı figürler yaşıyor gibiydi. Babam kendi elleriyle, büyük bir tutkuyla onlara can vermişti. Onlardan birini elime aldığımda değişik bir duyguya kapıldım. Ağaçtan kız hamileydi. Bu içimi parçalamaya hazır, öldürücü bir histi. Çıldırmıştım. Gaz lambasını masanın üzerinde bırakıp elime diğerini de aldım. Gülümsüyordu. Huzurlu görünüyordu. Sanki sarılmak için kollarını açmış birini ya da birilerini bekler gibiydi. Bu bendim, huzurluydum. Üzerimde bale salonunu açtığım günkü gibi uzun kuyruklu elbisem vardı. Beklediğimse çocuklardı. O an sanki ruhum kanlı bir bıçakla ikiye ayrılmıştı. Biri, geçmişine ölümü pahasına âşık olan ben; öbürü, intikam için çıldırmış, katil ben...

Adam belki ölmüştü, Yaşananlardan pişman mıydım? Pişmanım diyemem. Sadece korkuyordum. Çok korkuyordum; kendimden, olacaklardan, hayattan... Elimdekini oracıkta bırakıp odanın hava boşluğuna koca bir kucak açtım. Buradaki her şeye dokunmak, sıkı sıkı sarılmak, onlarla yaşamak istiyordum; ama bu, diğer yarımı düşünürsem mümkün değildi. Olacakları hissediyordum. Hatta görüyordum. Ben dipsiz kuyuya düştüğüm sırada, oradaki çamurda boğulmamak için körü körüne yürürken, yeni suçlar işliyordum. Yapmam gerekeni görmüyor, ne istediğimi bilmiyordum. Kendimden deli gibi korkuyordum. Evet, buradan uzaklaşmak iyi gelirdi. Nereye? Nasıl?

Odalarda deliler gibi koşup ne aradığımı bilmeyerek, her şeyi yerle bir ediyordum. Yaralı kuyruğuna sinek konmuş köpek kadar boşa çırpınan, zavallı bir yaratıktım ve sonunda sanırım ne aradığımı buldum. Beni çıldırtan, öfke nöbetlerime sebep olan, İa'mın emziğini buldum. Avucumun ortasında onu izlerken, kaza sırasında minik bedeninden sert beton zemine yayılan kan gölünü düşünüp çıldırıyordum. Şimdi, hemen yeni planı yapmam gerekirdi. Kızıma gösterdiğim oyunu hatırladım. Günlük program oyununu... Çantamdan çıkardığım not defterine siyah kalemle şu sözleri karalamaya başladım:

1. Buradan uzağa gitmek...

2. Buradan gitmelisin.

3. Acil gitmelisin.

Not defterini cebime sokup ne aradığımı tam bilmeden çekmeceleri yeniden karıştırmaya başladım. Çekmecenin birinde bana ait bir deste evraka rastladım.

3.

Dairemin kapısını araladığım an evime son kez Lilia olarak gireceğimi birkaç saat önce bilemezdim. Gece yarısı yolculuk ettiğim dolmuşun içinde düşündüm. Yazlıkta aceleyle karıştırdığım evrakların arasında Tanya'nın pasaportuna rastladıktan hemen sonra onu almaya karar vermiştim. Burada, bu topraklarda aldığım nefes her saniye kızımı hatırlatmaktan bıkmıyordu, yaşayamıyordum bu şekilde. Oldukça eski olan, her felaket sonrası kendini onarmayı bilen bu şehrin yüzüne bakamaz olmuştum. Gri taşlarla örülü dar sokakların sırtlarında gezinen canilere katılmak istemiyordum. Bıkmadan üşenmeden beyaz sayfalara düşen lekelerden kurtulmaya çalışan asırlık toprakları kirletmek istemiyordum. "Kederini nereye gidersen yanında taşırsın." deniliyor ya, işte bu kararla hem kendimi, hem kederimi bırakıp uzaklaşacaktım. Ben Lilia değil, Tanya olacaktım. Kendimi bile buna inandıracaktım. Katil kelimesini unutup, yüreğimdeki sancıya farklı kimliğin altında katlanmaya çalışacaktım. Bir süreliğine belki... Belki de sonsuza dek... Yaşamam için, yeni suçları işlememek için... Daha mantıklı hareket edip kızıma, onun adına faydalı işler yapmak için... Belki de Soçi'de beni herkes unuturdu. "Lilia kayıp" diye anılacaktım. Söz konusu kardeşim olunca ah... Onun yerinde olmayı asla istemezdim ama, ama keşke... Keşke... Kelimeler boğazımı düğümledi. Evimin içinde gezinip, sağlam olmayan temelle, iskeleti olmayan varlığımı yeniden inşa ediyordum; bir gün yıkılacağımı bile bile... Şimdi değil... Şu an değil... Dikildi mantığımın ordusu karşıma. Ya her şey yoluna girerse? Ya ihtiyacım sadece zamansa... Ya o zaman? Evet, kararım kesin. Aksilik olmayacaktı. Bundan kötüsü olamazdı.

Düşünmekten yorgun düşmüş, koltuğun köşesinde uyuyakalmıştım. Sabaha karşı uyandığımda kendimi duşun altında buldum. Suyun gücü beynimin kirini akıtırdı belki... Banyodan çıktıktan sonra pencereye yaklaştım. Orada göğün kaşlarını çatarak alıp verdiği nefesin arkasından şehrin üzerine sisten bulutları savurduğunu gördüm. Pencereyi hızlıca araladım. Dışarıdan gelen temiz havayı hafifçe başımı kaldırarak içime çektim. Gökte hızlıca çoğalan kara bulutların arkalarında gizledikleri kanlı kırbaçlarını şehre salmaya niyetlendiklerini fark ettiğim an içimi bir huzursuzluk kapladı. Uzaklardan yakınlaşmakta olduğunu belli eden şimşek sesleri, gökyüzünün rengini değiştirerek tiz sesle, ara ara kendinden bahsediyordu. Sanırım Tanrı hem canlının hem cansızın gözünün önünde ağlamamak için kendini daha fazla tutamayıp şehri, belki de Gürcistan'ı ıslatıyordu. Şimşeklerden kızım korkardı. Kızım yaşamıyordu. Ben de ölmüştüm. Yağmurlu hava şu an umurumda bile değildi. Değildi. Hayır. Öğrencilerimin meydanın birinde açık hava gösterisi yapmadıklarını bildiğimden belki... Hem Tanya'yı öğrenciler de bale de alakadar etmezdi. Buna da alışmam gerekirdi. Evet, bugün ne yapmam gerektiğini biliyordum. Tanya bu saatlerde kahve içerdi. Gideceği yere hazırlanmak için acele de etmezdi. Mutfağa doğru yol aldım ama maalesef Tanya'ya ait sakinliği sadece attığım iki üç adımdan sonra yitirdim. Özüm olan sıkıntı beni öyle bir sarsıntıya uğrattı ki, o an herhangi bir yerde enkazın altında kalmayı tercih ederdim. Hissediyordum; hem kendimle hem de Tanya ile uğraşacağım zor günler yaşayacaktım.

Ellerim titreyerek pişirdiğim kahveden sadece birkaç yudum aldıktan sonra pencereye sokakta gezen var mı diye bakmak için yaklaştım. Sadece üç-dört kişi omuzlarını yukarıya kaldırarak, yağmurdan kaçarcasına hızla yürüyordu. Sokağın benim ruhum gibi sarsıldığını görünce oradan da çekilip, kahvemi yudumlamaya odanın içinde gezinerek devam ettim.

"Her şey yolunda mı?" diye sordum kendime... Tabii ki hayır! Beynim kendini bilmeden, delice çığlık atıyordu. Kendini paralayıp, çaresizliğin içinde ölüp ölüp diriliyordu. Müziği nasıl da unutmuştum? Kızımın ölümünden sonra baleyi bırakan ben, ne oldu da bu coşku akıntısına kapılmıştım. İyi bildiğim çevreye göz attım, hiç kullanmaya alışık olmadığım müzik çaları nerede sakladığımı düşündüm. Deli gibi çekmecelerin içinde onu aramaya koyuldum. Bulduğumda ilk işim kulaklıkları kulağıma takıp en son sesi açarak müzik dinlemekti. Üzerime temiz kot pantolonu, kazağımı giydim. Omzuma düşen henüz ıslak olan saçlarımı taramadan, tokayla at kuyruğu şeklinde topladım. Küçük de olsa valizi hazırlamak için kollarımı sıvadım. Valiz önümde, iki farklı kişiliğin karışık düşünceleriyle hızlıca doldurmaya koyuldum. Birden yaşamın devamında ne yapmak istemediğimi bilmezcesine durakladım. Başımı ellerimin arasında ezercesine bastırarak nefesimi tuttum. Gözlerimi kapatıp kendimden vazgeçmek için sayısız dilek diledim. Kaç dakika ya da kaç saat geçtiğini bilmiyorum. Duyumu, hissimi yitirmek için varlığıma bir müddet yalvardım. Belki de içimde sıkışan bir şeyin nefes almamı ikna edesiye kadar... Sonunda önümdeki aynaya baktım. Biri bana bakıyordu. Güzel, ince, uzun boylu bir kadındı bu. Durgun, ağlamaklı, öfkeli bir kadın... Sesim bağırarak çıkmaya başladı... "Topla kendini! Aklına eseni yapmak için kendini bırak! At zincirleri! At! At! At! Bak, çevrede neler oluyor! Herkes yaşıyor değil mi? Peki, bu çevredeki insanların içini biliyor musun? Hayır, tabii ki! Bu ne demek? Seni de kimse bilemez. Senin adına kimse üzülmez. Peki, sorun nerede? Kendini sevmek zorundasın, çünkü hayattasın." Çileden çıkmıştım. Tıpkı Tanya gibi konuşuyordum aynanın karşısında, rahatladım sanki. "Yürü o zaman! Hemen!" Bir iki parça daha soktuktan sonra valizin fermuarına asılarak onu kapatıp, yatağın üzerinden parke zemine indirdim. Odanın çevresine bakınmadım; mahalleyle, komşularla vedalaşmak için pencereden bakınmadım. Başka zaman, tatile çıktığım zamanlarda evimle vedalaşır, tıpkı canlıymış gibi konuşurdum. Bugün buna hiç cesaret bulamadım. Neme lazım, konuşası tutar, İa'mı hatırlatır, Lilia'nın kızını... Ben Tanya idim. Bu ev için, mahallem için Tanya idim. Acı acı güldüm. Üzerime ince kot montu geçirip sokağa fırladım. Asfaltlanmış dar mahalle yolundan hızlıca yürüdüm. Mümkünse koşmak isterdim ama beni camlardan görme ihtimali olan komşuları şüphelendirmek istemezdim. İlk karşılaştığım kişiye ben Lilia değilim, Tanya'yım demekte zorlanacağımı biliyordum. Belki de dilim dönmezdi. Vahşi bir korkuyla sarsıldım. Tüm bedenim titriyordu, kaba bir ses tonuyla kendime lanetler savuruyordum. Peki bu korkuyla bu yalanı nasıl sürdürecektim? "Yalan, Azrail'e doğrulan mermiyse eğer..." İçimde bu kelimeleri fısıldayan kişiyi can kulağıyla dinlemek istedim. Buna mecburdum.

Adımlarımı hızlandırıp, oldukça iri harflerle 'Metro' yazısı olan binaya yaklaştım. Kalabalığın arkasından yürüyüp, karşıma çıkan camdan kapıyı itekledim. Şimdi işim daha kolaydı. Bin türlü insanın içinde kendimi gizlemenin daha kolay olacağını biliyordum. Korkumu yitirmiştim sanki. Kimliğimi değiştirmeye karar verdikten sonra şansıma mahalledeki komşulara burada da rastlamamıştım. Sokaklarda bana kimse "Liliaaaa..." diye seslenmemişti. Tanrı'nın bile benim değişmemi fark etmediğini düşünmek istedim bir an. Keşke, keşke Tanrı'nın canlı varlıkların ruhlarında sıkışmış karmaşayı okuma becerisi olmasaydı. Kendimde vahşi şiddetiyle bedenime inen görünmez yumrukların acısını hissettim. Havadan iri bir lokmayı kopararak derin bir nefes aldım. Kalabalıkla beraber yürüyen merdivene adım attığımda trenin yeni uzaklaştığını duydum. Neyse ki arkasından gelen, önden sürüklenen hava akımıyla kendine özel uğultu çıkararak yaklaşmak üzere olduğunu haber verdi. Gıcırdayarak yavaşlayan tren, fren sesleri çıkarıp üzerimize tüm gücüyle nefesini boşalttıktan sonra durdu. Trenin sırtına çullanan kalabalığın yollara dağılmak üzere inmelerini bekledim. İçine girdiğimde derin derin nefes aldım. Duyuruları dinleyerek sakince sıramı bekledim. Karşımda otururken uyuklayan kadına gülümseme cesaretinde bulundum. Beni tanımıyordu. Galiba içgüdülerim beni doğru yola sürüklüyordu. Ya değilse? Ya doğru yol bu değilse?

Metronun beni istediğim sokağa sadece birkaç dakikada ulaştırmasından memnuniyetsizlik duymuştum. Dakikalar nedense çabuk ve karmaşayla boğuk ilerliyordu. Tıpkı ağır bir hastalığın ömrü acımasızca kemirmesi gibi...

Metronun çıkışında karşıma çıkan iki yola bakındım. Durakladım. Durduğum noktanın, varlığımın ve kaderimin üzerinde kara kalemle yazılmış soru işaretinden ibaret olduğunu hissederek iyice daralmıştım. Elimdeki valizi ayağımın dibine bıraktım. Şiddetle zonklayan başımı ellerimin arasına aldım. İçimden "Bana ait yol hangisi?" diye bağırmak geliyordu ama üzerimde hissettiğim tuhaf ve kalabalık bakışlardan korktuğum için suskundum. O an bir kez daha karar vermiştim; burada katili bilerek yaşayamazdım.

Rus Elçiliği'nin kapısına yaklaşmam için sadece birkaç adım kalmıştı. Durakladım... Binaya göz attım. Adını duyurmuş taş ustanın eliyle çerçevelenmiş camlardan içeriye, ne görebileceğimi umduysam, gözümü ayırmadan bakıyordum. Orada gördüğüm şehrin somurtkan, silik yüz yansımasından irkildim. Kapalı, boğuk havanın etkisi altında, yakınlarda serpilmiş kavak ağacının huzursuz yaprak sarsılışını görmek istemiyordum. Adı olmayan güce ihtiyacım vardı. Beni elimden tutup ayağa kaldıran güce... Bel kemiğime güvenir gibi halkıma, memleketime güvenmeliydim. Oysa, nedense ben ağlarken şehirdeki insanlar da ağlamaya hazırlanıyordu. Evet, kaçmalıydım... Kaçmalıydım... Binanın önünde dikilmemin bana bir fayda sağlayamayacağını geç de olsa anladım. O an bir kez daha tazelenmiş kararla yüksek olan giriş kapısına yaklaştım. Kapıyı itekledim. İçeriye girdiğimde vize işlemleri için masa başında oturan orta yaşlı, biraz da toplu kadının müsait olduğunu düşünerek acele ettim.

"Merhaba!" dedim ve yüzüme bakmasını bekledim. Kadın incelemekte olduğu evraklardan gözlerini kaldırdı. Bana soru sormadan "Ben Tanya Soselia, Rusya'ya gitmek için vize almak istiyorum." dedim ve sustum. Kadın beklediğim soruları bana sormadı. Elimde gördüğü pasaportu ona uzatmam için işarette bulundu. Hızlı bir şekilde masanın üzerine pasaportumu bıraktım. Gözlerimi ondan uzaklaştırıp yere eğdim. Korkumdan nefesimin kesildiğini anımsıyorum. Hayatımda hiç olmadığım kadar gergindim. Zaman geçmek bilmiyordu. Bir ara gözlerimi kaldırdım. Kadının pasaportun sayfalarından fotoğraflı olanın üzerinde durduğunu gördüm. Birkaç saniye sonra başını kaldırdı ve fotoğrafta olan Tanya'yı benimle eşleştirmek için bana uzun uzun baktı. O an her şeyin biteceğini, orada öleceğimi sandım; ama öyle bir şey olmadı. Kadın gözlerini benden uzaklaştırarak masanın üzerinde duran başvuru formundan bir tane eline aldı, bana uzattı. Benden beyaz kâğıdın üzerinde, siyah kalemle yazılı olanları okumamı ve bu formu doldurmamı istedi. Kâğıdı elime alıp orada aynı qsebeplerden dolayı bulunan arkadaşların yanına yaklaştım. Herkesin elinde birer kalem, hepsi formları doldurmakla meşguldü. Kendime bankonun bir köşesinde yer bulup acele ederek soruları cevaplamaya koyuldum. Orada yazılmakta olan vize ücretini ödedikten sonra vizeye de sahip oldum. Binadan çıktığımda sevinç çığlığı atasım vardı, ama... Üzerime çullanan tedirginlik beni öyle boğuyordu ki gıkım bile çıkmadı. Metroya doğru yürüdüm. İçimin biraz ferahlaması için kendimi teselli etmem gerekiyordu, ama beynime mıh gibi saplanan gerçeği görmezden gelemezdim. Yüreğime bu farklı kimliği taşıyarak yaşaması gerektiğini sık sık hatırlatsam da nefes almakta zorlanıyor, korkuya kapılıyordum. Öfkeliydim kendime, parçalanmış kaderime... Bir ara, yolun ağzında durakladım. Kendimi savunmak adına başka çıkış yolum var mıydı sanki? diye bağırdım içimden. Cevabımın tereddütsüzce "Hayır" olduğunu duyabiliyordum zihnimin derinliklerinden. Yürümeye devam ettim. Bu kez daha hızlı... Doğru bildiğim yolda, olacakları düşünmeden, tartmadan... Karşıma çıkan, oldukça kalabalık metroya girdim. İçinde koşuşturanlara karıştım. Çevreme bakındım. Fark ettim ki kalabalığın bakışları artık beni tedirgin etmiyordu. Tek bir şey korkutuyordu beni, havada karaladığım geleceğimin birden buharlaşması... Ya geri dönmeye karar verirsem... Ya körü körüne yürümem büyük bir yanlışsa... Yaşadığımdan daha büyük yanlışsa... Ya o zaman...

Sonunda, "Vagzal Durağı" sesi duyuldu görünmez bayandan. Kıpırdayan kalabalığa karışıp, onlarla birlikte vagondan indim. Tükenmiş zihnimle yürüyordum. Boş... Bomboş... Kalabalığın ayak sesini duymaz olmuştum. Sanki dünyadan uzak, görünmez yolun çizgisinde yürür gibiydim. Afallamış halimle... Beni sarsan bir atak daha... Birden, beynimde toplanan kalabalığın yargılayıcı sesleriyle savaşır buldum kendimi. Kararım kesin! Kime ait ses tonundan bağırdığımı bilmiyorum. Bilmiyordum.

Acele ederek, emin adımlarla otobüs duraklarına doğru kalan yol mesafesini yürüdüm. Bilet almak için "Soçi" yazısı olan ofise yaklaştım. Orada bilet satmakla görevli genç bayana rastladım. Beni gülümseyerek karşıladı.

"Soçi'ye biletiniz var mı?" diye sordum. "Şanslısınız bugün için son bileti size verebilirim." dedi. "Güzel..." dediğimde kendimle gurur duymam gerektiğini düşündüm.

Kararım kesindi Burada tetiklendiğim cehennemin daha da derinliğine adım atamazdım. Her neyse... Biletimi alıp beni bekleyen otobüse doğru yürüdüm. Küçük valizimle tepiş tepiş dolu otobüse adım atmakta zorlansam da uzun bacaklarım ve ince bedelimle bunu başardım. Otobüsün son sıralarda bulduğum koltuğuna oturup yerleştim. Başımı arkaya yaslayıp fazla beklemeden hareket eden, bizi sarsan otobüste var olduğuma şükrettim. Gözlerimi dünyaya kapatmıştım adeta, o an tek bir dileğim vardı; içimdeki deliliğin hiç ummadığım bir zamanda parlamaması...

Hissediyordum. Derin nefes almam gerektiğini hissediyordum. Dizlerimin üzerinde tutuğum el çantamı karıştırıp doktorun verdiği ilaçlardan birini dudaklarımın arasına sıkıştırdım. Biri bana kendi kullandığı su şişesini teklif ettiğinde düşünmeden kabul ettim. Huzura, uyumaya ihtiyacım vardı... Acele ederek gözlerimi kapattım. Karanlığa sindim. Zihnim ağırlaşmış zaman diliminin içine süzülse de bir müddet sonra silikleşti. Ne zamandır uyuduğumu bilmiyorum, gözlerimi açtığımda buğday tenli asker karşımda durup, kontrol için pasaportumu istiyordu. Ona iri iri açılmış gözlerimle baktığımda, sanırım o an yaşadığım telaşın iç yüzünün yerine, görünürde olan uyku sersemliğimle şüphe çekmedim. Nihayet çantamın iç cebinde koyduğum pasaportumu çıkarıp uzattım. Asker pasaportu incelemek için başta resim olan sayfayı açtı. Gözlerini fotoğrafa indirdiğinde korkumdan oracıkta öleceğimi sandım. Kalbim göğüs kafesinden fırlayacakmış gibi atmaya başladı. Asker gözlerini kaldırdı. Yüzüme dikkatle baktığında yanaklarımın hafif pembeleştiğini hissettim. Neyse ki utancımı da bir yere koyarak sakin bir tavırla işine devam etti.

"Nereye bayan?" diye sorduğunda iyice rahatlamıştım.

"Soçi'ye annemi ziyarete..." kendime güvenerek cevap verdiğime şaşırdım.

İçimdense "Keşke öyle olsa, keşke alkolik değil de kendi ayakları üzerinde duran, sevecen annem olsa." diye düşündüm. Değildi. Üstelik beni orada, onun yanında ne beklediğini bile bilmiyordum. Asker pasaportun kimin olduğunu bilmeden, oradaki yüzün kimin olduğunu anlamadan pasaportu elinde evirip çevirip vize giriş damgasını vurdu. İşlem bitmişti. Asker görevini yapmış olduğunu sanarak pasaportu kapatıp bana uzattı. Yüzüne gülümsedim. Bunca korkudan sonra, yaşadığım dev sevinçten boynuna atlamaya bile hazırdım. Neyse ki bunu yapmadım. Başımı yapay huzuru tadarak sokağa çevirdim. Keşke sevincim gerçek olsa... Bu saatten sonra zor, çok zor... Kelimeler zihnime acısını saçarak düşüyordu. İç geçirdim. Gözümün önünde hızlıca koşuşturan sokaklara bir müddet bakındım. Neyse ki aldığım kuvvetli sakinleştiricinin etkisi hala sürüyordu ve var oluşumda aradığım huzuru rüyalarımda buldum. Beynim susmuştu ama içimdeki zehrin acısı ne unutulmuş ne de dinmişti. Zihnimde gördüğüm kareler birden değişti. Kendimi gördüm. Gecenin karanlığında adı olmayan derinliklerde öfkeyle delirmiş, önümde uzanan kanla ıslak yolda korkudan koşuyordum. Aniden durakladım. Gözümün gördüğüne afallamıştım. Karşımda yığınla duran kana bulaşmış kemikleri yok etmek için onları kırmaya başladım. Suçumu gizleyecektim güya ama yapamadım. Kemikler nedense çoğaldıkça çoğaldı. Avuçlayıp ağzıma tıkmaktan başka çarem yoktu. Nefesim daralıyor boğuluyordum. Sıçrayarak uyandım. Yanımda oturan orta yaşlarda kadın korku dolu gözlerle bana bakıyordu. Utanarak başımı cama doğru çevirdim. Dışarıda rüzgâr her varlığın beynini sarsacak kadar kuvvetle esiyordu. Vahşi bir şekilde terlediğimi hissettim. Birden terim soğumaya başladı. Başımın üst kısmı buz tutmuştu. Göz perdem az önceki karalığa yeniden kavuşmaya başladığı vakitse üzerime çöken halsizliği hissettim. Yanımda oturan kadın bana su dolu pet şişeyi uzattı. Siyah sis içinde gördüğüm kadına gülümsemeye çalıştım. Şişeyi onun elinden aldım, bir yudum bile yutmadan şişeyi düşürdüm. O an bana moral verecek Tanya'dan başka kimsem yoktu. Yanımda da tek o vardı. İçimde gizlediğim kahkahaları yaşamaya başladım. Neşeli halim uzun sürmedi. Korkum beni yeniden hapsetti. Ondan adını çaldığımı öğrenen Tanya nasıl tepki verecekti? Kendimi bildim bileli beni kıskandığı için, çaresizliğime sevinmiş olabilirdi. Belki asabice kahkaha atardı, bilemem, ama beni asla anlamaya çalışmazdı. Onun bana karşı gizliden gizliye düşmanlık beslediğini biliyordum. Aramızda bunca tatsızlıktan sonra zaten farklı olamazdık. Beni katil diye herkese, daha kötüsü de polise şikâyet edebileceğini de bilmiyor değildim ama işte zerre kadar ümide sarılmak zorundaydım. Belki çıkış yolunu bulurdum. Çıkış yolunu ha...

4

"Soçi'ye girmek üzereyiz." dedi kadın benim duyabileceğim bir sesle.

Başımı onun baktığı cama çevirdim. Trafik aceleci ve yoğundu. Yayan gidenlerin bazıları perişan duruşlarıyla hayatın sancıyarak ömürlerini kemirdiğinden bahsediyor gibiydiler. Karamsardım. Hiç ummadığı zamanda siyanür (zehir) etkisini göstermeyi bilen, beni korkutan beynim tarafından tetikleniyordum. O an tek bildiğim nefes almaya bile korkar olduğumdu. Göz bebeklerimi daha uzağa çevirdim. Orada pastel renklerle boyanmış irili, ufaklı evlerin çoğunun alçak ormanın içinde gizlenmeye çabaladıklarını gördüm. Sebep? Ölmeden soluğun esareti olmaz. Mırıldandım acı bir biçimde. Onlar da oradaydılar. Düşündüğüm gibi oradaydılar. Gözden kaçıramadıkları kısmıyla silik görünerek yaşamı sürdürüyorlardı. Kimi yüzünü çevirerek içinde hapsetmeye çalıştığı kederini gizleyebilmişti; kimi alnı açık, hayatla yüzleşmeyi sevdiğinden bahsediyordu. Havadan iri lokmayı koparıp, gözlerimi, varlığıyla yüreğimi açan gökyüzüne çevirdim. Yaşamdan bahsediyordu. Yer yer zalimliğin onda bıraktığı morluklara, mağdur kalmışlığına rağmen, umutsuz değildi. Cömertçe pamuk şekerin beyazlığına kucak açtığını da görüyordum. Acı bir biçimde güldüm. Ya kara bulutların sevdiği? Seller, afetler? Aklımdan geçeni duyurmak üzere otobüsün içinde kıpırdayan halkın yüzüne bağırmaya hırslansam da, tabii ki bunu yapmadım. Ayaklandım. İnmek için kıpırdayan kalabalığın arkasından T.D. durağında indim. Dar, yeni bakım görmüş yoldan hızlı adımlarla tedirginlikle yürüdüm. Hususi mülke girmek üzere olan hırsız gibi, çevreye birkaç kez bakındım. Gergindim. Annem denilen kadının evi yaklaşık üç yüz metre ötedeydi. Eve giden taş yoldaki eski fırının karşı sokağında... Zaman ağır ilerliyordu. Her an felaketin ordusu burnumun önünde bitecekmiş gibi bir hisse kapılmıştım. Hızlıca yürüyordum. Üzerinde durduğum çıkmaz yolların kan kokusundan uzağa kaçıyordum. Kimseden anlayış beklemiyordum. Belki zamanla Tanrı beni anlayabilirdi. Parçalanmış, delirmiş ruhum için zerre kadar sevgi beklediğim var mıydı? Acaba? Yoksa korkularım... Onları da mı yitirmiştim? Candan birinin sesi tükenir gibi... Saçıma annemin yaşlı elinin dokunuşunu özlüyordum. "Yapma kızım, yapma kendine bu eziyeti. Biz varız. Senin yanında biz varız." Eğer bu kelimeleri duyacak olsaydım... Eğer duyacak olsaydım... Çıkmazımdan çözülürdüm be! Çözülürdüm. Ruhuma, sevgi dolu tabiatıma, körlüğüme, intikam arzuma, kinime karşı çıkardım o zaman. Zalimliğime, son nefesim pahasına, evet son nefesim pahasına geçerdim karşısına... Yapışırdım yakasına. Boğardım; narin, incecik ellerimle. Toplardım son gücümü iyiliğe. Belki asabiyetimle baş etmeyi öğrenirdim. Yenerdim kendimi. Gururla verirdim nefesimi. Ah ruhum, şimdi neden sorguluyorsun bütün bunları, neden? Neden mi? Neden mi? Sebebi çok basit, eğer düşündüğüm olabilseydi, kızım bana kucak açardı. Beni yanına kabul ederdi. Melek annem derdi. Katil denilerek, Azrail'in ağırlığını, kambur bilerek taşımazdım. Tanya'nın kimliğini çalmak zorunda kalmazdım. Yapmazdım bunu! Yapmazdım! Zihnimdekilerin etkisinde nasıl kaldıysam, sokağın ortasında dona kalmışım. Bir de baktım ki adım nasıl atılır unutmuşum.

İtiraf çemberinde dönüp durmaktan yorulduğumu, terlediğimi hissetmiştim. Yaptıklarımın korkusundan, yaşamdan korkuyordum ama elimde avucumda başka neyim vardı ki? Önümde uçurumdan başka ne vardı ki? Belki de... Olmaz ya... Bize anlatılan uçurumun sonunda tatlılık vardır. Huzur vardır. Kim bilir belki vardır ha!

Yürü Lilia! Yürü Lilia! Burada durma. Yürü! Birden zincirden kurtulmuş av köpeği gibi durduğum yerden kopup apartmanın girişine daldım. Orada kayboldüğumu, kaybolacağımı bile bile... Çıkmaza sürüklendiğimi bile bile... Ya şansım son anda dönerse?

Kapıyı çalmadım çünkü zaten aralık bırakılmıştı. Bunca yoldan, verdiğim karardan sonra orada öylece durduğuma inanamıyordum. Çevreye bakındım. Görünürde kimse yoktu. İçimden bir his beni takip edenin, izleyenin çok olduğundan bahsediyordu. Derin derin nefes aldım. "Hazırım... Evet, hazırım... Hayır, değilim... Haydi..." Kendimle baş etmekte zorlansam da sonunda kararım değişmedi. "Haydi ama..." diye fısıldadıktan sonra kapıyı parmak uçlarımla içeriye doğru ağır ağır itekledim. Evde günlerdir hapsolan çürümüş sebze, alkol ve kir kokusu yüzüme beton gibi çarpınca bir adım gerilemek zorunda kaldım. "Allah kahretsin!" diye bağırdığımı anımsıyorum. Çevreye bakındım, beni ne duyan ne de benim karşıma çıkan olmuştu. Ev oldukça dağınık ve pisti. Aslında gördüğüm manzaraya şaşırmamalıydım. İnsafsız annemin çevresinde ne canlı ne de ev hayır görürdü. Kendimi unutmuş gibi odanın ortasında öylece dona kaldım. Başımın ağrısı şiddetlenmişti, arkasından kulaklarımın içinde tuhaf uğultu da belirince ister istemez alkımı yitirmekten korktum. Gücünü yitirmiş bedenimin yere yığılacağı korkusundan valizimi ayaklarımın altına koyup, sırtımı yakın durduğum duvara yasladım. Ağzımda zehir tadı vardı, damağımsa kurumuştu. Açlıktan mı, kokudan mı bilemedim; midem bulanıyordu. Başımı duvara vurmaya başladım. Ruh acısının şiddetinden fiziksel şiddeti duymuyordum. "Bu tımarhaneye nasıl döndün? Bu hatayı nasıl yaptın?" defalarca kendime sormuş olsam da geri dönüşün olmadığını biliyordum. Gözümün önünde hayat tükenmişti o an. Yoktu. Tek kelimeyle, yoktu.

Sigara dumanından sararmış tavana gözlerimi diktim. Bir ses bekliyordum, bir işaret... Bir belirti... Birinin kaba da olsa "Kendine gel!" diye bağırışını...

Geç de olsa, sessizliğe ses karıştı. Silkindim, sustum, duyduğumun ne olduğunu anlamaya çalıştım. Ses zamanla daha da kuvvetlendi. Annem... Nerede can vermek için bocaladığını düşünerek çevreye bakındım. Önüme düşmüş olan sandalyeyi kaldırdım. Yere saçılmış kirli, kusmuk içinde olan kazağı ve eşofmanları ayağımla itekledim. Birkaç telaşlı adımdan sonra onu gördüm. Kirli, mavi koltuğun dibinde iki büklüm sızmıştı. Üstü başı perişandı. Kırmızıya boyadığı kısa saçları ıslaktı. Büyük ihtimalle başını çeşmenin altına tutmuştu. Belki de onun yerine bunu başka biri yapmıştı. Belki birileri... Çünkü kadının ayak dibinde birkaç boş votka şişesi vardı. Sigara izmaritleriyle dolu olan kül tablası orada idi. Eğildim. Anne denilen kadının çıplak omzuna dokundum, onu sarstım. Başını hafifçe kaldırdı ve yüzüme bayat balık gibi baktı.

"Sen misin orospu?" diye geveledikten sonra yarım kalmış uykusuna yeniden daldı. Sinirlerim tepemde, yerde yatan kadının yakasına yapışmak yerine kendi yakama yapıştım. Bir ara başımı duvara daha şiddetli vurup beynimi dağıtasım geldi, ama onun yerine derin derin nefes almaya, kendime "Sakin ol!" demeye başladım. Oradan gitmek istedim, doğru ama gidecek yerim yoktu.

"Beni burada çabuk enselerler." diye bağırdım kendi kendime. "Öyle mi dersin?" Asabi bir kahkaha bastıktan sonra, "Sen Lilia değilsin ki..." diye geveledim. Geç de olsa, sakinleşmek için sayı saymaya başladım. Sayıları birbirleriyle karıştırmış olsam da ben onları gene de sayıyordum. Tıpkı hayatımın, beynimde karışmış olan kaderden zincirinin başını ve sonunu arar gibi...

"Oh, Tanrı'm!" diye geveledim, "Beni mi buldun çiğneyip tükürmek için? Sabır ver!" diyerek çevreye bakındım. Burada yaşamam için buraya baştan alışmam gerekirdi. Acilen odayı temizlemek için kolları sıvamalıydım. Bu iğrenç kadını da... Annem denilen kadını baştan aşağı iğrenerek süzdüm. Kardeşim evde olsaydı annemizi o temizlerdi diye düşündüm. Yapardı. Ben anneme sırtımı dönüp onu bırakırken o onun yanında idi. Hakikaten, o şimdi nerede idi? Annem denen kadına bir kez daha baktım. Tanya'yı bu evden onun kaçırdığından emindim. Çevreyi bir kez daha süzdüm. Orada duran mavi koltukları kardeşimin seçmiş olduğundan, hatta onun aldığından emindim. Bu iğrenç evde tek modern olan onlardı çünkü. Güzel bir kadının kirin içinde yüzdüğü gibi sırıtıyorlardı burada.

Duvarın dibinde eğreti duran kahverengi masanın üstü ıvır zıvırla dolmuştu. Yer yer yanık izleri vardı. Belli ki üzerinde yanan sigara unutulmuştu birkaç kez. Masanın çevresinde olması gereken altı sandalyeden sadece ikisi kalmıştı. Biri kusmuk içinde idi. Bu eve sonradan edinilmiş dar siyah vitrin bir kavga sonucunda ya da birinin başının üzerinden uçan terlik yüzünden camsız kalmıştı. Bir zamanlar yerde olan halıdan sadece, eski tabanında onun var oluşunu hatırlatan güneş izi sırıtıyordu. Bu manzaraya bakınca midemin iyice kalktığını hissettim. Temiz havaya ihtiyacım olduğunu hatırladım. Pencereye yaklaşmak için acele ettim. Pis olan pencere koluna asıldım. Zor da olsa açabildim. Soğuk ve temiz hava içeriye buyurdu. Dudaklarımı hafifçe aralayarak havadan iri bir lokma kopardım. O an bir kere de olsa kendimi mutlu hissettim, ama bu durum uzun sürmedi. Sessizliğin içinden gelen, annem denilen kadının derin, vahşi, sinir bozucu horlamasıyla asabiyetime yeniden kavuştum. Onun başında dikilip ona doğru ne kükrediğimi hatırlamıyorum. Bana kalsa her şeye benzin döküp yakasım vardı ama, ama işte...

Asabi ve hızlı adımlarla mutfağa doğru çöp torbası aramak için yürüdüm. Mutfak salondan daha kötü durumda idi. Kahverengi dolap kapakların üzerinde bol miktarda el izleri mevcuttu. Tezgâh yıkanmamış bulaşıklarla dolmuştu. Gri taştan olan zemine dökülen yemek damlalarından dolayı ayağını basanın oraya yapışacağından emindim. İğrentiyle açtığım çekmeceleri deşip çöp torbası aradım. Bulduğumda, en baştan odayı toplama niyetiyle oraya doğru yürüdüm. Odanın içinde, hemen hemen her yerde rastladığım boş içki şişelerini onun içine teptim. Sonra kül tablasını onun içine boşalttım. Annem hala orada öylece yatmaya devam ediyordu.

Elimden gelse bu iğrenç kadını de çöp torbasına teperdim. Söylene söylene kabaca da olsa evi temizledim. En azından ayak bastığım, elle dokunduğum yerler ıslak bezle tanıştı. Kendimi fazlasıyla yorgun hissetsem de "Bundan sonra ne olacak?" diye düşüncelerle şişmiş kafamla odanın içinde bir süre daha asabiyetle dolaştım. Sonra koltuğun birine oturup o iğrenç kadının horlamasını dinledim. Birkaç kez kalkıp camların ötesinden hemen hemen karanlığın tümüne teslim olan yolu süzdüm. Derin düşüncelere kapıldım. İkizimi merak ettim. Nerede idi? Eve ne zaman dönecekti? Onunla ne konuşmalı idim? Bak bunu bilmiyordum. Belki de derinlerimde hissettiğim, beni bekleyen cehennem yollarından korktuğumu ona da söylerdim. İnanır mıydı? Sevinirdi belki de... Bilemem. Yoksa yalan mı uydurmalıydım? Pembe yalanlardan mı? Yalan konuşmak kötü bir şey! Kızıma nasihatte bulunduğum günleri hatırladım. Hayatta her şeyi tepe taklak olunca, yalanın kölesi oluyor demek ki insan...

Az önce uzaklaştığım pencereye tekrar yaklaştım. Başımın ağrısı artmıştı. Elimden gelse başımdan kurtulurdum. Koparıp sokağa fırlatma şansım olsaydı yapardım... Keşke... Keşke... Ama, ama ondan kurtulmam imkânsız. Kızımın hatıralarını sakladığım tek kaynağımdan kurtulmam imkansızdı. Başımın daha fazla ağrımasına dayanamayıp sandalyeyi pencereye yakın bir yere sürükledim. Bir müddet karanlığı izledikten sonra uyuyakaldım. Ne kadar uyuduğumu bilmiyorum. Bir ara uykumun arasında, kesik kesik duyduğum kapının zil sesinden korku içinde uyandım. Doğruldum. Annem denilen kadının önünden geçip kapıya yürüdüm. Orada bir müddet durakladım. Kim olduğuna bakmak için dürbüne eğildim ama biri ona sivri cisimle vurarak onu buzlu cam haline getirdiği için arkasında kimin olduğunu göremedim.

"Kim o?" diye seslendim korkumdan titremiş bir sesle. O an cevap alamadım ama kapı hala ısrarla çalıyordu. Kardeşimdir, diye düşünerek sert olan kapı koluna asıldım, kapıyı azıcık araladım. Dışarıya bakındım. Karşımda kırk yaşlarında adamın biri duruyordu. Beni görünce yüz ifadesi hoşuna gitmeyen bir şey görmüş gibi birden değişti. Ne olduğunu, onun kim olduğunu kestirmeye çalıştım. O hala orada idi. Bakışları yanlış birini görmüş, yanlış kapıya gelmiş gibiydi. Aile düşmanı mıydı gelen? Kestiremiyordum. Sonra birden adam gülümsemeyi denedi. Kimdi ki bu adam? Bu saatte burada ne işi vardı? Neden bana gözünü ayırmadan bakıp susuyordu? Ne düşünüyordu? Afallamış bir halde onu kaç dakika izlediğimi bilmiyorum. Belki sadece birkaç saniye bilemem. Sonunda adamın ağzından benim hiç beklemediğim kelime "Tanya" yuvarlandı. O an gözlerimin iri iri açıldığından eminim. Suskundum. Ne söyleyeceğimi bilmiyordum.

"Sevgilim!" dedi daha canlı bir sesle. Boynuma atıldı. Sırtımı okşamaya başladı. Donup kaldım. İkiz kardeşim Tanya'nın arkadaşı mıydı bu adam? Biz bu kadar mı birbirimize benziyorduk hakikaten? Arkadaşı ya da sevgilisinin bizi ayıramayacağı kadar mı? Sağlıklı düşünemiyordum. Tanya'nın rahatlığını, özgürlüğünü gözümün önüne getirdim o an. Rezillik diz boyu... Kendimi oradan yok etme şansım olsaydı keşke, ama orada idim ve kim bilir bu adam benimle ne yaşamıştı? Utancımdan kızardığımı hissettim. Adam alışılmış gibi bana karşı gayet rahattı. Gözlerimin içine bakıp, ellerimi tutuyordu. Bir ara sanki aklına bir şey gelmiş gibi, yüzü asıldı. Kendiyle mi savaşıyordu acaba? Şüphelerle mi savaşıyordu? Ne vardı aklında? Yoksa sonunda benim Tanya olmadığımı mı anlamıştı? Şimdi mi uyandı?

"Sen kimsin?" diye bağırmaya başlayacak mıydı? Konuşması için bekledim ama... Olanlara bak... Tam aksine adam öpmek için bana doğru eğiliyordu. Donuktum. Kıpırdamıyordum. Hiçbir tepki veremeyecek kadar boştum. Bomboş... Dudaklarını dudaklarımın üzerine bastırdı. Ellerini saçlarımın arasına götürdü. İçten, tutkuyla öpüşen adama tutsak kaldığıma inanamıyordum ama öyle idi. Onu kendimden iteklemeyi hiç düşünmedim. Nedenini bilmiyorum ama düşünemedim. Durduğum yerden kıpırdamayı, oradan kaçmayı bile düşünemedim. Resmen şoka girdim diyebilirim. Adamınsa durmaya niyeti yoktu. Kısa sürede ellerini sırtımdan aşağı popoma doğru kaydırdı, o an nihayet silkinip refleks olarak başımı geriye çektim. Bir adım da olsa geriledim. Yüzünü gerginlikle izliyor, susuyor, kıpırdamıyordum. Sessizliğimle de olsa ondan beni rahat bırakmasını istiyordum. Asabi duruşuma, bakışıma aldırmayan adam sadece birkaç saniye içinde bana yeniden yaklaştı. Beni tatlılıkla izliyor, az önce ellerinin arasına aldığı ellerimi öpüyordu.

Gözlerimin içine bakarak: "Neden hiçbir şey söylemeden ortalıktan kayboldun? Aramızda bir sorun olduğunu bilmiyordum." dedi yumuşak bir sesle.

Gözlerimi kırpıştırdım. Yüzümden şaşkınlığımı, olup bitenden haberim olmadığını gizlemek için başımı yere eğdim. Nazikçe yanağıma dokundu. Yumuşak bir sesle "Seni sevdiğimi biliyorsun. Neden? Neden, tek kelime bile söylemeden çekip gittin? Konuşabilirdik. Tekrar, tekrar konuşabilirdik. Ben seni bir kez daha dinlerdim ama bu şekil... Olmadı güzelim. Hiç olmadı..."

Suskundum, ne diyebilirdim ki. Kimdi bu adam? Aralarında ne geçti? Tanya ondan neden kaçtı? Ben ne yapmalı idim? Doğruyu söylersem bana ne yapardı? Hala orada onun karşısında ne diye duruyordum? Neden çığlık çığlığa kendimi anlatmıyordum? Ama hayır! Ona açılamazdım. Onu hiç tanımıyordum. Bunu yapamazdım. Kesinlikle düşündüğüm şeyi yapıp ona açılamazdım Kapıyı açmamalıydım. Buraya hiç gelmemeliydim. Ama şimdi...

Sessizliğimi izledi. Boş boş bakındığımdan mutsuz olduğum görünüyordu. Bana ne olduğunu anlamadan, şaşkınlık içinde o da ne olduğunu anlamaya çalışıyordu. Bir ara ellerimi bıraktı. Bana sırtını dönüp, orada yerde yatan anneme de aldırmadan pencereye doğru yürüdü. Ne düşünüyordu? Ne yapmak istediğini bilmiyordum. Cebinden çıkardığı Marlboro kutusundan bir tanesini çekti. İki dudağının arasına yerleştirip siyah çakmakla tutuşturdu. Onu sessizce izlemeye devam ettim. Keldi, iri yapılı idi. Sportif bedene sahipti. Üzerinde siyah yakalı kazağı ve siyah kot pantolonu vardı. Ayakkabılarında toz kırıntısı yoktu. Belli ki benim gibi zahmet etmeyip yürümemişti. Kolunda pahalı gri saat metal renginden dolayı parlıyordu. Sigarasını yutmak ister gibi acele acele içiyordu. Belli ki canı sıkındı. Belli ki Tanya'ya kızmıştı. Hissediyordum, kendinde gizlediği asabi bir tavrı vardı. Neden susuyordum, bilmiyorum. Belki ne olduğunu anlamaya çalışıyordum. Belki de sadece aramızdaki benzerliğe şaşkındım. Ne yapacağını bilmeden altıma sandalyeyi çekip oturdum. Sigarasını içti. İzmaritini masada duran kül tablasının içinde ezdi. Yanıma yaklaştı. Beni dikkatlice süzdü. Başını olumsuzca salladı ve konuşmasını yeniden başladı:

"Benden uzaklaşmak için gitmediğini söyle. Aramızda geçen son konuşmanın üzerinde durmadığını söyle."

"........"

"Susuyorsun... Neden? Bu kadar mı yabancılaştık biz birbirimize? Buna inanmamı beklemiyorsun değil mi? Beni sevdiğini biliyorum Tanya. Seviyorsun. Aramızdakileri unutamazsın. Sevişmelerimizi unutamazsın."

Duyduğum kelimelere karşın yüzümü nasıl bir iğrenerek büzdüysem, adam "Kardeşin Lilia'dan nefret ettiğini bildiğim halde ona gittiğini sandım bir ara. Onu da aramaya çalıştım. Kahrolası kadın, telefonlara bile bakmıyor."

Ne söylemem gerektiğini bilmediğim için acele ederek bakışlarımı ondan kaçırdım. Bir müddet ikimiz de suskunluğu seçtik.

Sonunda adam sabredemeyip "Yüzüme bile bakmıyorsun. Bize ne oldu?" dedi.

Acı bir biçimde gülümsedim. Bana bakan gözlerinde, arzulandığımı o an gördüm. Duygularından vazgeçmeye de niyeti yoktu. Bana yaklaştı. Alnımdan gözüme gelen saç tutamını kulağımın arkasına yerleştirdi.

"Benim için döndüğünü söyle" diye tatlılıkla fısıldadı.

Karşısında huzursuzca kıpırdadım. Gözlerinden gözlerimi kaçırdım. Sesimi çıkarmaya korkuyordum. Yüzüm benzese de seslerimizin rengi tamamen farklı idi. Tanya'nın sesi benimkinden ince ve sivriydi mesela. O an donup kalmamın sebebi tam olarak buydu.

İçimden "Git başımdan!" diye bağırasım gelse de bunu yapamazdım.

"Yapma bunu, haklıyım değil mi? Sessiz sedasız ortalıktan kaybolduktan sonra ne düşünecektim?"

Adam beni konuşturmaya mı çalışıyordu? Ona ne cevap vereceğimi bilemedim. Ondan kurtulup koltuğa iki büküm oturdum. Ne oluyordu burada? Sinirimden dizlerimin üzerinde bıraktığım ellerimle uğraşıyordum. Yabancı bir adamın ağzından duyduğum bu kelimeler hiç de hoşuma gitmemişti. Tanya benden bu kadar mı nefret ediyordu? Bu adama benden pis bir varlıkmış gibi bahsedecek kadar mı? Gelip yanıma oturdu. Biraz bekledi. Sanırım benim kim olduğumu çözmeye çalıştı. Belki de benim kim olduğumdan şüphelendiğinden tepkimi ölçüyordu. Ne yapmalıydım? Sessizce attığım çığlıklarımın tüm duyularımı küle çevirdiğimden emindim. Sadece derin boşluk vardı içimde. Bana tuzak kurmuş varlığımla tanışmıştım o an. Aptalca zehirleniyordum kendi yarattığım soluk akımından. Diri, kanlı, canlı düşmanımı yaratmıştım, kendi kılığımın içinde.

Sonunda bir fikre varmış gibi derin nefes aldı adam. Bana doğru dönerek, bana iyice yaklaşarak burnumun ucuna sevecence dokundu. Omuzlarımdan kavradı. Gözlerimin içine baktı. Öpmek için eğileceğini anladığım an başımı geriye çektim. Gözleri hala üzerimdeydi. Yüzümde isteksiz ifademi görmemesi imkansızdı.

"Keyifim yok." diye mırıldadım.

Durakladı. Sessizdi. Kendini gizlemeye çalışsa da öfkeli olduğunu hissediyordum. Çene kemikleri oynuyordu.

"Belli, zayıflamışsın." diye mırıldadı sadece. Yavaşça ellerimi ellerinin arasına aldı. Gözlerimin içine soru dolu gözleriyle baktı. "Pekâlâ, sana beni istemen için zaman vereceğim. Sen de bana bunca zaman nerede olduğunu anlatırsan..."

Omuzlarımı silktim. Başımı öne eğip kaçamak bakışlarıma yer aradım. Annem denilen kadının başını kaldırdığını gördüm. Bizi izliyordu. Adam orada konuşmak istemediğimi düşünerek "Odana gidelim haydi!" diye ayaklandı. Onun adımlarını takip ettim. Kardeşimin odasına girmiş bulunduk. Aptallığıma doymayayım. Yanlış yaptığımı bildiğim halde, hâlâ orada mıydım? Kaçmalıydım. O gün felaketin kucağına düşebileceğim ihtimalini sezip kaçmalıydım. Ama yapmadım.

5.

İki adım sonra durduğum yerde çivilenmiştim sanki. Adım atasım yoktu. Kendimi tarif edilemez bir yükün altında hissettim. Sanki bir yerlerde bir taş yığını beni parçalamaya hazır, dişlerini biliyordu. Binlerce düşmanımın bakışlarını bana akıtmak için ağızlarının içinde tükürüklerini topladıklarını görüyordum. Çevreye bakındım. Oda bana hitap etmiyordu tabii ki. Dardı ama şirindi. Bugüne kadar gördüğüm bütün odalardan daha yoğundu. Duvarın dibinde duran beyaz başlıklı yatağın çevresindeki duvarın tümüne dip dibe onlarca, belki de daha fazla, çocukluğundan itibaren seneleri anlatan resimler yapıştırılmıştı. Kardeşim kendine hayrandı, net görebiliyordum. Resimlerdeki güzel, sevimli yüzlerin üzerinde bakışlarımı gezdirdim. Bana benzeyen gözlerinin içine derin derin baktım. Hissediyordum. Göğsümün kafesinde ağır sızıyı hissediyordum. Yüzümün asıldığını da...

"Bana karşı bu kini ne zamandır besliyorsun?" diye sormak istedim. İki kolundan tutup "Neden? Neden?" diye bağırarak sarsmak istedim onu. Ama... Ama ben zehirdim. Kızımın ölümünden sonra kendimi öyle bir baltalamış, kanatmıştım ki toparlamam imkansızdı. Gözyaşımı, elime bulaşan kanı deryalar yıkayamazdı. Bana yaklaşan adamı ancak omzuma dokunduğu an fark ettim.

"Nerelere gittin?" diye sorunca ona döndüm.

"Hiç!" dedim yüzüne bile bakmadan.

Resimlere sırtımı döndüm. Gergindim. Sanırım göğsümün bir aşağı bir yukarı hareketlerinden kendimi ele veriyordum.

Oturmam, sakinleşmem için yer aradım. Odanın ortasına doğru yürüdüm. Tam yatağa yaklaşıp oturmak için hazırlandım ki, adamın üzerime dikilmiş arzu dolu bakışlarıyla karşılaşıp vazgeçtim. Oda beni boğuyordu. Daha doğrusu merak hissim tavan yapmıştı. Fotoğraflarda olup biteni görmek için can atıyordum, ama tuhaf görüneceğimi bildiğimden bunu yapamıyordum. Kendimi pencerenin önüne attım. İnce beyaz tülü gözümün önünden çekip kirli camdan öteye, sokağa bakınarak zamanı öldürmeye çalıştım. Gecenin karanlığı her şeyi yutmaya heveslenmişti. Çevredeki apartman dairelerinde tek tük yanan ışıklar beceriksizce eski fırının kapı girişinin yanına düşen geniş yolu aydınlatmak için terliyorlardı.

Buraya moral bulmaya gelmiştim oysa... Beni anlayacak insana, desteğe ihtiyacım vardı. Anneme, kardeşime ihtiyacım vardı. Ama bu ortamda, gördüklerime bakılırsa kendimi uçurumdan korurken aslında tam orada idim. İtilmeye hazır durumda... Zehirim. Zehirim. Düşünmeden edemiyordum. Öfkemi bastırmak için yanağımın iç kısımlarını kemiriyor, yere bakıyordum. Birden benim tanımadığım bir sesle cep telefonunun çaldığını duydum. Benden sadece bir metre ötede duran adama baktım. Onu arayanın kim olduğuna merak etmedim tabii ki... Tek isteğim onun buradan gitmesiydi. Adam telefonunu pantolonun cebinden çıkarıp açtı. Karşıdan gelen sesi kısa cevapladı:

"Geliyorum." Duyduğum yanıta sevinç çığlığı atmak istesem de bunu yapamazdım. Benim sevinçle aydınlanmış yüzümü görmemesi için hızlıca sokağı gören pencereye yaklaştım. Göz göze gelmeden bana "Acil işim var. Gitmek zorundayım. Geleceğim." dedi. Kapıya doğru yürüdüğünü duydum. Kısa sürede kapının açılıp kapandığını da... Odada yalnız kaldığıma emin olmak için çevreye göz gezdirdim. Benden ve karabasanlardan başka kimseler yoktu. Yatağın dibinde duran cam şişeyi elime aldım. Su olmasını umarak dudaklarıma götürdüm. Boğazım düğümleniyor, yutkunmakta zorlanıyordum.

"Sakin ol. Sakin ol." diye söylendim birkaç kez. Yapamıyordum. Gözüm oradaydı, resimlerin üzerinde... Geçmişimin üzerinde... Kardeşimin cehaletinde ... Pis ruhunun akıntılarından kurtulmuş muydum sanki? Yutkundum. Kendime güveniyor muyum ki?

Asabi adımlarla odada dolaştım bir müddet. Buharlaşmak istiyordum. Belki o zaman ruhum da geçmişimin kırbaç sızısını hissedemezdi. Ama şimdi... Canımı yakıyordu. Çok canımı yakıyordu. Aptalım! Aptal! Kardeşimin bizimle geçirdiği vakitlerde Nodari'ye karşı yoğun ilgisini hissetmiyor değildim. Sonuçta eniştesi... Avunuyordum ya da avunmaya çalışıyordum. O gün yatak odamda eşimle sevişirken onun içeriye girmesi beni çileden çıkarmıştı. Yatak başlığında bıraktığım havluyu üzerime alıp onun üstüne nasıl dehşetle yürüdüğümü unutmam mümkün mü? O gece onu evden kovdum, doğru. Benim yerimde kim olsa aynısını yapmaz mıydı? Sabah onun kapı eşiğinde uyuduğunu görünce eve sokan da bendim. Ağlayıp özür dilediği anda ise Nodari'yi tatlı tatlı, arzu içinde süzdüğünü de görmezlikten gelen ben değil miydim? Gitmek istediğini söyledi. Karşı koymadım, biletini alıp trene bindirdim. O günden beri beni bir kez bile aramadı. Belki ben evde yokken Nodari ile telefonla görüşüyordu bilemem. Kızım doğduğu gün ona, bu müjdeli haberi veren ben oldum. Sonuçta kızımın teyzesiydi. Geldi ama bizim için değil; Nodari için... Davranışlardan belli ediyordu. Haindi, ama gene de onu değil, yaşadığı anlamsız tutkusunu suçluyordum. Zaten bir daha da davet etmedim. Bizi unutmasını istedim. Oysa bunun için çaba sarf etmiyordu. Nodari'ye aşıktı, deli gibi aşıktı ya da yapmak istediğini yapamadığından, onunla yatamadığından (en azından bunu Nodar söylemişti) hırslanmıştı, bilemem. Deli gibi sevdiğim eşimle, flört yaşadığından emindim. Telefon görüşmelerine şahit olmuştum. Biri aralarında yaşananları inkâr ederken öbürü sinir krizleri geçirerek tepki veriyordu. Belirsizlikten çıldırıyordum. Kıskançlıktan ölüyordum. Yumruklarımı sıkıp içimi çektim. Fotoğraflara yaklaşabildiğim kadar yaklaştım. İçimdeki öfkenin göz haznesine mermi uzattığını biliyordum. Merminin fotoğrafın üzerinden sekerek bana döneceğini de.

Kirpiklerimi sıkı sıkı birleştirerek gözlerimi yumdum. Nafile... Bu kez kardeşimin ve eşimin aralarında geçenler zihnimde canlanıyordu. Kirpiklerimi yeniden araladım. Resimlere saldırmaya başladım. Orada tanıdığım tanımadığım herkesten nefret ediyordum. İki yüzlü varlıklardı. Hiç kimseyi göresim yoktu. Ama... Ama sanırım ben onlarla karşılaşmak zorundaydım. Tıpkı... Birkaç dakika önce burada olan adamla karşılaştığım gibi... Sesini dibimdeymiş gibi işittim. "Acil işim var. Gitmek zorundayım. Geleceğim." Geleceğim, demişti bana. Deli gibi kapıya doğru koştuğumu hatırlıyorum. Odadan çıktığımı... "Hayır... Hayır!" kelimesini sayıkladığımı... Onu görmeyi kesinlikle istemiyordum. Evden gitmeliydim. Nereye? Çevreye bakındım. Yollar geriye çekiliyor, ayak uçlarıma yakın tükeniyordu. Ya hayat? Hayatın akımı yanar dağın bilinçsiz dağılışından ibaretti. Sendeledim. Düşüncelerimden korkup bana yakın olan duvara yaslandım. Başımı dayayıp gözlerimi yumdum. İrkildim. Çevremde olan her şeyin hatta nefesimin bile neden bana yabancılaştığını anlamış değildim.

Neler oluyordu? Ne yaşıyordum? Çocukluğumu anımsadım. Yaşadığım aileyi, kabuslardan uzak çatıya gizlendiğimi... Evet, evet. Kapıya koşmalıydım. Çatı bu gece bana eşlik edebilirdi. Uzun ve hızlı adımlarla oraya yöneldim. Kapının açılması için koluna asıldım. Açılmadı. Bir kez daha denedim. Birkaç kez daha... Açılmadı. Tartaklamaya başladım, belki duyan olur diye. Ama... Ama kabul etmeyi istemesem de Tanrı beni varlık listesinden çoktan çıkarmıştı ama hayır!.. Hayır!.. Bunu yapmaya hakkı yoktu! Ecelinin en ağırını tattırabilirdi. Ama bu şekil olmazdı!... Beni dışlayamazdı. Annem denilen kadına koştum. Onun önünde dizlerimin üzerine çöktüm. Uyuyan kadını sarsmaya başladım. "Lütfen, lütfen hayatımda bir kez bile yanımda ol!" diye yalvarmaya başladım. Azıcık araladığı ağzından bir homurtu duyuldu. Üzerine daha fazla eğilerek "Kapının anahtarları nerede anne?" diye seslendim. Bir kez daha sordum. Geç de olsa kaşlarını çatarak yanıt verdi. Ümitlendim, ne sorduğumu kavramaya çalışıyor dedim. Israrımdan vazgeçmedim.

"Anne lütfen, anahtarlar nerede? Kapının anahtarları nerede?"

Bu kez kadın benden uzak yüzünü çevirirken asabiyetle "Defol!" diye homurdandı.

"Yapma bana bunu, yapma." diye yalvarmaya başladım.

Beni duymuyordu, duymaya da niyeti yoktu. O zaman anlamıştım bu kadına yalvararak zamanı boşuna öldürdüğümü. Doğrulup kapıya yakın askılığa koştum. Belki anahtarı orada bir yerde bulurdum diye ama ne orada ne de çekmecelerin içinde bulabildim. Tanya'nın odasına geri döndüm. Belki, olur ya orada yedek vardır diye... İlk olarak çekmeceleri deştim. Onların içinde de bulamayınca ümidimi yitirdim. Kardeşimin hayatını yaşamaktan başka çıkar yolun olmadığını kabullenmem gerekirdi. Yatağın kenarına oturdum. Başımı ellerimin arasına aldım. Bekledim. Neyi beklediğimi bilmeden... Bildiğim tek şey vardı, o da beynimin ters takla atarak hayatımı şeytanlığa teslim ettiğiydi. Ya şimdi ne olacaktı? Yaşayıp görecektim. Gecikmedi. Hayat hiç bilmediğim yoldan akmaya başladı. Çalan kapı sesinden dolayı tedirginliğin içinde doğruldum. Hata yaptığımı düşünerek tekrar oturdum. Kasılmıştım. Yaşanacakların korkusundan nefes almakta bile zorlandığımı hissediyordum. Kapının gıcırtısını duyunca içime ağır, adı olmayan bir sızı yayıldı. Ayaklandım. Nereye bakacağımı bilmeden, ne yapacağımı bilmeden hareket ediyordum. At kuyruğu şeklinde toplanan saçlarımı serbest bıraktım mesela. Gözlerimi ovuşturarak bana doğru savrulacak bir ses bekledim. Uzun sürmedi. Kapının açıldığını işittim; bana yaklaşan ayak sesini, sigara kokusuna karışan parfüm kokusunu... Kokuyu hemen tanıdım. Gelmişti. O geri dönmüştü. Karşımda durduğunu gözlerimi yerden kaldırdığımda gördüm.

Bana "İyi misin?" diye sorduğunda iç geçirerek cevap verdim. Elinin tersiyle yanağıma dokundu.

"Sanırım değilsin." derken çeneme dokunmuştu. Anlamıştım gözlerimin içine bakmak istediğini. Aklımdakileri okumaya çalışıyordu büyük olasılıkla. Tabii ki yanlış akla isabet ettiğini bilmiyordu.

"Pekâlâ, seni rahatlatmama izin ver." Kurnazca gülümsüyordu. Gizlemeye ise hiç ihtiyaç duymamıştı. Elini cebine götürdü. Kendime inanamıyordum. Hâlâ oradaydım. Hâlâ bekliyordum. Asabiyetten kuduruyordum. Kahrımdan ölüyordum. Bütün bunları gizlemekte zorlanıyordum. O anki ruh halimden kurtulmak için canımdan can verebilirdim. Verebilirdim. "Rahat ol. Rahat ol! Aralarında küslük yaşandığına şükret." diye fısıldadı iç güdülerim. Derin bir nefes aldım. Olanları kabul edecektim. Verdiğim kararlardan ibaretti. Adama baktığımda önümde avucunu açmıştı. İçinde iki adet hap vardı. Soruyla baktığımda tek gördüğüm adamın gözlerinin içinin parladığıydı.

"Ne dersin buna, kendinden geçmeye hazır mısın?"

Cevap vermedim. Yapmam gerekeni yaptım sanırım. Gülümsedim. Adam ilacı iki parmağın arasına aldı. Ağzıma doğru getirip dudaklarımı aralamamı bekledi. Gözlerimi kapatıp ağzımı açtım. Hap artık ağzımda idi.

"Sen bunu seviyorsun, biliyorum." derken hap ağzımın çukurunda eriyordu. Yutkundum. Birkaç derin nefes aldım. Koltuğa kadar yürüyüp oturdu.

Aklımda tek bir soru vardı: İçtiğim neydi? Adam da içtiğine göre Tanya'nın bu ilacı kullandığını öğrenmiş oldum bu arada. Allah kahretsin! Reddetmem gerekirdi ama ben bunu yapamam değil mi? Tanya içtiğine göre... Allah kahretsin! Başımı iki elimin arasına alıp yere eğdim. Gözlerimi kapatmıştım. Hiçbir şey duymak, hissetmek, yaşamak istemiyordum. Bu şekilde ne kadar zaman oturduğumu bilmiyorum. Sanırım adamın bir adet sigarasını içene kadar... Ortalığın sakinliğinden korkmalı mıydım, sakinliğe sevinmeli miydim bilemedim. O an sadece zamanın geçmesini istiyordum. Belki de Tanya'yı bekliyordum. Onun her neredeyse o an eve dönüşünü, bu çıkmazdan beni kurtarmasını... Dilediğim oldu sandım. Çünkü kapı çaldı. Oturduğum yerden nasıl bir hırsla kalktıysam, adam bana kaşlarını çatarak, "Kimi bekliyordun?" diye kükredi. Sustum. Ne diyebilirdim ki? Neyse ki adam fazla üstelemeden kapıya doğru yürüdü. Odadan çıktığında parmak eklemlerimi kemirmeye başladım. Kulağım orada idi, dış kapıda... Bana kadar ulaşması gereken seste... Sonunda bir ses duyuldu. Tanya değildi. Erkek sesiydi bu. Konuşmalarını net bir şekilde duyamasam da birbirlerine sakin bir ses tonuyla cevap veriyorlardı. Uzun sürmedi. Kapı kapandı. Dışarıdan gelen sese kulak verdim. Adam odaya elinde kâğıt torbayla döndü. Az sonra ise nefis yemek kokusu duyuldu. Torbayı oracıkta elinden bıraktı. Bana yaklaşıp dizlerinin üzerine, önüme çömeldi. Beni izliyor, özlediğini söylüyordu. Oturduğum yerde huzursuzca kıpırdadım.

"Biliyorum." dedi yumuşak ses tonuyla, "Her zamanki halin... Kendimi affettirmem kolay olmayacak."

Ses etmedim. Yüzüne ters ters baktım sadece. Bana doğru eğildi. Yumuşak dokunuşlarla yüzümü okşamaya başladı. Beni öpmek için yaklaştığında kendimi geriye çektim. Hissediyordum; vicdanımın, ruhumun, varlığımın değirmen taşlarının arasında ezildiğini. Donuktum. İçimdekileri bağırarak anlatamıyordum. Tırnaklarımı avucuma batırdığımı avucumun acısından hissediyordum.

"Açım." dedim ve ondan kurtulmak için doğruldum. Sandviçlerle dolu torbaya uzandım. İçinden birini kendime aldım. Ben adamın önünde hareket halindeyken bana arzuyla baktığını hissediyordum. İçimde daha önce beni tanımadığı hissine kapıldım. Tiksinti dolu bir histi bu. Yılandı o benim için. Tenime dokunan yılan...

Öfkeden havayı daha da hırçınca solumaya başladım. Dişlerimi birbirine bastırdım. Ondan kurtulmalıydım ama ne söyleyeceğimi de bilmiyordum. Belli etmemeye çalışsam da öfke nöbetlerimin arttığı her halimden belliydi ama adam beni tanımadığı için ya görmüyor ya da görmek istemiyordu. "Acıktım." dedim bir kez daha.

"Ben de açım. Hem yemeğe hem de senin öpücüğüne. Suratın da bir karış... Yemek için morale ihtiyacım var." dedi.

"Soğudu." dedim ve sandviçten iri bir lokma ısırdım.

Asabi ve tuhaf tepkilerime ses etmeyen adam demek ki iyiye doğru çözülmemi bekleyecekti. Torbaya bu kez adam uzandı. Sadece hamburgeri değil, iki şişe birayı da çıkardı. Şişenin birini bana uzattı. Reddetmedim. Sandviçini ısırdı, arkasından bira şişesini dudaklarına götürdü. İçkiyi iri yudumlarla yudumluyordu. Biradan ben de içtim, hem de epeyce... Az sonra içimdeki dürtü "Kalk oradan, kaç." dese de bedenime yayılan hafiflik beynimi de ele geçirince orada öylece kalakaldım. Sanki o an olduğum dünya benim bildiğim dünyadan uzak, başka gezegende, başka ormanda, başka insanlarla saklambaç oynuyordu. Kahkaha attığımı duydum, sebebini bilmesem de... Sanırım sebebi sorun olmayan renkli, neşeli, hatta biraz korkunç bir dünyanın ortasına düşmekti. Ağzımın kuruduğunu hissettim. Kıpırdandım ama o kadar rahattım ki ayağa kalkmayı bir daha düşünmedim. Onun yüzüne baktım bir ara. Beni arzulayan baygın bakışlarla izliyordu. Gülümsedi. İkinci sandviçten bir ısırık daha aldı. Sebebimi bilmesem de ona gülümsedim. Sorunlar bitmiş, bir çırpıyla yok olmuşlar gibi tuhaf rahatlık vardı içimde. Hayatla yeniden kaynaşıyordum. Sanırım gülümsüyordum. Sonra da bir ısırık daha aldım. O an farkında olmasam da ben, ben değildim. Yaşananlar bana ait değildi. Kanımın birden ısındığını hissetmiştim mesela. Beynimin çocuk gibi saklambaç oynadığını... Geçmişimin tümü saklanmıştı bir çuvala. Sanki üzerime sıcak battaniye atılmıştı. Tatlı bir hisse kapılmıştım. Eski şarkılardan birini mırıldanmaya başladım.

Adam bana yaklaştığı vakit gözlerimi yumdum. Soluğum kesildi. Dudaklarıma ağzını kapattı. Az sonra üzerime gelen bedene karşı çıkmadım. Bir müddet sanki uyuştum. Dokunuşları hissetmedim. Ellerinin vücudumda gezinerek kıyafetlerimden kurtulduğunu da... Daha sonra sıcak dudaklarını daha derinlerde hissedince, arzuluydum. Kanımın tatlı tatlı ısındığını hissediyordum. Bedenim vahşileşerek uyumlu bir hareket halini aldı. Sona vardığımızda, zevkimden arındığımda, dengem yerini bulduğunda midemin bulandığını hissettim. Üzerimdeki ağırlığı iterek ondan kurtulmaya çalıştım. Umursamadı.

"Kusacağım" diye bağırdım. Gene umursamadı.

"Eh... Yeter be!" diye bağırdığımda zevkle inleyerek cevap verdi.

Şimdi artık pislik kokuyordu. Beni de kokutmuştu. Benden uzaklaştığını gördüm. Sevişmemiz hoşuna gitmişti belli, bana sırıtıyordu. Başımı kaldırdım. Kalkmam gerektiğini, buradan kurtulmam gerektiğini biliyordum. Bir ara oturdum. Yattığım yeri terk etme gücüm yoktu. Hızlı sallanan bir beşik içinde kalakalmıştım sanki. Düşmekten korkuyordum. Adam kolundaki saate baktı. Ben de cama... Sanırım gece yarısını geçmişti. Gözlerimi bir yerlere kısıp baktığımdan onun giyindiğini sadece duyum olarak biliyordum. Onun orada kalp krizi geçirmesini, ölmesini istiyordum. Tanrı'ya yalvarıyordum ama o da beni ne zaman dinlemişti ki o an dinlesin... Kahrolası adamın başta odadan, sonra evden defolup gittiğini arkasından çarpmış olduğu kapı sesinden anlamıştım. Ellerimi gırtlağıma doladım.

"Geber! Geber!" diye bağırdım.

"Geber orospu! Hoşuna gitti mi? Adam hoşuna gitti mi? Aç köpek! Pislik! Seni kendi ellerimle gebertmeliyim! Evet gebertmeliyim! Şimdi kendine hesap ver bakalım, tabii verebilirsen... Şimdi ne olacak? Ne olacak orospu? Hadi konuş!

Kimselere değil, kendine hesap ver! Ver! Ver! Ver bakalım, ver! Cevabın yok değil mi? Kendini öldür o zaman! Öldür ya da seç... Vicdanını öldür! Yatmayı bildin ya, şimdi ise vicdanını öldür! Çuvalladın. Hayatta bir kez daha çuvalladın. Öyle bir çuvalladın ki ne vicdan seni affeder ne de nefes..."

Pencereye koştum. Kendimi aşağı atmalıydım, evet bunu yapmalıydım. Öne doğru eğilip pencerenin eşiğine yüklendim. Bedenimin yarısını dışarı doğru yatay halde öne iyice eğildim.

"Şimdi!" diye bağırdım kendime ama orada donakaldım. Yapamadım. Kendimi aşağı atamadım. Oracıkta, sadece hedeften yolunu şaşırmış halimle, yamulup kaldım. Beynim bir anlık şoka girmişti. Düşünmeyi kesti. Hırladı. Ölüm için hırladı. Bir ara göze görünmez alevin içinden çıkan kollar tarafından cesedimin cehenneme sürüklendiğini görür gibi oldum. O an zihnimi tek korkusu vardı İa, kızımın cennetten beni görüp tanıması... Hem yaşarken hem ölüyken kendime kaçacak yer aradım ama nafile... Sonsuza dek terk edilmiştim. Sadece biri gırtlağıma sarıldı. Vicdan damarlarıyla örülmüş idam ipleri boğulmamın son saniyelerini sayıyordu, ama kahrolası soluğum... İçimde dev volkan kollarını açsa da soluğumun hışlamasını hala duyuyordum. Ruhum çığlık çığlığa ölüm dilense de yaşıyordum. Göz perdemin sönmesini dilense de görüyordum. Daha vahşet çekeceğim acı günlerim varmış demek ki... Hissetmiştim, biliyordum. Dişlerimin arasına yumruk geçirdim. İki büküm yığılıp vahşi hayvan gibi bağırdım. Bağırdım. Tanrı'dan ölümü diledim... Defalarca diledim... Zaman kendini tüketmeyi biliyordu... Ben bu değildim... Kendimi avutmaya çalıştım. Ben Tanya'yım... Evet, oyum.

***

Bir ara kapı eşiğinden annem denilen iğrenç kadının beni tiksintiyle süzdüğünü gördüm. Nedense suskundu. Belki de kim olduğumu düşünüyordu. Sonunda sabredemedi. Telaşla içeriye girdi. Yere atılmış pis peçetelere tükürdü. Bana bakarak tüm gücüyle bağırmaya başladı "Reziller! Topla bu pisliği! Topla!" Öfkesinden kızardığını gördüm. Silkindim. Yerden bedenimi kaldırdım. Çırılçıplak halimle odadan lavaboya koştum. Kendimi soğuk duşun altına attım. Yıkanıyor, kendimi ağza alınmaz kelimelerle aşağılıyordum. Bir müddet sonra kapıya sert bir cismin fırlatıldığını duydum. Ses etmedim.

Arkasından "Tanya, Allah'ın cezası! Yalnız yaşamıyorsun bu evde, biliyorsun değil mi?" diye Çatlak sesle bağırdığını duydum.

"Yaptıklarına müsaade etmeyeceğim! Seni gebereceğim! Çık oradan. Çık!" Banyodan fırladım. Kadının tam önünde dikildim.

"Gebert! Gebert de rahatla! Rahatlayabilirsen! Ne ektiysen anne... Ne ektiysen..."

Sustu. Utandı mı? Hayır. Yüzüme ters ters baktı. Titrediğini gördüm. Belki gençliğini hatırlattığım için korkmuştu bilemem.

Öfkemden durduğum yerde tepindim bir müddet. Yüzüme ellerimi bastırdım. Bağırdım. Daha da şiddetle. Çıkardığım vahşi ses boğazlarımı tırmalasa da yetmiyordu. İçimi soğutmaya yetmiyordu. Düştüğüm pisliğin ağrılığına dokunsa da parçalamıyordu. Tanya'nın odasına koştum. Onun çocukluğunda yaptığı şeyi yaptım; kapıyı sertçe çarparak kadının yüzüne kapattım. Odayı iğrenerek süzdüm. Yerde, büyük ihtimalle dün gece o herifin üzerimden çıkardığı tişörtü ve kot pantolonu saçılmış görünce sinirimden durduğum yerde tepindim.

"Geber! Geber! Geber!" diye bağırdım.

Dizlerimin üzerine eğilip saçtığım pisliği toplamaya başladım. Elime geçeni beyaz demirden çöp kutusuna teptim. Üzerimdeki bornozdan kurtulmak için gardırobun kapağını araladım. Askıdakilere göz attım. Dolabın içindekiler bana hitap etmiyordu. Her elbisenin abartısı, şıklığı ayrı idi. Bense çoğu zaman kot-tişört ya da pantolon-şık bir gömlek giymeyi tercih ediyordum. Belli ki kardeşim iyi kazanıyordu. Nerede çalıştığını bilmediğimi hatırladım. Onun girip çıktığı işin takibini kendinin bile yapamadığından emindim. Güzelliğine güveniyordu ve kuvvetli ezberi sayesinde bildiği dört dile... Zenginlerle yarışmak için anasını bile satacak karakterde biriydi. Gecesi ve gündüzü belli değildi. Ev telefonunu arayınca çoğu zaman onu evde bulamıyordum. Ancak zengin sevgilisinden tekme yiyince bu evin kapısını çalıyordu. Onu da annem denilen kadın beni telefonda onunla karıştırdığı anlarda ağzından kaçırdığı vakit öğreniyordum. Bütün bunları düşünürken onun dolabından seçtiğim ve belki de birkaç gün önce onun teninin üzerinde durduğu kot pantolonu, beyaz düşük kollu kazağı giymek için isteksizce çıkardım. İç çamaşırlarına alttaki iki çekmecenin birinde rastladım. Çoğu ipektendi, ayrıca ölüyü bile ayağa kaldıracak derecede kışkırtıcıydılar. Siyah olanı seçtim. Tek sade olan oydu. Büyük ihtimalle özel günlerinde giyiyordu. Üzerime giyindiklerim beni ateşten kefene aldığından, rahatlamam için sert bir kahve içmenin iyi geleceğini düşündüm. Annem denilen kadın lavabodayken acele etmem gerekirdi.

Tanya her sabah sert bir kahve içerdi, yanında sigarayı tutuştururdu. Sigarayı içmeye niyetim yoktu, ama kahveye hayır diyemezdim. Mutfağa girdiğimde cezve bulmak için dolapları deşmeye başladım. Orada gördüğüm ve büyük ihtimal Tanya'nın kullandığı kırmızı gül baskısı olan kahve fincanını elime aldım. Kahvenin köpürmesini beklerken lavabodan anne denilen kadının öğürtü seslerini duydum. Sinirimden mi, dün gece aldığım o haptan mı bilmem, kahveyi fincana dökerken ellerimin titrediğini görebiliyordum. Allah'ın belası kadın, bizi kendine benzettiğine inanamıyordum. Kabullenmek istemesem de öyle görünüyordu. Ben de dün gece onun kadar sarhoştum ve en az onun kadar kendimi kaybetmiştim. Kan çeker diyorlar ya, bana dün gece babamızın değil anamın pis kanı aşılanmıştı. O an lavaboya koşmak, oracıkta kadını boğmak geldi içimden. Acımak mı? Sevmek mi? Asla! Bir pislik azalacaktı fena mı? O an babamın onu terk ederek ne kadar doğru bir şey yaptığını düşündüm. Öğürtü kesilmişti. Su sesi duyuldu. Yüzünü yıkıyordu büyük ihtimalle. Şimdi karşımda belirecekti. Çökmüş beynime enkaz ekmeye devam edecekti. Odaya kaçmam gerektiğini anladım. Ocağı kapattım. Kahveyi lavaboya boşalttım ve Tanya'nın odasına döndüm. Sırtımı kapıya yaslayıp, yere oturdum. Ayaklarım, başım, yüreğim, aklım, her yerim ağrıyordu. İçim, sazın telleri kadar ince bir bıçak ile kıyılıyordu. Neden benim başıma bunlar geldi? Homurdanmaya başladım. Ben kime ne yaptım? Neden başıma bunlar geldi? Oysa ne kadar mutluydum. Sakin hayatım, severek yaptığım işim vardı. O kazadan sonra... O, kazaydı... Kendimi affetmeyi ise bir türlü beceremedim. Hayatı kendime zehir ettim. Suçladım. Durmadan kendimi suçladım. Eğer çocuklardan gözümü ayırmasaydım... Çevremdekilerin teselli adında söylediklerini dinlemedim. Hayatı varlığıyla kabul etseydim. Ama yapmadım. Yaşadığımı hazmetmeyi denemedim. Hem de hiç... Tek yoldaşım içki şişem olmuştu o günlerde. Kafayı bulduğum dakikalarda sanki biri beynimi okşuyordu, rahatlıyordum. Benim duymak istediğim kelimeleri duyabiliyordum sadece. Güçlü olduğumdan bahsediyordu. Her şeyi yapabileceğimden... Buna hakkım olduğundan... O anlarda kendimi seviyordum. Soluk alıyordum mesela. Ruhum mutlu günlerimi hatırlıyordu. Haklı olduğumu ve bunu herkesin bir gün öğrenebileceğini... Oysa ben Nodari'nın beni yeniden görmesini istiyordum Öğrencilerimi, onların bana karşı sevgi dolu bakışlarını yeniden görmek istiyordum. Çok mu? Çok mu? O acı günlerin içinde kendimi uçuruma doğru sürüklediğimden haberim mi vardı?

Bitti. Dün geceden sonra bitti. Kendimi ezip geçerek, duygularımın göz yaşlarına bakarak yürümeyecektim. Kararlıydım. Bu bataklıktan kendimi kurtaracaktım. Ama nasıl? Evet! Bunu yapmalıydım. Kardeşimi bulmam gerekirdi. Nerede? Kimin yanında?

Duvardaki fotoğraflara yaklaştım. Orada Tanya'nın en çok kimin yanında bulunduğuna baktım. Oldukça sık beraber olduğu sadece bir yüze rastladım. Fotoğrafı duvardan koparıp elime aldım. Genç bir kadındı bu? Ama kim? Adı neydi? Nasıl öğrenecektim?

İlk aklıma gelen cep telefonu olmuştu. Evet, onu bulmalıydım. Çevreye iyice bakındım. Yoktu. Giysi dolabını deşmeye başladım. Burada olmalıydı. Yoktu. Bir şey olmalıydı. Onu anlatan bir şey. Onu bulmama yardım edecek bir şey... Ama ne? Askıların altında birkaç sıra yaz kıyafetleri katlı bir şekilde duruyordu. Altlarına elini soktum. Bir ipucu, kayıt, belge... Birden elime sert bir şey geldi. Elbiseleri iyice araladım. Küçük diz ustu bilgisayarı görünce sevinçten çığlık atasım geldi. Dolabın dibindeki kırmızı-siyah halıya kıvrıldım. Bilgisayarı kucağıma koyup açma tuşuna bastım. Ekranda "Hoş geldiniz" yazısı belirdi. E-posta, g-mail hesabı kısmını açtım. Gönderenler dosyasına tıkladığımda iş ilanlarına karşılık cevaplara rastladım. Aşk mesajları yoktu. E-posta adresini kapattım. Facebook otomatik aramasına bastım. Fotoğrafta gördüğüm kadına Facebook'tan ulaşmalıydım. Arkadaş listesine baktım. Dikkatimi çekti, dün geceyi geçirdiğim adam arkadaş listesinde yoktu. İlk olarak aralarındaki sorunun ne olduğunu düşündüm. İçimde bir his öğrenmem gerektiğini söylüyordu. Belki Tanya'nın kayboluşunda onun parmağı vardı. Başımı sertçe kaşıdım. Yüreğimin daraldığını hissettim. Asabiyetim kendime, elim kolum bağlı, lavın ortasında bulmuştum kendimi. "Müstahak!" diye kükrediğimi biliyorum. "Müstahak! Kaşındın!"

Beni duyan varmış gibi çevreye bakındım. Yoktu. Acı bir biçimde güldüm. Halimi gören olmasa ne değişir? Ben görüyorum. Tanrı'm görüyor. İç geçirdim ve laptopa yeniden döndüm. Arkadaş listesinde rastladığım kadının fotoğrafının üzerine tıkladım. Sayfa açıldı. Adının Djena olduğunu okudum. DN diye bir şirkette sekreter olarak çalıştığı yazıyordu.

"Bakalım o şerefsizle arkadaş mısın?" diye geveledim ve bu kez Djena'nın arkadaş listesine tıkladım. Karşımda sıralanmış, tanımadığım yüzlere göz attım ve sonunda onu gördüm. Göz çukurlarına kaçmış gri, ifadesiz gözleriyle bana bakıyordu. Birden onun canını acıtmak için büyük bir arzuyla kasıldığımı hissettim. Soğuk bir iğrentiyle titredim. Fotoğrafın üzerine tıklayıp onun sayfasının açılmasını öfkeden gerilmiş bir halde bekledim. Sayfa açıldı. Adının Mişa Selov olduğunu, LİYA Barın sahibi olduğunu oradan öğrendim. Orada rastladığım fotoğraflara bakılırsa Tanya onun elinin altında, barda çalışıyordu. Mişa, Tanya'yı iyi biliyordu. Fotoğrafların birinde içki sofrasında Tanya, Mişa'yla boy gösterirken sağ elinde sigara vardı. Duruma bakılırsa Mişa, Tanya'nın sigara içtiğini biliyordu. Peki, dün gece neden o kâhrolası sigaradan bana ikram etmedi? Benim Tanya olmadığımı bildiğinden mi? Belki benim Tanya değil de Lilia olduğumu bile bile kapıyı çaldı? Belki hapı bilerek verdi. Kendimde miydim sanki? Belki beni konuşturdu? Belki artık her şeyi biliyordu? Benimle yattı. Susturmak için mi? Koz olarak kullanacaktı belki? Belki seksi kayda aldı? Aman Allah'ım! Delireceğim! Allah'ın belaları, ne işler dönüyor burada? Ben bunları düşünürken başka birinin Tanya'nın mesaj kutusuna bir şeyler karaladığını geç de olsa fark ettim. Kardeşimin sayfasına dönüp orada yazılanı okudum.

"Neredeydin?"

Cevap vermem gerekirdi. Verdim bile.

"Kafa dinlemeye ihtiyacım vardı."

"Bana gelseydin ya da nerede olduğunu haber verseydin. Meraktan, korkudan öldük burada."

"İyiyim, merak edecek bir şey yok."

"Konuşman biraz tuhaf gelse de iyi olduğuna sevindim. Öğleyin buluşalım mı?"

"Olur."

"Her zaman buluştuğumuz yere gel o zaman."

Tanya ile nerede buluşurlardı ki? Düşündüm. Cevabı yazmakta gecikmiş olmalıydım ki karşıdan:

"Orada mısın?" diye bir soru geldi. Beni biri sarsmış gibi toparlandım. İlk aklıma gelen fikri yazdım:

"Sahile inelim mi?"

"Olur, o zaman saat dörtte MORE Kafe'de buluşalım. Bay..."

Telaşa kapılarak bilgisayarı kapattım. Bu buluşmadan ne bekliyordum? Kardeşimden bir haber mi? Yoksa kendime çıkar yol mu? Sanırım her ikisi de. Meraktan, korkudan öldük demişti bana, daha doğrusu kardeşime. Merakını anlıyorum ama korkacak durumdan bahsedince... Tanya'nın başı belada mıydı? Neden? Biri onu tehdit mi ediyordu? İçerden annem denen kadının ayak seslerini duyabiliyordum. Televizyon açmış ne izlemek istediğini bilmediğindendir herhalde, kanaldan kanala geçiyordu. Yanına mı gitseydim? Ona en son Tanya'nın ne zaman evden çıktığını sorsaydım? Hatırlar mıydı? Saçma, o beni kardeşimden ayıramadı bile. Beni Tanya sanan kadına sorduğum soru saçma olmaz mı? Hem eminim ki şimdiden eline içki şişesini almıştır. Belki bir bildiği vardır? Olamaz çünkü o çocuklarının sorunlarıyla hiçbir zaman ilgilenmedi.

Az önce yazıştığım arkadaş Tanya'nın derdini biliyormuş gibi konuştu. "Korkudan öldük..." Belki çoktandır görüşmediler. Aman Allah'ım ben bu işin içinden nasıl çıkacağım? Bu MORE Kafe de nerede idi? Tekrar Google sayfasına girdim. MORE KAFE yazısını tuşladığımda karşımda turuncu renklerle dekore edilmiş camdan mekân belirdi. Mekânın kısa, kapalı alanında birkaç sıra, dört kişilik masalar dolup taşmıştı. Belli ki iş yapan bir mekandı. Peki bu mekânda beni tanıyan, yani Tanya'yı tanıyan çıkarsa diye düşününce irkildim. Olabilirdi de. Ben bu işten nasıl çıkarım? Ya Tanya orada, masaların birinde arkadaşlarıyla oturuyor olursa... Ya o zaman... Yanına yaklaşıp "Merhaba kardeşim" der miydim? Öfkeli olduğum konusunda renk vermez miydim? Sanırım rol yapmayı öğrenmem gerekirdi. Annemden ders almalıydım.

Annemin babama söylediği yalanlara kendim şahit olmuştum. Şimdi duymuş olsam o zaman ki gibi susacağımı sanmıyordum. Yalanlarla, acılarla beslenen zavallı çocuk... Tıpkı şimdi olduğum gibi çaresizdim. Bizi ayırdıklarında kardeşimi kaybetmekten ne kadar da korkardım, ama kalleşlik onun aklındaymış meğer... Yoksa eşime, Nodari'ye göz koymazdı.

Patlamak üzere olan beynimi avuçladım. Çevreden sesler duyar gibi oldum. Sanki biri bana, "Aklını topla, mantıklı davran." diye bağırdı. "Bir kere de bencillik yap, sadece kendini düşün." diye bağırdı. Vahşi bir öfkeye kapıldım, duvara yumruk salladım. Beynimde iki kişi saç saça, baş başa dövüşüyor, didiniyordu. Nefes almanın iyice zorlaştığını hissediyordum. "Hayır! Hayır!" diye bağırdım kendime. Mırıldanmamalıydım, sonuçta yaşıyordum. Az önce benimle, yani Tanya ile Facebook'tan iletişime giren kadını araştırmalıydım. Adının Djena olduğunu okumuştun. Profil resminde Djena minik kırmızı yüzlü bebeğini göğsüne yatırmış, miniğin başına öpücük konduruyordu. Demek kızı var, belki de oğlu. Acı bir şekilde gülümsedim. Ne mutlu ona! Evli demek. Pekâlâ, daha fazla bilmem gerek... Diğer fotoğraflara da tıkladım. Fotoğrafa bakılırsa büyük olmayan, kırmızı tuğladan inşa edilmiş iki katlı, bahçeli bir evde yaşıyordu. Büyük ihtimalle burası köydü, çevreden mevkiini daha fazla göremediğim için sıkıldım. Her neyse bana evinin adresini soracak değildi ya.

Hayvan sever olduğu bol miktarda paylaştığı sevimli ve marifetli kedi, köpek fotoğraflarından anlaşılıyordu. Zararsız birine benziyordu. Ben de bir zamanlar zararsızdım. Bağıran beynimi tokatlamak istedim. Ayağa kalktım, pencereye yaklaştım, onu araladım, başımı sokağa uzattım. "Nefes almak istiyorum, lütfen!" diye bağırdım. Havadan iri lokmaları kopardım. Sonra birden pencereyi kapattım. Sırtımı duvara yasladım. Buz gibi yanaklarımı kendimi acıyarak, okşadım. "Her şey yoluna girecek." diye fısıldadım. Buna inanmak istedim. Duvarda Tanya'nın gülümseyen yüzünü gösteren saate baktım. Epey zaman geçmişti bile. Hazırlanıp evden dışarıya çıkmalıydım. Hem de hemen. Bu tarz yerlere giderken Tanya şık mı giyinirdi diye düşündüm. O sıradan giyinmeyi sevmezdi. Altıma panter desenli streç pantolonu seçerken, üstüme tenime yakışacak siyah, ince bir buluz seçmiştim. Omuzlarıma kapüşonu olan pançoyu aldım. Saçımı dağınık topuz yaptım. Tanya'nın vaz geçilmez kırmızı rujunu sürdüm. Diz üstü, deri çizmeyi de giydikten sonra evden çıkmak için acele ettim. Daha markete uğramalıydım. Çünkü Tanya sigara içiyordu.

6.

Taksi beni Soçi'nin sokaklarında gezdirirken gözlerimi iyice açıp yabancı yolları tanımaya çalıştım. Hava kapalıydı, yağmur bekleniyordu. Bana her şey somurtkan gözüküyordu. Kalabalık, bildiğimiz yaz kalabalığından tabii ki azdı. Burada deniz mevsimi bitince turistlerin bir kısmı sırtlarında çantalarla yok oluyordu. Bense buradaydım. Soçi'nin yüzüne güzel olduğunu haykırmaya korkuyordum. Tedirginliğim çoktu. Beynim uyuşturucu kokusunu almak için salıverilmiş eğitimli polis köpeği gibi pisliği kokluyordu. Güzel eğlence mekanlarında, arka tezgâhta satılan uyuşturucu ve insan ticaretini görür gibiydim. "Herkes kendi kapısının önünü süpürsün!" dendi bitmez tükenmez öfkemin sesinden. Taksi bir tarafta deniz, öbür tarafta şık mekanları olan yolda yavaşladı "More Kafe" buralarda bir yerde olmalı diye düşünerek her mekânı dikkatle süzdüm.

"Burası bayan." dedi adam ve arabayı sola çeken taksicinin baktığı tarafa baktım. MORE Kafe orada idi. Taksiciye parasını uzatıp, teşekkür ettim. İnmem gerektiğini biliyordum, ama ayağımın biri geri kalıyordu. Sonunda indim. Mekâna girdiğimde masaların çoğunun dolu olduğunu gördüğümde şöyle bir durakladım. Gözlerim Djena'yı aradı. Ben onu görmeden o beni gördü ve ayağa kalkarak "Buradayım." şeklinde el salladı. Bana gülümseyen yüze gülümseyerek karşılık verdim ve ona doğru "Benim başka biri olduğumu anlar mı acaba?" endişesinden ağırlaşmış adımlarla yürüdüm. Hâlâ yüzünde şaşkın bir ifade görmediğime göre her şey yolunda diye düşünerek, derin bir nefes aldım. Bana açtığı kucağa karşılık verip kollarımı ona dolayarak sarıldım. Öpüştük. Yüzüme baktı, gülümsedi sonra ise öfkeyle omzumu tartaklayıp

"Korkuttun beni." diye söylendi. "Neden?" diye soracaktım ama buna cesaret edemedim. Sadece mahcupça gülümsedim.

Turuncu sandalyeyi çekip oturdum. Djena tam karşıma oturdu. Masaya dirseğini dayayıp, bir elini çenesinin altında yerleştirdikten sonra beni meraklı bakışlarla süzdü.

"Nasılsın?" diye sorduğunda sesinde az önceki coşkudan eser yoktu. Kötü olmam gerektiğini düşündüren sese, "Gördüğün gibi..." diyerek cevap verdim.

"Gördüğüm gibi mi? Otuz iki kayıp günden sonra gördüğüm gibi mi?" Bana karşı öfkeli görünüyordu.

"Zayıflamışsın." diye gevelerken yüzümün hatlarının incelediğini hissettim. Belli ki sandığımdan daha yakın arkadaşlardı, diye düşünerek paniğe kapıldım. Başımı el çantama eğip içinde sigara aramaya koyuldum. Sigara paketimi masaya koydum. Ellerimin titrediğini görebiliyordum. Yatışmam için zamana ihtiyacım vardı. Dönüp çevreye, bana yardıma gelmesi gereken garsona bakındım. Sonunda turuncu gömlek giyen garsonu bakışlarımla yakaladım. Elimi yukarıya kaldırarak beni fark etmesini sağlamak istedim. Fark etti ve bize doğru yürüdü. Sanki hayat çok güzelmiş gibi bize gülümseyerek yaklaştı:

"Ne alırdınız?" diye sorduğunda

"Bize iki bira!" demiş oldum.

"Ben alkol almıyorum. Kapuçino alabilir miyim?" dedi Djena. Ona şaşırarak baktım çünkü Tanya'nın alkol almayan arkadaşı hiç olmaz diye düşünürdüm. Oysa gözlerini göğüslerine indirerek emzirdiğinden bahsetti ve bana soru sormak için ağzını açmaya hazırlandı ama o arada cep telefonu çalınca yanındaki sandalyeye bıraktığı iri çantasını karıştırmaya başladı. Allah'a şükür, diye düşündüm içimden. Biri beni düşünerek onu aramıştı sanki. Her kimse beni nasıl ızdırap dolu sorulardan kurtarmış oldu haberi var mı acaba?

"Alo" dedi Djena ve karşı taraftan gelen sese kulak verdi. "Bir ölçek..." dediğinde sanırım karşı tarafa çocuğun mama tarifini veriyordu, her kimse.

İçim burkuldu. Ben de bir zamanlar anneydim. Dikkatlice onun yüzüne baktım. Yüzü asılmış, ciddi ve endişeli göründü bana. Kendimi kötü hissettim. Onun çocuğuna ayıracağı zamandan çalmıştım. Oturduğum yerde kıpırdandım ama kalkmaya cesaret edemedim. Sadece mahcup yüzümü gizlemek için başımı başka yöne çevirdim. Belki sadece benim için değil de nefes almak için sokağa çıkmıştı. "Herkesin yerine neden ben düşünmek zorundayım ki?" dedim kendime ve boş bakışlarımı masanın düz, pürüzsüz yüzüne çevirdim. "İyi misin?" diye sordu Djena bana doğru eğildiğini hissettiğim an.

"Evet, tabii ki evet." diye cevap verdim emin olmayan bir sesle ve başımı çocuk mırıltısı gelen masaya doğru çevirdim. Bana sırtı dönük olan sarışın, kısa saçlı kadın ikiz kızlarını beslemekle meşguldü. Birinin ağzına pizzadan küçük bir lokma koyarken öbürüne peçete uzatıyordu. Kafamdan aşağı kaynar sular döküldü. Aklıma gelen kızım ve onunla beraber can veren arkadaşıydı. Beni kurtar, der gibi Djena'nın yüzüne bakakaldım. Tam da sırasıydı! İçimde kendime yönelik taşıdığım öfkemi burada püskürmenin tam sırasıydı. Şimdi Djana'ya bütün gerçeği anlatarak hem rahatlar hem yardım isterdim. Belki o kadar da zor değildi ama nereden başlayacaktım? Djena'dan gözümü ayırmadım; ama o hala telefonda konuştuğundan beni unutmuştu. Tekrar ikizlerin oturduğu masaya başımı çevirdim. Kardeşlerin saç saça, baş başa birbirlerine daldığını gördüm, "İkisinden biri özünü gösterdi sonunda" diye homurdandım.

"Dalgınsın, aklın kim bilir nerelerde dolaşıyor?" dedi Djena, telefondaki konuşmasını yarım bırakarak.

"Evet, karşı masada didişen kızlara bakıyordum." Djena sorunun cevabını eksik almış gibi tuhaf bir huzursuzlukla, bana doğru hafifçe eğilerek yüzüme baktı.

"Burası bizim lise zamanında görüştüğümüz mekân, birbirimize sırları anlattığımız mekân. Ne olduğunu, neden ortalıktan kaybolduğunu anlat hadi!"

Ne cevap vereceğimi bilemediğimden başımı masaya eğip iç geçirdim. Masada sigara paketini görünce onu açmak için elimi uzattım.

"O gece ne oldu?" diye bana tekrar sorulan soruya, "Onu terk etmek zorunda kaldım." şeklinde cevap verdim. Djena'nın kendini sandalyenin sırtına attığını gördüm. Öfkelenmişti; bana mı bilmeden bahsettiğim şahsa mı bilmiyordum tabii ki.

"Bana daha fazla sorma!" dediğimde genç kadının kaşının biri kalktı. Sigara yakmamı bekledi.

"Para işi ne oldu?"

"Bilmiyorum."

"Yani sen ona para vermedin?"

"Hayır, lütfen onun adını bile ağzıma almak istemiyorum."

"Bu yüzden mi ortalıktan kayboldun? Telefonları kapattın."

Tanya'nın çoğu zaman yaptığını yaptım, konuşmak istemediğim için yüzümü çevirdim. İçim huzursuzdu. Bu kadına gerçeği anlatsam belki fazlaca yardımcı olacak diye düşünmüyor değildim. Ve sonunda Djena'ya dönerek tam gerçekleri anlatmak için ağzımı açacaktım ki, "Pekala, konuşmak istemiyorsan konuşmayalım." dedi ve susmama sebep oldu.

"Annen senin eve döndüğünü görünce ne yaptı?"

"O beni görmedi bile, yani o kadar sarhoştu ki beni gördüğüne emin değilim." Sigaramın dumanını nasıl çektiysem öksürük nöbetine tutuldum. Garson birayla yetişince bardaktan irice bir yudum aldım. İçimdeki dürtüyle, "Dün Mişa geldi" diye geveledim.

"Deme... Yani seni gördü? Ne dedi peki? Nasıl davrandı."

"İyi." derken gözlerimi bardaktaki biranın içine düşürdüm. Kanımın yüzüme sıçradığını hissettim.

"Aptalsın! Hatta sana aptal demek bile az! Kızım sen ne yaptığının farkında mısın? Onu koynuna alsaydın bari! Sana inanamıyorum... O herif seni kullanıyor, bunu bal gibi bildiğin halde... Pes sana pes ya... Ne diyeceğim ki başka?"

"Hayat boktansa ben ne yapayım!" dedim konunun kapanması için ama kadın beni artık dinlemiyordu. Hatta masayı terk etmeye hazırlanıyordu. Sandalyede duran çantasına asıldı ve masadan uzaklaşmak için adım attı. Djena'yı takip ettiğimde bu durumda Tanya'nın da onu takip edeceğini düşünemezdim. O kimseyi kendine bağırtmazdı. Belki de değişmişti bilemem... Belki ona muhtaçtı. Belki ağır sırrın anahtarlarını ona vermişti kim bilir?

Kahveden dışarıya çıktık. Yağmur çiseliyordu. Djena kaldırımın taşına takılıp sendeledi. Göz göze geldiğimizde, ne yapmak istediğini biliyor gibiydi. Bana öfkeliydi ve bir an evvel benden kurtulmak için can attığını belli ediyordu. Belki Tanya' yı sevdiğinden, onun adına endişelendiğinden belki de ondan görebilecek zararlardan kaçıyordu; hangisiydi acaba?

"Özür dilerim." diye geveledim mahcup sesimle ona yetişirken. Dönüp bakmadı bile. Özrümü ciddiye almadı demek ki... Ya bana ya da özrüme güvenmiyordu.

Ne yapmam gerektiğini bilmiyordum. Ama iç güdülerim onu kaçırmamam gerektiğini söylüyordu. Yolun ortasında durmuştum.

Yağmur hızlanmıyordu. Öfkesini belli ediyordu. Belki de kadının karşısında maskem düştüğünden çıldırmıştı kim bilir, ama bunu yapamazdım, sırtımı dönüp gidemezdim. Belli ki durum umduğumdan karışıktı. Burnuma kötü kokular geliyordu. Ne olduğunu öğrenmeden rahat edemezdim. Djena bana aldırış etmeden yürüdüğünden asabım daha da bozuldu.

"Aşığım! Aşığım!" diye bağırdım.

Durakladı, dönüp dönmemekte kararsız kaldığını görüyordum. Sanki bir an evvel kaçmak için hazırlanıyordu ama burada kalmamaya da vicdanı el vermiyordu. Sabredemedi. O da benim gibi öfkesini yenemeyecek, hazmedemeyecek cinstendi.

"Harika, sanki bunu ilk defa duyuyormuşuz gibi..." deyip durakladı ve sokağın ortasında bağırmaya devam etti, "Beni mi yanıltmaya çalışıyorsun. Aşıksan daha kötü ya! Hangi aşklarda hata yapmadın ki? Bu adam tehlikeli ve sen bunu anlamak istemiyorsun."

Başını yola çevirdi ve hızlıca yürümeye devam etti. Şansımı daha fazla zorlayamazdım. Islak kaldırıma oturup başımı avuçlarımın arasına aldım. Yağmurun büyük bir iştahla beni ıslatmasına izin vermiştim. Başka ne yapabilirdim ki? Gidecek yerim yoktu. Babamın koyduğu ismimi zaten gömmüştüm, sıra Tanya'ya mı gelmişti? Havada asılı kalakalınca ne düşünür ki insan başka? İşe yaramaz, beş para etmez olunca... Üstüne üstelik ellerim kanlı... Bu kelimelerde gerçeklik payı olması beni ölümden daha beter korkutuyordu. Yanımdan onlarca erkek, kadın, çocuk geçti. Ama herkes sanki hayal dünyasına aitti. Yüzleri soğuktu ve hiçbiri benim kızıma benzemiyordu. Hayat durmuştu. Evet, hayat durmuştu. Yanımdan hızla geçen araba yoldan akan suyla neredeyse beni saç diplerime kadar ıslattı.

Başımı kaldırdığımda Djena sakinleşmiş, "Hadi arabaya!" diye oldukça yüksek bir sesle sesleniyordu. Tanya'nın inadını hatırlayarak elimi "Arabaya binmem" der gibi salladım. Arkasından oturduğum kaldırımdan keyifsizce doğruldum. Gözlerimi yağmurdan ıslak asfalta diktim. Ağır ağır hareket ediyordum. Ayaklarıma baktım. Üzerimde Tanya'nın çizmeleri vardı. İçim bir tuhaf oldu. Sanki onu kendi bedeninden kovmuş, oraya kendim yerleşmişim gibi... Dünyadaki canlı, cansız her şey ayağa kalkmıştı. Herkes bir hücumla bana saldırmak için diş biliyordu. Keşke bütün sorun onun çizmelerini giymek olsaydı. Keşke onlardan da Tanya'dan da kurtulsaydım. Hayatımda benim ömrümden daha uzun, cehennemde de kapımı çalacak olan bir öfkeye sahiptim. Yapamazdım. Geriye dönüş olmazdı. Olamazdı. Soluğumu taşıdığım sıra olmazdı. İnat! İnat! İnat! İçimdeki bağırışlarım, ikna olmayacağımı biliyordu ve zihnime eklenen bir köz daha... Özelimi alan Mişa vardı. Adımlarımı öfkeyle atıyordum. Uzun uzun çalan korna sesine doğru başımı çevirdim. Djena ısrarla arabaya binmem için el sallıyordu. Derin bir nefes aldım, arabaya yaklaştım ve tek kelime konuşmadan oturdum. Djena arabasını çalıştırdı. Benden gözünü kaçırarak,

"Bize gidiyoruz, uzun uzun konuşuruz, sana kaba davrandığımı biliyorum ama senin için, senin adına korktuğum için, anlıyorsun değil mi?" dedi.

Başımı azarı hak etmiş çocuk gibi mahcupça "evet" anlamında salladım. Yaşamımda cesaretimin son kozlarını kullandığımı, kaybettiğimi görür gibi olduğumdan sanırım, mideme kramp girmişti. Beynimin çürümüş kandan balon gibi şiştiğini hissediyordum. Şimdi patlayacak, her yer çürümüş kan kokacaktı. Cehennemi hatırlatan koku bu... Beni diri diri mezara gömen koku...

"Butiğin birinden votka alalım." dedim. Djena'nın bana ters ters baktığını hissettim. Evet, demedi, hayır da ağzından çıkmadı. Birkaç gri, ıslak, yıpranmış apartmanı geçtikten sonra ileriveki yeni binanın altındaki butiğin önünde durdu. Arabadan indim, tam adım atacaktım geri döndüm:

"Bebek için ne alayım, ne sever?" Nedenini bilmiyorum ama bana şaşırarak baktı:

"Gerek yok." dedi ve cebinde sesini kısık unutmuş olduğu cep telefonuna elini uzattı. Butikten dört şişe bira, Smirnof votka, cips, birkaç paket çikolata ve Djena'nın benden son anda istediği günlük sütten iki şişe aldım. Arabaya döndüğümde Djena'nın direksiyonu dövdüğünü, yüzünün değiştiğini, çene kemiklerinin hareket ettiğini gördüm. Ağzımı açıp ne olduğunu soracaktım ki, elindeki telefonu koltuğa fırlattı. Haber almıştı. Kimden? Ne haberi? Yoksa onu arayan Tanya'mıydı? Sonunda saklandığı yerden ikizim başını çıkarıp, "Sürpriz ben buradayım!" diye mi bağırdı? Korku içinde yüzüne bakmaya çalıştım. O ise bana bakmıyordu. Hatta beni görmüyordu. Oturduğum koltuğun hafifçe sarsıldığından hissettim ki arabayı çalıştırdı, hızla hareket etmeye başladık. Konuşmuyordu, sakinleşmiyordu, sadece soğuk soğuk terliyordu.

Sabredemeyip, "Bir şey mi oldu?" diye sordum.

"Bilmiyorum, eve gidince anlayacağız." demekle yetindi

Sustum, başımı cama doğru çevirip hızlanmış yağmuru izledim. Hava iyice grileşmeye başlamıştı. Zaman koşuyordu. Her geçen dakika benim için çoğalan zehirden ötesi değildi. Olamazdı da... Birkaç yüz kilometre ötesinde, toprağın altında kızımın çürüdüğünü görebiliyordum. Boğuluyordum. Aklımda her saniye, son kalmış huzur hücreleri de ölüyor, kara noktalar doğarak çoğalıyordu. Bütün bu düşüncelerimden kurtulmak istesem de nafile. Yan koltukta oturan kadına baktım. Kararmak üzere olan ıslak şehre baktım. Kimse benim çığlığımı kaldıracak kadar güçlü değildi. Oysa ben bağırmayı, içimdekilerden kurtulmayı, beynimi susturmayı o kadar çok istiyordum ki. Durakladım. Defalarca anladığımı bir kez daha anladım. En vahşi hayvanın kimliğini kabul etsem de acım dinmeyecekti. Hissediyordum. Dünya benim gibilerin hislerinin direğinde barınıyor, nefes alıyordu. Anne sevgisi ölürse dünya da ölecekti. Ağlayan melekler çoğalıyordu gökte. Hayat değişmeyecekti. Ya bana ne olacaktı? Onu bilmiyordum. Dişlerimi üst üste kuvvetle bastım. Kulağımdan biri "Öfke içimizde barınan katildir. Tohum verirsen azar, durdurulmaz hale gelir." dedi sanki. "Hayır! Hayır!" diye bağırmadım ama yutarken zorlandım.

"Tanya, eğer senin çocuğun olsaydı başka birine emanet eder miydin?"

"Hayır!" diye kükredim ve öfkesinin bana olmadığına sevindim.

"Of... Of..." diye bağıran Djena'nın yüzüne baktığımda onun fazla kederli ve gergin göründüğünü anladım. "Derdi büyük" diye geçirdim aklımdan ama sonra benimkinden daha büyük bir derdin olamayacağını düşünerek gereksizce tasalanmayı bıraktım. Başımı koltuğa yasladım ve arabanın camları taciz eden, hızla yağan yağmuru izlemeye koyuldum. İkimiz de sessizdik. Djena'nın aklının içinde neyi evirip çevirdiğini bilmiyorum ama o an bildiğim tek şey vardı, kadın kendi yangınıyla uğraşırken beni görmez ve umursamazdı. Arabayı dikkatsiz kullanıyor, yanından geçen sürücülerin öfkesini sık sık üzerine topluyordu. Varacağımız yere kazasız belasız varalım diye dua ederken az kalsın önümüzde park halinde olan beyaz arabaya tosluyorduk. İri iri açmış olduğum gözlerimle Djena'ya baktım. Titriyordu. Arabanın kontağını kapatmıştı. Kapısını inmek için aralamış olduğu halde nedense hâlâ oturuyordu.

"Djena, Djena iyi misin?" diye seslenip omzuna dokundum. "Yardım ister misin?" sordum.

Ses etmedi, derin derin nefes aldı ve arabadan hızla indi. Ben de arkasından indim. Bahçenin birine girdik. İki tarafında bahçesi olan taşla döşenen patika yolu neredeyse koşarak yürüdük. Geniş alana vardığımızda bir yerlerden belirsiz sesler kulağıma geldi. Bağırış gibi, ya da fazla sesle izlenen televizyon sesi gibi. Duyduklarım hakkında şüpheye düştüğümden kendime öfkelendim. İkimiz de sese doğru koşmaya başlamıştık. Müstakil evin kapısına az bir mesafe kalmıştı. Evi hemen tanıdım, Facebook'ta görmüştüm. Djena'nın eviydi bu. Kavga sesleri oradan duyuluyordu. İki erkeğin ve bir kadının bağırış seslerini işittiğimde kavganın sebebinin ne olduğunu baştan anlamadım ama sonra kavgada kullanılan kelimeleri birleştirdiğimde asıl mağdur olanın bu üçü değil de beş aylık bebek olduğunu anladım.

Evin kapısı aralık kalmıştı. Belli ki eve giren kapıyı açık unutacak kadar telaşlıydı. Şimdi sesler bize daha yakındı. Djena içeriye koştu. Ben arkasından. Odanın birine girdik. Orada iki adamın karşısında, elleri ve ayakları sandalyeye bağlı oturan kadını gördüm. Kadının başı öne düşmüş ağlıyordu. Alnında yarası olan kadının yüzü kanlar içindeydi. İlk olarak bizim odaya girdiğimizi fark eden olmadı, ta ki Djena kavganın içine kendine atıncaya kadar. Djena sarışın adam tarafından dövülmekte olan kadının gırtlağına sarıldı. Ona tüm gücüyle yüklendiğini görüyordum. Adeta delirmişti.

Ağzından salyaları saçarak, "Seni öldürürüm orospu! Öldüreceğim!" diye bağırıyordu. Onu sakinleştirmeye çalışan olmadı. Sanki dökülen daha fazla kanı görerek tatmin oluyorlardı.

"Sana evladımı emanet ettim aç orospu!" diye bağıran Djena kadına attığı tekme tokatlardan yorulunca oracıkta bulduğu pufa oturup sinirinden bu kez ağlamaya başladı.

Ara ara başını kaldırıp kadına hapiste çürüyeceğini söylüyordu. Yanına yaklaştım. Dizlerimin üzerine çöküp önüne düşen saç tutamını arkaya doğru düzelttim. Omzuna dokundum. Onunla konuşmayı denedim. Yüzüme doğru başını kaldırsa da eminim beni görmüyordu. Djena hıçkırıklarla ağlarken diğer iki adam aralarında bağrışarak kadına ne yapacaklarını tartışıyorlardı. Bütün bu karmaşanın içinde bebeğin ağlama sesi gelince, herkes olduğu yerde dona kaldı. Zavallı bebek, kim bilir ne zamandır ağlayarak kendini duyurmaya çalışmıştı. Herkes gelen sese doğru bakarken Djena'nın eşi kapıya doğru yürüdü. Djena arkasından:

"Hayır!" diye bağırdı adam ona dönerek.

Kadın durduğu yerde donakaldı, ağlamıyor, yalvarmıyor neredeyse nefes bile almıyordu. Araya ben girdim. Adam beni henüz görmüş gibi şaşkın, bir o kadar da içten bir yüz ifadesiyle süzdü. Sonra elini "Dur!" der gibi kaldırdı. Oğlunun odasına girmeme izin vermiyordu. Kendimi orada fazlalık gibi hissettim. Kuytu bulduğum köşenin birine sığınıp sırtımı duvara yasladım. Başka ne yapabilirdim ki bu durumda? Çocuğun odasına yürüyen adam elinde telefonla polisleri arayarak durumu bildirdi. Az sonraysa beyaz kapıyı arkasından çekerek gözden kayboldu. Adamın bana bakışlarını gözümün önüne getirdim. Fazla samimi bulduğumdan ne düşündüğünü merak ettim. Tanya'yla ne yaşadığını merak ettim. Bir şey bilip bilmediğini merak ettim. Djena'ya baktım. Onunla göz göze geldik. Çaresiz ve bitkin görünüyordu. Artık ağlamıyor, sadece dona kalmış, şiddetle titriyordu. Yanına yaklaştım. Beni elimden yakaladı. Gözlerimin içinde yalvarırcasına bakıyor, benden destek bekliyordu. Bir kulağı ise çocuğun ağlama sesindeydi.

"Onu kendimden daha çok seviyorum." diye mırıldandı, arkasından ekledi, "Beni affetmeyecek, oğlumu benden alacak."

"Hayır!" dedim tepkili bir sesle. "Buna hakkı yok."

Yüzüme bakıp sadece acı bir şekilde güldü. O an ciddi olduğunu anladım. Demek bu konu ilk kez konuşulmuyordu. Demek ki adam söylediğini yapan cinstendi. Daha fazla ses etmedim, sadece kaşlarımı çatıp hâlâ kapalı olan kapıya baktım. Bebek artık ağlamıyordu. Djena bebeğin odasının kapısından gözünü ayırmıyor, oraya gitmek istese de tek adım atacak cesareti bile kendinde bulamıyordu. Ayakta idi. Bana çok yakındı, gözlerimin içine yalvarırcasına bakıyor, söylemek istediği her neyse nedense susuyordu.

"Senin için ne yapmamı istiyorsun?" diye sorduğumda gözlerinin içi kıpırdadı, kulağıma doğru eğildi.

"Sana ne kadar değer verdiğini biliyorum. Onu ancak sen ikna edersin." dedi.

"Tamam." dedim ve hâlâ sandalyeye bağlı kadına bakarak ekledim; "Bundan bir kurtulalım."

Adamın odadan çıkmak için geciktiğini gören arkadaşı kapıya vurup onu araladı. Başını içeriye uzattı.

"Her şey yolunda mı?" diye sorduğunu duyduk, daha fazlasını değil. Djena'nın eşi ona ne söylediyse adam içeriye girip arkasından kapıyı kapattı. Kısa sürede odadan bebeğin babası çıktı. Bize yaklaştı. Djena'yı öldürecekmiş gibi süzüyor, yumruklarını sıkıyordu. Sabredemedi. Karısını kolundan yakaladı. Sarstı. Djena susuyor, yüzüne bile bakamıyordu. Adamsa Djena'yı gözden çıkarmış paçavra gibi azarlıyor, çocuğun değil, esas onun dayak yemesi gerektiğini söylüyordu. Ne yapacağımı bilmeden orada kalakaldım. Az sonra polis arabalarının sesi duyuldu. Adam Djena'yı bırakıp diğer kadına yaklaştı. Acele ederek onu sandalyeden çözdü; bu işi yaparken ona "Bizi şikâyet edersen, seni öldürürüm, bunu bil!" dediğini duydum. Uzun sürmedi, kapı çaldı. Polislerin telsiz sesini duyan kapıya toplandı. Herkes dört gözle adaletin yerini bulmasını beklerken, içime düşen gerginlik beni kemiriyor, canımı yakıyordu. Burada yüzümü görmelerini istemiyordum. O an aklıma gelen türlü sebeplerden doğan korku bana nefes aldırmıyor, beni boğuyordu. Nerede duracağımı bilmiyordum. Kimin yanında duracağımı da... Buraya hiç gelmemeliydim. Olanlara şahit olmalıydım. İfade vermemeliyim. Adım, soyadım hiçbir kayda geçmemeli.

Köşenin birinde durdum. Ne Djena'nın omzunun altında ne de diğerlerinin. Kapıyı Djena'nın eşi Valya açtı. Durumu kısaca özetleyerek onları içeriye davet etti. Üç kişiydiler.

"Mağdur olan bu bebek mi?" diye sordu polislerden biri. İkisi konuşulan çocuğa bakarken polislerden birinin gözü benim üzerimdeydi. Herkesten ayrı durarak yanlış mı yaptım diye düşünerek Djena'ya yaklaştım. Kadın titriyor, konuşulanları dinliyordu. Omzuna dostça dokundum. Tepki vermedi. Korkuyordu. Evladını kaybetmekten korkuyordu. Bir bardak su vermeyi akıl ettim. Çevreye bakındım. Biraz ileride mutfak tezgahının üzerinde su dolu sürahiyi gördüm. Oraya doğru yürüdüm. Böylece konuşulanlara katılmak zorunda olmam sanıyordum.

Ben sürahiden bardağa su doldururken polislerden birinin beni sorduğunu duydum.

"Benim arkadaşım, şimdi geldi. Siz gelmeden az önce..." diye Djena'nın cevap verdiğini de... Daha fazla oyalanmam gerektiğini düşünerek kadına koyduğum suyu kendim içtim. Dolaptan diğer bardağa uzandım. Herkes tek tek sorguya alınıyordu. Valya arkadaşını da bu işin dışında tutmuştu. En son konuşma hakkı bakıcıya verildiğinde herkes acı acı yutkunarak sustu. Tek rahat olan Djena'nın eşiydi.

"Kaba kuvvete güveniyor." diye mırıldadım içimden onun sakin yüzüne bakarak. Kadın tek kelime konuşmadı. Kendini savunacak kelimeleri de dile getirmedi. Kelepçe vurulduğunda da sustu.

"Valya Bey sizin ifadelerinizi şubede almamız gerek." dedi polis.

"Tabii ki..." dedi adam ve arkadaşına yaklaştı. "Gel oğlum, polis amcaları bekletmeye gelmez." dedi uyuyan bebeğin yüzüne sevecence bakarak.

"Fakat Djena Hanım da ifade vermek zorunda." diye konuştu en zayıf olan.

"Djena Hanım kendini kötü hissediyor, evden bugün çıkamaz."

"Pekâlâ, siz buyurun o zaman." Az sonra evin kapısı yüzümüze sertçe kapandı. Sadece ikimiz kaldık. Djana'nın yüzüne baktım perişan görünüyordu. Elinin biriyle büyük ihtimalle eşinin arkasından bağırmamak için ağzını kapatmıştı. Gözlerini olabildiğince iri açmış, gördüğü noktaya bakıyordu. Ben onun tam karşısındaydım.

"Ona biraz zaman ver." diyordum.

Sabredemedi, ellerini açarak bağırmaya başladı: "Yok kardeşim, ben nereden bileyim kadının ne mal olduğunu, sadist olduğunu, bunu anlamıyor mu bu adam? Yoksa, bana acı çektirmek hoşuna mı gidiyor? Bilseydim oğlumu ona emanet eder miydim?" dedi. Acı bir biçimde güldüm.

"Bunu bana değil bebeğinin babasına söylemelisin değil mi?"

Cümlemi bitirir bitirmez Djena kapıdan dışarıya fırladı. Giden arabanın arkasından "Valya bunu bana yapamazsın! Oğlumu benden alamazsın! "

Avazı çıktığı kadar bağırıyor, yalvarıyordu. Onu duyan yoktu. Valya gaza basarak oradan uzaklaştı. Az sonra arabanın farlarından dağılan ışık gözden tamamen kayboldu. Djena kendini kirli ve ıslak, taşlı yola bıraktı. Avazı çıkana kadar bağırıyor, vahşi bir şekilde ağlıyor, dövünüyordu. Yanına yaklaştım, dizlerimin üzerine çöküp dostça omzuna dokundum. Bir müddet tepki vermedi. Sonra birden bana doğru dönüp boynuma sarıldı.

"Ben bittim, oğlumu bendem götürdü, götürdü Tanya" diye söylenip ağlıyordu. Onun oradan kalkması için elimi uzattım. Elimi tuttu ama daha fazlası değil...

"Öfkesi geçer, gelir, inan..." derken söylediğime kendim de inanmıyordum.

"Ben onun ciğerini bilirim beni affetmez. Onun gözünde hatalı olan benim! Oğlumu dokuz ay karnımda ben taşıdım. Ama yok, bunu o bilmez. Düdük gibi diline doladı bir kere. Kendi evladına bakamaya götü olmadığından bu gelenler bizim başımıza geldi. Zaten dadıyı istemiyordu."

"Madem dadıya karşıydı. Keşke..." dedim. Bana ters ters bakarak:

"Sağ ol ya, sen de beni tanımıyormuş gibi konuşma! Psikolojik tedaviyi bıraktım bu çocuğa hamile kalmak için, neler çektiğimi sen biliyorsun. Kafayı yiyordum neredeyse, sırf Valya çocuk da çocuk diye tutturduğu için. Evde dört duvar arasında duramam. Boğuluyorum. Anlatamıyorum size galiba... Bu kaltağın psikopat olduğunu nereden bilirdim ki? Sen bilebilir miydin? Melek gibi yüzü vardı."

"Melek gibi yüzü vardı." Kendimi aynada görmüş gibi oldum. Acı acı kahkaha attım.

"Ama maalesef her insan kuluna güven olmaz, melek yüzlü bile olsa..." deyiverdim.

"Onu anladık hatamızı yüzümüze çarpmayı bırak artık."

"Öyle bir niyetim yok." Bu konuda daha fazla konuşmak istemiyordum. Bir tarafından da eşine hak vermiyor değildim. "Bedelini oğlun ödedi Djena. O çocuk onun da oğlu."

"Tanya sen beni delirtmeye mi çalışıyorsun?" diye bağıran Djena sendeleyerek kapıya yürüdü. Onu sessizce eve girerken takip ettim. Bir şey arıyordu. Sanırım telefonunu arıyordu. Koltuğun arkasında buldu ve aceleyle bir numara tuşladı. Ayağıyla yeri sabırsızca tartaklıyordu, karşı taraftan yanıt beklediği anlaşılıyordu. Nihayet duyduğu sese "Alo! Anne yardım et!" dedi ve olanları yavaş yavaş, tane tane anlattı. Sustu ve dinledi. Kadın ona ne dediyse öfkelendi.

"Yapacak bir şey yok mu? Zamana mı bırakıyım? Nasıl olur, o benim evladım?" diye bağıran Djena telefonu yere fırlattı. Odanın içinde sinirle dolanıyor, ne yapacağını bilmiyordu. Mutfaktaki sandalyenin üzerinde kadının mor eşarbını gördü, asılıp ayağının altına fırlattı. Yetmedi, eline alıp yırtmaya çalıştı; yetmedi dişlerin arasına sıkıştırıp parçalamak için kuvvetle asıldı. Eşarbını iki-üç parçaya ayırınca rahatlayacağını sandım, ama hayır o hâlâ kuduz köpek gibi ortalıkta dolanıyordu. "Sakin ol!" dedim ama beni duymazdan geldi. Yüzüme bakıp alaylı bir şekilde gülümsedi. Dişlerini kanattığını gördüm. Koltuğun birine oturdum. İkimiz de konuşmuyorduk. Bir müddet sustuktan sonra sessizliği ben bozdum.

"Burada oturup, zırlamak yerine bir şey yapman gerekmiyor mu?" Bana soru dolu gözlerle baktı. Bense ısrarla "Evet. Kocanın önünde dizlerinin üzerine çök ve yalvar. Ne kadar üzgün olduğunu söyle. Burada ağlayacağına..." Djena yüzüme bakmıyor, odanın içinde deli gibi boş boş dolanıyordu. Bana doğru geldi. Karşıma dikildi.

"Bana yardım et, Valya ile sen konuş. Seni sever, dinler de..."

Bu kadın ne saçmaladığını biliyor muydu acaba? Valya ile ne konuşacaktım? Korkuyu bedenimin içinde akan zift gibi hissettim. Valya benim için bir tehlike olmuştu. Ya benim Tanya olmadığımı hissederse? Ya çok dikkatli biriyse? Mimiklerimi, tavırlarımı şüpheli görürse... Ne yapardı? Djena nasıl biriydi ki? Eşine arkadaşların sırlarını anlatır mıydı? Geveze mi? Ne kadar korksam da ikisinin geveze ve dikkatli olmaları benim işime gelirdi. Belki kardeşimin nerede olabileceğini Valya biliyordu. O zaman ben geri adım atar mıydım acaba? Nereye? Bütün bu yaptıklarımın delilik olduğunu biliyordum ama, mantığımı yitirmiştim bir kere. Şimdiyse mantıkla kurduğum yollara mayın döşenmişti Ama... Ama adım atacak başka yol mu vardı? Hissediyordum. Her nefes alışımda parçalanıyordum. Tek nefesimin Tanya olduğunu biliyordum.

"Bakıyorum da karaları bağladın. Sen de benim gibi şoktasın tabii ki... Bebeğimin teyzesi olarak da üzülüyorsun tabii..." Kadının sesi bana karşı yumuşamıştı. Aslında bana değil, çıkarlarına karşı kibardı. Yanıma oturdu. Gözlerimin içine yalvarırcasına baktı kaldı.

"Pekâlâ, konuşurum ama sen de kendini toplamalısın. Güçsüz kadınları, zırlayanları erkekler sevmez." Yüzüme minnettar ifadesiyle baktı. Derince nefes aldı. Sanki biraz da olsa rahatlamıştı. Ya ben... Kalbim av köpeklerinden kaçar gibi bir köşede sıkıştı. Valya nasıl biriydi? "Tanya'nın sevgilisi olan o şerefsiz adama benzemese bari." düşüncesi beni dehşete sürüklüyordu. Çocukları sevdiğine göre... İyi biri herhalde... Şüpheci... Evet şüpheci... Dadıya tuzak kurduğuna göre...

Djena'nın yüzüne nasıl bir korkuyla baktıysam, kendi korkumu onun gözlerinde gördüm. O da "Bir şey mi oldu?" diye sorunca,

"Sence çocuğu nereye götürmüş olabilir? Annesine mi?" diye soruyla düşüncelerini kamufle etmek istedim. Djena kaşlarını çattı. Belli ki bu fikir hiç ama hiç hoşuna gitmedi. Sevilmeyen gelinlerden biri miydi acaba? Yoksa kayınvalidesi çoktan ölmüş müydü? Nasıl bir yalana, ateşe attıysam kendimi... Adaletin yargısından daha ağırdı cezası. Teselli kelimelerinin hazinesinden bana kalan tek bir kelime yoktu. Dün o kara güne dönsem aynısını yapmaz mıydım? Titredim, dişlerim zıvanadan çıkmıştı, birbirini tartaklıyordu. Djena solgun yüzüme baktı.

"Senin de derdin başından aşkın biliyorum. Güya bana kafa dinlemek için geldin ama..."

"Çocuk nerede?"

"Bilmiyorum, aile ilişkileri pek de sıcak sayılmazdı. Biliyorsun onlar Moskova'da yaşadıklarına göre oraya gidemez. En azından bugün gidemez. Hayır, hayır ailesine gitmez."

Djena gözlerini boş duvara çevirdi. Beynini kurcaladığı besbelliydi.

"Benim bilmediğim samimi arkadaşlarınız vardır tabii ki." Djena yüzüme baktı ama bir fikri olmadığından sustu. "Güzel, gidecek yeri yoksa eve geri döner."

"Sanmam, o çok inatçıdır, ofise gider herhalde."

"Ofise mi? Bu saatte?" Djena yüzüme yanlış bir şey söylemişim gibi baktı. Sustum. Aklıma ofisin nerede olduğunu bir şekilde öğrenmem gerektiği düştü. Djena'ya soramayacağıma göre.

"Ofisi neden aramıyorsun? Bakalım oradalar mı?"

Djena ayağa kalktı. Odanın içinde kararsızca birkaç adım attı. Sonunda duvarda asılı olan telefonu eline aldı. Ayağa kalkıp ona hızlıca yaklaştım. Tuşladığı numarayı görmem gerektiğini biliyordum. Altı rakamlı telefon numarasını çevirdi. Rakamlar ezberimde idiler. Djena karşı taraftan gelecek sesi epey bir bekledi. Cevap alamayınca ahizeyi elinden bıraktı. Bana döndü:

"Cevap yok... Ya orada değil ya da... Allah kahretsin! Söylüyorum sana, bana acı çektirmeye kararlı. Başka türlü içi soğumaz çünkü. Ben malımı bilmez miyim? Evet. Evet, oğlumu benden almayı aklına koydu bir kere... Şimdi ne olacak sence? Oğluma kim annelik yapacak?"

Refleks olarak ona nasıl baktıysam... "Yok, yok. Sen de onun düşüncelerine katıldığını söyleme bana!" Yüzüne saldırdı. Tırnaklarını tenine geçirdi.

"Saşka oğlum... Oğlum neredesin?" Feryat dolu sesiyle ağlamaya, bağırmaya başladı. Duvarından tabana kadar sarkan telefon ahizesini elime alıp tuşladığı numarasının tekrarına bastım. Karşıma telesekreter çıktı.

"LASTAÇKA şirketi, buyurunuz."

Tam istediğim gibi telesekreter firmanın adını benim kulağıma fısıldamıştı. Artık elim boş değildi. Onu görmeye gidebilirdim.

Pencereden karanlık sokağa baktım ama şimdi değil tabii ki... Gecenin eteklerinde bırakılan Soçi'den ürkmüştüm. Sadece Soçi'den mi? Ben gecelerden, karanlıktan, kendi gölgemden korktuğumu itiraf etmekten kaçınsam da kalbim gövdemi parçalarcasına, soluğumu tıkarcasına zıvanadan çıkıyor, bana hatırlatıyordu... Ben de kendimi henüz tanımış değildim. Yarı ölü, yarı diriyim...

Telaşımı gören Djena "Kendi derdin başından aşmışken, benim sana destek olmam gerekirken, ben..." Sözünü kestim. Ne söyleyeceğimi bilmediğimden toparlanmam gerekirdi:

"Djena asıl ben kendimi kötü hissediyorum. Eğer beni görmeye gelmeseydin. Senin başına belki de bunlar gelmezdi."

"Saçmalama, ekmek almaya bakkala da gidebilirdim değil mi? Dadı denen kadında vicdan olmayınca..."

Yanına yaklaştım. Sarıldım. "Kendini hırpalama. Sonuçta oğlun babasının yanında. Daha da kötü bir şey yaşayabilirdin."

Djena korku dolu gözleriyle bana bakıp susuyordu. Aklından ne geçiriyordu kim bilir? Kendini koltuğa bıraktı. Başını eğip ellerinin arasına aldı. Parmakları beynini kederden kurtarırcasına hareket halindeydi. Yanına oturdum. Yüzüne derin derin baktım.

"İnan ki yarın oğlun yanında olacak." diye fısıldadım... "O süt bebeği, babası ona bakamaz."

"Öyle mi diyorsun?"

"Tabii ki. Valya'nın öfkesi geçer. Sonuçta sen de böyle olmasını istemezdin."

Djena belli belirsiz gülümsedi. Belli ki sözlerime önem veriyordu. Tanya'ya güveniyordu. Derin derin nefes aldım. Doğru yerde mi duruyordum? Sırtımı koltuğa dayadım, gözlerimi yumdum. İçimden bir his kâbusun tam ortasında olduğumu söylüyordu. Daha beterini beklemiyordum tabii ki.

"Ben kendime sütlü kahve yapacağım, sen de içersin değil mi?" diye soran Djena'ya başımı 'evet' anlamında salladım. Onun benden uzaklaştığını duydum. Sonra geri dönüşünü de... Sanırım tam önümde durmuştu. Göz kapaklarımı beni tam süzerken araladım. Fincanı alıp teşekkür bile etmedim. Çünkü Tanya hiçbir zaman teşekkür kelimesini kullanmazdı. Herkes ona karşı her şeye mecburmuş gibi bir fikre sahipti. Djena karşıdaki koltuğa oturdu. Sehpanın çekmecesinden albümü çıkarıp dizlerinin üzerine koydu. Yanına yaklaştım.

"Ne oluyoruz? Sanki evde cenaze var! Orada ne arıyorsun? Neyi görmek istiyorsun? Sevgiyi mi? Şüphen mi var? Neden? Kimin sevgisinden? Her ailede kavganın yeri var. Bunu ben mi söylemek zorundayım?" Djena'nın gözlerinin içi güldü. Beni hayranlıkla izlediğine inanamıyordum. Sehpadan uzaklaşıp pencereye yaklaştı. Ev bekleyiş içinde sessizliğe bürünmüştü.

Koltuğun üzerinde ne kadar uyuduğumu bilmiyorum. Gözlerimi araladığımda ilk gördüğüm Djena'nın asabiyetle gezindiğiydi.

"Görüyorsun değil mi? Eve gelmedi. Gözümü kırpmadan onu bekledim. Affetmeyecek..."

Sustum. Boş ve sessiz odaya göz attım. Odayı gizemli sessizlik hüküm altına almıştı. Bedenimi zor doğrulttum. Ağrıyan boynumu ovalayıp ayağa kalktım. Bir ümitle pencereye yaklaştım. Belki oradadır diye... Özür bekliyordur diye... Ama nafile... Sokaklar boştu.

"O gelmeyecek, oğlumu da bir daha bana göstermeyecek." Yanına koşup sıkı sıkı sarıldım.

"Ben konuşurum" dedim düşünmeden. Başını kaldırdı, gözlerinin içi ışıldadı ama kısa süreyle.

"Ben sana yiyecek bir şey hazırlayayım hemen. Benim arabayı alırsın." hızlıca konuşuyor, hızla hareket ediyordu. Buzdolabından sandviç ekmeğini çıkarıp içine salam teperken "Valya'ya benim oğlum olmadan yaşayamayacağımı söyle, lütfen. Ölürüm. Lütfen..." cümlelerini sıralıyordu.

Keşke ölüm çıkar yol olsa... Ama değildi. Yüzümü yıkamak için kapının birinde lavabo olacağını tahmin ederek yürüdüm. Soğuk su değil de telaşım beni kendine getirmeye yetti. Önümde olan dev ayna ise hala delirmiş olmamamdan bahsediyordu. Sandviçi sakince yedim. Gitmek için üzerime Djena'nın bana titrek ellerle uzattığı montu aldım. Araba anahtarlarını reddettim. Soçi'nin yollarını bilmediğimi tabii ki ona söyleyemezdim.

7.

Çağırdığımız taksi on dakika içinde bahçe kapısının önündeydi. Oraya kadar Djena bana eşlik etti. Fazla heyecanlı ve telaşlı görünüyordu. Yol boyu tek telime bile konuşamayacak kadar... Arabaya biner binmez gideceğim yerin adresini söyledim. Acelem var, desem de taksici nedense hâlâ oradaydı. Gözlerini arkaya devirmiş Djena'ya bakıyordu. Adamın sessiz ilgisine şaşırmıştım. Belki komşu olan duraktandı, aileyi biliyordu. Belki Valya tarafından Djena'yı takip etmesi için tembihliydi. Belki de onun üzgün halini gördüğü için ilgileniyordu. Djena'nın koluna dokundum.

"Merak etme her şey yoluna girecek. Onu ikna etmeye çalışacağım."

Kısaca gülümsedim. Kadın suskundu. Söylediğime inanmak istiyordu. Yanaklarından çenesine kadar süzülen göz yaşlarını elinin tersiyle kuruladı. Derin derin nefes alıp verdi. Çaresizlikle bakan korku dolu gözlerini birkaç kez kırpıştırdı. Düşünceliydi. Belli ki verdiğim söze inanıp inanmamakta kararsızdı. Belli ki kocasına güvenmiyordu. Omzuna dokundum. Çaresizliğimi fark etmemesi için rahat gözükmeye çalıştım. Kendimi gizleyememe korkumdan acele edip taksiye bindim. Araba hareket etti. Önümüzde uzanan taşlı yola ümit içinde bakmak istiyordum.

Hava berbattı. O sabah Eylül ayının en huysuz, en soğuk günlerinden biriydi. Kâbus rüzgârın emriyle kükrüyordu.

Kendinden zayıf olan her şeyin canını alma çabasındaydı sanki. Görüyordum. Derin kükremeyle toprakta olan her şeyi süpürüyor, katliama hazırlanıyordu. İç geçirdim. Başıma gelebilecek bir bela korkusuyla titredim. Yüzümü ovuşturdum. Olumsuz düşüncelerden, hislerimden kurtulmam için yapacağım bir şey olmasa da "sakin ol" kelimelerinin beynimden uzaklaşmaması için çabalıyordum. Gözümü ayırmadan bana yabancı gelen sokağa bakıyordum. Ne tuhaf, sokakta gördüğüm hayat sanki kederle kaynaşarak donakalmıştı. Yazın cıvıl cıvıl olan sokaklar oldukça tenha idi. Eğlence mekanların çoğuna kilit vurulmuştu. Çevrede her şeye yoğun toz hakimdi. Çoğu apartmanın pencereleri taş gibi kapanmıştı. Yaşam burada cansızdı. Kaldırımlarda iki üç cesur sarhoştan başka yürüyene rastlanmıyordu. Sarhoşlar! Cesurlar! Bu kelimeler, kör cesaretiyle, beni yok olmaya savurmadı mı? Kim bilir, yürüyenlerden hangisi bilerek, belki de bilmeden temizlenmez hataya savruluyordu? Herkeste kendimi gördüğüme göre aklımı yitirdiğimi hissediyordum. Korkuyordum. Birinin koluna girmeyi arzuluyordum. Aynadan sürücünün soğuk yüz hatlarına baktım.

"Yolumuz daha uzun mu?" diye sorduğumda adam:

"Şehir dışında." şeklinde yanıt verdi.

Sokağa bakındım. Yolun sol tarafına düşen deniz, sahildeki kayalıklara alnını yararcasına çarpıyordu. Kendini zamanın kollarına bırakarak içinin soğumasını beklemeden... Acı bir biçimde güldüm. Tıpkı benim gibi azgın... Zararı kendine... Önüne gelen çamura, pisliğe isteğiyle bulaşıyordu. Aynadan beni sinsi merakıyla süzen adama, aklıma ilk geleni sordum:

"Kendinden kaçacak olsan nereye kaçardın?" Sadece birkaç dakika sonra:

"Beni tanımadıkları bir yere..." cevabını verirken dudağın kıyısından alaylı bir şekilde gülümsediğini fark ettim. Benim hakkımda ne düşünüyordu acaba? Bu saçma soruyu sorarken her tür insana rastladığını unutmuştum. Bakışını geniş açıdan yakaladım, katil olduğumu düşünmesin de... Nereden bilecek?

Alt dudağımı dişlerimin arasına aldım. Isırdım. Canım yansın, aklım sussun niyetindeydim ama... Bu demir kutunun içinde yüreğimin iyice daraldığını, delirdiğimi hissediyordum... Dışarıya bakındım. Şehri çoktan terk etmiştik. Taksici virajlı yolun sonunda arabayı yavaşlattı. Sadece yüz iki yüz metre ötesinde bulunan beyaz binanın önünde durdu.

"Burası." dedi parmağını binaya uzatarak.

Teşekkür ettim. Çantamı karıştırıp, parasını ödedim. Arabadan indim. Çevreye bakındım. Tenha bir yerdi. Birkaç cesaretsiz adımdan sonra durakladım. İçimde bir his geri dönmem gerektiğinden bahsetse de bebeği düşünerek bunu yapamadım. Camlı demir kapıyı tıklattım. Ses yoktu. Daha fazla beklemeden kapıyı itekledim. Çalışma masanın üzerinde ekranı kararmış bilgisayarı görünce kısa süre önce birinin burada çalıştığını anlamam zor olmadı. Karşıya düşen beyaz kapıyı çalmak zorunda kaldım. Kapının arkasından gelen yanıt kısa ve sertti.

"Girin." Valya'nın sesiydi bu.

Ya bebek? Hiç düşünmeden içeriye girdim. Benim odama biri bu şekilde dalsa hoşlanmayacağımdan emindim. Bunu karşımda olan kişi yüzümden okurdu ama Valya benim yüzümü, bir demet çiçekle girmişim gibi, hayranlıkla izliyordu. Burada bir yanlışlık var diye düşünerek ondan gözümü ayırıp çevreye bakındım. Çocuk burada değil mi yoksa? Görünürde yoktu da zaten. Mavi çalışma masanın üzerine dağınık bir şekilde dosya yığını konmuştu. Orada, masanın dibinde, şeffaf alışveriş torbasının içinde ise iki adet biberon, bir kutu mama gözüküyordu. Çocuk buradaydı demek ki... Ama nerede? Düşünerek odanın köşesinde duran boş mavi koltuğa bir kez baktım. Küçük Saşka orada da yoktu muhtemelen... Beyaz deri koltuğa sırtını yaslayarak oturan, sakin görünen Valya'ya iki adım yaklaştım.

"Saşka sende değil mi?" diye sordum. Valya hafifçe öne eğilerek,

"Gelmeni bekliyordum ama daha erken..." diye geveledi. Sustum, sadece onun dün geceden o asabi tavırdan bu sabah tümden nasıl arındığını şaşkınlıkla izledim. Djena ile mutlu değil miydi yoksa? Bu kadar rahat olduğuna göre... Ben Nodari ile ufak, önemsiz tartışmalarda bile karaları bağlıyor, günlerce kendimi mutsuz hissediyordum. Sevgi bu değil mi? Beni izlediğini fark ettim.

"Çocuğu merak ettim. Onu buraya getireceğini düşündüm."

"Sakin ol ve otur, o içeride uyuyor." Adam karşıya düşen beyaz kapıya baktı. Kapıya doğru adım attım ki, "Uyuyor." diye geveledi fısıldayarak. Oracıkta durakladım. Oturmaktan başka çarem olmadığını biliyordum. Masaya yakın sandalyenin birine oturdum. Beni izleyen adama doğru eğilerek duvarların bile duymaması gereken gizli bir şey söyler gibi

"Bak, Djena çok mutsuz." diye fısıldadım. Adam yüzüme gülümseyerek:

"Ya sen?" dedi. Utancımdan kızardığımı hissettim. Oysa, beni tutkuyla izliyordu. Ne oluyordu? Yoksa Tanya'nın dudaklarını, tenini, organını iyi biliyordu da yeniden tadını hisseder gibi beni onun yerine izliyordu?

"Ben mi?" diye kekeledim ne düşüneceğimi bilmeden...

"Özür dilerim." diye geveledi ve küskün bakışları önünde duran dosyalara bakarak gizlemeye çalıştı.

Bu adam kardeşime ne yapmıştı ki özür diliyordu? Umut verip, sonra da mutsuz mu etmişti? Yoksa kardeşimin ortalıktan kaybolma sebebi bu adam mıydı? Şimdi karşısında görüp özür mü diliyordu? Duruma bakılırsa her şey o kadar basit görünmüyordu. Yoksa kardeşimi birilerine mi sattı? Yok hayır, bunu yapmış olsa şu an bu koltukta bu kadar rahat oturamazdı. Adama ne şekilde baktıysam:

"Senin için bir şey yapamadığım için inan çok üzgünüm." dedi.

Ne cevap vereceğimi bilmediğim için başımı yere eğdim. Bir taraftansa muhtemelen onun beklediği cevabı "haklısın" kelimesini söylemek istemediğim için sadece sessizliğimi korudum. Tabii ki onun susmasını istemezdim. Bir tane bilgi bile beni seçtiğim yolda beslerdi. Eminim, beslerdi. Bana kardeşim hakkında bilgi verirdi. Buna, hiç olmadığı kadar ihtiyacım vardı. Yaşadığımdan daha kötüsünün olmayacağını ummak istesem de yapamıyordum. İçime yerleşen ağır kaygı buna izin vermiyordu. Aklımdan geçene nasıl bir acıyla gülümsediysem, nasıl yorumladıysa ayağa kalktı. İki, üç adım attı, artık arkamda duruyordu, hissediyordum, tenimden kalkan parfüm kokusunu ciğerlerine çekiyordu. Beni omuzlarımdan kavrayacağını hissettim. Dönüp sert bakışlarla onu durdurmaya çalıştım ama sanırım kardeşim sağlam aşk ilmeği atmıştı ki adam beni dikkate almadan espri yapmaya çalıştı:

"Beni istemediğini mi söyleyeceksin?" Hızlı bir şekilde ayağa kalktım. Ondan iki adım geriye çekildim.

"Konu ben değilim, biliyorsun değil mi?" derken sesim soğuktu ve ciddiydi. Sesim onun gıcır olan keyfini kaçırmadı.

"Djena'ya bakma, sabaha kadar zırladığından eminim, ama bu anne olmaya yetmiyor maalesef. O sorumsuzun teki, biliyorsun. Bencil! Evet bencil! Ancak kendini düşünür. Uyumayı, arkadaşlarla o kafeden öbür kafeye dolaşmayı sever, alışverişi sever. Çocuk sevgisi sadece dilinde, yüreğinde bile değil. Beni sevdiğine bile emin değilim."

Konuşurken kadına karşı öfke beslediğini, gerildikçe gerildiğini görüyordum. Benim onu ikna etmek için ne aralarında yaşananlar hakkında bilgim vardı, ne de hızla uyduracak yalan kabiliyetim... Ondan uzaklaşmak için çareyi pencereye yaklaşmakta buldum. Dışarıya bakındım. Rüzgâr dindiğine göre şehir canlılığa yeniden kavuşacaktı. Hayat sevgiyle, huzurla akacaktı. Gözlerimi kısarak sakin olan sokağı izledim. Geçen arabaların içinde oturanlar kavuşma heyecanı yaşayacaktı. Kıskandım. Onların hedefleri, gidecek yerleri vardı, ya benim... Benim gidecek ne yerim ne de mantığa uygun bir geleceğim gözüküyordu. Adam sabredemeyip yanıma yaklaştı. Çaresizliğime bakıp,

Çocuğu dert etme; söyledim ya o güvende, yanımda. Böylesi daha iyi. İnan..."

Ses etmeden söylediğine acıyarak güldüm. Adamsa konuşmaya ısrarlı:

"Sen kendinden bahset. Neredeydin? Annene gittim. Seni sordum. Uzağa bir yere gitmeyeceğini, eşyalarından hiç almadığını, yakında döneceğini söyledi."

Adama doğru dönüp susmasını istediğimi belli ederek, soğuk bir bakış attım. Kendini nedense suçlu hisseder tavırla o da bana baktı.

"Annene, polise gitmemiz gerektiğini söyledim. 'Abartma, çıkar bir yerden!' diye cevap verdi bana. Neredeydin?"

Onun gözlerinin içinde gördüğüm endişeden olmalı, vahşi bir endişeye kapıldım.

"Seni, çok ama çok merak ettim. Senin için korktum." derken bakışları yumuşak ve duygu yüklüydü. Bana daha da yaklaşıyordu. Aramızda sadece yarım karış mesafe kalmıştı. O an sadece beni, yani Tanya'yı düşündüğünü, arzuladığını görüyordum. Ne yapacağımı bilemedim. Dudakları dudaklarıma dokunacaktı ki çocuğun ağlama sesinden irkildi. Beni unutup karşı odaya koştu.

8.

TANYA'DAN

Kapıya yakın bir yere oturdum. Dizlerimi çeneme doğru çekip ellerimi kavuşturdum. Az önce Lilia tarafından aşağılanarak kovulduğumdan dolayı kendimi yargılayacak değilim. Kocası denen şahıs ikimizi de idare ediyordu. Bunu biliyor muydu acaba? Fark etmiş olsa bana bu kadar yüklenmezdi. Gerçeği gösterdiğim için bana teşekkür etmeliydi. Nodari'nin beni daha çok sevdiğinden emindim. Ben bunu başarmıştım. Yoksa onu mu daha çok seviyordu? Kaygıya düştüğüme şaşırmıştım. Yoksa onların o sıkıcı yatak maceralarını kapı kıyısından gizlice izlediğime kızmış mıydı? Bence duyguları rencide olan bana üzülmüştü. Ona güvenerek yanılmış olabilir miyim? Yoksa değişken bir ruha mı sahipti bu adam? Sinirimden titriyor, kendimi yiyordum. Gözlerimi kapattım. Kapatmama da gerek yoktu. Gecenin bir yarısı olduğundan zaten apartmanın içi zindan gibi karanlıktı. Zihnimin sayfalarını aralayarak geçmişe dönüyordum. Onun Lilia ile paylaştığı yatak odasından çıktığını kapıyı kapatırken duydum. Üzerime giydiğim içimi gösteren, beyaz, oldukça ince pijamaların göğüs kısmındaki düğmelerinden birkaç tanesini açtım. Tam beklediğim gibi oldu. Yanıma pişkin pişkin sırıtarak yaklaştı. Kravatını düzeltmekten vazgeçip o mükemmel, uzun parmaklarıyla ufak denecek kadar olan göğüslerimi hamurdan birer top gibi yoğurmaya başladı. Dudakları dudaklarımın üzerindeydi. Gözleri ile bana baygın baygın bakıyordu, kasıklarının arasındaki şişiyordu. Az sonra mutfak tezgâhı bir ayıba şahit olacaktı ki ikizim Lilia yatak odasının kapısını araladı. Onun kapıdan çıktığını görmesek de kapının açıldığını duymuştuk. Lilia yaşayacağımız zevkin içine etti. Zavallı Nodari, şişmiş takımlarla işe koşmak zorunda kaldı. Ben de beni daha çok özlesin diye, o gün geç saate kadar ortalıktan kayboldum. Lilia'nın cebime koyduğu parayla üstümü düzmeye karar verdim. Marcanışvili semtinin mağazalardan, Rustaveli semtindeki mağazalara kadar dolaştım. Sadece iki elbise beğendiğimden, tatmin olmadığım keyifsizliğimi dindirmek için "Kırmızı" adlı kafeyi ziyaret ettim. Kırmızı Kafe üniversitelerden birine komşu idi. Masalar gençlerle dolmuş, taşmıştı. Çevreyi süzdüm ve omuzları geniş, yapılı, mavi gözlü, sarışın bir gencin melun melun bana baktığını fark ettim. Felaket yakışıklı olan o çocuğu bir müddet izledim. "Acaba yattığı biri var mı ki?" diye düşünerek ben de onu merakıma tutsak olarak afallamış bir şekilde izledim. Az sonra ona olan ilgimden cesaret bulup yanıma yaklaştı.

"Oturabilir miyim?" diye sordu.

"Olabilir." diye cevap verdim.

Benimle tokalaştı, oturdu. Oradan buradan lafladık. Her daldan bilgi sahibi olması beni şaşırttı. Yalnız kalmayı çok sevdiğini söylediğinde cevabım "Nasıl olur? Tam kanının kaynadığı yılarda..." oldu ve bakışlarımla onu yedim. Yaşadığı evi merak ettiğimi söyleyince biraz utanarak da olsa, sohbete evde devam edebileceğimizi söyledi.

"Olur." dedim ve koluna girdim. O an Nodari tabii ki benim umurunda değildi. O hiçbir zaman benim umurunda olmamıştı zaten. Lilia'nın canını acıtma isteği beni aç kurt gibi besliyordu. O hırsla, kendimi gencin dar, kirli odasında tatmin ettim. Kendimi biliyordum. Er ya da geç de olsa Lilia'nın hayatını alt üst edeceğimi biliyordum. Belki daha zamanı vardı. Başta onun elinden sevdiğini alacaktım. Sonra ise hayatını. O beni hep sırtımdan vurdu. Her yerde o vardı. En önemlisi de âşık olduğum babamın yanında... Çevredekileri saf masumiyetiyle mi tavlıyordu anlamış değildim. Nedense ilgi noktası her zaman o oluyordu. Ondan nefret ediyordum. Bende olmayan, onda olan ne vardı? Ne? Her neyse söküp alacaktım ondan. Kendime bu zevki yaşatmadan rahat vermeyeceğimi de biliyordum. Kaburgalarımı sarmalayan intikam arzusu beni çileden çıkarıyordu. O an bu tuhaf ruh ağrısından deli gibi ağlamak istiyordum ama her zamanki gibi beceremiyordum. Yine yalnızdım ve bunu bütün dünyaya haykırmak istesem de dünyaya ait olmadığımı iyi biliyordum.

***

O kâbus dolu günlerimi anımsadım desem yalan olur; çünkü hiç ama hiç unutmamıştım. O günlerde on yaşında kız çocuğuydum. Varlığı unutulmuş bir kız çocuğu... O gün babam, işe gitmek üzere olan annemin fazla kışkırtıcı giyindiğini bahane ederek, kapı ağzında kavga çıkarmıştı. İkisinin de susmaya niyetleri yoktu. Sesleri tüm mahalleden duyulacak kadar kuvvetli çıkıyordu. Ayrılacaklarından bahsediyorlardı. Bu demekti ki ikisinden biri evden gidecekti... Bu demekti ki evimizin çatısına kâbus çökecekti. Yaşamıştık bunu, annemin kızıp birkaç gün eve gelmediği zamanlarda... Ayrılmalarını istemiyordum. Kavganın durulması için benim de Lilia'nın yaptığı gibi, iki üç damla gözyaşı salıvermem yetmiyordu. Benim varlığımı fark etmeleri için çaba sarf etmeliydim; ya babamın değer verdiği bir şeyi gürültü çıkaracak şekilde devirmeliydim ya da kırmalıydım. Başka türlü beni duymaz, umursamazdı. Lilia o an orada değildi, melek kızları ekmek almaya, bakkala gitmişti. Çevreye bakındım. Korktuğumdan, çaresiz kaldığımdan olduğum yerde tepindim durdum bir müddet. Yetmedi... "Yeter!.. Yeter!.." diye avazım çıktığı kadar bağırmaya başladım; ne bağırmaktan çatlamış sesimle ne de pancar gibi kızaran yüzümle dikkati üzerime çekebildim. Babam anneme atmaya niyetlendiği tekmeyi kazayla bana savurdu. Yere yığıldığımı hatırlıyorum; gücümün bittiğini, gözlerimin önce kapanıp sonradan karardığını, kaburgamın sol tarafının acı acı sızlamasını ve nefes almakta zorlandığımı da... Bağırmaya gücüm kalmadığında sustum, ağlamadım. Cehenneme düşerken ağlayamazmış meğer insan, korkudan ağlayamazmış, yalnızlığından ağlayamazmış, kederiyle bir olup susarmış, hep susarmış. Susacaktım. Hayata isyan edip yine de susacaktım... Öfke mi? O hep vardı, kanımı kurutup yerini zapt etmişti öfkem.

Hissettim... Düşüncelerimin, yalnızlığımla bütünleştiğini hissettim.

Ailem her zaman benimle Lilia arasında her zaman ayrım yapıyordu. Bu tutumun mezara kadar süreceğine de emindim. Emin olan sadece ben miydim? Dört haneli ortak bahçemizde ekilmiş olan ceviz ve incir ağaçları emindi; göz yaşlarımı çok dinlediklerinden belki, tek katlı eski evlerin duvarları bile emindi.

Ailem benden nefret ettiğini gizlemeye bile ihtiyaç duymuyordu. Nedenini çok düşündüm, seneler boyunca. Hala da düşünüyorum. Aklıma gelen tek sebep doğuştan iç organlarımın özürlü oluşuysa eğer, bu mantık dışı geliyor bana. Bu benim kabahatim miydi? Dünyaya gelmeme karar verenler onlardı. Hasta doğmayı ben mi istedim? Dedemin bütün servetinin, geçirdiğim dört ameliyatla erimesinin tek suçlusu ben miydim? Bu lanet olası eski evde oturmak zorunda kalmamızın tek suçlusu ben miydim? Herkesten, orada olan her şeyden nefret ediyordum. Vücudumun ağrısı yavaş yavaş etkisini yitirmeye başladığı an ayaklandım. Bağrışlarını kendi iç kavgamın sesinden duymaz olmuştum. Ruhum depremler yaşıyor, sancıyordu. Oradan gitmeliydim. Kafama koca balyozları indirmişler gibi sersemlemiştim. Okulun bahçesinden bana seslenen arkadaşlarımın seslerini duymaz olmuştum.

Dersler aklıma girmiyordu. Okuldayken tek düşündüğüm ve istediğim evdeki soğuk havanın yumuşamasıydı. Eve geri döndüğümde beni kollarıyla sarmalarıydı. Kırılmıştım. Aç kalmıştım. Geri dönüş yolu boyunca yüreğimin çarpıntısı durmadı.

Bahçe kapısına vardığımda bir an durakladım, adım atmaktan korktuğumu anladığımda zayıflığıma lanet okudum. Havadan iri lokma kopararak adım attım; evin kapısına vardığımda, komşu olan kadını örnek alarak "Bismillah" dedim. Hol soğuk ve ürkütücü sessizlikle beni karşıladı. Odalara koştum, odalar boş ve terk edilmişti. Holde, kuytu bir köşede çömeldim. Neyi beklediğimi bilmeden beklemeye koyuldum. Herkes nereye gitmişti ki?.. Evimizin arkasında, eski atölye niyetine kullanan geniş depo geldi aklıma. Oraya koştum. Kapı birazcık açıktı. Bu olamazdı; çünkü babam evden çıkarken kapıya iri bir zincirli kilit takmadan rahat etmezdi. Kapıyı itekledim, burası da boştu. Geniş raflarda boy boy sıralı duran ağaçtan yapılmış, kız heykelleri toplanmıştı. Büyük ihtimalle onları iri birkaç çuvala, özenle doldurup yanına almıştı. Orada sadece birkaç ağaç kütüğü ve babamın onları yontarken saçtığı irili ufaklı tahta parçaları vardı. Babam gittiği yere onları da mı götürmüştü? Ağaçtan heykellerin benden daha değerli olduklarına inanamıyordum. Ya ben... Ben onun için neydim? Kocaman hiç mi? Önce sessizce, sonra sesli, en son avazım çıktığı kadar bağırarak ağladım, ağlamaktan çatallaşmış sesle:

"Hiç!.. Hiç!.. Hiç!.." dedim, durdum.

Yorulmuştum. Beklemekten, ümidi kaybetmekten yorulmuştum. Ne olduğunu anlamaya çalışmaktan yorulmuştum; ne yapacağımı bilememekten yorulmuştum. "Hayır, hayır... Yalan, buradalar!" Bir yerlerde olmalıydılar. Depodan çıkıp Lilia ile uyuduğumuz odaya koştum. Yataklarımız düzgündü. Büyük ihtimalle annem ve babam kavga etmeye başlamadan önce annem yataklarımızı toplamıştı. Lilia'nın yatağına koştum. Altına bakmak için eğildim. Oraya annemin bir zamanlar sokuşturduğu valizler yerinde yoktu. Birden başıma yıldırım düşmüş gibi sersemledim. Annem mi gitmişti bu evden, babam mı? Ya Lilia... Lilia'nın yatağının altına bir kez daha bakındım, başımı çevirip öbürünün altında da bakındım. Orada da Lilia'nın beceriksizce yontmuş olduğu üç kız ağaç heykelin olmadığını görünce onun da evden gittiğini anladım. Lilia da beni bırakıp gitmişti! Unutulmuştum... Neden?.. Neden?.. Neden?.. O güne kadar aklımın sevgiyi de gömdüğünü bilemezdim, bilemezdim nefretten beslenme arzusunu da. Yaşamadan bilemezdim. Birden gırtlağıma yumruk hissi oturdu. Titriyordum, titriyordum. Sadece titriyordum, ağlamıyordum. Ağlamak istedim ama ağlayamadım. Hissettiğim, duygularımın çakıl taşı gibi katılaşmasıydı. Hissettim; herkesten, en çok da Lilia'dan nefret ettiğimi hissettim. Çünkü o sevilmenin, sevmenin ne olduğunu biliyordu, kâhrolası ağaç kütükleri bile benden değerliydi. Bir an kapının gıcırdadığını duydum. Korkumdan yatağın altına sıvıştım, ayak seslerinden içeri birinin girdiğini anladım. Başımı uzatıp baktığımda anneme ait gölgeyi gördüm. Kararsız adımla odaya giriyordu. Tuhaf bir hali var gibiydi. "Anne!" dememek için ağzımı büzdüm. Ona güvenmiyordum. Neyi beklediğimi bilmeden beklemeye başladım. Sanırım, benim yatağa yattı ya da oturdu, tam olarak anlayamadım. Yatağın demir yayları gıcırdadı. Bir ses duydum. Telefon tuşlarının sesiydi bu ses. Konuşmaları dinlemek için kulak kabarttım.

"Alo, Katerina ben çok kötüyüm. Duyuyor musun, çok kötüyüm?"

"......"

"Neden mi? Kocam gitti. Artık bana tahammülü yokmuş. Gelmez daha, hayatta gördüğüm en inatçı insandır o."

"......"

"Bu sabah üzerime giydiğim dekolte elbiseyi değiştirmemi söyledi. Hayır, dediğimde ise kıyamet koptu. Sen, sen ol aklını kullan, evlenme."

"......"

"Yok, tabii ki başta mutluyduk ama çocuklar doğduğunda her şey değişti. Tanya hastalıklı doğdu, biliyorsun. Onun o hastalığını ne ben ne de kocam kabul edebildik. Grigor hastalığa servet harcadıkça tükendi ve aşırı asabileşti. Sen de şahit oldun birkaç kez, biliyorsun. Hayatımız zehir oldu, zehir. Şimdiki aklım olsa çocuk mocuk düşünmezdim. Kızları doğurarak büyük bir hata yaptım."

"......"

"Nasıl demiyim? Yaşadığım kabusa bir bak!"

"......"

"Kızlar mı? Yanına almıştır, mükemmel bir baba ya! Alsın bakalım. Nasıl baş edecekse etsin. Ben bakamam zaten, çocuk bakmak bana göre değilmiş tatlım, benden bu kadar. Nefes almak istiyorum. Bu kabustan bir an evvel kurtulmak istiyorum."

"....."

"Özlemek mi? İnsan sevdiğinin ölümüne bile alışıyor. Yalnız kalmanın bana iyi geleceğini bildikten sonra..."

"......"

"İyi fikir, yarın uğrar, gideceğimiz yeri konuşuruz. Sayende nefes almış olurum..."

 Annem tatile gidiyordu, ben de bu evde fazla idim, kendi evimde. Annem bile beni istemiyordu, bu nasıl berbat bir duygu anlatamam. Dünyada yapayalnız, üstüne üstlük huzuru kaçıran, daha doğrusu huzurun katili olduğumu hissediyordum. Güvenmeliydim kendime, hiç değilse gökte benim yerimi alan yıldıza. Evet! Yaşadığımı unutmamalıydım; var olduğumu unutmamalıydım, ümitlerimi gömüldükleri yerden çıkarmak için fırsat vermeliydim kendime, kederimi hiçe saymalıydım, bunu yapmalıydım. Gülümsemeye başladım. Daha berbat kabusların kapımı çalacağını nereden bilecektim ki...

9.

LİLİA'DAN

Kapı aralıktı. Valya, telaş içinde koltukta minik elleri ve ayaklarını sallayarak ağlayan oğlunun yanına çöktü. Kırışık yüzü kızarmış yavrusunu kucağına alıp pışpışlayarak göğsüne yatırdı. Çocuk, babasının gömleğine minik yüzünü bir müddet sürttükten sonra ağlamayı kesip kıkırdamaya başladı. Valya'nın yüzüne baktım. Huzuru ve telaşı aynı anda yaşadığından yorgun gözüküyordu. Oğlunun yanaklarına dokunuyor, bakışlarıyla onu okşuyordu. Ara ara şefkat dolu sesiyle fısıldayarak ona, onun yanında olduğunu söylüyordu. Bir müddet sonra çocuğun gözleri bir açılıp bir kapanmaya başlamıştı. 'Uyuyacak.' diye geçirdim içimden ve onları izlemeye devam ettim. Bu huzur dolu anları kaçıramazdım. Valya çocuğu bir müddet daha pışpışladı. Uyuduğuna emin olduğu zaman onu yatırmak üzere koltuğa doğru yürüdü. Telaş içinde kıpırdandım, beni kapı ağzında görmesini istemediğimden. Ürkek adımlarla ağır ağır oradan uzaklaştım. Onu odada bekledim, geri döndüğünde ise ayakta karşıladım.

Alışılmış tondan daha yüksek sesle "Çocuğuna burada bakamazsın, biliyorsun değil mi?" dedim.

Kaşlarını yukarıya kaldırdı. Görünüşe göre oldukça yüksek ses tonum, onun üzerinde bir etki yaratmamıştı. Gözlerimin içine sevecen bakıp pişkin pişkin gülümsüyordu. Asabım bozuldu.

"Burası iş yeri. Bence sen..."

Gözünü gözümden ayırmadan bana doğru birkaç adım attı. Suskundu, duruşuysa kendinden emindi. Gözlerimin içine derin derin bakarak bir adım daha yakınıma geldi.

Hafif gülümseyerek, "Sen varsın, güzelim." dedi ve elini omzuma koymak için kaldırdı.

Bir adım geriledim. Şaşkınlıktan ne diyeceğimi bilemedim. Tanya ne derdi, bilemedim. Sadece "Ama..." kelimesini geveledim. Oturdum. Ellerimi eteklerimin üzerine koyarak kavuşturdum. Gözlerimi tavana dikip sustum. Tam önüme çömeldi. Bana tutkuyla baktığını görmesem de hissediyordum. Derin nefes alıyordu. Soluğunun sesini duyuyordum. Heyecanlı idi. Dudaklarının arasında zapt ettiği kelimeleri tartarak söylemek istediği belliydi.

"Yoksa..." kelimesinin devamını aniden çalmakta olan telefon kesti. "Pardon!" kelimesinden sonra acele ederek masanın başına geçip telefon ahizesine asıldı.

"Buyurun" dedikten sonra nedense şaşkın bakışlarını bana çevirdi. Karşı tarafın ne konuştuğunu dinlemeye koyuldu. Birden ani bir hareketle ayağa kalktı. Aynı hızla pencereye yaklaştı. Pencereyi hafif aralayarak ürkekçe sokağa bakındı. Dışarıdan asfaltlı yolda lastiklerini hızlı ve asabi sürten bir araba sesi duyuldu. Birinin binanın duvarına henüz çarpmasa da arabayı duvarın çok yakınına park ettiğini duydum. Valya başını bana çevirdi, gözlerinde dehşet okunuyordu.

"Seni soruyorlar." diye geveledi.

Onun bakışlarında gördüğüm korku, aklımı başımdan aldı. Düşünmeden "Tanya'yı mı?" diye sordum.

Adam asabi güldü, "Sen Tanya değilsen bilemem." diye bağırıp kapıdan çıktı, sokağa fırladı.

Onun dışarı baktığı perdenin kıyısından ben de baktım. İri yarı, siyah pardösülü üç adam telaşla arabadan iniyordu. Adı olmayan korku, içime şiddetle yayıldı. Ne yapacağımı bilmeden birkaç saniye durakladım. Sonra çocuğun yattığı odaya koştum. Beynimi toplamak için hızlı düşünmeliydim. Kimdi bu adamlar? Tanya'dan ne istiyorlardı? Onu buldukları an elini öpecek değillerdi besbelli. Peki, sebebi ne idi? Ne kadar ciddiydiler? Bulduklarında ona ne yapacaklardı? Bence Tanya saklandığına göre onu bulmamalıydılar. Evet, bulmamalıydılar. Odanın çevresine bakındım. Tek olan pencereye koştum, pencereyi araladım. Pencereden adam akıllı elimi uzatsam kayalıklı, kısa dağın eteklerine değecektim. Eğer dağın eteklerine bir şekilde tutunsaydım sonra yukarıya tırmanmam gerekecekti. Nasıl? Bu durum hayatta kalma ihtimalimi belirliyordu. Ellerim ise şansımın düşük olduğunu gösteriyordu. Ölüm düşüncesi beni ürpertti. Arkama bakındım, kavga sesleri daha yakından geliyordu. Duyduğum kadarıyla Valya hala direniyordu. O adamların bana yapabilecekleri işkenceyi, başıma getirecekleri tecavüzü, tattıracakları ölümü koklayınca az önceki düşüncemden utandım. Gözümü kayalığın zirvesine uzattım. Büyük ihtimalle arkasında yol ya da biraz ileride şehrin devamı vardır, diye düşündüm. Eğer düşecek olursam diye aşağı bakındım. Kayalığın üstündeyken ayağım kayıp kucağına düşeceğim ölümden bahsediyordum.

"Aman Allah'ım!" diye geveledim, soğukla titredim.

Kapıya, çevreme, pencereye bir kez daha baktım. Dışarıdaki hararetli kavga sesleri artık kapıya kadar ulaşıyordu. O üç adama göre, boş laflarla bizi koruyan Valya'nın sesinin artık duyulmuyordu. Yoksa öldü mü, diye düşünmekten kendimi alamadım. Buradan yok olmam gerekiyordu, başka şansım yoktu. Tıpkı o günkü gibi. Başka şansım yoktu. Ben zihnimle boğuştuğum sırada Valya'nın oğlu uyanmış, ağlamaya başlamıştı. Dönüp baktığımda çocuğun yüksek sesle bağırdığını gördüm. Aklıma gelen ilk dev sorudan üşüyerek titredim o an. Bu çocuğa ne olacaktı? Eğer burada bırakırsam ne olacaktı? Babasına ve bana öfkeli vahşi adamların elinde ona ne olacaktı? Ona zarar vereceklerinden emindim. Peki o zaman? Ağlayan çocuğa doğru koşup onu kucağıma aldım, göğsüme basarak tekrar pencereye yaklaştım. O kucağımdayken karşıya adım atmak, kendimi yukarıya çekmek, koşmak imkansızdı. Onu burada bırakırsam babası onu kollayamazdı. Odanın içinde delirmiş tavırla birkaç anlamsız adım attım. Hızlı düşünmem gerektiğini biliyordum. Ama nedense stresli olduğum zamanlarda bunu başaramıyordum. Daha doğrusu beynim afallamış vaziyette, kendini bile inkâr edecek hale geliyordu. Ama şimdi değil! Şimdi bunun sırası değildi. Üstüne üstlük çok yakınlarda ölüm kokusu dolaşıyor, hem beni hem de bu minik yavruyu arzuluyordu. Dışarıdan Valya'nın sesi hala duyulmuyordu. Valya'nın sabrına, cesaretine daha fazla güvenmem gerektiğini hissediyordum. Çok hızlı bir şekilde, battaniyeye sarılmış küçük Saşa'yı sırtıma bağlamayı denedim, sanırım becerdim de. Küçük Saşa artık sırtımda idi, ağlıyordu, dışarıda kalmış ayaklarıyla sırtımı tekmeliyordu. Pencereye koştum, derin nefes aldım, tırmandım. Bir kez daha derin nefes alıp tüm cesaretimi toplayarak keçi gibi pencereden kayalığa sıçradım. Sert ve biçimsiz taşın üzerinde ezilmiş avuçlarımın ağrısından delirmek üzere olduğum halde kendimi yukarıya çekmeye başladım. Ben kayalıklarla boğuştuğum sırada küçük Saşa'nın sesinin kesildiğinin geç farkına vardım. Ya ani deli sarsıntıdan korkmuş susmuştu ya da sırtımdan... Hayır! Onun ağırlığı hissederek derin nefes aldım. Acele etmeliydim. Elimi daha ilerideki taşa uzatarak kendimi yukarıya çekmek için zayıf bedenimle, son kalan gücümle savaştım. Tepeye doğru ilerliyordum ama istediğim kadar hızlı değildim. Daha hızlı olmam gerektiğini bildiğimden sinirimden ağlamaya başladım. Küçük Saşa da az önceki sessizliğinden kurtulmuş, yaygarayı basmıştı. Sanki ölümü hissedip beni protesto etmişti. Oysa ben... Ne ben?.. Ne?.. O an kendimle saç saça baş başa kavgaya girmiştim. Kızımın ölüme sebep olan ben... Şimdi ise... Dağları sarsan "Hayır!" kelimesinin beynimde asabiyetle çoğaldığını hissettim.

"O bir kaza idi. O bir kaza idi. O bir kaza idi. O bir kaza idi."

Kayalığın en geniş ve rahat taşına tutundum. Zirveye ulaştığımı göz ucuyla görebiliyordum. Biraz daha gayret çığlığım, son gücümü bir ara yerine getirdi ve bir,İ ki, üç... Göğsümü sivri taşların üzerine bıraktım. Üzerime gelen esintiyi, yeni bir hayat gibi algılayarak ciğerlerime çektim. Son gücümü toplayarak biraz daha ilerlemek için ecel terleri döktüm. Saşka'nın asabi ağlama sesi yok olmuştu... Sanki o da benim gibi zaferi kutluyordu. Buradan daha da uzaklaşmam gerektiğini bildiğimden doğrulmaya çalıştım. Ellerim titriyor, taşlara sürttüğüm göğsüm şiddetle ağrıyordu ve sonunda doğrulabildim. Artık karşımdaki yolu rahatlıkla görebiliyordum. Arabalar hızla hareket ediyor, sanki bu bölgeden ölüm pahasına hızla uzaklaşıyordu. Benim de aynı şeyi yapmam gerekirdi, bunu biliyordum. Ama nereye? Kimin kapısını çalacaktım? Sırtımda hala bağlı olan çocuğu ne yapacaktım? Bak, bunu da bilmiyordum.

"Djena..." diye geçirdim aklımdan ama bunun doğru olmayacağını da biliyordum. Buraya gelenler onun kapısını da çaldılar büyük ihtimalle. Beynime vahşi düşüncelerin saldırdığını hissediyordum. Hızlı ama nereye varacağımı bilmeden yürüyordum. Gözümde Djena'nın şimdiki durumu canlanıyor, dehşete kapılıyordum. Djena'ya, benim varlığımı, sakin sakin sormayacakları besbelli idi. Peki, orada ne olmuş olabilirdi? Kadının kan havuzunda yüzdüğünü gözümün önüne getirdim, delirmek üzereydim. Onun başına bu işi ben mi açmıştım? Birden durakladım.

"Ama dur, neden ben suçluyum?" diye geveledim. Ben Lilia, suçlu olamam değil mi? Ben Tanya olmadığıma göre suçu üstlenmemeliydim. Peki ya sırtımdaki bu küçük yavru? Onu ne yapacaktım? Onunla daha ileri gidemezdim, ona bakamadığıma göre...

Çevreye şöyle bir bakındım. Onu birinin bulana kadar korunaklı bir köşe, bir yer bulmalıydım. Mesela ilerideki yolun ağzında sıralı olan banklardan birinin üstüne bırakabilirdim. Yoldan geçenlerden biri muhakkak onu bulacaktı. Tek arzum bulan kişinin insaflı olması idi. Onu aileye, annesine, belki de babasına... Eğer hala yaşıyorsa... Kavuşturmaya yardımcı olacaktı. Evet, bunu yapmalıydım. Adımlarımı hızlandırdım, daha doğrusu koşmaya başladım. İlk rastladığın bankın önünde durakladım. Çocuğu sırtımdan indirip banka yatırdım. Şaşkın gözüküyordu, belki sadece korkmuştu. Ama hissetmişti, terk edildiğini hissetmişti. Zavallı bebek! Bunun suçlusu bendim.

"Allah benim belamı versin!"

Şimdi ise bu bebek... Küçük Saşa'yı sahipsiz bırakmalı mıydım? Bu hatayı ikinci kez yapmalı mıydım maalesef. Allah kahretsin ki öyle. Ya bir şey olursa? Ya o da bir şekilde hayatını kaybederse? Onu tekrar kucağıma aldım. Orada bırakamazdım, hızlı adımlarla neredeyse koşarak yürümeye devam ettim.

Kızımı düşündüm; onun yaşadıkları düşündüm. O vahşet anında, düştüğü sırada, beton zemine çakılmadan önce ne düşündü? Ne yaşadı? Ölümü hisseti mi acaba? Tanrı'm, senden nefret ediyorum. Neden hayatını kısa tuttun? Başka şansı yok muydu? Kucağımdaki çocuğu göğsüme sıkı sıkı bastım. Onu bırakamazdım. Kızım gibi o da ölümün kurbanı olmamalı idi. Yavrum kızım! Yoksa o sert zemin! Hayır... Olamaz canını yakamaz! Acıyla ölmemeliydi. Başını vurduğuna göre şuurunu hemen kaybetmiş olmalı, değil mi? Kime sorsaydım bütün bunları, aklımı oynattığımı sanırlardı. Ama düşündüğüm doğru, gerçek... Acı bir gerçek... Kaçılmaz bir gerçek; beni aslında öldürüp, öldürmeyi beceremeyen gerçek... Biliyordum. Kabullenmenin zor olduğunu biliyordum. Bir kısmım zaten ölmüştü. En azından Lilia değilim, teyzesiyim Tanya... Ya o benden daha günahkarsa? Ya o zaman... Ya kızım oradan, cennetten, benim cehennemimi görüyorsa... Ya o zaman... Aman Allah'ım! Kucağımdaki Saşa'ya baktım. O, bu kez gülümsüyordu. Yalnız bırakmadığım için bana teşekkür mü ediyordu? Kendimden iğrendim, utandım ama başka çıkar yolum yoktu. Keşke bilse? Bu kasten yaptığım bir şey değildi. İhmale gelen bir şey değildi. O an doğru olan oydu, maalesef. Onu burada terk etmeliydim; yolda, bankta. Yaklaşık iki yüz metre teden bize doğru hızlı adımlarla yürüyen genç çifti fark ettim.

"Şimdi çocuğu terk etme zamanı!" diye bağırdım gevşemek üzere olan iç güdülerime.

Bana hala gülümseyen çocuğa "Özür dilerim!" diye fısıldadım. Dudaklarımı minik ve sıcak alnına dokundurdum. Onu yavaşça ilk rastladığım bankın üzerine bıraktım. Üzerindeki battaniyeyi düzelttim ve arkama bakmadan hızlı adımlarla uzaklaştım. Adımlarımı atarken yanlış yaptığımı defalarca düşündüm, keşke onu taksiciye teslim etseydim, evlerinin adresini de vererek eve annesine götürmesini isteseydim. Bu tabii ki bunca yaptığımdan sonra ona yaptığım en büyük iyilik olurdu. Ama taksici beni sorguya çekebilirdi. Belki de çocuğu kaçırmakla suçlardı. Belki de akli dengemim yerinde olmadığını düşünerek beni polise sürükleyecekti. Şimdi bunun sırası değildi. Değildi. Yanımdan geçen arabanın yavaşladığını hissettim. Kim olduklarını, ne istediklerini anlamadan ve onlara bakmadan beni süzdüklerini hissettim. Ya o üç kişi beni yolda aramaya koyuldu ise ya peşime düştülerse? Neyse ki arabadakiler tepkisizliğimi görerek benden uzaklaştı. Acele etmem gerekirdi. Bir an evvel kendimi gizleyecek yer bulmam gerekirdi. Tanya'ya fiziksel olarak bu kadar benzememe, hiç olmadığım kadar öfkelenmiştim. Yapacak bir şey yoktu. Ben onun tek yumurta ikizi idim. Bunu değiştirmem imkansızdı. Tanya'nın sefasını da cefasını da çekecektim. Eğer ömrüm varsa, eğer arkamdakiler benim pencereden tüydüğümü tahmin edip yola, beni aramaya düşmedilerse... Olabilirdi de.

Aman Allah'ım!... Sığınacak bir yer, bir köşe bulmak için yolun kıyılarına bakındım. Orman diledim ama sağdan da soldan da tarla kelliği ve yoksulluğu vardı. Ben ve ölüm, yan yana hızlı adımlarla ilerliyorduk. Gözlerimi fal taşı gibi açmış, çevreyi tarıyordum. Yolun kıyısında, solda, park halindeki kamyoneti gördüm. Muhakkak sürücü uyumak için kenara çekmişti. Sonrada buradan kaybolacaktı. Eğer yumuşak kalpli ise beni de yanına alıp buralardan uzağa götürebilirdi. Soçi'nin pisliği sanırım benim şehrimin pisliğinden daha ağırdı. Hissediyordum... Burnum kötü kokular alıyordu ve bu hiç ama hiç hoşuma gitmiyordu.

10.

Kamyonete yaklaştım. Düşündüğüm yanlış çıktı. Kimse uyumuyor, istirahat etmiyordu. Ama bu benim fikrimi değiştirmezdi. Sürücünün taraftaki kapı hafif aralıktı. "İşemeye gitmiştir." diye düşünerek çevreye bakındım. Görünürde kimse yoktu. Kapıyı itekleyip iyice araladım. Kararımı bir kez daha verdim. İzinsiz de olsa sürücünün oturduğu koltuktan geçerek yan koltuğa kurulacaktım. Kendisi her nerede ise gelince durumu anlatacaktım. Tabii ki seçerek anlatacaktım. Bana yardım edeceğinden neredeyse emindim. Arabada sanırım annemin gençliğinden kalma şarkılar çalıyordu. Düşündüğüm gibi... Misafir koltuğa doğru tırmandım. Biliyordum, uslu olmak için asabiyetten kurtulmalıydım; zihnimdeki alaborayı dindirmeliydim. Acı bir biçimde güldüm. Zehirden balı süzmek... Allah cezamı vermesin... Yapamam... Yapamam... Yapmalıydım... En azından şu an burada misafirdim ve uslu, saygılı olmalıydım. Saygılı mı? Bu durum mutlu insanlara mahsus değil miydi? Benim yüreğime öfkeden, kinden, acıdan başka şey dokunmamıştı ki kibar olayım. Derin nefes alıp vermeye başladım... En azından o an kendime bu şekilde yardımcı olabiliyordum. Hiç beklemediğim anda kulağımda zihnimi meşgul eden şarkı sözlerine adı konulmaz uğultu karıştı. Neydi bu ses nereden geliyordu? Dar olan çevreme bakındım.

"Uuuu... Uuuu"

Ses, bu kez sanki daha yakınlardan, tam arkamdan geliyordu. Koltuğun arka kısmına dönerek dizlerimin üzerinde durdum.

Orada, arkada asılı kalın, bordo, kadifeden perdeye ağır ağır asıldım. Sonra durakladım, ne yalan söyleyeyim, kötü bir sürprizden korktum. Orada ne olabilirdi ki? Canlı, kanlı bir şeyin olacağı besbelli idi.

"Tanrı'm, insan olmasın, mutsuz birini göresim yok!"

Daha doğrusu kimseyle uğraşacak durumda değildim.

"Uuu..." Ses bu sefer asabileşti.

"Arabadan insem mi?" başıma bela almak istemiyordum. "Ne saçma..."

Dişlerimin arasından fısıldadıktan sonra asabiyetle güldüm. Zaten başım belada. Öyle az buz da değil! Sabredemedim, perdeyi iyice araladım. Kara kuru bir kızın korkmuş, bal renginden gözleri beni görünce birden acıyla karışık parladı. Kızın üzerindeki yırtık elbise parçasıyla tıkanmış ağzı ve halatla arkasından bağlı kollarının dramatik hareketinden dehşet verici bir acı içinde olduğunu gördüm. Atik davranıp kızın minik kırmızı ağzına tıkılmış bez parçasını çektim. Ağzını avucumla kapattım, kulağına eğildim, fısıldayarak:

"Sakın bağırma!" diye uyardım.

Başını evet anlamında salladı. Gözündeki korku, güven rengini alınca avucumu kaldırıp "Ne oluyor burada?" diye sordum.

"Beni kurtar buradan." zar zor geveleyip kurumuş damağını nemlendirmek için birkaç kez yutkunmaya çalıştım.

Onu iyice süzdükten sonra "Bana doğru dönmeye çalış." dedim.

Kız kıpırdadı. Artık bilekleri bana daha yakındı. Sert bir halatla bağlı olan bileklerini kurtarmak için parmaklarımı ve dişlerimi kullanmak zorunda kaldım. Dışarıdan bize doğru yaklaşan ayak sesini duyar gibi olduğumda durakladım. Gelen sesten emin olmak için nefesimi dahi keserek sese kulak verdim. Evet... Biri belli ki kafası çakır; eski, bayat şarkıyı kulak zarlarını tırmalayan bir sesle mırıldanıyordu. Kaçmak için çok geçti, kalmaksa tehlikeli. Kızla uğraşmayı bırakıp onun olduğu yere tırmanmaya başladım. Orada sürücünün dinlenmesi için tek kişilik yatak genişliğinde yer vardı. Eski, yırtık döşek ter, alkol ve kir kokuyordu. Oldukça zayıf olan kızın arkasına geçip gizlenmeye çalıştım. Kızın kulağına sakin olmasını söyleyip buradan kurtulacağımıza söz verdim. Adam arabaya gelmeden kızın bileklerini neredeyse çözmüştüm. Kapının açıldığını duyduğumda ikimiz de nefes dahi almadan pıstık. Sadece birkaç saniye sonra kapı yeniden kapandı. Adamın koltuğa yerleştiğini hafif sarsıldığımızda anladım. Kısa süre sonra teybin sesi de daha güçlü çıkmaya başladı. Çevreye alkol ve ter kokusu hızla yayıldı. İçki şişesinin kapağı açılmıştı sanki. Yanılmamışım, arka arkaya sıralanan yudumların sesi bize kadar ulaştı. Arkasından araba çalıştı ve hareket etmeye başladık. Adam şarkı söyleyerek, ağır ağır gideceği yolu alıyordu. Kaderin çelimsiz eteklerinde savrulan bizdik. Oldukça yakın temasta bulunduğum bu kuru kızın duyduğu sancıyı, bu büzülmüş yüzü gördükçe öfkem katlandıkça katlanıyordu. Orada kendimi bu pis düşmana karşı vahşice törpülediğimi hissediyordum. Onu öldürmeyi arzuladığım kıvamına geldiğimi hissettiğim için kendimden korkup soğuk soğuk terliyordum. Kendimi hiç olmadığım kadar kötü hissettim. Zihnime emirlerim daha duyuma dokunmadan eriyordu. Soçi'den uzaklaştıkça geriliyordum ve beynim düşüncelerimi yürürlüğe koymak üzere sürüklemeye başladı. İlk olarak sessiz olmaya özen göstererek zor da olsa bu dar alanda ters dönüp kızın birbirlerine bağlı olan ayaklarını çözmeliydim. Birkaç dakika uğraşıp terledikten sonra milim milim hareket ederek istediğim pozisyona geldim. Dişlerimi kullanarak halattaki iri düğüm çözmeliydim. Asılıyor, soluklanıyor, tekrar asılıyordum. Kızın biçimsiz şekilde kırık tırnaklarından biri alnıma değince orayı çizip kanatıyordu. Ayaklarını çözdüğümü gördüğümde sırtımda değirmen taşı yuvarlanmış gibi derin nefes aldım. Birkaç saniye nefes aldıktan sonra burada bize yarayacak bir şey var mı diye bakındım. Rahat hareket edemiyordum. Mecburen görmeden de olsa çevreyi parmak uçlarımın ulaştığı yerlere dokunarak kontrol ediyordum ve sonunda işe yarayan sert bir şey buldum. Copa benzer sert ağaç parçası... Belli ki adam aciliyette kullanmak için onu buraya sıkıştırmıştı. Ağaç parçasını elime aldığımda içimden, sevincimden çığlık atasım geldi. Ama tabii ki bunu yapamazdım. Dudaklarımı zar zor büzüp derin sevincimi içimde yaşamaya zorladım kendimi. Yüzünü bile görmediğim leş kokan varlığın bizi belirsizliğe sürüklemesine tabii ki izin veremezdim. Kendimi zor zapt ederek uygun zamanı beklemeye koyuldum. Ama içimdeki vahşi dalgalanmalar farklı konuşuyordu. Dengemi sağlamakta gittikçe zorlanıyordum. Sabretmem için tutunacak dalı görmem şarttı. En azından bu kokuşmuş adam, o an hissettiğim gibi biraz da olsa arabanın hızını düşürmeliydi. Belli ki arada yokuş yukarı tırmanıyordu. Büyük ihtimalle yolun sağında ve solunda derin uçurumlar vardı. Korkum büyüktü. İç güdülerim geniş yelpaze dallarıyla dağılarak cehennemin ışığını gösteriyordu ve tabii ki zihnim hiç olmadık bir kâbusun kaderimi yönlendirebileceğini bilerek titriyordu. Bu uçurumun kıyılarında, bu adamın pis arabasında, bu zavallı kızın bedeniyle karışmış; parçalara ayrılmış cesedimin bulunmasını istemiyordum. Daha fazla lekeyi taşımayı, rezil olmayı istemiyordum. Oyalanmak için içimden sayı saymaya başladım. Ama her biri sanki sırayla dönem dönem yaşadığım kederlerin yerini almıştı. Kendimden korkum boşuna değildi, saatli bomba olduğumu hissetmem de.

Araba tekrar düz yolun üzerinde olduğundan adam hızını artırmıştı. Seslerden yolun taşlı olduğunu anlamıştım. Bizse bu demir kutunun içinde sağa sola savruluyorduk. Ara ara, az da olsa açılmakta olan perdenin ötesinden gelen gün ışığı kızın yüzüne düşüyordu. Onun acıyla büzüldüğünü görüyordum. İçimin paralandığı dakikalardı o anlar; intikam arzumun tavan yaptığı vakitti o anlar ve bir derin çukur daha... Bu kez duyduğu acıya sessiz kalamadı zavallı. Acı bir haykırış koptu dudaklarından. Onun sesini duyan adam elindeki şişeyi arkaya doğru savurdu. Şişe perdeden içeriye kızın üzerine geldi. Kız canının acısından silkinirken topuklarıyla beni tartakladığını fark etti. Zavallı nerede olduğunu unutarak özür diledi. Tabii ki konuşması hataydı. İkimiz pıstık. Adamsa içkinin sersemliğinden özrü kendine yakıştırdı demek ki.

Arkasından "Özrün kabahatinden büyük, affımınsa şartları var, biliyorsun. Oh... Oh... Geceyi beklemek zorunda da değiliz." dedi.

Ne yaptığımı bilmiyordum. Gözümün döndüğü anlardı muhtemelen. Sanırım kızın üzerinden geçerek ön tarafa doğru tırmandım. Hareketlerimden araba adam akıllı sarsıldı. Adam olan biteni anlamamış olsa da bir terslik olduğunu hissetti. Bütün gücüyle başının üzerinden bize yumruk salladı. Perdeyi aralamıştım demek ki. Adamın yağdan ve kirden yapışmış saçlarını gördüm. Düşünmedim, hiçbir şey düşünmedim. Elimdeki copu tüm gücümle adamın başının üzerine indirdim. Bir kez daha.... Bir kez daha... Aç egomu tatmin etmek için kan görmeye ihtiyacım vardı. Bunu gövdemde, beynimin en dipteki hücrelerine kadar hissediyordum. Arzuluyordum ve gördüm, sonunda gördüm. Yarılmış kafatasından akan kanı gördüm, ince ince başının tepesinden aşağı doğru saçını ıslatarak boynuna doğru süzülüyordu. Adam direksiyon hakimiyetini kaybetmeye başladı. Başımı öne uzatıp gözümün görebildiği yere kadar sokağa hızlıca göz attım. Tam düşündüğüm gibi ölüme aç, uçurumun kıyısında ilerliyorduk. Araba yoldan çıkmıştı, direksiyonu ele geçirmem gerekiyordu. Sürücünün yan koltuğuna tırmandım.

"Yardım et!" diye bağırdım kuru kıza ve adamı oturduğu yerden kapıya doğru iteklemeye başladım. Kapıyı açmakta zorlansam da tam olarak onu dışarıya atmayı başaramasam da bir şekilde el frenine asıldım. Araba zor da olsa, milim milim de olsa, hızını kaybetti ve sonunda durdu. Ben orada uğraşırken cinnet geçiren kız ağlıyor, dövünüyordu:

"Haydi, topla kendini buradan kaçmamız gerek!.. Hak etti...Hak etti..." Arabadan inerken adamın donuk yüzüne, kuvvetle tükürdüm.

"Hayır! Hayır! Katil olmak istemiyorum!" vahşi sesiyle bağıran kıza, ters ters bakıp:

"Ben bayılıyorum, yürü..." diye kükredim.

Kolundan tutup onu kapıdan dışarıya doğru çekiştirdim. Dışarıya adım attı ama bu kez orada çivilenmiş gibi donakaldı.

"Aptallaştın! Yürü!" diye bağırdım ve ilerlemek için birkaç adım attım.

"Daha kötüsünü yaşamaya lüzum var mıydı?" diyerek kendimi teselli etmeye çalıştım. Anlık durakladım. Sağını solunu gördüğüm uçuruma irkilerek göz attım. Öğle güneşi uçurumun kirli yüzünden kaçmış, bulutların arkasında gizlenmişti. Kayalıkların eteklerinde yaşamak için savaşan ağaçlar ölümü protesto etseler de kimi yorgun düşmüş kimi kamburlaşmış kimi de başını toprağa eğmişti. Serinlik hissediliyordu. Gözlerimi kısıp öne ve arkaya uçsuz bucaksız yola bakındım.

"Buradan uzaklaşmamız lazım." dedim, hala orada dikilmekle ısrarcı kuru kıza. Geri döndüm. Kolundan tutup asıldım. Gücümün yettiği kadar hızlı yürüyor, onu da arkamdan sürüklüyordum. Bir müddet beni sessizce takip etti. Sonra "Nereye gidiyoruz?" diye sordu.

"Bilmiyorum, senin bir fikrin var mı?"

"Hayır!" dedi ve belli ki zor attığı adımları sıklaştırmaya özen gösterdi. Onu acıyarak süzdüğümü fark edince gözünü benden kaçırarak başını öne eğdi.

"Nerelisin?" diye sordum, oldukça samimi sıcak sesle.

"Boş ver." cevabını vererek aslında konuşmak istemediğini belli etti.

"Ama ben az önce kimin için katil olmaya heveslenmiştim, bilmek istiyorum." dedim, kızgınlığımı belli eden bir ses tonuyla. Yüzünü asıp kızardı. Birkaç dakikalık sessizlikten sonra "Ya annen, baban var mı?" diye sordum.

"Evet." dedi zor duyulan sesle.

"İyiler mi bari?"

"Nasıl?"

"Yani sana karşı iyiler mi?"

"Evet." sesi kırgın ve öfkeli çıkmıştı.

"Adın ne?" diye sorduğumda yüzünü keyifsizce büzdü.

"Marina Promova." kelimeleri zayıf çıkmıştı.

"Aferin Marina... Kızım, aptal mısın sen? Kimdi bu adam? Senin onun yanında ne işin var?" dedim, durakladı. Kızgınlığını görebiliyordum:

"Ha... Ben istedim; isteyerek, severek onun yanında idim sanıyorsun. Yok öyle bir şey. Üstüme gelme." dedi.

"Üstüme gelmeymiş. Ya... Az önce seni kurtarırken öyle demiyordum ama..."

"Canım acıyor."

"Biliyorum."

Bize yaklaşmak için acele eden bir arabanın motor uğultusunu duydum. O an, telaş içinde önce arkamıza, sonra da gizlenmek için çevreye bakındım. Az önce elini bıraktığım kızın tekrar elinden tutup oradaki alçak çalılıklara ulaşmak için acele ettim.

"Neden saklanıyoruz?" dedi, bana Marina.

"İstersen, kabak gibi yolun ortasında durup gelen arabalara arkamızda bıraktığımız eserden bahsedelim, ha! Ne dersin?"

Kız yüzüme korku dolu gözlerle baktı. Başını öne eğip çalılığa doğru attığım adımları takip etti.

"Çömel," dedim kıza el işaretiyle. Çalıların arasında gizlenip arabanın yanımızdan geçmesini bekledim. Sirenleri çalışmasa da ilk arabanın ambulans olduğunu kuru dalların arasından görmüştüm. Arkasından gelen siyah taksiyi de. Belli ki kamyoncuyu taksici bulmuştu ambulansı da o çağırmıştı. Aklıma beni ürküten bir soru geldi. Peki, ambulans neden sirenleri susturmuştu? Adamın zaten öldüğünden, acil yardıma ihtiyacı olmadığından mı?

"Sence, adam öldüğünden mi, sessiz sedasız geçtiler?"

"Olabilir." dedi kuru kız, katil olmaya dünden hevesliydi sanki. Hoşnutlukla beni şaşırtan sakin bir ses tonuyla cevap verdi. İri gözlerimi açarak ona ters ters baktım. Bu kez bana "Adamı arabadan atsaydın kesin ölürdü ama…" diye dişlerinin arasında geveledi.

"Sağ ol ya! Bana böyle mi teşekkür ediyorsun? İkimizi orada görseydi ne olurdu, hiç düşündün mü?" diyerek kızın edepsizliğine karşı duyduğum öfkeyi bu kez gizleyemedim. Arkasından pişman da oldum sanki. Tozlu çalılıkların arasında iki büklüm çökerek oturan kuru kızı baştan aşağı süzdüm. Onun o perişan hali içimi sızlattı.

"Gidelim." diye mırıldadım sonunda.

Çömeldiği yerden zor doğrulan kız, dönüp bana bakmadan ağır ağır adım atmaya başladı. Arkasına bakmıyor, az önce attığı çapraz adımları hızlı atmak için gayret gösteriyordu. Birkaç adımdan sonra sabredemeyip bana bakarak, kısık sesle:

"Başımıza gelenleri düşünmek bile istemiyorum." diye geveledi.

"Ben de..." Kızın arkasından isteksizce, kendimden bezmiş halde yola doğru ilk adımımı attım.

"Bir an evvel bizi kurtaracak kalabalık yere varmalıyız." dedi, bana yetişmek için birkaç hızlı adım daha atarak:

"Buralı mısın?" sordu kız yüzüme umut arayışı içinde bakarak.

"Hayır." dediğimde asık yüzü, daha da asıldı.

"Desene gidecek yerimiz yok."

"Öyle mi? Ailene geri dönmek istersin."

"Bu halde mi?" dedi ve derin iç çekti.

İkimiz konuşmadan bir müddet sessiz yürüdük. Arkamızdan gelen üç taksiye umutla bizi görüp durmalarını beklesek de dönüp bize baktıkları halde yanımızdan hızla geçip uzaklaştılar. "Neredeyiz sence?" diye sordu kız, uzaktan gördüğü kasabayı düşünerek.

"Soçi'nin dışında bir yerde. Buralarda bildiğin birileri var mı?"

"Hayır."

"Peki bu adam?"

"Bırak şimdi, hatırlatma bile."

"Unutman mümkün mü?"

"Tabii ki hayır ama..."

"Senin onunla ne işin vardı? Neden ailenle evde değildin? Aklını mı yitirdin kız? Yok adam yakışıklı desem, büyülendin desem..."

"Orada yakışıklı idi."

"Nerede?"

"Facebook'ta, fotoğrafında."

"Ah! Ne aptalsın! Sen de mi?"

"Ailemin baskısından boğuluyordum."

"İyi, onun yanında az daha ölüyordun."

Zavallı kuru kız kızardığını görmemem için yüzünü benden çevirdi. Konuşmuyor, ayaklarını ağır ağır sürerek ilerliyordu. Birkaç zoraki adım attıktan sonra bir taşa takılıp yere yığıldı. Onu ayağa kaldırmak için acele ettim. Üzerine eğildiğimde adamdan kalma ter, içki, sigara kokusunu hala alabiliyordum.

"Özür dilerim." dediğimde, yüzüme bakmadı bile. O an kendinde değildi, ağlama krizine girmişti. Onu kendime çekip kirli başını okşadım:

"Tamam, özür diledik ya!" kulağının dibine fısıldadım. Duymadı bile. Kollarından tutup yukarıya doğru çekiştirerek kalkmasına yardım ettim.

"Yürü." dedim.

Bir an durakladı, sonra başını yere eğerek birkaç zoraki adım attı. Arkamızda, bize yetişmek için acele eden araba sesi duydum. Az sonraysa yanımızdan beyaz Lada bir araba geçti. Bizi fark edince yavaşlayıp geri vitese aldı. Arabadakileri soğuk bakışlarla süzdüm. Ancak delirmiş olan birinin yapabileceği kadar anlamsız hızla el sallayarak arabadaki üç erkeğe defolup gitmelerini söyledim. Gülüştüklerini gördüm. Az sonra ise gaza basıp uzaklaştılar. Kız birkaç adımdan sonra durakladı. Ona dönüp baktığımda "Geri dönmeliyiz." diye geveledi.

"Hayır, geri dönemeyiz." cevabım sert ve netti.

"Neden? Arkanda ceset mi bıraktın?"

"Tam emin değilim. Sen benimle dalga mı geçiyorsun? Bu halinle..."

Kuru kızın üzerindekileri iğrenerek süzdüm. Oldukça zavallı durumdaydı. Üzerindeki lila rengi, içinde mor çiçekleri olan ve uzun yakalı, uzun kollu, ince belini saran elbise yer yer biçimsizce paramparça yırtılmıştı. Sol omzu çıplaktı, yaralıydı. Belki dün belki bu sabah kanamış, kan üzerinde kurumuştu. Boynunun arkasından topladığı kahverengi, gür saçları dağılmıştı. İnce, çırpı bacaklarını saran siyah çorap birkaç yerden kaçmış, birkaç yerdense yırtılmıştı. Gözlerinin altı morluklar içinde idi. Alt dudağı şişmişti. İnce bilekleri ise halat izlerini taşıyordu.

"Soçi'de dikkat çekeceğiz." Göz işaretiyle kendisini gösterdim.

"Varacağımız köylerde daha çok..."

"Çok biliyorsun." diye homurdanıp arkamda bıraktığım düşmanları düşündüm. Muhakkak onlar peşime düşmüşlerdi. "Bahçelerdeki çamaşır iplerinde muhakkak sana uygun bir elbise buluruz," alaylı gülümseyerek kızı süzüp "Belki şimdiki elbiseden daha seksi olur ha..."

"Alay et!" diye kükreyen kız, kısa sessizlikten sonra "Katil olduk ama hırsızlık yapmadık diyorsun."

"Aaa... Şimdi öyle mi oldu? Geri zekalı, nankör, lafını bil de konuş bari..."

Ona öfke dolu gözlerle baktım. Utancından kulaklara kadar kızardı. Ağlamamak içinse bir zamanlar benim kızımın yaptığım gibi, dudağını büktü. Bana bakmadan, titrek sesle:

"Oradaki köylerde kimseleri tanımıyoruz bile." diye geveledi.

"Ya Soçi'de, ailen orada mı?" sesim sinirden titriyordu.

"Hayır." deyip durakladı. Ben yanına yaklaşıp koluna dokundum. İçim ona karşı merhametle dolmuştu. Çenesinden tutup bana bakmasını sağladım. Zoraki gülümsedi. Zayıf kollarını üzerime doladı. Sonra çekilip yüzüme uzun uzun baktı. Çevreyi şöyle bir süzdü. Bir şeyler düşünüyor gibiydi.

"Aklında olan ne?" diye sordum.

"Bir fikrim var, bizim şu an işimize yarayacak." Sesi daha canlı çıkmıştı.

"Anlat."

"Ama önce biriyle telefonla görüşmemiz gerek, düşündüğümün işe yarayıp yaramayacağı sonra anlaşılır."

Onu dinliyordum. Kuru kızın kıpırdayan dudaklarını boş boş izliyor, ne yapacağımı düşünüyordum. Sonuçta ben de birilerinden kaçıyordum. Belki de ölümden, kim bilir? Nasıl bir işe bulaştıysam... Yaşadıklarıma inanamıyordum. Neden? Neden ben? Bilmiyordum. Yanımızdan geçen eski, tuhaf, hırlayan araba sesiyle irkildim. Çevreme bakındım. Bir baktım ki kuru kız bana çoktan sırtını dönmüş Soçi'nin girişine doğru yol almıştı. Allah'ın cezası nankör... Küçük şıllığa bak! Ben bu şıllığın yüzünden elimi kana bulayım, o ise... Acele edip onu takip ettim.

Yaklaşır yaklaşmaz "Nereye gideceğimizi bir zahmet söyle de haberimiz olsun. O kadarını hak ediyoruz herhalde." diye kükredim.

"Bilmiyorum."

"Şahane, kimin kamyonetine bineceğini bilmiyorsun, kimin altına yatacağını da. Şimdi de..." Hızla bana dönerek durakladı. Ellerini deli gibi bir aşağı bir yukarıya silkelemeye, avazı çıkana kadar bağırmaya başladı.

"Yeter!.. Yeter!.. Yeter!.. Bana bir bak!.. Halime bak!.. Yarı ölüyüm görmüyor musun?"

Kendinden vazgeçmiş gibi göğsünü saran elbiseye iki eliyle yapıştı. Vahşi gibi dövünüp ağlıyordu. Ondan, onun yapacaklarından korktum. Kendini ölüm fikrine hazırlıyor gibiydi, benim bir zamanlar yaptığım gibi. Onu bir müddet izledim. Kendimi düşündüm, yaşadıklarımı. Ya şimdi... Soğuk taş gibiyim. Gıkım çıkmıyor. Sadece birkaç dakika belki de bir saat önce birini... Aman Allah'ım! Değişmişim, şimdi adeta canavarım... Psikopatım.... Bu zavallı da değişecek, başka ne beklenir ki? Erkeklere olan güvenini yitirir. Hayattan korkmuş olmasına rağmen benim gibi inatla dikine de gider. Susmak, yaşananları iri bir yılanı yutar gibi yutmak zorunda. Yutar, yutmak zorunda. Ruhu kinle, öfkeyle zehirlenir. Zehrini atmak içinse yoluna çıkana acımaz.

Ona doğru eğildim.

"Yapma, kalk. Seni çok iyi anlıyorum. Ama sen de beni anlamak zorundasın, değil mi? Ben de senden farklı değilim. Ben de ailemi terk ettim."

Başını kaldırıp yüzüme soru dolu bakışlarla baktı.

"Sonsuza dek... Hiç dönmemek üzere..."

"Ya!" çıktı sadece kuru kızın ağzından, yüzünü avuçlarıyla kurulayıp doğruldu. Omuz omuza sessizce yürüdük. Nereye gidiyorduk? Güvenli bir yere mi?

'Aklı başına gelmiştir, artık kendini riske atmaz herhalde. Ya ben... İnsan bir kere suç işledi mi, daha sonra düşünerek hareket eder değil mi? Saçmalıkları düşünmeyi bırak, sonuca bak!' diye bağırdı iç güdülerim. Soğuktan titredim. Bedenim, beynim yorgundu, aşırı yorgundu. Arkamızdan gelen arabanın korna sesini duymama rağmen yolumu değiştirmedim. Belki sessiz sedasız ölmek istiyordum, kim bilir? Belki de alnıma mühürlenen kara kaderimi sınıyordum. Sonuçta kendimi bilerek yolun ortasına atmıştım. Ses bana yaklaşmıştı, sanırım araba değildi, bir traktördü. Dönüp arkama baktım. Çelimsiz, yaşlı bir adam bizi izliyordu. Yolun öteki tarafa sıçradım. Adam durmuştu. Bir beni bir de üstü perişan, kuru kızı izliyordu. Yanına yaklaştım. Sanırım bize soru sormasını bekledim. Ama bir şey sormadı. Sadece derin derin baktı. Gördüm, halimize acıdığını gördüm. Alaylı değil, merhamet dolu bakışlarını gördüm. Ona daha da yaklaşmak için çok yavaş yürüdüm.

"Üzgünüm. Özür dilerim. İnanın ben ve arkadaşım çok kötü gün geçirdik. Şimdi ise telefon kulübesine varmamız için hangi yöne gideceğimizi bile bilmiyoruz."

"Geçin arkaya."

Başıyla birkaç kalıp samanla dolu olan römorku gösterdi. Şaşkınlıkla bizi izleyen kuru kıza baktım, bize doğru kararsızca yürüyordu. Yaşlı adama sevinç içinde parlayan gözlerle bakarak teşekkür ettim. Sonra da acele edip römorkun yanına yürüdüm. Zor da olsa römorkun üzerine tırmandım. Kuru kız benden daha zor durumdaydı, tırmanmaya gücü yoktu zavallının. Elinden tutup çıkmasına yardım ettim. Titriyordu. Korku ve soğuğa teslim olmuştu besbelli. Ona iki saman kalıbının ortasına oturmasını söyledim. Oturdu. Traktör hareket etmeye başladı. Ayaktaydım. Düşmemek için samanın üzerine oturdum. Karşımda oturan kuru kızı süzdüm. Dişlerini birbirine vurarak titriyordu. Üzerimdeki pançoyu ona uzattım. İki büküm oturup lanet olası tanımadığım yolu izliyor, kendimi lanetliyordum. Biraz ileride yolun kenarında sıralı olan çam ağaçlarının ötesinde kasaba gözüktü. Sanırım Soçi'nin dış mahallelerinden birine yaklaşmak üzereydik, bilemedim. Adam traktörü yavaşlattı.

Dönüp bize bakarak "Çocuklar burada inmeniz gerek, ileride bakkal var. Orada telefonla konuşabilirsiniz."

Elimi havaya kaldırarak adama teşekkür ettim. Dönüp kalkmakta zorlanan kıza elimi uzattım. Römorktan inmesine yardım ettim. Arkasından ben indim. Tam yola doğru dönmüştüm ki yaşlı adamın burnumuzun dibinde bittiğini gördüm. Bize parmağını uzatarak gideceğimiz yolu gösteriyordu. Başımı teşekkür adına salladım.

"Yürü. Umarım hata yapmıyorsundur..." diye kükredim yolun ağzında beni bekleyen kıza. Zavallı tedirginliğini gizlemeyi beceremese de kaşlarını yukarıya kaldırarak:

"Hayır, hata yapmıyorum." demek istiyordu. İlk adımı ben attım. Kızsa benim arkamdan emin olmayan adımlar atarak yavaşça yürüdü. Bakkalın kapısına vardığımızda durakladım. Bilmiyorum, içimdeki his doğru yapmadığımı söylüyordu. Dönüp kıza tam kimi arayacağını soracaktım ki yaşlı adamı orada gördüm. Bize ses etmeden yanımızdan geçip bakkala girdi. Onu takip ettim, kuru kız da arkamdan geldi. Yaşlı adam tezgahtara yaklaştı:

"Çocuklar telefon görüşmesi yapmak istiyorlar. Ben sigaramı, ekmeğimi alacağım." Bakkal bizi hızlıca süzdü, mimiklerinden bizim hakkımızda iyi bir şey düşünmediğini görsem de suskundum. Tezgâhın üzerinde duran telefonu göstererek "Buyurunuz." dedi ve adamın isteklerini hazırlamak için sırtını döndü. Kız telefonun ahizesini eline aldığında hala tedirginlik yaşadığını görüyordum. Kısa bakışla beni şöyle bir süzdü. Ne düşündüğünü bilmiyordum, sonunda numarayı tuşlamak için cesaretini topladı. Karşıdan gelecek olan sesi dakikalarca bekledi. Geç de olsa yanıt geldi. Kuru kız "Alo, Tamara sen misin?"

"....."

"Şimdi beni dinle, halen Soçi de mi?"

Kaşları çatıldı. Belli ki olumsuz cevap aldı.

"Adresini söyler misin lütfen? Bana lazım."

Kısa yanıt alan kız, "Soru sorma, eğer bana güvenin varsa adresini söylersin."

Belli ki kuru kıza güveniyorlardı; çünkü az sonra onun kulağına söylenen adres sesli tekrarlanıyordu. Bense aklıma yazmakla meşguldüm. Karşı tarafa teşekkür eden kız, geniş gülümseyerek telefonu kapatır kapatmaz bana döndü. Elimi cebime atmam gerektiğini bildim. Kontörü ve ücreti yazan kutuya yaklaştım. Kızsa çoktan alışverişi bitiren adama yaklaşmış, tatlı tatlı gülümseyerek teşekkürler ediyordu. Sevinçli gözüküyordu. Yaşlı adamı öpmek için uzanacak kadar... Oh, bu öpücükleri böyle dağıtıyorsa işimiz iş, diye geveleyip kızın koluna yapıştım. Silkindi, kızardı, adamdan özür diledi.

"Şimdi ne yapacaksınız?" diye sordu adam kapıya doğru yürürken.

"Telefondan aldığımız adrese ulaşmamız gerek." diye cevaplayan kuru kız, adamdan yanıt beklerken ben "Taksi bulabilir miyiz buralarda?" diye sordum.

Adam, "Tam emin değilim ama metro ileride, ben sizi oraya bırakayım, durak oralarda bir yerde."

"Olur." dedi kuru kız. Kızın sevincine şaşırmıştım. Anladığım kadarıyla bizi bekleyen yoktu. Bize yardım elini uzatabilecek kimse yoktu. Peki neden bu kadar rahattı? Sebebi neydi? Yoksa o da benim gibi sadece hala yaşadığından memnun olmanın anlık huzurunu mu yakalamıştı? Yanıtı alamayacağımı bildiğimden ona soru sormadım. Kızın arkasından sessizce römorka doğru yürüdüm. Bu kez römorkun üzerine çıkmamız daha kolay oldu; çünkü adam oraya tırmanan basamakların yerini gösterdi. Kız samanın üzerine yere oturdu, ben de yanına. Belli ki sessizliğimi tuhaf karşıladı. Yüzüme bakarak sessizliğini bozdu:

"Gideceğimiz yer belki senin beklentini karşılamaz. Ama inan ki ben başka çıkar yol göremiyorum." dedi. Ses çıkarmadım, sadece başımı yola doğru çevirdim. Traktör durduğunda inmemiz gerektiğini anladım. Oturduğum yerden hafifçe doğrulduğumda taksi durağının yolun karşısında olduğunu gördüm. Bu kez römorktan ilk inen kız olmuştu; benden önce taksi durağına yaklaşan da müsait olan taksiciye adresi söyleyen de.

11.

Taksi Soçi'nin dış mahallelerinin kirli yollarından yeni çıkmış, oldukça sert rüzgârı bıçak gibi keserek ilerliyordu. Hissediyordum ki bizi, belki de sadece beni, kâbus dolu günlere yetiştirmek için acele ediyordu. 'Ama hayır, kâbus dolu günlere bir daha düşmemeliyim, yeter artık! Nefes almak için ne gerekiyorsa yapmaya hazırım.' diye kendime söz verdim. Tabii sinirim yakamı bırakırsa...

"Aileniz nerede?" diye sordu taksici dikiz aynasından şüpheli gözleriyle bize bakarak.

"Burada değiller, biz..." kuru kızın ne söyleyeceğini bilmiyordum ama ben araya girdim:

"Bu gece dönüyorlar."

Yolumuz daha uzun mu? Diye sormak istesem de buranın yabancısı olduğumuzu belli etmek iistemedğim için sustum. Ama taksici sanki içimi okumuş gibi "İlerideki sokak, geldik sayılır..." diye geveledi.

"Teşekkürler." dedim ve hala omzumda asılı olan ince çantamın içinden taksimetrede gördüğüm ücreti hazırlamak üzere kıpırdandım.

Arabadan indiğimizde kuru kızın ayağını arkaya sürüyerek yürüdüğünü fark ettim. Sanki ileride hırsızlık yapmak için bir mekân seçmiş ama tam emin de değilmiş gibi.

"Ne oldu?" sorduğumda dudaklarından kuru bir "Hiç." kelimesi yuvarlandı. Hiç kelimesinin kararsızlığı hoşuma gitmese de suskunluğu tercih ettim. Apartmanın önüne varmamız için birkaç adımlık mesafe kalmıştı ki nedense durakladı. Yüzüne baktım. Kuru kız korku dolu, tedirgin bakışlarla binayı izliyor, susuyordu.

Bir kez daha "Ne oldu?" diye sorduğumda arkasından onu takip eden vahşetten kaçarcasına atabildiği kadar hızlı adım atarak binaya doğru yürüdü. Şişmiş dudaklarını kıpırdatırken dua ettiğini anlamıştım. Demek ki Tanrı'ya inanıyordu ve ondan yardım istiyordu. Peki, şimdi... Gözümle gördüğüm hatayı gençliğine verip peşinden yürüyen de bendim. Apartmanın geniş kapısına varmak için üç sıra geniş olan basamağı tamamlayan kız, sol tarafta sıraya dizilmiş, çoğunlukla adı olmayan sekiz hanelik zilin beyaz düğmelerini ağır ağır izledi. Korku okudum gözlerinde. Onu korkutan neydi? Kimin kapısının önüne gelmiştik? Sabredemeyip gerginliğinin sebebini sormaya hazırlandım. Omzuna dokundum ki irkilerek sıçradı. Bana hızla dönerek, yüzüme iri korku dolu gözleriyle baktı. Bir şey sormaya hazırlanıyordu ama sorarsa hata yapacağını düşünüyordu ki hala suskundu. İki kısa hızlı adımdan sonra zillerden sadece birkaç santim uzaklarda idi. İşaret parmağıyla her zile hırçınca, sertçe dokunuyordu. Ne yapıyordu? Ne oluyordu? Sekiz haneden iki hane otomatiği açmıştı. Kalanlar nerede idi? Apartmana göz attım. Sarı bina, eli mahkûm, grinin kirli, karanlık renginin içine süzülüyordu. Akşam olmuştu ve sanırım az sonra evde olmayanlar da bir yerlerden, belki de çalıştığı mekanlardan eve döneceklerdi. Bu benim düşüncemdi. Belki de kimi annem denilen kadın gibi akşam serinliğinde kendilerini sokağa atacaklardı. Şüphesiz birilerinin kollarına. Nereden hatırladım bu kadını? Sinirlerim zıpladı. Öfkeden kuru kıza soracaklarım sertlikle dilimden döküldü:

"Buraya neden geldik? Eğer geldiysek ne bekliyoruz?"

"Dur be! Bir de senin dırdırını çekemem!" diyen kız apartmana sırtını döndü.

Oradan uzaklaşmak için acele etti. Onu takip ettim. Sanırım bilmediği dar, patika yolu saklanmak için seçmişti. Tahminim doğru çıktı. İleride çocuk parkındaki ahşap banka oturdu. Sarı binadan gözünü ayırmıyordu. Kimi beklediğini bilmiyordum, orada ne aradığımızı da. Yanına oturdum. Beynime doluşan sorulardan hiçbirini soramadım. Soracağım soruları yutup sessizce karamsar yüz ifadesini izledim. Biliyordum, hissediyordum, bu berbat haldeyken sorularıma cevap veremezdi. En iyisi susmak ve olacakları beklemekti. Beynimdeki derin uçurumu izleyip oradan nasıl sağ çıkacağımı düşündüm, fakat bu mümkün görünmüyordu. Her şeyimi kaybetmiştim, aklımı bile... Aklı olmayan bir varlık olduğumu, o an ayaklarımın altında yuvarlanan, ölmek için yol arayan sararmış kuru yapraklardan farksız olduğumu düşünüyordum. İç geçirdim ve hala orada oturmaya niyetlenen kıza baktım. Yaşama karşı donuktu. Karamsarlığı beni korkuttu. Ayağa kalkıp karşısına dikildim.

"Ne oluyoruz, cehennemin kapıları bize açılmış da benim haberim mi yok?" Var olan durumu görmesini, duymasını sağlamalıydım. Bana ağlamaklı gözlerle baktı.

"Birini mi bekliyoruz?" diye sordum, sakin tutmaya çalıştığım sesle. Gözlerini kırpıştırdı. Çevreden yardım istercesine bakındı. Havayı işaret etti, bizim için korku saran boşlukla dolan havayı.

"Haklısın, senin paranı kullanıyorum ve ne yaptığımı bilmediğimi düşünüyorsun. Peki, öyleyse beni burada bırakıp gidebilirsin."

"Hayır, bu cevap değil. Bana ne olduğunu anlat.

Aaa sonra..." Sözümü kesti. "Akşam evlerde yaşanan en gürültülü dakikaları bekliyorum."

"Neden?" diye sordum.

"Adresimiz var; ama adresi olan daireye girmek için anahtarlarımız yok."

"Şahane, kapıyı kıracağız öyle ise..." Asabi kahkaha attım. "Ya ev sahibi, o nerede?"

"Anladığım, hatırladığım kadarıyla evde değil. Olsa da bizi eve alacağını sanmıyorum. Alsa bile, o dakikada aileme ulaşmaya çalışır. Bu durumda ise..."

"AnlıyorumAileni üzmek istemiyorsun."

"Hayır, yanlış tahmin. Dayak yiyecek sağlam yerim yok. Gördüğün gibi..."

Onu üzülerek, süzdüm. Sonra bakışlarımı ondan uzak başka bir yöne çevirdim. İçim kaldırmıyordu. Morlukları gördüğümde sanki sancıları ben çekiyormuşum gibi geldi. Midem krampların girdiğini hissediyordum. Boğuluyordum; çevremde olanlardan, yaşadıklarımdan, geçmişimden, yaşayacağım günlerin belirsizliğinden... Ayağa kalktım. Bir iki adım attım. Ağrıyan başımı ellerimin arasına aldım. Bir an evvel kafamı toplayıp bu kapandan nasıl kurtulacağımızı düşünmem gerekiyordu.

"Çilingir, çilingir bulmamız lazım." diye geveledim kıza bakarak. Sanırım bu diğer fikirlerimden en parlak olanıydı. Kısa bir süre durakladıktan sonra iç geçiren kız dertli sesle "İyi ama nereden bulacağız?" diye geveledi.

"Apartmanın kapı girişine kart bırakmışlardır. Belki de yakında olan butiğin birinde."

"Olabilir." diyen kuru kız ayağa kalkmıştı bile. Çevreye aval aval baktığından onun bakkalın nerede olacağını bildiğinden şüpheliydim. Apartmana doğru birkaç adım attı. Sonra birden durakladı.

Bana dönüp, "Sen baksan, ben bu halimle şüphe uyandırmış olurum da…"

"Pekâlâ." dedim ve onu orada bırakarak ayrıldım.

Yabancı sokaklar beni, yeni ölümler kadar korkutmuyordu. Apartmana varmak üzereyken yaşlı bir adamın cebinde anahtarlarını aradığını fark ettim. Çıkarıp giriş kapı deliğinde soktuğunda oradaydım. Kapı açılınca onunla birlikte apartmana girdim. Adam bana bakmadan eski asansöre doğru yürüdü, tabii ki asansöre girmeyecektim. Yüzümü iyice görmesini istemezdim. Posta kutularına doğru yürüdüm, sonra ise cebimden bir şeyi düşürmüş gibi eğildim. Adam kaybolunca yeni bir sürpriz yaşamamak için elimi çabuk tuttum. Cılız ışıkla aydınlanmış giriş katın duvarının birinde asılı olan tabelaya göz attım. Orada on gün sonra apartmanın sakinlerini ilgilendiren bir toplantından bahsediliyordu. Unutulmuş su ve elektrik faturaları, hatta birinin adına vergi dairesinden gelen icra kâğıdı bile sahibini bekliyordu. Aradığım çilingir adresi yoktu. Oradan hızla ayrılarak görebildiğim bir sokağa doğru yürüdüm. İki yüz, üç yüz metre ileride parlak ışıklarla aydınlanmış birkaç reklam tabelasını görünce doğru yolda yürüdüğüme sevindim. Mini marketin kapısını iteklediğimde içerisinin müşteri dolu olduğunu gördüm. Kasiyer genç adama yaklaştığımda kalabalığın arasından beni hemen fark etmesine şaşırmadım. Çünkü bugünleri yaşamadan önce bu durumlara sık sık rastlıyordum. Adam bana dikkatli bakışlarla kilitlenmişti.

Aklından geçen meraklı soruları sormadan hızlıca "Pardon, iyi akşamlar, sizde çilingirin telefonu bulunuyor mu acaba?" sordum.

Hemen tam elinin altında bulunan çekmecelerden birini açıp içerisinde biraz arandı. Az sonra ise avucuma bir kart bıraktı. Orada bulunan telefonun ahizesini bana doğru uzattı. Biraz kalabalıktan uzağa çekildim ve karttaki numarayı hızlıca çevirdim. Büyük ihtimalle buradaki müşteriler, hırsız gibi gireceğimiz evin sahibiyle tanışıyorlardı. Bu yüzden çilingire söylemek zorunda kaldığım adresi becerebildiğim kadar usulca fısıldamalıydım. Sanırım başardım, kontör parasını tezgâha bırakarak hızlıca oradan ayrıldım. Apartmana vardığımda kuru kızın kuytu köşenin birinde beni beklediğini fark ettim. Ona baş parmağımı göstererek her şeyin yolunda olduğunu söylemek istedim. Geniş geniş gülümsediğini gördüm ama bu beni rahatlatmaya yetmedi. Apartmanın önündeki basamağa kendimi bırakıp gelecek olan kişiyi bekledim. O an tek istediğim şey çilingirin geveze olmaması, bize soru sormaya ihtiyaç duymamasıydı. Hayattan nefret ettiğimi bir kez daha hissettim. Rüzgârın uğultusunu kederin uluması niyetiyle dinledim. Yıldızların göğün bataklığında kayboluşunu gördüm o an. Perdenin arkasından olanları izleyen Tanrı'ya "Neden ben, neden kardeşim, neden kızım, neden biz?" diye kükredim. Cevabı yoktu, olmayacaktı da... Belli ki kalan günlerimi de burnumdan fitil fitil getirecekti. Korkuyordum, yaşanacaklardan çok korkuyordum.

Gelen çilingir toy bir çocuktu. Kapıyı tam istediğimiz gibi sessizce, ustaca açtı. Ona ödeme yaptıktan sonra bir kat aşağıda işimizin bitmesini bekleyen kuru kızın duyabileceği şekilde teşekkür ettim. Çilingirin asansöre doğru giderken çıkardığı ayak seslerini duyan kuru kız, asansörün hareket etmesini bekledikten sonra, benim aralık bıraktığım kapıyı itekledi. Dışarıdan sızan ışıkla onun elektrik düğmesine uzattığı elini fark ettim. Elini havada yakalayıp kapıyı kapattım.

"Yavaş ol, biz burada birer hırsızız unutma." diye geveleyip içimden kopan kahkahamı tutamadım.

İkimiz paspasın üzerinde oturmuş sinirimizden kahkahalara boğuluyorduk. Belki de mutluyduk, kim bilir? Uzun sürmedi, kuru kız kısa sürede tıkandı. Aralıksız birkaç kez yutkunmaya başladı.

Onu net görmesem de başımı ona doğru çevirdim, "Ne oluyor sana, iyi misin?" diye sordum.

Acı bir biçimde kahkaha attı. "Tabii ki iyiyim, neden olmayım?" cevap verdi.

Öfkeli olduğunu sesinden hissetsem de öfkesi bana değildi.

"Susadım, damağım kurudu." dedi ve ayağa kalkmak için duvara tutundu.

"Nereye?" diye seslendim.

Görmedim ama sanırım, alaylı gülümsemeyle "Gezmeye, izin verirsen..." diye cevap verdi.

Sesimi çıkarmadım. Adımlarını duydum. Pencereye yaklaştı. Dışarıdaki sokak lambasının cılız ışığına ihtiyacı vardı ki kalın perdeyi araladı. Sarı ışık daracık, hemen hemen boş olan odanın bir kısmına yansıdı. Oturduğum yerden kıpırdamadım, sadece gözlerim yanımdan sendeleyerek geçen kuru kızı takip etti. Sanırım başka bir odaya girmişti. Odayı görmesem de cam sesinden mutfak olduğunu anlamıştım. Ya dolabın ya da buzdolabının kapısını araladı.

"Aman Allah'ım! Burası benden daha berbat kokuyor." diye bağırıp bir şeyin kapısını kapattı. Arkasından öğürdü. Midesi bulanmıştı besbelli.

"Ne kokuyor?"

"Sanırım, ev sahibi elektrikleri kapatıp eti buzdolabında unutmuş, çürümüş et kokuyor burada."

Çürümüş et kokusu benim sinirimi bozuyordu. Kızımın şu anki halini düşündürüyordu. O güzel yüzünün, bedeninin suyunun çekilişini ve... Parmaklarımı alnıma bütün gücümle bastırdım. İçimde büyüyen vahşi çığlığı zapt etmek için dudaklarımı büzdüm. Yaşamak istemiyordum; hissetmek istemiyordum; onu bu şekilde çürümüş et parçası halinde düşünmek istemiyordum. Rüya olmasını diliyordum ama... Orada idiler, iki kişi, iki kız çocuğu toprağın altında ve... Kızımın üzerinde yatan toprağı tırnaklarımla deşmekteydim o an. Tabutun üzerine kapaklanarak kapağında olan çivileri dişlerimle sökmeye çalışıyordum. Terliyordum, iğrenç bir şekilde ama yorgunluktan değil, öfkemden, delirdiğimden terliyordum. İnsan değildim zihnimde. Adaletsizliğe, hayatın saçma sapan düzenine karşı caniydim o an. Farkına varmadan kendime, kendi insanlığıma silah çeken cani. Elimde değildi, zihnimin olanlara akmaması elimde değildi. İçindekileri görmüş gibiydim; kızımın sarı ipek saçlarının kafatasından ayrılışını, göz bebeklerin ufalıp sarardığını, yuvalarından derinliğe doğru yürüdüğünü, vücudun tümünün grileşmesini, kararmasını, iğrenç kokuyla eriyip yok oluşunu... Oturduğum yerden hızlıca kalktım. Anlamsız birkaç adım attım. Çürümüş et kokusu bana ulaşmıştı. Kızıma mı aitti? Düşündüm, kızımı düşündüm; onun küçük bedenini, taşımayacak kadar fazla toprağın altında olduğunu, ıslak, rutubetli toprağın... Ya koku? Aslında herkes duymalıydı. Yok. Adaletsizlik burada, katiller duymalıydı, ben dahil... Kederimden boğuluyordum. Binlerce temiz insan boynuma, beni boğmak için sarılıyordu. Beni boğuyorlardı yaptıklarım için. Nefes alamıyordum. Az önce kuru kızın yanaştığı pencereye koştum. Hızlıca araladım. Başımı dışarıya çıkardım. Serseri, toz dolu rüzgâr yüzümü tartakladı. Göğü saran kara bulutlar pencereye doğru hareket ediyor, çürümüş kan lekelerinin şeklini alıyordu, çoğalıyordu sanki. Genişliyordu ve sonunda tüm dünyanın başının üzerinde boşalacaktı. Gözyaşlarıyla karışık boşalacaktı. Kandan deniz olukları belirecekti. Dev bir ağırlığın üzerime çöktüğünü hissettim. Vahşi bir çığlık zihnimi parçalıyordu. Yalvarıp yakarsam da beynim ölümü kabul etmiyordu. Başımı avuçladım. Çığlık atmamak için dişlerimi birbirlerine bastırıp dudaklarımı büzdüm. Tüm bedenimle titriyordum. Birden arkamda bir ses duydum. Ne olduğunu anlamadım, sanırım cam sesiydi bu. Refleks olarak başımı içeriye doğru çevirdim. Kuru kız sürahiyi kırmıştı.

"Ses gitmiş midir acaba?"

"Bilmem. Ne oldu?"

"Yok bir şey." Arkasından cılız sesle "Sular akmıyor." diye geveledi.

"Tek derdimiz bu olsa keşke." deyip ona bir adım daha yaklaştım.

"Keşke." dedi ve bana sırtını dönerek buzdolabına doğru yürüdü. Buzdolabının kapağına asıldı. Hafif eğilerek dışarıdan gelen ışığa yol verip içine baktı. Telden raflar boştu. Alt kapağın üzerinde üç dört koyu renkten şişe sıralıydı. "Sanırım şarap..." diye geveledi sevinçli sesle.

"İyi, en azından açlığımızı köreltir."

"Alışveriş yapmaya şansımız yok mu?" Acı bir biçimde gülümsedim:

"Ev sahibinin burada, burnumuzun dibinde ahbapları yok mudur sence? Ona evinde birilerinin olduğunu söyleyen bir akıllı olmaz mı?"

"Vardır, tabii ki vardır." Şişenin birini eline alıp oturacak yer bakındı. Sonunda pencereye yakın duvara yaslanarak yere oturdu. Başını arkaya yasladı. Yutkundu. Kirpiklerini ıslatan gözyaşlarından kurtulmaya çalıştı. Başını olumsuz salladı. Ne düşündüğü belliydi ama susuyordu. O da büyük ihtimal göz perdesine gelenleri kovalamaya çalışıyordu. Avunması için güneş gibi parlayan bir hayata ihtiyacı vardı; ama yağmurlu gündeydik.

"Çok bunaldım, çok da açım, ne bekliyorsun aç şu şişeyi"

"Açayım değil mi, ama nasıl?" Şişeyi bana uzattı. Elinden aldım. Cılız ışığın karşısında tuttum.

"Buna tirbuşon lazım. Peki o nerededir acaba?"

"Çekmecededir herhalde."

Kendi kendine bezgin bir sesle cevap verdi. Onun bana faydası olmayacağı aşikardı. Mutfak dolaplarına doğru yürüdüm, çekmecelerden birini açtım. Koyu karanlık içindekileri yutmuştu, mum gerekliydi. Mum neredeydi? Ben evde mumları nerede tutuyordum? Çekmecede. Allah kahretsin, kibrit nerede? Ocağın oralarda kibrit olmalı; her ülkede, her mutfakta kibrit ocağın yanı başını bekler. Doğru tahmin, Allah'tan bu ev sahibi çok zengin değildi, ocağının özel elektrikli çakmağı yoktu. Dolabın dört çekmecesi de üst üste binmişti. Üçüncü çekmecenin köşesinde doğum günlerde kullanılan, uçları hafif yanmış on adet mum vardı. Bu evde on yaşında biri mi yaşıyor? Olabilir, belki torunlarıdır. Benim sahip olamayacağım torunlardır. Yok, benim bu beynime beton dökmem şart. Ezilip gebersin, o iğrenç sesini kessin. Kendimi, kendimden habersiz kaybetmiş gibiyim ve kendime yabancıyım. Beynimi kontrol edemiyordum.

Ne yapıyorsun?" diye sordu, silkindim.

"Sen bir yerlere yerleş, geliyorum."

"Karnım aç. Hem de çok."

"Benim de. Ev boş. Taksiciyi bir yerde durdursaydık ya! Neden aklımıza gelmedi?"

"Zaten sana borçlandım." Başını kaldırmış, bana mahcup bakıyordu. Karşımda idi ve bu evde sığacağı yer bulamıyordu.

"Karşı koltuğa otur ve lütfen saçmalama. Ölmüş kızımın hayrına..." Kuru kız başını yere eğdi.

"Çok üzüldüm." diye geveledi, sanki öğrendiği gerçeği benden saklamak istiyordu.

Omuzlarını salmış halde koltuğa doğru yürüdü. Eski koltuğun altındaki yayları zor duyulan sesle gıcırdadı. Mumun birine ateş verdikten sonra, mum da turuncu ışık vererek parladı. Çekmeceleri karıştırmaya ilkinden başladım. Az önce göremediğim tirbuşonu koca kaşığın altına gizlenmiş halde buldum. Şarap şişesini kolaylıkla açtım. Üst raflarda bulduğum saplı bardakları parmağımın birine asarak koltuğa doğru yürüdüm. Kuru kız bardakları elimden aldı. Koltuğun öbür ucuna oturdum. Şarabı bardaklara doldurup ilk yudumu ben tattım.

"Fena değil." diye geveledim. Kuru kız ilk yudumu yüzünü buruşturarak içti. Bardağını dudaklarından uzaklaştırdı. İçini çekti.

"İçkiye alışkın değilim." dedi. Duyduğum kelimelere karşılık ağzımdan şaşırarak,

"Allah Allah!" kelimesi fırladı.

Gözlerini yere eğdi. Utanmış olmalıydı. Dışarıdan sızan cılız ışıkta görüşüm zayıftı. Ona "Peki, bu ortama nasıl düştün?" sorusunu sormayı istedim ama nedense dile getirmedim. Sadece onun da benim gibi kaçması gereken ailesi olduğunu düşündüm. Susarak biraz vakit öldürdük. Herkesin kendi felaketinin boyunu ölçtüğünden emindim.

"Kızını nasıl kaybettin? Sakıncası yoksa anlatırmısın?"

"Sence canı yanan biri içindekileri saklamayı ister mi? Kazada, talihsiz bir kazada. İhmaldi sebep."

"Yoksa..."

"Sus Allah aşkına, sen de mi yoksa? Beni rahat bırakın! O gün olanların tek sorumlusu ben değilim! Bir insan ya da çocuk dışarıda rahat adım atamaz mı? O şerefsiz müteahhit yapılan işi kontrol etseydi, kızım şimdi yaşıyor olacaktı."

"Ceza aldı mı?"

"Ne fark eder, kızım geri gelir mi?"

"Hayır; ama en azından insanın yüreğine su serpilir."

Kuru kız tabii ki haklıydı; ama ben ona, onu ben öldürdüm, diyemezdim. Çünkü bu kelimeleri telaffuz etmeyi, duymayı, kendime bile yasaklamıştım. Hatta onun yanında kızımdan hiç bahsetmemeliydim. Çünkü ben Lilia değil, Tanya idim. Derin sessizlik onun beni düşündüğünü anlattı. Sanırım benim yerimde olmak istemezdi. Hayatıma ait dramatik durumu duyduğu için... Ya gerçeğin tümünü bilse...

"İyi misin?" sordum çünkü konunun ben olduğumu unutması gerekirdi. Sorduğum soruya cevap vermedi ama bana sanırım "Bu ne saçma soru?" der gibi baktı. Sonunda belli ki içindekiler ona baskın geldi.

"Yorgunum ve bundan sonrasında ne olacağını da bilmiyorum."

"Acele etme. Olanları unutmaya çalış ve bundan sonra doğru adımların için çabalamaya bak."

"Çabalamalıyım değil mi? Güldürme beni..."

"Ne yapmak istiyorsun?"

"Eğer hala yaşıyorsa, senin başladığın işi ben tamamlayıp onu gebertmekten başka ne isteyebilirim."

"Haklısın ama bu doğru olmaz. Bu sefer suçlu sen olursun. Katil olarak yaşamak kolay mı sanıyorsun? Hayatın kayar. Kendinden korkar, iğrenirsin. Bir daha asla kendine güvenemezsin."

"Beni korkutma. Kararım bu."

"Bildiğimi söylüyorum." Başını kaldırıp beni korkunç sezilerle izlediğini hissettim. Söylediğim kelimelerin geri dönüşünün olmasını derinden hissettim. Neden kendimi ele veriyordum, bilmiyordum. Kaderlerimiz iyi kötü birbirine benzediğinden olmasın. "Bence sen sıcağı sıcağına polise git." Demek de hataydı. Düşüncelerini merak ettim... Olur ya birileri, belki de iç güdüleri benim söylediğimi söylerdi.

"Şahane... Herkes benim başıma gelenleri öğrensin diye mi?"

"Yok sen en iyisi mağdur olduğunu sakla ve git, onu gebert, insanlar da ailen de bunu bu şekilde öğrensin. Bak bu iyi fikir değil mi, nasıl?" Derin sessizlik ikimizi yuttu.

Bir müddet sonra kız, "Sence onu bulurlar mı?" diye sordu.

"Bence buldular bile, o halde arabasını çalıştıramayacağına göre."

"O zaman..."

"Tabii ki polisler onu sorgular. Kimin onu bu hale getirdiğini sorarlar. "

"Ya adam ölmediyse..."

"O zaman inşallah her şey gizli kalır, tabii senin gerçeğin hariç"

"Onun gebermesi lazım."

"Bence de... Haydi o zaman bunu bir kez daha deneyelim."

Bu sözler hoşuna gitmemiş olmalı ki yüzünü benden uzağa çevirdi. Evin derin karanlık köşesini arar gibiydi, ancak birkaç saat sonra ışığı görebileceği yeri buldu. Gidip oraya yerleşti. Uzunca esnedikten sonra şaraptan bir yudum daha aldı. Başını duvara yasladı. Gözlerini kapattı. Sadece birkaç saniye sonra yeniden açtı. Belli ki uyumak istiyordu ama uyuyamıyordu. Tabii ki uyuyamayacaktı, yaşadığı kâbusu düşünüp düşünüp içten içe delirecekti. Bunu ben de yaşadım.

"Uyuyamazsın birkaç gün, belki birkaç hafta uyuyamazsın, en iyisi içindekileri anlat ve rahatla."

Kıpırdandı, başını birkaç kez duvara vurdu. Ağzına avucunu basarak içinden çıkardığı vahşi seslerin duyulmamasına kısmen engel oldu. Tekrar başını vurup hıçkırıklarla ağlamaya başladı. Omzuna dokundum, pışpışladım. Baktım ki sakinleşmeye niyeti yok, sıkı sıkı sarıldım. Kulağına "Ağla, ağla rahatlarsın." diye fısıldadım. Söylememe gerek yoktu aslında; susmamıştı zaten. Omzum sıcak gözyaşlarından, salyalarından ıslanıyordu. Bir müddet ağladı. Ben rahatlayacağını beklerken birden bir çırpıda başını kaldırıp benden uzaklaştı. Yüzüme boş gözlerle bakıyordu. Görüyordum, tepkisizliğin içinde öfkenin gizlendiğini görüyordum. Acı acı yutkundu, iç geçirdi. Beni bir müddet izledi ve sonunda konuşmaya karar verdi.

"Aptalım. Aşka ve öfkeme kapıldım..." Sesi titriyordu.

Şaşkınlıkla "Efendim?" diye sordum; çünkü o adamın sevilecek bir yanı olmadığını kendi gözümle görmüştüm. Soruma cevap vermedi. Daha yüksek ve titrek sesle anlatmaya devam etti:

"O akşam Nikolay'la arkadaşımın evinde partide idik. İkimiz epeyce içmiştik. İkimiz de sarhoştuk. Bir ara o gözden kayboldu. Aramaya başladım. Verandanın birinde sigara içerken yakaladım. Yanına yaklaştığımda ondan bana akan sıcaklığını hissettim. Beni tatlılıkla izliyor, dudaklarıma işaret parmağını gezdirerek dokunuyor, sevdiğini söylüyordu. Gururum okşanmıştı o an. Arkadaşlarım kıskanacaktı. Hoşnut kaldığımı hissetti herhalde, elini belime doladı. Sustum. Bunu hep yapardı. Beni kendine doğru çekti, hoşuma gitmişti, hepsi bu. O geceyse elini kalçamın üzerine indirdi. Gözlerimin içine keskin bakıyor, beni istediğini belli ediyordu. Bir müddet kıpırdamadım. Kendimi kontrol edemiyordum. Parmaklarının pantolonun düğmesiyle uğraştığını hissediyordum, sıcak elinin derinliklere ulaşma çabasını da. Zihnimin terbiye emrinin neden geciktirdiğini bilmiyordum. Sadece bir süre geçtikten sonra geriye çekilmeye çalıştım ama başaramadım. Beni açık olan kemerimden yeniden yakaladı, ona çok yakındım, kaçamıyor, kurtulamıyordum. Nasıl yaptığını anlatamam, ellerimi kullanamıyordum. Boynumu öpmeye başladı, dizlerinin üzerine çömelerek... Dona kalmıştım. Bedenim ona doğru akıyordu. Karşı çıkamıyordum. İğrenç biriyim biliyorum ama karşılık bile verdim. Annemden hep 'erkekse niyeti kötü...'

cümlesini duyduğum halde bunu yaptım. O gece başıma dünya yıkılmış gibi mutsuzdum. Nasıl olmayaydım? O gece partiden erken ayrılan o oldu. Telefon bahanesiyle gözden kayboldu. Eve yalnız döndüm. Aramasını bekledim, aramadı. Benimle sadece yatmak istediği için ilgilendiğini düşündükçe delirdim. Saatlerce ağladıktan sonra isyanıma sosyal medyadan moral desteği istedim. Akıl veren çoktu; ona kızan küfreden de... Bu kalleş adama orada rastladım. Orada lüks bir arabayla şehirden şehre geçerek eğlendiğini yanına arkadaş aradığını yazmıştı. Beni ikna etmeyi başardı. Hiç tanımadığım adama hangi mantıkla uyduğumu bilmiyorum. O gece sadece evden değil, üniversitemdeki arkadaşlarımdan da uzak durmak istiyordum. Herkes her şeyi biliyor sanarak paniğe kapılmıştım. Hangi akılla hareket ettim, bilmiyorum ama hiç tanımadığım adamla muhatap oldum. Ona bu çılgınlığa katılmak istediğimi yazdım."

Kız birden sustu. İri açılmış gözlerinde isyan ve öfke çatışıyordu. İki büklüm olup yüzüne bastığı avuçlarının içinde bağırarak ağlamaya başladı. Sonra pencereye doğru koştu. İyice araladı; rüzgâr sesi onu rahatsız etmiyor, korkutmuyordu. Oradan çekilmeyi düşünmedi. Sokağa tek yönden keskin bir bakışla bir müddet bakındı. Ses etmedim; ne düşündüğü belliydi, ne gördüğü de... Eminim ki yanlış bir adımla dünyanın renklerini nasıl değiştirdiğini görüyordu. Onun için artık her şey karaydı, öyle de kalacaktı. Saatlerce orada, öylece durdu. Dokunmadım. Kendisiyle hesaplaşmaya ihtiyacı olduğunu düşündüm, belki de dokunmalıydım. Sanırım öyle çünkü bir müddet sonra birden yere yığıldı, yanına koştum. Üzerine eğildim, başını yerden kaldırıp kendime doğru çektim. Hala tepkisizdi. Saçına dokundum, yüzünü okşadım.

"Yapma... Yapma... Yapma..." diye seslendim. Geç de olsa gözlerini araladı.

Bu kez daha yüksek sesle "Ne yapıyorsun güzelim? Kendini toparlaman lazım." dedim.

Bana bakıp acı bir biçimde gülümsedi. Gözleri korkuyla dolmuştu. Daha kısık sesimle "İyisin, sadece tansiyonun düşmüş olmalı." dedim. Sanırım beni dinledi. Az sonra doğrulmaya çalıştı. Duvara yaslandığında bitkin görünüyordu. Ben ayaktaydım, onu izliyor, üzülüyordum.

"Senin bir şeyler yemen lazım." dedim ve çevreye bakındım. O da sabah ışığının altında can bulmuştu. Sokakta rüzgârın uğultusuna yoğun araba seslerinin karıştığını duyuyordum. Dünden beri mırıldandım içimden. İnatçılığı kalın duvarları es geçerek bize kadar ulaşıyordu. Komşuların sabah telaşı bir başka. Şehir yaşıyordu. Biz de ret ettiğimiz solukla hala hayattaydık. O an tek bildiğim bir şeyler yememiz gerektiğiydi.

"Kileri bulmamız şart. Tabii ki bu küçük dairenin kileri varsa..."

Evin üç kapısı vardı. Odalara açılıyordu. Kiler yoktu. Öylece aklımdan geçirdiğim konserve ihtimalini unutmalıydım. Ama mutfakta bir şeyler bulabilirdim. Mutfağa doğru yürüdüm. Hızlıca çekmeceleri karıştırdım. Orada yiyecek bir şey bulamayınca dolabın kapaklarını tek tek aralamaya koyuldum. Orada da kuru camdan başka bir şey olmayınca, tek bakmadığım yeri, çeşmenin altındaki dolabı araladım. Orada bir buçuk litre olması gereken cam şişede yağ olduğunu gördüm. Biraz daha eğilip ileriye baktığımda, bir kavanoz domates salçası ve bir kavanoz turşu olduğunu da gördüm. Hiç beklemedik alkışla büyük bir hazine bulmuş gibi geniş geniş gülümsedim. Elimi uzatarak kavanozları oradan aldım. Tezgâha koydum. Onları açmak için kapakları sola çevirmeye kalkışınca yorgun bileklerimin, ezilmiş avuçlarımın sızısını hissettim. Ya kavanozlar sağlam kapanmıştı ya da gücümün tümünü yitirmiştim. Bıçaksız açamayacağımı anlayınca, elime tezgâhta duran siyah saplı iri bıçağı aldım. Kavanozu onun yardımıyla kolayca açtım. Salça oldukça tuzlu olduğundan kuru kızın soluk yüzü ekşidi.

"Alışırsın." dediğimde neyi kastettiğimi anladı.

"İnşallah!" diye geveleyip yüzünü pencereye doğru çevirdi. Sanırım buradan ne zaman kurtulacağını düşünüyordu. İkimiz de susmuştuk. Sanki dünyanın lafı, fikri tükenmiş gibi kendimi çaresiz hissediyordum. Bu zavallı kızı teselli edecek tek kelimem bile yoktu. Hayat benim için dipsiz kuyu idi ve ben düşmeye hala devam ediyordum. Onu kurtaracak gücü nereden bulacaktım?

"Bence sen uyumalısın" dediğimde kuru kızın zaten kendini koltuğa teslim ettiğini gördüm. Az sonra ölümü hatırlatan sessizlikle uyumuştu. Ben de gözlerimi kapatıp başımı koltuğun sırtına yasladım. Ne kadar uyduğumuzu bilmiyorum. Sokak satıcısının gür sesi odaya ulaşıncaya kadar sanırım. İlk uyanan ben oldum. Gelen sesten korkmuştum anlaşılan ama sonra tehlike namına bir şeyin olmadığını kavradığımda oturduğum yerden kıpırdamadım. Kıza baktım, hala uyuyordu. Onun için dinlenmenin iyi olacağını düşündüm o an.

Yanılmışım meğer. Birden acıyla ekşimiş yüz ifadesinden anladım yanıldığımı. Yattığı yerde sıçradığını gördüğüm an yanında bittim. Gözlerini korku içinde açtı. Beni görünce rahatladığını gizleyemedi.

"Susadım, çok susadım..." diye mırıldadı. Arkasından, "Su geldi mi acaba?" diye sordu.

Sesi yorgun çıkmıştı. Silkindim. Ses etmeden doğrulup mutfağa doğru yürüdüm. Çeşmenin başını çevirdim. Su tüm berraklığıyla lavabonun içine akmaya başladı. Hiç düşünmeden başımı eğip akan suyu yudumlamaya koyuldum. Bir müddet sonra suyun sıcaklık kazandığını hissettim. "Evet." diye mırıldadım sevincimden. Çeşmeden çekilip lavaboya doğru koştum. Tuvalet ihtiyacımı giderir gidermez, soyunup kendimi duşa attım. Suyun sıcaklığı mı, günün doğuşu mu bilmiyorum ama bir şey vardı ki kendime layık gördüğüm sürgünden dönmeme yardım etmişti. Yıkandıktan sonra duştan çıkıp geniş havluya sarıldım. Yerde bıraktığım kirli kıyafetlerime iğrenerek baktım. Onlardan acil olarak kurtulmam gerektiğimi hissettim. Öyle de yaptım. Kıyafetlerimi orada çekmecelerden birinde bulduğum çöp torbasının içine büyük bir zevkle teptim. Banyodan çıkıp bana yabancı gelen yatak odasına doğru yürüdüm. Beyaz kapıyı aralayıp içeriye girdim. Kıyafetlerin nerede olacağını düşünerek çevreye şöyle bir göz attım. Beklediğim gardırop orada yoktu. Odada yatak hariç, tek kalan komodinin başına yürüdüm. İlk olarak üst çekmecelerinden birine asıldım. Çekmecede sadece birkaç kazağa rastladım. Yakalarındaki ölçülere göre onlar bana bir beden büyüktü. Dar kesim olan siyah kazağı seçtim. Şimdi altına ne giyeceğim, diye düşündüm. Öbür çekmeceleri, eşofman altı rastlayacağımı düşünerek araladım. Orada da sadece iki adet birbirine benzer, paçaları geniş likralı pantolon vardı. Birini aldım. Elimde beklettiğim kıyafetleri yatağın üzerine bıraktım. Çevreye bakındım. Sıra iç çamaşırı ve çoraplara gelmişti. Kısa sürede komodinin çekmecelerinin birinde onlara da rastladım. Tam havludan kurtulup iç çamaşırı üzerime çektim ki çalınan kapının sesi duyuldu. Durakladım. Kapı sesinin nereden geldiğini dinledim. Bize ait olduğunu anladığımda panik içinde yatağın üzerinde bıraktığım sutyeni aldım. Seri bir şekilde giydim, arkasından da pantolonu. Kapı hala çalıyordu. Kendi sesi dışında beynimin içinde de gümbürdüyordu. Kazağımı başıma geçirdiğim vakit odanın kapısı açıldı. Gelen kuru kızdı. Onu kazağın engelinden görmesem de telaşından sert bastığı ayak sesinden tanıdım. Başımı kazağın yakasından kurtarıp ona sorarak baktım. Şiddetle titriyor, bana ne yapacağımızı soruyordu.

"Hiç..." dedim ve üzerimdekileri düzeltmeye devam ettim.

"Kim acaba?" diye ısrarla soru soran kıza, "Ev sahibi olmayacağına göre, ne fark eder?" diye cevap verdim. Kısa bir durakladıktan sonra "Sen bir yere mi gidiyorsun?" diye soran kıza,

"Evet, sen...?"

Cevabı yoktu...

12.

Evi terk ederek tabii ki doğru yaptığımı düşünüyordum.

Sonsuza dek o evde kalamayacağıma göre. Bana bir şey vermeyeceğini bile bile zamana sığınamazdım. Kaderimin benim için bilemiş bıçağının ağzında daha fazla duramazdım. Her adımın arkasında canımdan bir parçamı bıraktığımı bile bile yürüyordum. Can simidi yerine koyduğum gerçeğin peşinden belki de... Belki de değil. Bilmiyordum. Ne yaptığımı bilmiyordum. Ne istediğimi bilmiyordum. Bilemezdim de zaten. Nasıl bilebilirdim? Gerçeği mi bırakmıştım hapishane korkusundan? Kördüğüm üzerine kördüğüm atan bendim. Ya şimdi... Kördüğümün ortasında kalakalmış soluğumun, can çekiştiğini ben görüyordum. Neye bakarak? Nereye bakarak? Neyi bilerek hareket edecektim? Belki de bu yüzden çırpınıyordum bilinçsizliğin ortasında, kimin son çığlığına yetişeceğimi bilmediğimden.

"Yavaş..." dedi içgüdülerim "Düz hesap yaparak ilerle.".

Kardeşimin canına susayan bu adamlar kimlerdi? Onları Tanya olmadığıma nasıl inandıracaktım? Ya yolda yarı ölü bıraktığım o adam? Çevreme korku içinde bakındım. Soçi'yi yeteri kadar tanımadığım için kendime öfkelendikçe öfkelendim. Bir kez daha çam ağaçları arasına yerleşen eski, sarı tuğladan yapılmış, iki katlı evlere baktım. "Burada yaşayanlardan biri keşke bana yardım etse..." diye düşündüm. Arkasından acı bir biçimde gülerek "Bırak kısa süreli kaderime ortak olmayı, yanımdan geçen olmaz herhalde." diye söylendim. Peki ne yapacaktım? Kardeşimi aramaya nereden başlayacaktım? Aklıma ilk gelen isim Mişa olmuştu. Hem ikizim onunla yatacak kadar samimi olunca. O an başka kimi düşünebilirdim? Sanırım onu bulmam gerekirdi. Düşman ya oysa? O gece belli etmez miydi? Acaba... Acaba sadece kim olduğumdan şüphelendiğinden mi kendini belli etmedi? Bu soruların cevaplarını onunla görüşmeden öğrenmem mümkün değildi. İçimde bir his bunun iyi fikir olmadığını söylüyordu. Bir anlık durakladım. Çevreme bakındım. Derin nefes alıp verdim ve hiç olmadığım kadar emin adımlarla yolun öbür tarafında az önce fark ettiğim taksi durağına doğru yürüdüm. Temiz giyimli bir adam beni gülümseyerek karşıladı. İçimden acı bir biçimde güldüm. Onun bana işaret ettiği taksiye bindim. Arabanın arka koltuğa yerleştim. Başımı yola doğru çevirdim. Derin buhran, gözlerimi öyle kör etmişti ki önümde hızla değişen sokaklar zihnime silik ulaşıyordu. Göğsümü tartaklamak istedim. Yok. Beynimi besleyen yılanı boğmaktı arzum. Kendi kirimin içine gömdüğüm soluğuma özgürlüktü isteğim. Çok mu? Nasıl? Bunca hatadan sonra nasıl? Ben bir tek varlığıma sahip çıkamazken diğer kimliğime nasıl sahip çıkacaktım? Şimdi ne yapıyordum? Mişa bana yardımcı olacak mıydı? Onun yüzüne bakmaya hazır mıydım? Beni becerdiği için boğmaya bile hazır olduğum adama hoşnut davranmak zorunda mıydım? Hayatın yüzüne tükürmek istiyordum. Hayır! Batırdığımı temizlemeden mi? Gırtlağımdaki bıçağı hangimiz çevirmişti bilmiyordum. Lilia idi sanırım. Karşımda ağlayan sadece oydu çünkü. Canım, vicdanım acıyordu. Silkindim. Ben Tanya'yım. Tanya... Tanya...

"Bu saatlerde Mişa barda mıdır acaba? Dur bakalım, beni barda kim, nasıl karşılayacak?" Belki geveze garsonlardan birinin dili çözülürdü kim bilir? Kim bilir neler olacaktı? Görecektim. Yaşayacaktım...

Şehre yaklaştığımızı yüksek binalardan anlamıştım. Göze güzel gelen şehirdi Soçi. Ama emindim ki benim kadar sırlar yüklüydü. Soğuktan titredim.

"Yolumuz daha uzak mı?" diye sordum.

"Hayır, Laya Bar ilerideki sokakta. Orada mı çalışıyorsunuz?"

Sorusuna cevap vermek istemedim. Laf kalabalığı getirmesin arkasından diye. Ama adam inatla bana soruyla bakmayı sürdürünce "Hayır, niyetim de yok."

"İyi..." demesine şaşırdım.

İyi olan neydi? Belki sebebini sormam gerekirdi ama sormadım. Sustum ve başımı koltuğun arkasına yasladım. Gözlerimi kapattım. Zihnimin içinde geriye sayım başlamıştı çoktan. Arabanın yavaşladığını hissettiğim an adı olmayan bir panik beni sarstı. Oturduğum yerde duramıyordum. Ya ellerimle uğraşıyordum ya da saçlarımla. Mimiklerim nasıl bir hal aldıysa sürücü başını bana doğru çevirerek "İyi misiniz?" diye sordu.

"Evet."

"Emin misiniz?" diye sorunca...

Cevabı vermeden boş bakan gözlerimi kırpıştırıp başımı evet anlamında sallamakla yetindim. Araba durdu. Gözlerimi o an araladım. Binayı Facebook'ta gördüğüm resminden tanıdım. Ama şimdi gördüğüm farklı idi, savaş görmüş gibi. Binanın duvarları ya dün ya evvelki gün, iri mermilerden hasar görmüştü. Siyah camları kırılmıştı. Giriş kapısı yerde paramparça idi. Çevrede, şekilli kesilmiş limon çamlarının dibinde, içeriden fırlatılmış uzun bar sandalyeleri biçimsiz şekil almıştı. Kan izlerini görmesem de ıslak yollar, akan kanı yıkadıkları içindi.

"Ne olmuş burada?" diye haykırdım.

Adam soruyu bekler gibi, "Mafya arasındaki çatışmalar burada sıkça yaşanır. Sabah arkadaşlar konuşurken yeni çatışmanın olduğunu duydum." diye cevap verdi.

Duyduklarımdan ve soğuktan titredim. İlk aklıma gelen Tanya'nın düşmanları olmuştu. Buraları bu hale getirenin onlar olduğuna neredeyse emindim. Tanya'yı arıyorlardı, yani beni. Elim hala kapının kolundaydı ve ben hala orada oturuyordum. Adamın beni dikiz aynasından merak içinde süzdüğünü fark ettim.

Sabredemedi, "Yakınınız mı burada?" diye sordu.

Adama, "Hayır." dediğimde gri kaşlarının alnında toplandığını gördüm. "Dur!" demek istedi belki de ama sustu. Derin nefes aldım. Arabanın kapısını araladım. İçimdeki ses "Gitme!" dese de ilk adımımı attım. Orada durakladım. Tereddüdümü kırmak için belki de. Çevreye bir kez daha baktım. Sonra korkudan pısmış içgüdülerime, "Evet inmeliyim. İnmek zorundayım. Soruların cevapları burada, Mişa'nın aklında gömülü olduğuna neredeyse emindim." Peki o zaman beni ne korkutuyordu acaba? Gerçekler mi? Burun buruna geldiğim kabusların zincirleme oluşu mu? Allah kahretsin! Kaçarsam ne değişir? Ne değişti bugüne kadar? Felaketin sadece rengi mi? Siyah bilinirken meğer bukalemun gibi renkten renge değişiyor oluşunun farkına varmam mı?

Adam beklemedeydi. Suskundu. Benim hissettiklerimden mi etkilenmişti, bilmiyordum. Bana bakıyordu, inmeni bekliyordu belki de. Gözümün önünde görünmez duvarların yükseldiğine inanmak istemesem de onlar oradaydı. Bir şey vardı ki beni geriye çekiyordu. Oradan kaçmam gerektiğini söylüyordu. Kızımı yolun ağzında görmüştüm sanki. Bana bakıyordu. Ben ona yaklaşmak isterken o benden kaçıyordu. Belki de sadece kaçıyordu, korkmuş halde kaçıyordu. Nereye? Topukları poposuna varana kadar hızla, neden? Kimden kaçtığına bakındım. Yüzünü bana çevirdi. Sanki "Anne kaç!.. Anne kaç!.." diye bağırıyordu. Sesini duymasam da bağırdığını biliyordum. Soru sormak için ağzımı açtım. Dilim uyuşmuştu... Başımı avuçladım. Kendime gelmem gerekiyordu. Ama imkânsız görünüyordu. Mantığım inadımı kıramadı. Adımımı atmam için beni zorladı. Evet, zorladı. Ben artık arabanın dışındaydım. Bara doğru üç dört adım attığımı biliyordum. Belki de daha fazla bilmiyordum. Orada onu gördüm, Mişa'yı gördüm. Başını yere eğmiş, ayağının altındaki cam kırıklarıyla uğraşıyordu. Birini eline aldığını gördüm, doğrulduğunu... Birden yüz yüze geldik, beni görünce kesinlikle sevinmedi. Öfkelendi, hem de deliler gibi öfkelendi. Küfretti. Yola tükürdü ve bana doğru koştu. O an, kızımın söylediğini hatırladım. Koşmaya başladım. Beni bırakan taksiye bakındım. Uçup gitmişti. "Anne kaç!.." sesleri bir kez daha yükseldi. Kendimi yolun ortasına attım. Arkadan gelen arabanın önünde durdum. Aniden ayaklarımın dibinde duran arabanın arka kapısına asıldım. Kendimi arabanın içine attım.

"Gaza bas!.." diye yüzüne bile bakmadığım sürücüye bağırdım.

Arabada oturan benden deli çıktı ki sözümü dinleyip son sürat gaza basarak yoluna devam etti. Adam sürpriz maceraya düşmüş gibi deli coşkuyla bağırmaya, arabanın içinde son ses çalmakta olan müziğin sesini bastırmaya çalışıyordu. Ayaklarımın dibinde içki şişeleri sarsılıyor, birbirlerine çarpıp asabileşiyordu. Çevrede delilik, alkol kokusu hükümdü. Başımı birkaç kez arkaya çevirip baktım. Yanımızda, önümüzde olan trafik yığınını kısa süre arkamızda görmüş olsam da hızla onlar da yok oluyorlardı. Birkaç kez derin nefes aldım. Ama kısmen de olsa beni boğan sıkıntıyı içimden atamadım. Hissediyordum, belirsizlik korkusu nefes almamı engelliyordu. Kaskatı kesilmiştim. Koltuğun kenarında dikenler üstünde oturuyordum. Birden araba şiddetli bir şekilde yalpalamaya başladı. Ne olduğunu anlamadan karanlığı gördüm.

13.

TANYA'DAN

Koştuğum yolun ne kalkış çizgisi vardı ne de finali.

Öfkenin aç nefsini doyurmam gerektiğini hissediyordum. Kendimde değildim. Yüreğimin dayanılmaz sancısından şaşkındım, afallamıştım. İnsanlığa ait diğer hislerimi yitirmiştim. Ayaklarıma, bedenime yükleniyordum bilinçsizce. Gözümün gördüğü mesafe kadar, gücüm tükeninceye kadar... Geberinceye kadar hareket halinde olmalıydım. Bu dünyada fazlalıktım, bunu hissetmek öldürücü hastalıktı. On yaşında benim bunu delice, vahşice hissettiğimi kim biliyordu? Hiç kimse... Ben kocaman bir hiçtim. Ayağıma geçirdiğim eski ayakkabıların üzerindeki yoldan yapışan tozlar kadar değerim yoktu. Yoktu tabii ki. Ailem için fazlalıktım, komşular içinse zehirli meyveden düşen tohum, arkadaşlarım için zırdeli. Tek kelimeyle fazlalık... Bedenim titriyordu. Kaslarım acı acı yanıyordu. Ya öfkem hala gırtlağımın içinde tıkılıp kalmıştı. Hazmedemiyordum. Hayatın ters düz yönlerini hazmedemiyordum. Haydi gayret, bir adım, bir daha...

Ayağım taşa takıldı. Yüzü koyun düşmeden önce avuçlarımın üzerine düştüm. Canımın acısından vahşice bağırdığımı sonradan boğazımın kuruluğunda hissettim. Kanamış avuçlarımı gördüğüm ansa alkolik komşumuzun diline düdük yaptığı "Ha siktir..." küfründen savurdum. Yolda biri bira şişesini fırlattı. Pis biri...

Duruşu kaba biri... Vurup oturtan cinslerden... Bana doğru sendeleyerek yürüdüğünü gördüm, koşmaya başladım. Tanımadığım sokaklardan birini daha tamamladım ki dört yolun ağzına geldim. Yoğun trafik beni ölümle tehdit edince duraklayıp kendime "Neredeyim? Nereye koşuyorum?" diye sordum. O an korktum. Gideceğim bir yer olmadığını fark ettim. Hava beni yutacakmış gibi grileşmeye başlamıştı. Çok kısa süre sonra cehennemin midesi gibi kararacaktı. O çok korktuğum gecelerden birinde sokakta mı kalacaktım? Sokakta... Korkudan beni şiddetli, sonu gelmeyen bir titreme aldı. Durduğum yolda çömeldim. Ellerimi ayaklarıma doladım. Başımı dizlerime dayayarak gizledim. Kötülükten kaçıyordum aklım sıra. Bunu başaramadığımı bile bile oradaydım. Orada ne kadar kaldığımı bilmiyordum. Yanımdan geçen insanların var oluşunu hissediyordum ama onları da görmekten korkuyordum. Bir an sanki biri çok yakınlarda durdu. Başımı kaldırmamı bekledi sanırım. İğrenç kokan biri. Susuyordu. Ara sıra öksürüyordu. Nefesimi tuttum. İçten içe gitmesi için dua ettim. Ama hala ısrarla orada durduğunu biliyordum. Sonra omzuma dokundu. Kıpırdamadım. Sanırım asabileşti.

"Geberdin mi?" diye seslendi. Başımı kaldırdım. Öksürdü.

Yüzüme iyice bakarak "Gidecek yerin yok mu?" diye sordu.

"Var, tabii ki var." dedim ve doğruldum.

İçimden koşmak geçiyordu. Ama beni sahipsiz sanıp kovalar diye düşünerek, sakin adımlarda acele ederek uzaklaşmayı denedim. Arkama sadece bir kez baktım. Beni hala izlediğini görünce, orada olan sokakların birine saptım. Taşlı yoldan bir süre koştum. Arkamdan gelen ayak sesinin kesildiği vakit durakladım. Dönüp arkama baktım. Kimseyi göremiyordum. "Ya benim geriye dönüşümü bekliyorsa..." diye düşündüm bir an ve yolun karşısında kalın ağacın yanı başına doğru yürüdüm. Ağacın toprağın dışına taşmış köklerinden birine oturdum. Çevreme bakındım. Burası oldukça eski mahallelerden biri idi. Çoğu tek katlı evler hem alçak hem bakımsızdı. Yüreklerinde taşıdıkları keder izleri gibi kiminin duvarları yarık izleri taşıyordu. Kimi çoktan hayata şapkasını çıkarmış, gövdesinden birer parçasını unutarak toprağın cansızlığına karışıyordu.

Hissediyordum, bir zamanlar derin hisleri barındıran bu mahallenin şimdi bu beceriden uzakta kalakaldığını. Burada benim yüzüme bakan olmayacağını zorlukla kabullendim. O an göğsüme öküzün bindiğini hissettim. Oturduğum yerden doğruldum. Oradan uzaklaşarak ağır ağır yürümeye başladım. Takatimin bittiği yerde durakladım. Açlıktan midem bulanıyordu. Dinlenmem gerektiğini biliyordum ama nerede? Çevreye bakındım. Buradaki bodrum katından hariç iki katlı evler belli ki ev sahiplerin uzun isyanından yeni bakıma girmiş, ucuz işçilikle beyaza boyanmıştı. Oldukça geniş bahçelerde barınan ağaçlar çevreye koyu gri ışık saçıyordu. Gündüz nazlanmaya meraklı cılız güneş, bulutların arkasına gizlenmiş kendini unutturmak için acele ediyordu. İdrar torbam taşmaya yakın dolmuştu. Daha fazla sabredemezdim. Bahçe duvarın dibine yetişmek için son üç adım daha attım. Oracıkta çömelip eteklerimi sıyırdım. Külotlu çorabımı sonra içime giydiğim mavi külotumu indirdim. Tenha bildiğim sokağa göz gezdirdim. Görünürde kimse yoktu. Bakınmaya devam edince o an uzakta bile olsa ileriden iki parlak, kırmızı gözün bana doğru ağır ağır yaklaştığını fark ettim. Korkudan, hala idrarım ayaklarımın ortasında akarken nasıl toparlanacağımı bilemedim. Ayağa fırladığımda idrar ayaklarıma aktı. Üzerimdekileri yarım yamalak düzeltirken karşımda iri, yaşlı köpek belirdi. Tam önümde durakladı. Kuyruğunu iştahla sallıyor; iri, siyah başını sağa sola devirerek beni izliyor; hırlamıyordu. Ben ne yapacağımı bilmeden köpeğin karşısında donakalınca yanıma iyice yaklaşarak burnunu ayaklarımın üzerinde kibarca gezdirdi. Sanırım kokumu tanımaya çalışıyordu. Bir müddet bu şekilde kokladıktan sonra bana sırtını dönerek oradan uzaklaştı. Onu bakışlarımla takip ettim ve yaşlı burnunu kullanarak ilerideki evin bahçe kapısını araladığını gördüm. Bir an, başını bana doğru çevirerek gözlerimin içine baktığını fark ettim. O an nedense beni düşündüğünü, bana seslendiğini sandım ya da sanmak istedim. Yavaşça korkarak; arkama, çevreme bakınarak onu takip ettim. Burnunu dokundurduğu tam kapanmayan bahçe kapısından içeri girdim. Bahçenin sonunda olan dar eve göz attım. Camlar evde yanan ışıkla aydınlanmıştı. Kalın perde evin özelini kapatmış olsa da pencerenin yakınlarda bir kadının olduğunu perdenin üzerine düşen gölgeden anladım. "Kim yaşıyor burada acaba?" diye düşündüm o an. Kim olursa olsun, benim bahçelerine girmemi hoş karşılayacağını sanmıyordum. Köpeğe baktım. Ağır ağır hareket ediyordu. İri ağacın yanında durdu. Kemik dolu tabak onu orada bekliyordu. Büyük iştahla kütürdeterek kemikleri yemeye başladı. Evde annemin bize özensizce yaptığı yemeklere laf söylerken şu an köpeğin yediğine göz koyduğuma inanamıyordum. O kadar açtım ki ağzım tabaktaki iğrenç, kirli yemeğe sulanmıştı. Beni görmezlikten gelen köpeğe bir adım daha yaklaştım. Tam elimi uzatmayı düşündüm ki hayvan tabaktakini bırakıp başını kaldırdı. Bana düşmanca baktığını gördüğüm anda birkaç adım geriledim. Onun beni ısırmasına izin veremezdim. Hem onun tabağına dokunmak da nereden çıktı?

Babam bana ne demişti? "Kemik kemiren köpeğe yaklaşılmaz. Öyle bir şeyi aklından bile geçirme kızım, yaklaşırsan ısırır."

İç geçirdim. Yaşlarla dolu gözlerimi baştan kırpıştırıp sonra kuruladım. Köpekten bir adım daha uzaklaştım. O bile benim dostum değil, diye mırıldadım. Hayvan beni umursamadan tabaktakileri yemeye devam etti. Ne yapacağımı bilemediğimden tekrar ağacın dibine doğru yürüdüm. Oracıkta çömeldim. Yorgunluktan ve uykusuzluktan pestile dönmüştüm. Üstüne üstlük üşüyordum da. Sık sık evin camlarına göz attım. Evden birinin çıkmasını, beni eve almasını istiyordum tabii ki ama varlığımdan kimin haberi vardı ki?

Zaman ağır ağır ilerliyordu. Camdan kadının gölgesi gitmiş, değişken renkli ışık yansıması belirmişti. İçeride birinin televizyon izlediğini düşündüm. İçimden kapıyı çalıp sese kulak vermek gelse de bunu yapamıyordum. Babam yabancılara güvenmemem konusunda defalarca uyarmıştı. Çaresizce başıma gelenlere katlanacaktım. Kendime geceyi geçirebilecek, hiç olmasa kuytu bir yer bulacaktım. Bunu yapacaktım. Çevreye bir kez daha bakındım. Bahçeden ne bekliyorduysam artık, sadece birkaç ağaç ve kuru ot görünce hayal kırıklığına uğradım. Yanaklarıma hızla süzülen gözyaşlarımı kuruladım. Umutsuzca bir kez daha bakındım. Biraz ileride sokak kapısına yakın, iki ağacın dibindeki demirden sandalyeyi sonradan fark ettim. Benim için en uygun yer, diye düşünerek oraya yürüdüm. Tam popomu sandalyeye koydum ki soğuk demirin içime işlediğini fark ettim ve oturmaktan vazgeçtim. "Toprak daha mı acımasız acaba?" diye düşünerek sandalyenin dibinde nemli olan toprağa oturdum. Titrek dizlerime kollarımı sardım. Artık ağlamıyordum.

Hissediyordum; koca boşluğun beni nasıl boğmaya çalıştığını, soluğumun üzerine nasıl kapaklandığını sevgimin nasıl çalındığını, zihnimin silinmesi için gök ve toprak arasında nasıl ezildiğimi... Düşüncesizce itekleniyordum. Doğru, hissediyordum; içime asla budanamaz öfke dallarının doluştuğunu. Sağ ol Baba... Sana beni yargılama izni vermiyorum, Tanrı'm sana da... Tek sözü öfkeme bıraktınız.

Biri bana ısrarla uyumamı söyledi. Sesini tanıdım, bende değişmeyen tek şey oydu, onu gereksiz gördüklerindendir belki. Yanılmışlar, benden kalan enkaz bile şu an varlığımdan daha tehlikeli idi. Hesaplamamışlar, belki ileride benim kahkahalarla güldüğüm günlerde... Acıyı yutkundum. Açlığımı unutmak için kendimle oyun oynadım. Tokum çok tok; ekmek de yedim peynir de. Başımı ağacın gövdesine dayadım. Göreceğim rüyalar önümde kapalı tutulan kapıların anahtarları olurlar, diye mırıldadım. Duymam gereken sözü fısıldarlar. Evet yaparlar, yapmak zorundalar. Varlığıma olan güvenimi kazanmam gerekirdi. Önümde açtıkları yolun varlığı ne olursa olsun hissetmeliydim.

Karmaşa sesleri zihnimi tartaklayınca uyandım. Orada onu gördüm, penceredeki kadını yanı başımda gördüm. İrice açılmış gözlerle bana bakıp ne zamandır orada olduğumu soruyordu. Ses etmedim. Sadece utanarak başımı yere eğdim.

Kadınınsa cevap almadan oradan gitmeye niyeti yoktu anlaşılan. Bu kez bana, "Geceyi burada mı geçirdin?" diye sordu.

"Hayır." dedim soğuk sesimle. Doğrulmak için kıpırdadım. Sol yanımda yatan, sevinçten kuyruk sallayan köpeği o an fark ettim. Gece onun sıcaklığına sığınarak uyuyakalmışım anlaşılan.

Gülümseyerek "Sevdin mi?" diye sordu. Başımı evet anlamında yavaşça salladım. Hırsız gibi onun bahçesine girdiğim için utanıp kızarmıştım.

"Bu mahalle de mi oturuyorsun?" diye sordu.

"Hayır, bir sokak aşağıda."

Daha fazla sorudan kaçmam gerektiğini anladım. Doğrulup, silkindim. Kapıya doğru yürümeye başladım. İçimden "Keşke aç mısın, diye soran olsaydı." diye düşündüm. Dönüp kadına baktım. Elinde pazar çantasıyla kapıya doğru yürüyordu. Babam bugün pazarda, fikri gülümsememe sebep oldu. Onu orada görebilirdim, Lilia'yı orada görebilirdim. Belki anlatırdım annemin beni istemediğini, evden kaçtığımı. Belki söylemeye ihtiyaç kalmazdı. "Kızımmm..." deyip o güçlü kollarıyla beni kucaklardı. "İyi ki sana rastladım..." derdi. Kadının arkasından, ağır adımlarla kapıdan çıktım. Üstü kapalı, kalabalık durakta onun yakınlarında durdum. Birkaç kez dönerek beni süzdü. Hoşuma gitmeyecek soruları soracak diye korktum, sormadı. Bir süre sonra beni görmezlikten gelmeye başladı. Orada durmaya devam ettim. Şehir otobüsleri durağa yaklaşıyor, kimini indirip kimini sırtına alarak sırada olan durağa devam ediyordu. Yaşlı kadın üçüncü otobüse bindi, ben de arkasından. Sonuçta bu otobüs, bu yaşlı kadın beni babama götürecekti. Camdan dışarıya baktığımda önceden hiç fark etmediğim yoğun kalabalık beni korkuttu. Gökdelen binalar, önlerinde üstü başı perişan iki büklüm oturan dilenciler... Dilenciler... Dilenciler... Dilenciler... Öfkeyle taş attığım dilenciler... Onlara attığım taşların şimdi başımı yaracağını bilseydim, bilseydim... Acı bir biçimde yutkundum, bilseydim...

Artık sokağa bakmıyordum, orada olanlarla ilgilenmiyordum. Sadece bana pazara kadar rehberlik eden kadının ayaklarına baktım bir süre. Boğazımda beni boğan bir yumruk hissi belirdi. Doğru yolda olduğumu düşünsem de sonuç beni feci bir şekilde korkutuyordu. Hayattan mucize istemiyordum. Sadece sahip olduğum ailemi geri istiyordum, en azında babamı. Otobüs önce yavaşladı, sonra durdu. Kadının kapıya doğru zorlukla ilerlediğini gördüm. Ben arkasından ilerledim. Otobüsten indik. Yürüdüğüm yol oldukça kalabalıktı. Kadını kaçırmadan takip edeceğim diye kan ter içinde kaldığımı anımsıyorum. Alt geçidi geçtikten sonra, pazar alanına giren sokağı hemen tanıdım. İçimi dolduran sevinci o an hissettim. Telaşım, paniğim tavan yapmıştı. Her tezgâha yaklaşıp göreceğim çabasıyla çırpınıyor, bir boş tezgâhtan diğerine deli gibi öfkeyle koşuyordum. Bu şekilde sağa sola yalpalayarak ne kadar koşuşturduğumu bilmiyorum. Hayatımda hiç bu kadar yorulduğumu hatırlamıyorum. Zaman geçtikçe bunun sonunun olmadığını anladıktan sonra üstümü başımı yolasım geliyordu. Akşam olmuştu. Talan olmuş tezgahlar, sahipleri tarafından tek tek terk edilmeye başlamıştı. Çıkış kapısına doğru ilerlerken pazara son gelenlerin babam, kardeşim olmaları için dua ediyordum. Aklımdan "keşke" kelimesini geçirdiğim anda ise kendimi tokatlamak istiyordum. Beni bu şekilde ortada bırakan onlardı; biri için kızı, öbürü içinse ikiz kardeşiydim! Dış kapıya yaklaştığımda gelenlerin az, gidenlerinse çok sayıda olduğunu fark ettim. Babam belki hiç gelmeyecekti, onu bir daha hiç göremeyecektim. Çevreye vahşi bir avcı gibi bakarken bana sırtı dönük olan babamı Lilia'nın elinden tutmuş, çıkış kapısına doğru yürürken gördüm. Lilia'nın üzerinde ona ufak gelen son zamanlarda elini bile sokmadığı kapüşonlu montu vardı. Sarı saçları kapüşonun üzerinden bele kadar iniyordu. Demek babamın sözünü gene dinlemeyip toplamamıştı. Kapıdan dışarı çıkmadan onları yakalamalıydım. Onlara doğru kalabalığı hızla iterek koştum. Bana bakmayan Lilia'nın elini tutup asıldım. Birden dengesini kaybeden kız, arkaya doğru başı taşa gelecek şekilde düştü. Korkumdan sadece bir adım geri attığımı hatırlıyorum, gerisini bilmiyorum. Birden ortalık karıştı, ortalığın ne zaman karıştığını anlamış değilim. Çevremizde toplanan kalabalığın ne zaman gittikçe çoğaldığını... Kıza baktım. Babasına kan bulaşmış avucunu gösteriyordu. Adam saniyeler içinde onu sakinleştirmeyi nasıl başardı, bilmiyorum ama sorun bitmiş görünüyordu, ta ki bana dönene kadar... Beni omuzlarımdan tutup sokak paspası gibi rastgele sarsmaya başladı.

"Baba..."

Ağlayan kıza döndü bir ara. Orada benim daha önce fark etmediğim kızının annesine:

"Arabaya gidin, geliyorum." diye seslendi. Suskundum, dayak attığında da kendimi savunamayacak kadar zayıftım. Çaresizce çevremden yardım bekliyordum, beni savunacak kelimelere ihtiyacım vardı ama orada da beni umursayan yoktu. Dövülüyorsam suçluyum demek. Yargı vardı bunca insanların gözlerinde ve sonunda kalabalığın arasında beni düşünen biri çıktı. Yanımıza yaklaşmak için acele ediyordu. O an bu yabancı kadından "Kurtar beni!" diye yalvaran bakışlarımı ayırmadığımdan emindim. Bana hiç olmazsa birinin acımasını istedim. Düştüğüm yerde doğrulmaya çalıştım, yapamadım. Kanayan burnumu elimin tersiyle sildim. Ayaklarımı karnıma iyice çekerek ikiye büküldüm. Orta yaşlı, çilli, yuvarlak yüz hatlarına sahip olan bir kadının burnumun dibine kadar yaklaştığını o an gördüm. Bana doğru eğilmiş yüzüme bakıyordu.

"Baban mı o senin?" diye sordu zor duyulan sesle. Hayır, diye başımı ağır ağır salladım.

"Ailen..." Tekrar başımı salladım. Kadın tam bana elini uzattı ki tekmenin biri suratıma geldi.

"Yapma!" diye bağırdı kadın. "Yapma! Bırak kızı! Parmak kadar çocuktan ne istiyorsun be adam!"

Adam başını kadına doğru çevirdi. Ona ters ters baktı. "Karışma!"

"Bak güzel kardeşim, beni polisi aramak zorunda bırakıyorsun." Kadının sesi sinirinden çatlamıştı.

"Ara ne duruyorsun? Ara..."

Adam seri bir şekilde üzerimden elini çekip kadının üstüne yürüdü. Başımıza toplanan çoğunluğu erkek olan kalabalıktan tepki alan ve zar zor sindirilen adam burnundan soluyarak yoluna devam etti. Kıvrandığım yerden doğrulmaya çalıştım. Kadınsa kanlı yüzüme bakarak üzerime eğildi. Belli belirsiz gülümsedi. Sonra bordo eldivenli elini bana uzattı. Ona elimi verdim. Desteğiyle ayağa kalktım. Kirlenmiş üstümü başımı utanarak silkmeye çalıştım. Bunu yaparken ayaklarım hala titriyordu. Orada idim, yolun ortasında. Dağılan kalabalığın uzaklaşmasını izliyordum. O an hissettim, artık beklediğim kimse yoktu. Ümidimi sonsuza kadar yitirmiş gibiydim. Boş... Bomboş... Ne yapacağımı bilmediğimden ne geriye ne de ileriye adım atıyordum. Birden kadının beni dürttüğünü hissedip ona doğru döndüm.

Kadın, "Sen burada böylece dikilip duracak mısın, yoksa benimle gelecek misin?" diye sordu. Kadının yüzüne şaşkınlıkla bakıp, başımı evet anlamında salladım. O an doğru yaptığımı düşünüyordum. Evim yoktu, gidecek yerim de... Kadınsa beni yanına almaktan memnun görünüyordu. Ona doğru ilk adımımı zorlanarak attım, ikinci de sancılı olsa da daha kolaydı. Önümüzde uzanan yol kalabalıktan iyi kötü boşalmıştı.

Benden biraz önden giden kadın arkasına seri bir şekilde döndü, "Acele et!" diye bağırdı.

Sesi kaba çıkmıştı. Mahcupça bir o kadar da şaşkın, onu izledim. Halkın arasında bana nazik davranan kadına ne olmuştu? Neden pazardan elleri boş dönüyordu? Alışverişe gelmediyse, burada ne işi vardı? Kimdi bu kadın? Nereye gidiyorduk? Eğer eve gidiyorsak, orada bizi kim bekliyordu? Çocuğu vardı mıydı acaba? Düşünerek arkasından yürüyordum. Pazarın çıkış kapısına vardığımızda ayaklarımızın dibinde temiz bir arabanın yavaşlayarak durduğunu fark ettim. Kadın omzunda asılı küçük kırmızı çantanın içinden arabanın kumandasını çıkarıp düğmesine bastı. Bagaj açıldı. Bagajın yanına, nereden geldiğini görmediğim elli eli beş yaşlarında olan gri, gür saçlı bir adam yaklaştı. Elinde sebze dolu pazar çantası vardı.

Kadın adama, "Bir şey unutmadın değil mi?" diye sordu ve göz işaretiyle arabaya koymasını emretti.

Adam sebze dolu torbaları çantasından hem boşaltıyor hem aldıklarının listesini kadına rapor ediyordu. Orada bir yerlerde durup onların arasındaki ilişkinin adını düşünürken çantadaki sebzelerin bittiğini fark etmedim bile. Kadın ağır hareket ederek arabanın direksiyona geçti. Ancak motoru çalıştırdığı an, benim hala orada dikildiğimi fark etti ve arkasına bakmadan:

"Hala ne bekliyorsun?" diye seslendi. Arabanın arka kapısını açtım, tam içeriye adım atacaktım ki kadın adama:

"Orada geniş renkli havlu var, onu bu kızın oturacağı yere ser." diye emretti.

Adam dörde katlı havluyu eline alıp koltuğun bir köşesine serdi. Havlu rengarenk kedi kılıyla dolmuştu. Burnumu kıvırmayı düşünsem de bunu kadının göreceği şeklinde yapamazdım. Ama beni kedi kılıyla dolu havludan daha kirli gördüğüne inanamıyordum. Sonuçta ben insandım, kedi gibi hayvan değil.

İğrenerek havlunun kıyısında oturdum. Kirli olan ellerimi ayaklarımın üzerine sıraladım. Sol kolum hiç geçmeyecek gibi gelen bir ağrıyla kuduruyordu. Kadının sert görünümünden korkmuştum. Dişimi sıkıp sesimi çıkarmıyordum.

"Nereye gidiyoruz?" diye sorabilirdim mesela ama buna cesaret bile edememiştim. Başımı çevirip beni sevmeyen şehri, bana dünden beri ihanet eden şehri, izledim.

Günlerden Salı idi. Herkes okula gitmiştir. Sanırım bu saatlerde beden dersimiz vardı. Vera bir sakarlık yapıp Goça'ya yaklaşmak için fırsat kollayacaktı. Bense orada değildim ve kim bilir bir daha onu görmeye fırsatım olur muydu?

"Daha çok mu var?" diye sordum kadına arabanın benim hiç görmediğim sokağa tırmandığını görünce.

"Sabret." diye kükredi. Oturduğum yerde huzursuzca kıpırdandım.

"Sakın arabada çişini yapmaya kalkma." diye seslendi.

Çişimi nerede yapacağımı bilecek yaşta idim. Bunu biliyordu. Azarlamak için fırsat kolluyordu. Sanırım onunla gelmekte hata yapmıştım. Ama geri dönüşü yoktu. Sokak gittikçe kararıp, darlaştı. Nereye tırmanıyorduk acaba? Yolun sağına soluna başımı çevirdim. Burası gökdelenlerden uzak, eski sitelerden biriydi; babamın dediği gibi yaşam kalitesi yüksek olmayanlardan. Kırmızı kiremit çatılara, dar uzun veranda balkonlara sahip evler topluluğu... Yollara döşenmiş gri taşların çoğu belli ki yağmurlardan yerinden oynamıştı. Kimi düz duruyor gibi görünse de emindim ki altında insanın yüreğini hoplatacak tuzaklar kuruluydu. Dalgın insanları, koşan çocukları düşürürdü. Kadın arabayla ilerlemekte zorlanıyordu. Ben korkuyordum. Zaman geçmek bilmiyordu. Görünmez ama hissedilen sırlar çoğalıyordu. Acaba hayat, babamın anlattığı gibi zor muydu? Çekilmez miydi? Yoksa korkular sadece annemin dediği gibi aptalca bir his miydi?

Kimin doğru söylediğini kestirmesem de o an feci bir şekilde sıkılıyordum. Bu varacağımız ev de nerede kaldı? Sonunda içinde yapraklarını dökmüş birkaç ağaç olan bahçenin önünde durduk. İleriye bakmaya çalıştım. Evin kendisi görünmese de kırmızı kiremitlerle döşenmiş çatısının bir kısmı gözüküyordu. Başımı çevirip kadına baktım. Kadın sıkıca bağladığı emniyet kemerinden bezgin bir tavırla kurtuldu. Arabanın kapısını açtı. Arabadan inmeden önce iğrenerek beni süzdü.

"İstersen in." diye seslediğinde son cesaretimi toplayıp yavaşça kapıyı açtım. Önüme düşen toprağa adımımı attım. "Acele et! Rüzgâr başlamadan önce pazardan aldıklarımızı eve taşıyacağız." dediğinde kadının yanında açık olan bagajın dibinde bittim. Kadın ellerimi zor taşıyacak yükle doldurunca eve kadar her an yere yığılma korkusuyla onu çapraz adımlarla takip etmek zorunda kaldım ve nihayet evin beyaz kapısına geldik. Kapının üzerine konmuş süslü, gri renkte kedi kılığından tokmağı hemen fark ettim. Kedinin bana bakışları "Cehenneme buyur!" der gibiydi. Korkumdan kanımın çekildiğini hissettim. Benden bir adım önde duran kadın kapıya anahtarı sokup iki kez çevirdiğinde çıkardığı ses, içerideki kedi ordusuna geldiğini haber vermiş olmalıydı ki birkaç kedi birden yüksek sesle miyavlamaya, hatta bana kalsa bağırmaya başladı. Kadın kapıyı açıp içeriye girdiği anda ise kedilerin hepsi birden ayaklarına doluştular. Kadın onları bana vahşi gelen sesle sevmeye başladı. Önümde yaşananları gözümü kırpmadan izliyordum. Unutulmuştum. Ta ki ben torbanın birini düşürüp elmaları yere saçana kadar. Elmaları yerde gören kadın iri açılmış gözleriyle beni adeta dövüyordu. Tırnaklarını koluma geçirdi, bedenimi hırpalayarak sarstı, rahatlayamadı, tüm kuvvetiyle geriye itekledi. Düşmemek için dengemi zor sağladım.

"Seninle işimiz iş!" kırmızı ağzını açarak, "Topla, ne duruyorsun!" diye bağırdı.

İşaret parmağı ile elmaları gösteriyordu. Elimdeki sebze dolu torbaları usulca onun gözünün içine bakarak yere bıraktım. Ayaklarının dibine eğildim.

"Yapma!" dedi biri, "Kaç buradan!" Arkama baktım. Orada beni izleyen kocaman cehennemi gördüm, yapamadım. Yutkunup eğildim. Elmaları sakinliğimi koruyarak topladım. İşimi bitirdiğimde kadının yüzüne baktım. Bana hala öfkeli görünüyordu.

"Ayakkabılarını çıkar. Alınanları içeride, bankonun üzerinde sırala. Haydi, çabuk ol!"

Kendimden bezmiş tavrımla birkaç torbaya birden asıldım. Banko kadar olan kısa üç dört metrelik mesafeyi gözüme büyüterek katladım. Kollarımın aşırı ağrısını içime gömsem de yüzümü ekşittiğimden, ağzımı büktüğümden belli ediyordum. Son torbaları bıraktığımda oturup dinlenmeyi hayal etmiştim. Karnım açtı ve önümde en sevmediğim yemek olsa bile iştahla yiyebileceğimden emindim. Ama istediğim olmadı. Bana karnımın durumunu soran olmadı. Kadın başını kaldırıp beni kısık bakışlarla baştan aşağıya süzdü.

"Solda banyo var, oraya gir ve üzerindeki iğrenç, kokmuş kıyafetlerden kurtul."

Çaresizce "Bari bir lokma bir şey yeseydim." dedim içimden, sayıklayarak bana işaret ettiği kapıya yürüdüm. Beyaz olan ahşap kapıyı itekledim. Burası sanki banyo değil de kedilere mahsus vitrinlerden biri idi. Adım atmak için başta durakladım. Farkına varmadan ağzım açık, yerdeki kedi figürlü paspasa bakakaldım. Ancak arkamdan kadın, "Haydi ama!" diye seslenince silkinip içeriye girdim. Kapıyı kapattım. Hızlıca küvete doğru ilerlemem gerekirken ben hala orada kapıya yakın dikilmiş, çevreyi süzüyordum. Tuvalet kapağında, yere serilmiş koca paspasta, her yerde, tuvalet fırça sapında bile kedi resmi mevcuttu. Gülesim geldi birden. Kısa kahkaha attığımda adamın ezdiği kaburgalarım sızladı. Elimi karnıma, sancıyan yere bastırıp küvete doğru üç adım attım. Üstümdeki ince hırkanın düğmelerini açtığım anda kirli kıyafetlerimi fazlasıyla temiz olan bu banyonun neresinde bırakacağımı düşündüm. Kadının çok temiz olduğu her halinden anlaşılıyordu. Temizliğin iyi bir şey olduğunu mahalledeki dedikoducu komşulardan duymuştum; ama ben nedense o an fazla rahatsız olup ürkmüştüm. Yavaş yavaş soyunup en uygun yer burası diye düşünerek kirlileri küvetin kenarına yere bıraktım. Suyu açtığımda küvetin içinde kedi şeklindeki paspasın hızla ıslandığını gördüm. Bu kadın hasta hatta deli. Ama başka çarem de yok. Söylenerek yıkandım. Banyodan çıkıp kurulandım. Elimde kirli havluyla dikilip durdum bir süre, ta ki kadın bana seslleninceye kadar.

"Oyalanma gel buraya!"

Elimde evirip çevirdiğim havluya tekrar sarılıp dışarıya fırladım. Hala kedileri sevmekle meşgul olan kadın beni görünce kucağındaki kediyi yere indirdi. Oturduğu yerden kalktı.

"Beni burada bekliyorsun." dedi ve odanın birine yürüdü.

Orada birkaç dakika oyalandıktan sonra elinde bana biraz büyük gelen pazen, kırmızı laleleri olan elbiseyle ve beyaz, yün külotlu çoraplarla geri döndü.

"Oyalanmadan bunları giy. Daha yapacak çok işin var."

Kadının bana uzattığı kıyafetleri beğenmemiş olsam da aldım. İstemeyerek de olsa teşekkür ettim. Hem giyiniyor hem bakışlarımla onu takip ediyordum. Mutfağa doğru yürüdüğünü gördüm. Yemek saati olduğunu düşünüp içten içe sevindim. Kadının yanına gittiğimde, buzdolabından tencereleri değil de birkaç paket çiğ ciğeri çıkardığını görünce hayal kırıklığına uğradım. Kadın onları tezgâha sıraladı. Bana döndü "Haydi gel." dedi.

Çaresizce onu takip ettim. Az önce kadının girdiği odaya değil de onun yanına düşen odaya adım attığımızda çevreye hayretle bakakaldım. Burada yaklaşık otuz kırk, farklı desene, renge sahip yumuşacık kumaştan dikilmiş kedi yuvası vardı. Yanında su ve yem kapları özenerek sıralanmıştı. Tam karşılarında iri pisliklerle kirlettikleri kum kapları... Kadın orada duran beyaz dolaba yaklaştı. İçinden çöp torbalarından iki üç adet çıkardı. Bana torbaları uzattı.

"Tüm bu kumları çöp torbalarına doldur. Sonra kapları banyoda küvetin içine sırala. Gerekirse onları cife. Acele et, yoksa kedilerim açlıktan ölecek!"

Ona dönüp "Deli karı, ben de açım" diye bağırmak istedim ama yüz hatlarından, asabi bakışlarından gayet ciddi olduğunu görmüştüm. Elim ayağım dolaşmasına rağmen, acele ediyor görünmeye çalıştım. Kum dolu bu lanet olası kaplara iğrenerek baktım. İçimden kadına küfürler saydım durdum. Hem çöp torbasını açık halde tutmak hem kedi sidiğinden, pisliğinden ağırlaşmış kumu taşırmadan boşaltmak kolay olmadı tabii ki. Tam boş yemek kaplarından birkaçını kucaklayıp banyoya doğru iki adım attım ki kadının "Nerede kaldın?" diye bağrışıyla silkindim. Kapları elimden bırakıp kadına koştum. Mutfağa girdim.

Kadın beklemekten gergin "Bu ciğerleri ocaktaki tencereye boşalt, haydi, hala mı dikiliyorsun?" diye bağırdığında içimden onu adamakıllı tekmeleme arzusu doğduğunu hissettim. Zar zor kendimi tutup ona doğru yürüdüm. Hala buzlu olan paketlerin üzerinden şeffaf naylonu sıyırdıktan sonra kara kanla kanayan ciğerleri iğrenerek elleyip tencereye, kaynar suya boşaltmaya başladım. Dikkat etmeme rağmen fokurdayan su tenime sıçrayıp ellerimi yakıyordu. Mutfakta işimi bitirdiğimde işkence sonunda sona erdi, sandım. Arkadan yarım bıraktığım işimi hatırladım. Kadın bana bir kez daha bağırmadan oraya dönmeliydim. İğrenç, leş kokan kedilerinin yem kaplarını banyoya taşıyıp suyla dolmak üzere olan küvete saldım. Kapların üzerinde kurumuş kan ve yemek artıkları suyu kirli kan rengine boyadı. Aceleci davranmaya çalıştım. Kapların üzerindeki kurumuş yem artıklarını tırnaklarımla kazıdım. Onları tekrar odaya taşıdığımı gören kadın bana "Kedilerin kirli kum torbalarını yolun karşısındaki çöpe taşı!" diye bağırdı.

"Şahane, biz burada açlıktan ölelim!" diye karşılık verip bağırmak istesem de kelimeler dilimin ucuna gelip gitse de bir süre daha burada kalmak zorunda olduğum için sustum. Çaresizce kedilerin kraliyetine geri döndüm. Torbaları tek tek sokağa, çöpe taşımaya başladım. Dışarıda hava kararmıştı. Akşam soğuğu insanın yüzünü yakacak kadar kuvvetliydi. Korkumdan her geçen saniye daha da paniğe kapıldığımı hissediyordum. Dayaktan sonra sarsılan zihnimin üzerime çöken kabuslar, bana kurtulmama imkân vermeyen bir kancayla takılıyor endişesindeydim. Her an ya köpek ya da köpekten daha acımasız biri arkamdan yaklaşıp beni parçalayacağı hissiyle korkumdan bacaklarım ve tüm bedenim titriyordu. Bana seslenen tuhaf, soğuk sesler arkamda mıydı, yanı başında mı? Anlamış değildim ama orada idiler, onları duyabiliyordum. İçimde bu durumdan, buradan kaçma arzusu devleşiyordu. Önümde uzayan ıssız yola baktım, durdum bir müddet. Oraya adım atsam mı, atmasam mı? Bilemedim. Acı acı yutkundum; gözlerimi kapatıp yaşadığımı, yaşayacağımı düşündüm bir süre. Gözlerimi açıp tekrar yola baktım. Bu kez uzakta gördüğüm boşluk beni korkutmaya başladı. Attığım adımın devamı yokmuş hissine kapıldım. "Yürü!" dedim kendime, "Kadın bekler, kedi ciğer bekler. Belki de ciğerden sana da pay düşer."

Yoldan dönerek eve giden mesafeyi ağır adımlarımla yürüdüm. Kapıyı ağır ağır isteksizce itekledim.

Kadın beni görmeden bana, "Haydi, neredesin? Buraya gel. Kedilere ciğer paylaştıracağız daha. Git ve odadan kapları buraya taşı."

Emirler yağdırdı. Acele ederek kedilerin kraliyetine doğru yürüdüm. Pişmiş ciğer kokusu beni daha da acıktırmıştı. Bir lokma yemek için can atıyordum. Kaplardan dörder dörder tezgâha taşıdım. Kadın onların içine ciğeri doldurmaya koyuldu.

İki adet dolunca bana "Al bunları ve az önce aldığın yerlere yerleştir." dedi.

Söylerken keyifli görünüyordu. Sanırım benim gibi dilsiz uşağı yakaladığı için mutluydu. "Yüzüne, bir lokma da bana ver." der gibi baktım. Niyetimi anlayan kadın birden yüzünü astı.

"Sakın tek bir parçaya bile dokunayım deme." dedi. Bozuldum. Artık ağır ve isteksiz hareket ediyordum.

Asık yüzümü gören kadın "Sana da sürprizim var, önce kedileri doyur." diyerek gönlümü almak zorunda kaldı. Söylediğinin samimiyetine inanmasam da ne ikram edeceğini merak ettim ve bunu düşünmeden de edemedim. Ekmeğin üzerinde tereyağı ve havyar mı yoksa? Neden olmasın? Kadın zengin nasıl olsa. Kediler için bir günde servet harcıyorsa... Odada ciğere saldıran kedileri kıskandığıma inanamıyordum ama kıskanmıştım. Belki de benden önce yiyeceklerine kavuştukları için... Son tabakları da götürdüğüme göre sıra bana gelmişti. Tezgâhtan uzaklaşmak üzere olan kadının önüne dikildim. Dudaklarımı kemirerek, gözlerin içine bakarak sessizce haydi ama diye sesleniyordum. Sanırım birkaç kez tekrarlamam gerekirdi. Benim için taş kesilip ağırlaşmıştı.

"Git masaya ve bekle! "dedi isteksizce.

Masaya doğru yürüdüm. Kadın mutfakta epey oyalandı ve sonunda masaya üzerindeki tortusu alınmamış duru kemik suyuyla döndü. İçine, önüme koyduğu bayat ekmeği doğramamı istedi. Bu kadın, bu kahrolası hizmetime bu şekilde mi karşılık veriyor ha! Karşımda gördüğüm kusmuğuyla mı? Ayaklanmak, gitmek istedim bu evden ama sonra... Kaçmayacağım! Hayır, buradan kaçmayacağım! Hayır kaçmayacağım! Kaçmayacağım!

Beni çöp tenekesine benzeten bu moruk kadından intikam almadan ha! Beni köpek yerine koymak da ne demek? Burnundan fitil fitil getirmeden ha! Asla, asla kaçmayacağım! Öfkemden derin nefes alıp vermeye başladım. Sakin... Kesinlikle sakin... Tabağa bir kez daha baktım. Ama bu sefer lezzetli yemek olarak görmek için, beynimi sakinleştirmek için çizgiledim. Tabağın yakınlarında çatal ya da kaşığa benzeyen bir şey yoktu. Kadına baktığımda beni çoktan unutmuş, az önce tırnaklarımla temizlediğim kedi odasını kapıdan gözetliyordu.

Kedilere "Evlatlarım, yavrularım!" diye seslenirken zevkinden aklını yitirmiş gibiydi. İşte, bana intikamın temel malzemesi... Kapıdan bana bakan arsız kediyi hedef aldım. Artık daha keyifli idim; çünkü ne yapmam gerektiğini biliyordum. Burada kalmak eğlenceli olacak. Evet, kalmalıydım. Oradan kadının kollarına sıçrayan kedi niyetimi bilmeden tatlı tatlı miyavlıyordu. Şimdi karnımı doyurmalıydım. Şimdilik burada kalmalıydım. Demek bu kadın bana, hizmetime tırnak kadar hizmet etmeyecekti ha... Pekâlâ, kendi bilir. Bu evin sinsi yılanı olmaya karar verdiğimi bilse daha nazik davranmayı düşünürdü herhalde. Kendim için soldaki çekmecelerden birinden kaşık aldığımda sinirimden çenem titriyordu. Tabağa gelince kadına dönüp sinsi sinsi onu süzdüm. Yemek yerken lokmalar ağzımda büyüyordu. Acı, tatlı, ekşimsi tatlar birbirine karışmıştı. Ama açtım, babamın sık sık dile getirdiği gibi bünyem zayıftı. Bu tabaktaki yemek denen şeyi maalesef çiğneyip yutmak zorundaydım. Son birkaç lokmada midemin iyice kalktığını hissedince çevreye bakıp çöp kutusu aradım. İçimden artıkları kadının başının üstüne boşaltmak gelse de şimdi ona da eve de ihtiyacım vardı. Çöp kutusu göremedim. Belki musluğun altındaki dolabın içindedir, diye düşünürken gözüm oraya takıldı. Ayağa kalktım. Çöp kutusu tam düşündüğüm yerdeydi ama boş ve temiz olduğundan laf duymamak için son lokmaları da yedim. Fiziksel görevim tamamlanmıştır. Kelimeleri beynime göndererek kendime moral depolamaya çalıştım. Bu mümkün gözükmüyordu. Beni umursayan olmadığından sandalyede kalakalmıştım. Nereye adım atarsam tehlikesiz olur, diye düşünmektense olduğum kuru sandalyeyle tatmin olmalıydım. Yorgunluktan bedenim, beynim zonkluyor; her yerim dökülüyordu. Şimdi rahat yatak olsa diye hayal ederek başımı masaya koyup gözlerimi yumdum. O şekil ne kadar uyuduğumu bilmiyorum ama sonunda birinin beni kabaca dürttüğünü hissettim.

"Kalk Allah'ın belası, kalk! Benimle gel!"

Kadın sesleniyordu. Doğruldum. Adımlarımı çapraz atarak önden yürüyen gölgeyi takip ettim. Kadın bir kapıdan karanlığa girdi, ben de arkasından... Girdiğimiz yer naftalin ve çamaşır yumuşatıcısı kokuyordu. Bir yere tosladım.

Kadın "Yavaş!" diye bağırdı. "Burada yatacaksın." dediğinde tosladığım sert olmayan bir şeye el yordamıyla dokundum. Yastık geldi elime. Çevreyi biraz daha kontrol ettim. Sert bir kanepe vardı burada. Beni ölü gibi ağır uyku sarıp sarmalamış olsa gerek, bu babamın evinde hiç de sık olmayan bir şeydi. Ne kadar uyuduğumu bilmiyorum ama bir ara çok iyi bildiğim ses beni uyandırdı. Bu rüzgârın sesi idi. Belli ki sokakta her şey Allah dedenin kuvvetli soluğundan şiddetle tartaklanıyordu. Bazen onun çok acımasız olduğunu düşünüyordum. Çünkü haber kanalları sık sık halt ettiği şeyden olan hasardan bahsediyordu. Ama neden? Baştan yarattığı şeyi sonradan neden üzüp tokatlasın ki? Bu haksızlıktı, tıpkı ailemin bana yaptığı gibi. Üşüdüğümü kemiklerimin sızladığından hissettim. Komşunun parmak kadar torununun küçük su kaplumbağalarına bu durumda ne yaptığını hatırladım. Kendilerini sırtlarında olan ağır kabuğa gizlemişlerdi. Üzerime örtülen ve naftalin kokusundan soludukça beni zehirlemeye devam eden battaniyeye başımı gömdüm. Acaba saat kaçtı ki, diye aklımdan geçirip tekrar battaniyeden sadece baş kısmımı kurtarıp çevreye bakındım. Ortalık zindan gibi karanlıktı. Penceresi yok mu, kaldığım yerin? Babamın evinde pencereden sızan ışık duvardaki beyaz yüzlü saati görmeme yardımcı oluyordu. Ya burada... Allah dede bir kez daha tüm nefesini toplayıp bırakmıştı, şiddetli uğultuyu duyduğuma göre. Evde babam yarı açık kalmış lavabo penceresine yumruk atardı. Burada bunu yapan yok muydu? Gözlerimin yandığını hissettim. Sonradan çoktan beri ağladığımı fark ettim. Neden? Ailemi özlediğimi şiddetle hissettim. Ama neden? Onlar beni özlemiyorlardı ki. Evet, onları özlememeliydim. Hem ne anlamı vardı? Ben onlar için hiçtim. Başımı tekrar battaniyeye gömdüm. Beni bu kadın nerede tutuyordu? Burası oda değildi, oda olsa pencere de olurdu. Dışarıda aydınlatma olmasa bile cılız da olsa ay ışığı olurdu. Peki neredeydim? Bir depoda; bir paçavra gibi, eski eşya gibi, beş para etmez hizmetçi gibi buraya atılmıştım. Yattığım yatağa dokundum. Yatak değildi çünkü altı sert ve incecikti. Kendimi bir an evvel kurtulmak için bir kenara atılmış eşya gibi hissettim. Ama neden? Beni nasıl öldüreceğinin planlarını neden yapmasın? Eğer istese dün öldürmez miydi? Neden beklesin ki? Ya kim olduğumu, kimin kızı olduğumu, arkamı soran olup olmadığını araştırdıktan sonra düşünüyorsa... Arkama düşen de yoktu. Baba senin Allah belanı versin! Yattığım yerde iki kat bükülüp oturdum. Ben bu acımasız hayatla nasıl baş edecektim? Avucumu ağzıma bastım; çünkü hıçkırıkla ağlamaya başlamıştım. Dışarıdan, belli ki öbür odadan ayak sesleri duyuluyordu. Kediler uyanmış koşturuyordu. Belli ki hava aydınlanmıştı. Şimdi patroniçe de kalkacaktı. Kedilere kıyamazdı çünkü. Sesi dinledim, kedilerin miyavlaması duyuluyordu sadece. İçim ürktü, sanki mahalle insan kıtlığı yaşıyormuş hissine kapıldım. Tek kadın vardı bir yerlerde, gözden uzak... Bıçak mı biliyordu? Kapıma mı dayanacaktı? Kedileri kanımla mı besleyecekti? Hum... Hum...

Gözyaşları içinde boğuluyordum. Kendi sesimden dışarıdaki ayak seslerini duymaz olmuştum. Bugüne kadar tattığım hayattan bezmiştim. Öyle bezmiştim ki yaşayıp yaşamamak bile umurumda değildi. Ama kapının ötesinden kulağıma önce hiç duymadığım bir bebeğin ağlama sesini duyunca ağlamayı kesip "Bu da ne böyle?" diye sordum kendi kendime. "Bu moruğun kedileri bebek mi doğurdu yoksa?" diye fısıldadım. Hızlıca ayağa kalkarak kapı oradadır, diye tahmin ettiğim köşeye doğru birkaç kısa adım attım. Doğru tarafa gittiğimi daha yakından duyduğum bebeğin ağlama sesinden anlamıştım. Evde bebek mi vardı? Bu saatte misafirin gelmesi doğru mu? Babamın evinde hayır... Burası ise babamın evi değildi. Dışarıya çıksam mı? Yoksa sesimi çıkarmayıp burada mı kalsam? Sonunda ne yapmam gerektiğini bilmediğimden oracıkta beklemeye karar verdim. Korku içinde karanlık duvarın dibinde iki büklüm başıma gelecekleri bekliyordum. Dışarıda dünden beynime kazıdığım ses duyulmaya başladı.

"Yakışıklım, minnoşum..." Yok, kesin bu kadının kedilerden biri bebek doğurdu. "Anneannesinin kuzusu..."

Torunu gelmiş olmasın? Harika. Bebek sorun olmazdı ama ya annesi... Yok, kapıdan dışarı çıkmamalıydım. Ya kadına, ne işi var bu çocuğun burada, derse? Beni sokağa attırırsa? Hem benim burada daha işim bitmedi. Yumruğumu dişlerimle kemirirken olacakları beklemeye başladım. Bebek iyice huysuzlanıp huzursuz bir sesle ağlamaya başlamıştı. Benim tanıdığım ses, "Bak şuna kızım, ne istiyor ki şimdi?" diye sorarken büyük ihtimalle bebekten bir an evvel kurtulmaya hevesliydi.

"Gel buraya küçük yaramaz, anneanneni neden üzüyorsun bakalım?"

Bebeğin sesi daha da zayıf çıkmaya başlamıştı. Büyük ihtimal anne kucağına kavuşmuştu.

"Sen yoksa altını mı doldurdun? Tabii ki ya..." derken demek bebeğin altı açılmıştı.

O da susmuştu zaten. Kısa sürede yabancı ses "Anne çöp kutun neredeydi? Gene yerinde yok." diye soruyordu.

"Lavabonun altında."

Yanıt alınca ayak sesi bir kez daha duyuldu.

"Anne bu çöpte ne var böyle. Kız çocuğu kıyafetleri, burada senin evindeki çöp kutunun içinde ne işi var?"

"Ha onlar mı? Dün pazarda boş boş dolaşan bir kız çocuğuna acıyıp insanlık namına eve getirdim."

Kapıdan çıkıp "Yalancı, yalancı..." diye yüzüne bağırmak istesem de bunu yapmadım.

"Nerede?"

"Kim?"

"Çocuk anne, kim olacak?"

"Ha o kız çocuğu mu? Bilmem herhalde saklambaç oynuyor, burada koltukta yatırmıştım."

"Domuz karı" diye fısıldadım. Yumruğumu kemirmeyi bıraktığım an.

"Aman anne, dışarısı çok soğuk oraya çıkmış olmasın?"

"Ne bileyim ben kızım?"

Bilmez o bilmez, işine gelmiyor çünkü. Öfkelenme, şanslı günündesin bak, seni tanımadan senin sevenin de varmış. Kendimi kanatlanmış hissettim ve sert olan kapı koluna asıldım.

"Adı ne anne?"

"Ne bileyim kızım?"

Benim hakkımda hala konuşuyorlardı. Ama bu kez beni soran kadını canlı, kanlı önümde görüyordum. Genç biriydi bu; saçları sarı, uzun, neredeyse bele kadar inen atkuyruğu vardı. Bana gülümsüyordu. Yüz hatları yuvarlaktı. Hafiften makyaj yapmıştı. Bal rengi gözlerle beni merakla süzüp gülümsüyordu. Kucağında bebeği vardı. Bebeğe mavi şapka, mavi tulum giydirmişti. Erkekti demek. Minik yavrusunu göğsüne basmıştı. Sol eliyle poposuna hafiften vurarak onu pışpışlıyordu. Bebek biraz sesini çıkararak kıkırdıyordu ve sonunda benimle konuşmaya karar vermişti.

Daha geniş gülümseyerek "Hoş geldin." dedi, bana yaklaştı.

Başımı utanarak yere eğdim. Yüzüne bakamıyordum. Niyetimi görmesinden korkuyordum belki. Kullandığı çiçek aromalı parfüm kukusunu duyuyordum. Nefes alışverişini de...

"Nasılsın?" diye sordu.

İyi olmadığımı, annesinin tam bir deli olduğunu söylemek istiyordum; ama bunu yapamazdım, tepkisi iyi olmazdı. Belki de benim yalancının teki olduğumu sanacaktı ama içimdeki şeytan, gerçekleri anlatmak için adeta yalvarıyordu. Sustuğumu, başımı yere eğdiğimi, tabanın üzerinde sol ayağımı öne arkaya anlamsız sürttüğümün farkına bile değildim. Genç kadın beni bu sefer kolumdan tuttu.

"Bak güzelim ben seninle sadece arkadaş olmaya çalışıyorum. Niyetim asla seni üzmek değil." bunları söylerken yüzüme baktığını hissediyordum.

Ya kadın doğru söylüyorsa... Ya gerçekten benim nasıl olduğunu merak ediyorsa... Merak eden birini karşımda gördüğüm için şimdi iyiyim değil mi?

"İyiyim..." diye fısıldadım zor duyulan sesle, onun bana karşı samimiyetini görmek istesem de ben samimi değildim ve bu yüzden yüzüne bakamıyordum.

"Buna sevindim." diyen genç kadın demek ki söylediğimden şüphe duydu.

Beni hala süzdüğünü hissediyordum. Biri gerçekten nasıl olduğumu mu merak etmişti? Öyle görünüyordu. Ailemin umurunda değildim ama biri bana nasıl olduğumu soruyordu? İçim bir tuhaf olmuştu. Sanki nasıl incindiğimi yeni hissetmiş gibi hıçkırıklarla ağlamak için hazırdım. Ama sırası değildi. Genç kadının üzülmesini istemiyordum. İçim de kalktı. Dudağımı bükerek ağlamaya hazırdım.

Bunu gören kadın "Oo..." diye fısıldayarak kolumu bırakıp hızlı adımlarla annesine doğru yürüdü.

Kucağındaki bebeği onun kollarına bıraktıktan sonra aynı aceleyle bana tekrar yaklaştı. Elimden tutup oturmamız için koltuğa doğru yürüdü. Bir adım arkasından onu takip ettim.

"Otur" dediğinde yavaşça oturdum. Tabana bakarak gelecek diğer soruyu bekliyordum. Eteklerimin üzerinde sıraladığım, birbirleriyle güreştirdiğim ellerimden birini avuçlarının arasına aldı. Bana doğru yaklaşarak oturdu.

"Adın ne?" diye sorduğunda saklamalı mıyım diye fazla düşünmeden,

"Tanya" deyiverdim.

"Güzel bir adın varmış." dedi ve sanırım kendimi önemli hissetmem için tokalaşmak üzere elini uzattı. Şüphesiz karşılık verdim. Gülümsediğimi hatırlıyorum ama yüzüne bakamıyordum. Çünkü babamdan insanların hakkında bu kelimeleri duymuştum.

"Birini tanımak için bir fırın ekmek yemek gerek."

Geçmişimin kaba duvarları hep karşıma mı çıkacaktı? Kimseye güvenmeyecek miydim? Genç kadın bana bir şey söyledi. Ne söylediğini kendi kabuğunda didinen beynim algılayamadı.

"Katya... Benim adım Katya..."

Gözlerimi kaldırıp yüzüne baktım. Gülümsemek istedim ama babamdan duyduğum o kahrolası kelimeler sıralanıyordu beynimde. Ah Tanrı'm, benim güvensizliğimi görüyorsa... Tekrar... Bu kez öğretmenimin dediği beynime buyur etti:

"Birini sevmen için baştan güvenmen lazım."

Acaba kendisi kime güvenip, kime güvenmedi? Dudağımın kenarının kıvrıldığını bilmiyordum. Bunu gören Katya, "Demek adımı beğendin." Başımı belli belirsiz evet anlamında salladım. Ona güvenmek istiyordum. Bu hayatta birine güvenmek zorundaydım. Az sonra Katya'nın elini omzumda hissettim. Ben yüzüne bakmıyor olsam da gözlerimin içine merakla baktığını hissediyordum. Dokunmayan bir el tarafından işkence ediliyordum o an. Boncuk boncuk terlemeye başladım. İçim çekildi.

"Ailen var mı?" diye sordu.

Kızardım, bozardım. Emindim ondan kaçırdığım gözlerimin vahşetten bahsettiğine. Ben görüyordum; bir günü değil, on günü değil, yılları... Yılların kabuğunda ailemden cehennem karelerinin tıkıştığını. Karaya düşmüş balık gibi titriyordum, asabiyetten terim zehir kokuyordu, beynimin cenaze ritmiyle uğulduyordu. Gözlerimi yumdum, varlığımdan seken bıçak beynimdeydi. Yaşamaktan korkuyorum, ölümden korktuğumdan daha fazla.

"Ümidi ışıkta bulmalısın" dedi biri...

"Varlığını, yaşadığını hatırlamalısın" dedi öbürü. Gözlerimi açtım. Bana sırıtan dev bir uçurum... Ayaklarım hareket halinde... Nereye koşuyordum, bilemedim...

***

"Yok, kızım onun kimsesi yok. Sordum ben ona, sahipsiz. Bu yüzden..."

"Tamam anne... Uzatma, anladık..."

Katya'nın yüzünü gördüm. Benim geçmişimi duymak ona ağır geliyordu.

"Bana ne kızıyorsun kızım? Sanki ben onu sahipsiz bıraktım. İnsanlık yapıp eve aldım."

İnsanlık yapmışmış, eve almışmış. Niçin acaba? Moruk kadına ters ters baktım.

"Yalancısın..." Bağırmam an meselesi idi. Ama Katya bana sarılınca. Onun elini başımın üzerinde hissedince, onun şefkatini hissedince, kadını kaşlarımın altından süzmekle yetindim. Gördüm, moruk kadının azar işitmiş çocuk gibi başını yere eğişini, homurdanıp somurttuğunu gördüm. Ara ara kaşlarının altından kızını süzüyordu. Alındığını göstermek istiyordu. Ara ara bana öfkeyle baktığını gördüm. Büyük ihtimalle benden hıncını çıkarmak için hain planlarını hazırlıyordu. Kim bilir, bu kısa on senelik yaşamıma "Nasıl daha iğrenç çamur atabilirim?" diye düşünüyordu. Katya hayatımı aklında, gözünün önünde nasıl inşa ettiyse artık onun ağır duygu patlaması yaşadığı her halinden belliydi. Bundan sonra nasıl davranacağını bilmiyordu mesela. İç geçirdim. Omuzlarımı daha aşağı saldım. Gözyaşlarıyla dolu gözlerimi kırpıştırdım. Kadının kucağındaki bebeğe baktım. O çok mutlu bir çocuktu, biliyor muydu acaba? Bunları düşündüğüm an onun yerinde olmayı ne kadar çok istediğimi hissettim. Annemin beni azarlayarak kükrediğini duyar gibiydim o an.

"Hayatta her istediğin olmuyor Tanya, bunu bu kalın kafana sok."

Haklıydı ama istemek de suç değildi sanırım. Bunları düşünürken Katya'nın yüzünü incelediğimin farkında bile değildim. Ta ki onun bana,

"Kahvaltıda ne yemek istersin?" diye sorana kadar. Omuzlarımı silktim. Çekingenliğimi hisseden Katya, "Ama Tanya, her çocuğun sevdiği bir şey vardır. Söyle, bu ayıp değil." derken eli benim saçımda idi. Gözlerimi benim karşımda oturan, kucağında kıkırdayan bebeğin poposunu telaş içinde tartaklayan moruk kadına çevirdim. Bakışlarıyla beni parçalamaya hazır olduğunu fark edince huzursuzca kıpırdanıp bu konunun bir an evvel kapanmasını diledim. İçimde bir his, kızıyla aramızda doğan samimiyeti gören bu moruğun daha fazla sabredemeyip beni kapı dışarı edeceğinden bahsediyordu.

"Anlaşıldı, sen kendin karar veremezsin." diyen Katya ayağa kalktı.

Buzdolabından kahvaltı tabağını çıkarıp masaya koydu. Sonra annesine buzdolabında göremediği yumurtaların nerede olduğunu sordu. Moruk, "Orada rafın üzerinde, tabağın içinde olmalı." diye isteksizce de olsa cevap verdi.

Katya tekrar buzdolabına yaklaştı. Oradan çıkardığı yumurtaları küçük tencereye koyup suyu ekledi. Ocağı yakarken bana doğru başını çevirdiğini gördüm.

"Haydi Tanya, buraya gel ve bana yardım et." diye sesleniyordu.

Hızlı adımlarla ona doğru yürüdüm. Tam karşısına dikilip emrini gözlerinin içine bakarak bekledim. Bana gülümsedi, sonra çatalları ve kaşıkları çekmeceden çıkardı. Bana uzattı ve merakıyla onları ne yapacağımı bekledi. Katya sanırım, hamarat olup olmadığımı sınıyordu. Evde çoğu zaman babamla sofra kurduğumu nereden bilecekti. Çatalları ve kaşıkları doğru bildiğim gibi tabakların çevresine yerleştirdim. Az önce Katya'nın kurduğu nefis sofraya göz atınca o an iştahımın nasıl kabardığını hissettim. Bir an evvel sofraya oturmayı, kahvaltı yapmayı istiyordum. Ama arkamdan beni süzen sinsi gözleri hatırlayınca istemeyerek de olsa bir adım geri çekildim. Elinde çay dolu fincanları tutan Katya sofraya dönerek "Haydi anne, oturalım artık. Haydi Tanya sen de... Ben çok açım." dedi ve masaya doğru yürüdü.

Onu takip ettim. Moruk kadının oturmasını bekledikten sonra ben de Katya'nın yanındaki sandalyeyi çektim. Katya annesinin kucağında kıpırdamaya başlayan bebeğine uzandı. Bebek annesinin kucağını hissetti. Hafif kıpırdandıktan sonra huzurla genç kadının göğsüne yerleşti. Onu daha sıkı göğsüne bastıran

Katya bebeğin başına nazikçe dokundu. Yanağına öpücük kondurdu. Bebek derin uykunun içinde hafif gülümsedi. Katya gülümseyen bebeğinin minik alt dudağına öpücük kondurdu. Sonra sofraya dönerek eline çatalı aldı ve ekmek sepetindeki ekmeğe uzandı. Ekmeği benim tabağıma da bıraktı.

Bana bakarak "Tanya, haşlamış sosis ve yumurta senin için. Annem yemez, tabağına alır mısın? Çekinme."

Bana bakarak tabağa uzanmamı bekledi. Moruk kadının bana yapacağından korksam da sosislerden vazgeçmeye niyetim yoktu. Çatalla birini alıp ağzıma attım. Benim sofrada olmama en sonunda öfkelendiğini gizleyemeyen annesi,

"Kedilerim aç." diye homurdanarak gözlerini üzerime dikti. Aldığım ikinci sosisi tabağa bırakıp ayağa kalktım. Tam uzaklaşacaktım ki Katya:

"Otur Tanya, nereye gidiyorsun? Kediler seni tanımadığından tırmalayabilir." dedi.

Sesi soğuk çıkmıştı. Başını annesine doğru çevirerek aynı ses tonuyla "Şimdi kedilerin sırası değil, değil mi? Bırakalım biraz miyavlasınlar. Hem burada bebek var. Kapı açılırsa hepsi buraya hücum eder."

Annesi kızının sözlerini hakaret saymış tavırla başını sağa sola salladı. Onun tavırlarına iyice sinirlenen Katya:

"Anne bana kapris yapacağına biraz kulak versen. Onların kılları zehir gibidir. Eğer bebeğimin midesine kaçarsa orada iltihaba dönüşür. Hastalığa gerek yok şimdi, değil mi?" dedi.

Annesi elindeki ekmeği tabağa bıraktı. Kaşlarını alnının ortasında toplayıp, yüzünü kararttı. Onun bu şekilde surat astığını gören Katya:

"Şahane, şimdi de küs bakalım. Ne? Kedilere laf söyledik diye mi? Nedense bu evde fikrimizi söylemeye bile hakkımız yok. Öyle mi? Ya sen torunun için oda düzenleyeceğine, kedilere oda düzenledin be! Biz küsüyor muyuz? Kaç sene dilimde tüy bitti, anne kedileri azalt hatta çok seviyorsan bir tane bırak, kalanları gönder, diye... Ya sen ne yaptın, çoğalttın da çoğalttın. Yakında kendine yatacak odan olmayacak."

"Hızlı çoğalıyorlar."

"Birini ayır, onu da kısırlaştır. Huzur ver bu evde, huzur. Madem hayır yapmak istiyorsan okulun birine ya da fakir, hasta biri için hayır yap, bir hayvan için değil."

"Hayvan mı? Onlar benim çocuklarım."

Moruk sofradan kalkıp masayı terk etti. Arkasından kapıyı sertçe kapatarak kedilerin odasına girdi. Sinirinden kızaran Katya acele ederek ayağa kalktı. Koltuğun dibine bıraktığı irice çantasına yaklaştı. Oradan bebeğine birkaç kıyafet çıkardı. Sesten uyanan bebeğini koltuğa yatırıp hızlıca giydirmeye başladı. Aklıma, gidecek mi yoksa, sorusunun zehirli kan gibi sızdığını hissedince, canımın feci bir şekilde yandığını hissettim. O an beni unuttuklarını görebiliyordum. Kendi kendime, kedilere sabah uyanır uyanmaz dolapların içinde gördüğüm kuru mamadan verseydim keşke, diye homurdandım. Bak o zaman kimsenin huzuru kaçmazdı. Şimdi Katya giderse, ben ne yapacaktım? Huzurlu birkaç güne çok ihtiyacım vardı. Sıcak söze çok, hem de çok ihtiyacım vardı.

"Haydi Tanya, kahvaltıyı dışarıda da yapabiliriz, yürü."

Homurdanan Katya'ya bu kılıkla mı? Cevap vermesem de kendimi iğrenerek süzdüm. Bunu fark eden Katya, daha çok sinirlenerek:

"Ne zamandır insanlık kıyafetlerle ölçülüyor?" diye kükredi. Belki haklı idi, bilemem ama annemin babama:

"İnsanların içine çıkıyorum, insan gibi giyinmek benim de hakkım değil mi?" diye söylediğini hatırladım. Söylediği doğruydu. Pusetin içinde yatan bebekle kapıya doğru yürüyen Katya dönüp yüzüme sert bakınca daha fazla nazlanmadan ona doğru yürüdüm. Dışarıda bizi beyaz, lüks araba bekliyordu. Koşup bir an evvel sıcak olan arabaya binmek istedim. Ama kapının eşiğine gelince orada durakladım. Ayakkabılarımın bile olmadığını fark ettim. Dün akşam moruk kadın bütün varlığımı çöpe atmıştı. Hala önden yürüyüp arabaya yaklaşmak üzere olan Katya'nın başını çevirdiğinde beni o halde görünce kahvaltı hevesinden vazgeçeceğini sandım. Ama öyle olmadı. Genç kadın arabasının kapısını açıp elindeki puseti ön koltuğa yerleştirdi. Hızlıca kapıyı kapatıp aynı hızlılıkla geri döndü. Eve girip kapı arkasında olan ayakkabı dolabını karıştırmaya başladı. Beni burada, moruk kadının yanında bırakmayacağını anlayınca rahatlamıştım. Huzur içinde onu beklerken ellerimi göğsümün önünde kavuşturup arabada hareket eden bebeği tatlılıkla izledim. Bebeğin çok şanslı olduğunu ve bu konuda hiç olmadığım kadar haklı olduğumu da biliyordum. Katya sırtıma dokununca ona doğru döndüm, elindeki bana büyük gelebilecek terliklere bakakaldım. Bana hiç uygun olmasalar da Katya onları yere bıraktığı an büyük hevesle ayağıma geçirip onu takip ettim. Arabanın ötesinde gördüğüm sokaklar, bulutlu havaya rağmen bugün renkli ve neşeliydi. Yüksek apartmanlar göğsünü gere gere sevgisinden bahsediyordu. Benim okulda, resim defterimde net ve göze fazla renkli görünen sokaklar vardı burada.

"Lüks bir hayatta korku daha fazla vardır."

Bu kelimeleri filmin birinde duymuştum ve nedense sokakları izlerken aklıma gelmişti. Doğru muydu acaba? Söyleyen babamın yaşında bir adam olunca... Evlerin korkuları var mıydı ki? Vardı. Depremler. Huzuru kaçıran düşünceden kurtulmak için ön koltukta uyuyan bebeğe doğru eğildim. Beni daha yakınlarda hisseden Katya:

"Tanya nereye gitmek istersin?" diye sordu.

Başımı eğerek sussam da tabii ki gitmek istediğim yer vardı. Sınıfta havalı kızların gittiği "Manana Kafe"ye mesela... Orada yedikleri kruvasandan ben de tatmak istiyordum. Bunları hayal ederken dün akşam kedilere ait yemek kaplarını temizlediğimden tırnaklarımın kirli olduğunu fark ettim. Silkindim. Manana Kafe'nin iyi bir fikir olmadığını anlamıştım. Okulda beğendiğim çocuğun gittiği kafe mesela... Bu kılıkla oraya nasıl gidebilirdim? Gözlerimi utanarak kaldırdım ve Katya'nın hala beni dikiz aynasından süzdüğünü gördüm. Sanırım cevabı geciktirdiğimden olacak düşüncelerimi okumaya çalışıyordu.

"Evet küçük hanım, madem kararını bana bıraktın, sonradan mızmızlanmak yok."

İçimden koca bir kahkaha patlattım. Mızmızlanmak mı? Buna hakım var mı ki? Annemin sesi kulaklarımı çınlattı:

"Sus! Sus Allah'ın cezası... Hayatımızı zehirlediğin yetmezmiş gibi hala da mızmızlanıyorsun!"

Anılarım yüzüme nasıl sert, acımasız pençe atıysa, kaşlarımı nasıl çatıysam Katya ağlamak için hazırlanan bebeğini unutup bana doğru dönerek:

"Çok mu hızlı sürüyorum arabayı, korktun mu?" diye sordu.

"Hayır!" desem de inandığını sanmıyorum; çünkü araba yavaşlıyordu. O an pencerenin ötesinde gördüğüm sokak bizi daha yavaş terk ediyordu mesela. Gördüğüm kareler daha belirgindi. Daha korkunç.... Belki de daha sevimli. Önümüzde uzayan yolların kördüğümle birbirlerine kenetlendiği de aşikardı. Karışık düşüncelerin beni kendi havuzunda boğduğu vakitti o vakit. Arabanın içinde ki bebek iyice yaygarayı basarak kendini hatırlattıkça ben de silkindim. Ona doğru dönerek "Neden ağlıyor acaba?" sorusuna takılıp kaldım. Ta ki annesi onun dilsiz halini tercüme edene kadar:

"Acıktın mı bebeğim? Biliyorum tatlım... Ablan da acıktı ama sabretmeyi biliyor, değil mi?"

Abla, kelimesini söylerken bana dönüp baktığından benden bahsettiğini anlamıştım. Gülümsedim. Annemin de Lilia'ya "Tanya senden birkaç dakika önce doğdu." diye söylediğini duymuştum; ama Lilia bana şakacıkla bile ablam, ablacım kelimesini hiçbir zaman söylememişti. Oysa ne kadar çok sevinirdim. O benden ya korkuyor ya da beni sevmiyordu. Bunu hissediyordum. Ağlama sesi arabanın içini doldurunca Katya, bebeğin yakasına tutuşturulmuş emziğini ağzına tıkıştırdı. Kısa sürede ise arabayı ilerideki sokağın köşesine park etti. Bu sokağı biliyordum. İleride dev bir alışveriş mağazası vardı. Babam beni ve Lilia'yı okuldan istenen defteri, kalemi almak için senede sadece bir kez getirirdi. Katya ile beraber mağazaya girdiğimiz an o günlerde yaşadığım heyecanı hissetmiştim. Ailemi özlüyordum. Ama ne yazık ki onların umurunda bile değildim. Ben elektro merdivenlere doğru yürüdüğümde Katya kibarca bana seslenerek onu takip etmem gerektiğini söyledi. Oysa içinde sindy bebek olan oyuncak mağazasına girmek için ne kadar da acele etmiştim. Babama her seferinde kırmızı elbiseli sindy bebeği almak için yalvarsam da o sert sesle:

"Ona paramız yok!" diye kükrerdi. Sadece yarım adım önde yürüyen Katya, pusetin içinde gözleri açık çevreyi izleyen, sürekli kıpırdayan bebeğiyle ilerideki küçük kafenin kapısını araladı. Kafeye girmeden önce dönüp bana bakan kadına kısa gülümseyip boşta kalan sıcak ellerinden birini tuttum. Beyaz masanın çevresine oturduğumuzda ilk baktığım şey diğer masalarda oturan kalabalığın ne yediği olmuştu. Karnım açtı ve yedikleri püre ile köfteyi ben de istiyordum. Garson iki masadan sonra bize de fırsat bulup yanımıza ne alacağımızı sormak için geldi. Katya'nın ilk isteği acil olarak kaynamış ve ılıtılmış bir bardak suydu. Arkasından ne önereceklerini sordu. Garson tavuk çorbadan bahsettiği an, ben komşu masadaki köfte dolu tabağa hala bakıyordum. Ağzım sulanmıştı, açlığımı ise daha çok hissediyordum. Garsonun daha neleri sıraladığını bilmiyorum ama Katya bana ne istediğimi sormak için döndüğünde ben cesaret edip köfte istediğimi söyleyemedim. Birkaç dakika sonra bebek için istenen suyu beyaz önlüklü genç bir kız getirdi. Onun gözlerinin içine baktım. Onun da bana bakmasını istedim. Küçük hanım siz ne alırdınız, diye sormasını istedim. Ama kız annesinin kucağında tatlı tatlı kıpırdayan bebekten gözlerini ayıramayınca doğal olarak beni görmedi. Katya çantadan çıkardığı biberona bebek resimli kutudan iki kaşık toz halinde olan mamasını boşalttı. Üzerine suyu ekledi. Şişeyi hızlıca salladı. Bebek annesinin el hareketini izleyerek susmuştu. Onun yemeği önünde idi ya benim... Katya annem olsaydı, fikri beynime ok gibi girince gırtlağıma koca kaya yuvarlanmış gibi tıkandım.

"Tanya, köfteleri soğutma." diye seslenen Katya'nın yüzüne utancımdan bakamadım. Sessiz sedasız elime çatalı alıp köftenin birine batırdım. Köfteyi tam ağzıma götürdüm ki Lilia'nın yüzü gözümün önünde belirdi. Suskundu. Ama belli ki öfkeli idi. Peki neden? Bu soruyu düşünerek köfteyi ağırdan çiğneyip yuttum. Önümde duran kola dolu bardağa uzandığım an Lilia gözümün önünden kaybolmuştu. Onu yakınlarda hissediyordum. Bana öfkelendiği zamanlarda peşimi bırakmazdı. Kinini diline vurarak kusmasa da bakışlarıyla bunu hep hissettirirdi. Huzurumun kaçmasını beklerdi. Kaçmıştı işte! Önümde oturan ve sakin yüz ifadesiyle kendini yemeğe veren kadına:

"Benden ne istiyorsun? Bana neden iyi davranıyorsun? Acıdığın için mi? Cadı anana yoldaş olayım, diye mi? Aklında ne var?" diye bağırmak istedim. Kafam çok karışık ve yorgundu. Kime güveneceğimi, kimi seveceğimi bilmiyordum; kestiremiyordum. Babamın anneme defalarca bu kelimeleri bağırdığını hatırlıyorum.

"Biri sana iyilik yapıyorsa geç de olsa karşılığını alır. Bu insanın yapısında vardır. Al gülüm, ver gülüm hesabı."

Ama ben bir çocuktum. Benden bekledikleri ne olabilirdi?

"Tanya, sen iyi misin?"

"Anneniz bana kızdı mı acaba? Sonuçta beni çamurun içinden kaldırdı."

Bunları söylediğim an samimi değildim ama aralarındaki yaşanan gerginliğin faturasını ben ödemek istemiyordum. Kendimi bildim bileli evdeki kavgaların cezasını en ağır şekilde ben ödüyordum. O günleri unutamıyordum. Evde yaşanan kavganın hemen arkasından gözlerine battığımı, sırf terlikleri tabana sürerek yürüyorum diye deliye dönen annemin tekme tokat üzerime yürüdüğünü ve çenemden kopan iki dişimden birini korkumdan yutuşumu... Bu yüzden her insanın içinde canavarın olduğunu görür, hissederdim. Tıpkı karşımda huzurlu yüz ifadesiyle oturan bu kadının içinde gördüğüm gibi... Tabaktaki köfteleri, kızarmış patatesleri ne zaman çiğneyip yuttuğumun farkında değildim. İçimde hep aç kalma korkusu vardı. Nasıl olmasaydı? Delirmiş ailem çocukların gün boyu ne yediğini defalarca unutursa... İçimde birinin, birilerinin ağladığını hissediyorum. Sesleri çok yakındı. Eşlik etmemem imkansızdı. Şimdi mi? Sordum kendime, sonra acı bir biçimde güldüm, arkasından iri gözyaşlarımı sildim. Ben zaten ağlıyordum. Gözyaşları boş, kirli tabağın içinde birer birer birleşiyordu. Tabağın dibi hızla dolmaya başladı. Katya ağladığımı fark etmese bari, diye düşündüm ki onun ayağa kalktığını gördüm. Elinde bebeğinin puseti vardı. Nereye gidiyordu? Beni terk mi edecekti? Şimdi mi? Düşündüğümde onun bana doğru döndüğünü gördüm. Bakışlarında öfkeyle karışık hüzün vardı. Beni ilk kez gördüğü gibi inceliyordu ve sonunda beklediğim, dilediğim kelimeleri söylemiş oldu.

"Gel, gidiyoruz."

Onu takip ettim. Benim için nereye gideceğimizin anlamı yoktu, yeter ki yanımda insan varlığının olduğunu bileyim. Katya kasaya yaklaşıp hesabı ödedi. Pusetin içinde yatan bebek kıpırdandı. Onu bir kez daha çok ama çok şanslı gördüm. Her yerde, bu renkli alışveriş merkezinin tam ortasında bile sıcacık sarılıp sarmalanmış uyuyordu. Karnı toktu. Yanında onun istediği her şeyi satın alabilecek kadar parası olan annesi vardı. Dışarıda bekleyen sıcacık araba ve tabii ki onların yolunu gözleyen babası... Gülümsedim. Düşünmek bile insana huzur veriyorsa huzurun ta kendisi vahşi bir mutluluk mudur acaba? Katya dönüp bana baktığında bu kez beni gülümserken yakaladı. Başını sağa sola çevirerek sanırım deli olmadığıma ikna olmaya çalışıyordu. Tanrı bilir... Bunu ben bile bilmiyordum. Ama bazen kendimden korktuğum günler de olmuştu. Elektro merdivenlere doğru yürüdük. Bugün pazar değildi. Peki bu insanlar? Herkes huzurlu ve herkesin parası mı var? Öndeki yaşlı kadın elektro basamakları kızının yardımıyla tamamladı. Ben Katya'nın elini tutmayı düşündüm. Yanımda birinin olduğunu hissetmek istedim. Ama bunu yapmadım. Arkasından adımlarını takip etmekle yetindim. Katya mağazanın çocuk reyonuna doğru yürüdü. Arkasından acaba benim için mi... Sevinerek katıldım. Ama onun bebeğe baktığını görünce şüpheye düşerek sevinmekle erken davrandığımı anladım. Annem değildi, babam değildi, o beni mi düşünecekti? Ama yanılmışım, Katya beni kolunun altına alarak kendine yaklaştırdı. Bize gülümseyen tezgahtar kıza:

"Tanya 'ya birkaç elbise almak istiyorum, yardımcı olur musunuz?" diye sordu.

Kız beni şaşkın bakışlarla süzdü. Sonra Katya'yı incelemeye başladı. Katya sade şıklıkla zenginliğin dilinde konuşuyordu. Pantolonu siyah deridendi. Uzun, siyah, deri montun altına ince mor kazak giymişti. Parlayan gözlere, güzel yüze sahipti. Ya ben... Önümde ayna olmasa da suratsız, korkak göründüğümü biliyordum. Ya üzerimdeki rezil kıyafetler... Tezgahtar ne düşündü ki acaba? Soruya takılsam da cevabı zaten biliyordum. Beni sokakta rastladığı dilencilerden biri sanmıştır. Öyle idi de zaten.

Sokakta rastlamasa da sonuçta onun gözünde dilenciydim. Evet, kimsesiz, bakıma muhtaç dilenci. Yanından geçip yüzüne bile bakmadıkları kirli dilencilerden sadece biriydim. Annesi olmayan, belki de babası belli olmayan birilerinin günah keçisi olarak görüyordu beni. Yoksa neden iğrenerek baksınlar ki? Sonuçta üzerimdekiler eski, soluk olsa da temizdi. Bu tezgahtarın bakışlarında tiksinti ve korku okuyordum. Neden, ben canavar mıydım? Yoksa Azrail'in ta kendisi? Katya benim sırtıma dokunarak tezgahtarı takip etmemi istedi. Tutuk adımları atsam da onun dediğini yaptım. Tezgahtarın hiç zahmette bulunmadan, ne yakışacağını düşünmeden seçtiği elbiseleri denemek için kabine girdim. Kendimi dev bir aynada süzdüğüm an iğrenç duyguya kapıldım; iğrenme duygusu, bende gördükleri iğrenti duygusu... Titredim, parmaklarım kasıldı. Şiddete hazırlanıyorlardı sanki. Gırtlağıma doğru hareket ettiler, boynuma dolandılar, yaşamım boyunca bir kırıntı mutlu olduğum günlerdeki düşlerimin o an yok olduğunu hissettim. Her yönden dilenci kelimesini duyuyordum. Tanıdık yüzler bile bana:

"Dilenci! Dilenci! Dilenci!" diye sesleniyordu.

"Hayır! Hayır! Hayır!" diye yırtınsam da yalvarsam da... Annemin, babamın Lilia'nın yakasına "Doğruyu söyleyin!" diye yapışsam da nafile... Hiç kimseden, hiçbir yerden beni savunacak kelimeleri duymuyordum, beni tanımıyorlardı bile ve sonunda Lilia'nın sabrının taştığını gördüm. Tam benden uzaklaşmaya karar verirken geriye döndü.

"Evet, sen dilencisin! Dilencisin!" Yüzüme bakarak avazı çıkana kadar bağırmaya başladı. O an beynime kan sıçradı. Bana bunu nasıl yaparlardı? Ama yaptılar değil mi? Beni hiçe sayıp, unuttular. Varlığımı unuttular. Oysa ben, ben bahçede kurumuş ağacı bile unutmadım. Üstüne üstlük ben odun değil, insandım. Onlara ait candım, onların yarattığı bedendim, bu yeterli sebep değil mi? İnsan olmak yeterli değil mi?

"Dilenci! Dilenci!" Öyle mi? Kontrolümü kaybettim. Zihnimin mantık oluklarının o an sonsuza mühürlediğinin farkına varmadım mesela. Sonsuza... Sonsuza... Orada duvarda asılı olan aynaya saldırdığımı bilmiyordum. Taşlı zeminde dağılan aynayı korkuyla izlediğimi biliyorum sadece, ani refleksle sürgülü kapının sırtına duvar kâğıdı gibi yapıştığımı... Artık kıpırdamıyordum, sesleri de duymuyordum. Yerlerde onlarca kırık ayna vardı. Sol ayağımın üzerinden yolunu kaybetmiş kan şeridi az önce ayaklarımın arasından akan idrarla birleşerek zemine ulaşıyordu. Ağlamıyordum. Dilim tutulmuştu. Ayaklarımın altında aynaların içinden onlarca dilenci, korku içinde bana bakıp titriyordu. Az sonra aynalara farklı ışık düştü. Sarı parlak ışıktı bu. Bir yerlerde bebek ağlıyordu. Aynaların birkaçından bana bakan Katya:

"Ne oldu burada?" diye soruyordu. Başımı çevirip onun yüzüne baktım. İçimde sıkışıp kalmış gözyaşlarıyla ağlamaya başladım. Titrek sesle:

"Bilmiyorum" diye geveledim.

Teselli bekledim, annemden teselli bekledim, babamdan teselli bekledim, çevremden teselli bekledim ama herkes susmuştu. Katya gitmiş miydi yoksa? Başımı kaldırdım. Orada idi. Bana korku içinde bakıyor, kıpırdamıyordu. Bebek yırtınıyordu. Kalabalık çoğalıyordu. Aralarında fısıldıyor, merak içinde beni süzüyorlardı. Dilenci gibi, pis bir şeymişim gibi... Birden kalabalığın arasından tezgahtar kızın bana doğru koştuğunu gördüm. Ağzını avucunla kapatarak:

"Hiii..." sesini çıkardı. Sonra Katya'ya döndü.

"Kızınızın kırdığı aynanın parasını ödemek zorundasınız hanımefendi..."

Katya'nın yüzüne yalvaran gözlerimle baktım.

"Lütfen!" demek istedim sustum. "Bana kıyma." demek istedim sustum.

"O benim kızım değil!"

Tezgahtarın gözleri irileşti. Çevredekiler arasında öfkeli fısıldaşmalar başladı. Herkes bana bakıyor, olacakları bekliyordu.

"Peki, bu kim?" diye soru duyuldu. Katya yüzüme baktı. Belli ki bende kimlik aradı. Yutkundu ve sonunda:

"Bu... Bu... Bu..." diye fısıldadı. Bakışlar ona doğru çoğaldı. Peki neden susuyordu? Hani beni kızı yerine koyarak buralara getirmişti. Şimdi ne oldu? Aynalara baktım. Onları tekmeleyerek daha ufak kırmak istedim. Kasıldım, kırmak için tüm gücümle kasıldım ama yapamadım. Boğazımı tıkayan kaya parçasını yutmaya çalıştım, yapamadım. İçimde hızla çoğalan öfke alevini söndüremedim. Bir gün beni yakacağını bile bile bunu yapamadım. Tanrı'ya sığınmak istedim bilinçsizce, suçluyu aramayı bıraktım. Eğer içimden geçeni yapsaydım olacakları biliyordum. İnsanların üzerime yürüyeceklerini tahmin ediyordum. Katya'ya baktım, beni bu dertten kurtar, diye yalvarmak istedim. Babamın sıkıntılarından kurtulmak için Tanrı'ya yalvardığı gibi.... Katya'nın gerçeği söylemesini istedim. En azından bana acıdığı için yanına aldığını, üzerimde elbise olmadığından buraya getirdiğini... Yalnız buralara girmediğimi... Beni kollamalıydı. Bunu yapmalıydı. Beni hırsız sanacaklarından korkuyordum. Onun gözünün içine yalvarırcasına bakıp, yutkundum ve sonunda Katya yaşadığı şoktan kurtulup koluma asıldı:

"Yürü! Yürü!" Kelimelerini tekrarlayarak beni oradan sürükledi.

14.

LİLİA'DAN

Beynim bomboş... Göz perde renksiz... Zihnim kötülüğü yok etmek için çemberin içinde koşuşturan sincap gibi paralanmakta. Zafer mi? Gözümün erişemediği uzaklıkta. Çevrem mi? Sessizce dans eden mat bir bulut ordusundan ibaret. Amaçlarını hissediyordum; beni sevmek, bana yol açmak... Bir ara sanki gülümsedim, kendimi fazlasıyla huzurlu hissettim, içim sevinçle doldu, koşmaya başladım, hızlı daha hızlı... Bulutlara yaklaştım, nedense durakladım. Aralarında tuhaf bir şey görür gibiydim. Evet, görmüştüm. Yok. Önce tren sesini duymuştum, kulağa hoş ve sıcak gelen. Sonra orada, bulutların arasında bana yaklaşan treni gördüm. Uzundu, yeniydi, pırıl pırıl parlıyordu. Pencerelerini gördüm, sessiz alkışlayan insanları ve onu gördüm. Nodari'yi gördüm. Beyaz takım elbise giymişti. Sadece kravatı kan kırmızı idi. Kana bulanmış gibi, kırmızı. Bana el sallıyordu. Gülümsüyordu. Şekilli dudaklarını kıpırdatarak yanına yaklaşmamı istiyordu. Acele ettim. Bulutların arasında adım atmaya çalıştım. Zordu; çünkü her biri üzerimde kalıp ağırlaşıyordu. Vazgeçmedim, inatla ona yaklaşmak için terledim. Artık yaklaşmak üzereyken bana doğru uzattığı eline uzandım. Dokunmak için istedim ama Allah kahretsin bulutlar aşağı kaydı. Beni yanlarına doğru sürükledi. Ona dokunamadan sürükledi. Korktum... Çok korktum... Başımı arkaya çevirip, nereye sürüklendiğime bakındım ve gördüm. O korkunç manzarayı gördüm, kanı gördüm, yaralı kızlarımı gördüm. Dünya kanla ıslanmış ölülerle dolmuştu, boğulduğumu hissettim. Nefes almak için terledim, beceremedim. Ölüler burada havanın olmadığını fısıldadılar, şaşırdım. "Havasız hayat mı olur?" diye söylendim. Kaşlarını çattılar. Ağlamak için dudaklarını büzdüler.

"Ama biz yaşıyoruz." dediler. Üzerime çullanmak için doğrulmaya çalıştılar. Korkudan öleceğimi sandım. Hayır! Hayır! Bulutlara doğru koşmak için terledim. Adım atmak güçtü. Birden gövdem şiddetle, ağır sancıyla sarsıldı. Bir kez daha sarsıldı ve birden biri tarafından itilerek görünmez uçurumun karanlığında duvarlara gövdemden etleri bırakarak kilometrelerce düştüm. Düştüm... Ama ben yenilmemeliydim. Ellerimi açtım... Ciğerlerimi havayla doldurmaya çalıştım ve başardım. Nefes aldım. Evet, nefes aldım. Nefes aldım. Nefes aldım. Karanlıktı... Soğuktu ama hava vardı. Sanki sesleri de duyuyordum. Seslerin rengi tamamen farklıydı. Kaba. Sanki ses bana yaklaştı. Arkasından iki kişinin boğuk, daha sakin konuşmalarını duydum. Ne konuştukları anlaşılmıyordu ama hala bağırdıklarını belliydi. Korkuya sarıldım. Neredeydim? Kıpırdamaya çalıştım, beceremedim. Güç denen şey eriyip gövdemi terk etmişti. Gövdemde, başımın içinde birileri balyoz sallıyor; hava tüneli kazmak için benimle bir terliyordu. Kan kokusunu duyuyordum, daha doğrusu leş kokusunu... Soğuk, titredim. Oradan kaçmayı denedim. Sarsıldığımı, bir yere düştüğümü hissettim. Tırnaklarımı insanın etinden daha sert, soğuk kumaşla kaplı zemine geçirdim. Daraldım... Nefes almak için terledim... Hissettim... Havanın soğukluğunu ciğerlerimde hissettim. Yanaklarımda ıslak gözyaşlarımı hissettim. Yüreğim bir kez daha iki kara duvarın ortasında can verircesine daraldı; inledim... Arkasından ayak sesi duyar gibi oldum. Biri yanıma yaklaşmak için mi koştu? Üzerime mi eğildi? Bu bir gölge miydi? Bir yüz mü görüyordum? Evet, bulutların arkasında gizleniyordu. Kim olduğunu seçemiyordum. Dudak şekli mi kıpırdadı? Ne söylüyordu? Sessizlikte ayak sesini mi duydum? Sert bir şekilde kapı mı çarpıldı? Birileri bir yerlerden mi kaçıyordu? Ama gölge oradaydı, başımın arkasında. Durdu, durdu sonra uzaklaştı. Nereye? Kirpiklerin arasına sıkışmış silik çizgiden onu görmek için sulu göz bebeklerime yüklendim. Bir erkek gövdesi yolunu kaybetmiş gibi, iki metrelik mesafede aşağı yukarı hareket ediyordu. Başı eğikti. Elleri ise ceplerinin içindeydi. Üzerinde asker üniforması vardı. Kıpırdıyordu ama benden daha çaresiz görünüyordu. Beyninin içinde akıl vereni arar gibi bir hal vardı. Ne düşünüyordu? Beni mi düşünüyordu? Benim orada ne işim vardı? Adam kimdi? Bana ne ceza verecekti? Kim olduğumu mu soracaktı? Ne söyleyecektim? Gerçeği mi? Hangi gerçeği? Gerçeğim neydi? Hafızamı zorladım ve gördüm... Gördüm, gördüm, hatırladım. Arabanın içinde sarsıldıkça, betondan duvara daha çok yaklaştığımızı gördüm. Arabayı kullanan bu adam mıydı? Hatırlamıyorum; yüzünü hatırlamıyorum. Hayır, arabayı kullanan başkasıydı, asker değildi. Kaçmalıydım. Geride gerçeği bırakarak buradan da kaçmalıydım ama nereye? Neden hareket edemiyordum. Neden vahşi sancı bana can alırcasına saldırıyordu? Neden dudaklarım kendini paralayarak bilmediğim vahşi sesle titriyordu? Dişlerimin arasına sıkışmıştı, ısırıyordum. Neden gövdem vahşi acıdan kurtulmuyordu? Oysa kaçmalıydım; evet, kaçmalıydım. Biri omuzlarımdan tutarak sarsılan bedenimi durdurmaya çalıştı sanırım, freş losyon kokan biri. Puslu göz perdemin ötesinden kim olduğunu seçmeye çalıştım. Demin gördüğüm adamdı bu. Öfkesini bastırarak biraz da yalvarırcasına:

"Sakin ol." diye sesleniyordu. Ona daha iri açılmış gözlerle bakmaya çalıştım. Omuzlarımı bırakıp benden uzaklaştı. Cebinden telefonunu çıkardı. Belli ki ezbere bildiği numarayı tuşladı. Kimi arıyordu? Ona elimi uzatmaya; lütfen, demeye çalıştım. Polisleri aramasını istemiyordum. Sözlerim içimde kayboldu. Sesim inlemeyle bir çıkmıştı. Ne söylediğimi ben bile çözemedim. Ağrım şiddetlendikçe öfkemi de korkumu da kaybettim. Başıma gelecekleri ağır sancılarla beklemeye başladım. Başıma daha kötü ne gelebilirdi? Düşünerek kendimi teselli etmeye çalıştım. Ben de dünya rekoruna girebilecek dev büyüklükte kötülük çeken mıknatısın var olduğunu düşündüm. Çaresizdim. İki kişinin katili damgasıyla hapishaneye girmek de vardı?

Orada utancımın, kızımın ağır lafları peşimi bırakır mıydı? Ölürdüm! Evet, ölürdüm! Gözlerimi adama doğru çevirdim. Bir yerlerden demir ayaklı sandalye kucaklamış bana doğru geliyordu. İki adımdan sonra sandalyeyi tam baş ucuma yerleştirip oturdu. Korku dolu bakışlarla sanırım, yaşayıp yaşamayacağımı aklından geçirerek beni süzdü. Maalesef, hala nefes alıyordum. Maalesef hala bendim. Maalesef anılarım tümüyle hala aklımdaydı. Gözlerimi kapattım. Beynimi boşaltmaya çalıştım. Tanrı'ya, sancılarımın az da olsa dinmesi için yalvardım. Belki de ilk kez hayatımda zamanın durmasını istemiştim. Canım yanıyordu ve bir an evvel bu işkencenin sona ermesi gerekiyordu. Doktor şarttı ama... Kapı yumruklandığında silkelendim. Yattığım sert koltukta ufalmak, hatta tamamen kaybolmak niyetiyle büzüldükçe büzüldüm. Kaşlarımın altından kapıya doğru hızla yürüyen adamı izledim. Kapı koluna asılınca gözlerimi sertçe yumup nefesimi kestim. Kim gelmişti acaba?

"Merhaba." Ses telaşlı duyuluyordu. Sanırım bayana aitti.

"Geç. Kız burada..." dedi adam.

Tek bir kişinin ayak sesi duyuldu. Sanırım adam sokağa gelen bayanın takip edilip edilmediğine bakınıyordu. Neyse ki geç de olsa kapı kapandı. İkisi yanı başımdaydı. Benim duyamayacağım sesle aralarında fısıldıyorlardı. Belki de ölmemden korkuyorlardı. Bayan bana doğru eğildi. Göz kapaklarımı aralamak için dokundu. Gözlerimde ne aradığını ya da ne gördüğünü bilmiyorum, arkasından: "Durum oldukça ciddi görünüyor." diye geveledi.

Telaşlı tavırla yanında getirdiği deri çantasına eğildi. Açılmakta olan fermuar sesi duyuldu. Bayanın puslu gölgesi doğruldu. Elinde sanırım tansiyon aleti vardı. Yanı başımdaki hazırda bulduğu sandalyenin birine oturdu. Tansiyon ölçerin manşonunu koluma sardı. Bu işi yaparken yüzüme bakıyor, büyük olasılıkla kim olduğumu düşünüyordu. Stetoskopun soğuk metalini kolumda atan damarın üzerine yerleştirdi. Kaygılı görünüyordu. Kaygının bana ait olduğunu sanmıyorum. En azından sadece bana ait değildi. Sık sık benim yattığım koltuğa yaklaşan biraz orada dikilip sonra yeniden uzaklaşan adama baktığına göre endişelendiği aşikardı. Neredeydim? Kimin evinde idim ki acaba? Bu insanlar kimdi?

"Tansiyonu oldukça düşük. Nabzı zayıf. Kusma falan... "

"Hayır, kusmadı. Sol kaburgalarında çatlak olabileceğini düşünüyorum. Sağ ayağında kaval kemiği kırık. Sardım. Başına darbe almış ama şiddetli değil, dikiş gerekmiyor. Bu geceyi atlatırsa..."

Genç kadın ince kaşlarını alnının ortasında topladı. Bal rengi gözlerini şaşkın korku içinde oldukça iri açarak:

"Yapma Stefan... Oğlunu korumaya çalışıyorsun biliyorum ama..." emredici, baskın sesiyle söylemeye kalmadı; öfkeden yüzü moraran adam ellerini havaya kaldırıp sertçe indirdikten sonra:

"Sence ben ikna olacakmış gibi mi duruyorum?" diye bağırdı.

"Haydi ama, zaman bu talihsiz kıza karşı işliyor."

"Söylediğim gibi, kusma yok. Bu da gösteriyor ki..."

Adam konuşurken bayan ondan uzaklaşarak yürüdü. Gözlerimi kapattım. "Şimdi ne olacak?" Düşüncesiyle sarsılıp yattığım yerde kaskatı kasıldım. Bir yerlerden su sesi duyuldu. Genç kadın belli ki ellerini yıkamak için lavaboya gitmişti. Gözlerimi açtığımda Stefan anlamsız adımlarla başı eğik dolanıyor, alt dudağını kemiriyordu. Sonunda su sesi kesildi. Ayak sesi duyuldu. Bana yaklaşıyordu. Başımı çevirdim ve bayanı gördüm. Stefan'ın karşısında duruyordu.

"Kararlısın? Burada kalıyor öyle mi?"

Adam cevap yerine başını evet anlamında salladı. Ona hayranlıkla bakmış olabilirdim. Beni kolladığına inanmıştım nedense? Belki de yanılıyordum. Belki de bayanın dediği gibi oğlunu kolluyordu? Sebep ne olursa olsun emin ellerde olduğuma inandırmıştım kendimi. Bayana baktım. Yerde bıraktığı çantasına eğildi. Oradan enjektörlerden ve kutulardan birini çıkardığını gördüğümde biraz olsun yumuşadığını, çaresizce bana yardım elini uzatabileceğini hissettim. Sık sık karnımın içindeki bıçak darbesine benzer ağrıdan dudağımı ısırıp inledim. Dayanılmaz ağrılardan bir an delireceğimi sandım. Bana enjektörle yaklaşan genç kadının yüzüne minnetle gülümsemeye çalışsam da bunu başardığımı sanmıyorum. Genç kadın üzerime eğilip benim duyabileceğim sesle:

"Sana ağrı kesici iğne yapmak zorundayım. Senin de bana yardım etmen gerekir." diye fısıldadı.

Sola dönerek üzerimde benim olmayan eşofmanı kalçamın üst kısmı açılacak şekilde sıyırdım. Bu adam hangi arada üzerimdekileri çıkarıp ayağımı sardı, diye düşünmeye, hatırlamaya çalıştım. Zihnim bu evde yaşanan anılara karşı boştu. İğnenin kalçama batırıldığını, göğsümün şiddetli ağrısından hissetmesem de kana karışan ilaç canımı yakmıştı. Yüzümü nasıl ekşittiysem başımı çevirdiğimde iki kişinin bana acıyarak baktığını, aralarında fısıldadığını gördüm. Stefan, düştüğü çıkmazın ona verdiği sorumluluktan mı; oğluna, belki de bana duyduğu öfkeden mi kızarmıştı? Genç Bayan, benden kurtulması için Stefan'ı ikna etmeye çalışıyordu. İkisi başımda dikilip beni izliyorlardı. Sonunda, genç kadın sabredemeyip:

"Yapma ama... Bence bayanla konuşursan, onu ikna edebilirsin. Sesini çıkarmaması için parayı verip göndermelisin."

"Ne iknası?"

Cevap veren Stefan, öfkeye daha derin büründüğünü belli ediyordu. Kim bilir ne düşünüyordu? Belki bir yerlerde ölmemden korkuyordu ya da ne bileyim belki benim kim olduğumu bularak oğlunu benden kurtarmak için ipuçları arıyordu. Arabada benim bulunmamı neye bağlıyordu, Allah bilir. Ya oğlunun başının belası olduğumu düşünüyorsa... Ya aramızda duygu bağının olduğunu düşünüyorsa... Aman aman, bunun altından mümkün değil, çıkamazdım. Gözlerimi yumdum. Allah kahretsin, bu iki kişi benim boktan kaderime bilinçsizce burnunu sokarlarsa yandım. Sürgüne mi sürüklenecektim? Buna izin veremezdim ama bu halde nasıl engel olurdum ki? Sanırım kaba olmam gerekirdi. Çaresiz olduğumu eğer öğrenirlerse... Eğer öğrenirlerse... Yandım. Alacaklı gibi davranmalı mıyım? "Mağdurum ama suç benim değil." demeli miyim? "Kazaya sebep ben değilim." Demeliydim. Başka çarem de yoktu. Başka çıkış yolu da yoktu. Allah kahretsin ki yoktu. Burada bir müddet bakılmalıydım. Sokağa çıkamazdım. Evet, sokağa çıkamazdım, Tanya'yı parçalamaya hazır adamların eline düşemezdim. Stefan bana kim olduğumu soracaktı. Üniformalı bu adamın beni rahat bırakacağını sanmıyorum. Ne konuşacağımı bilmeliyim. Evet, bilmeliyim. Meslekten dolayı onu kandırmak kolay olmayacaktı. Eğer boktan kaderim olmasaydı, kimseyi, özellikle de bana yardım elini uzatanı kandırmaya niyetim yoktu. Bu iki kişiyle arkadaş olup sohbet etmeyi denerdim. Çıkmazdan kurtulmak için çırpındığımda, sadece bana zaman tanımalarını isterdim, iyileşene kadar. Peki evimi, ailemi sorunca... Kime haber vermeyi istediğimi sorunca... Ne demeliydim? Ailem var mıydı ki? İkizim kayıptı, annem denilen kadınsa kendini bilmez alkoliğin tekiydi. İki kızını birbirlerinden ayırt etme kabiliyeti bile olmayan, hayata kör biriydi. Beni kollayacağı, benim yarama ya da felaket dolu kaderime merhem olacağı mı beklenirdi? Bak burada yanılıyorlar işte. Aile, diye kime demeliydim? Bu kelimeleri sadece bu iki kişi değil de bütün dünyadaki varlıklara ulaşacak güçte haykırma arzusuyla yüreğim kabardı. Dişlerimi sıktım. Bakışlarımı bu iki kişiye çevirdim. Tedirginlikle kasıldım. Titriyordum. Vücudumda dolaşan sancılardan, korkumdan titriyordum. Bu iki yabancının yok olmalarını arzuladım. İnsanların dünyadan yok olmasını arzuladım. Rahat nefes almak istiyordum. Bana ait... Tanrı'mın bana verdiği nefesi duymak; var olduğumu, var olacağımı duymak istiyordum. Düşünmek istiyordum, sağlıklı zihne ihtiyacım vardı. Korkunun baskısından, intikamın baskısından arınmış düşüncelerime sarılmalıydım ama yok... Kader onu bile benim elimden almıştı, yaşamam imkansızdı. İnsanlara kendimi açıklamak, merhamet dilenmek imkansızdı. Hayatım hastalıklı dal gibi kuruyordu. Ben kendimi kendi pisliğime diri diri gömüyordum. Acı bir biçimde yutkundum. Derin nefes almak için terledim. Zor da olsa başardım ama dev bir farkla. Nefesim kurşun gibi ağırlaşmıştı. Patlamaya hazır bomba gibiydim ama infilak edecek yer burası değildi, bu ev değildi, bu insanların yanı değildi. Derin nefes aldım, gözlerimi yumdum, yüreğimin fısıldamalarını dinlemek için pustum. İki rengindendi sanki. Kızım bir yerde bıcır bıcır konuşurken teyzesi onun gölgesinin arkasından ağlıyordu, Tanya ağlıyordu. İçimin birden daha da ağırlaştığını hissettim. Kafama doluşan bunca soruları biriyle paylaşmam gerekirdi aslında, belki de bu insanlarla. Benden iki üç adım ötede oturan Stefan ve yanındaki bayana baktım. Aralarında tartıştıklarını görünce, yardım edin kelimeleri dudaklarımın ucunda kurudu. Gördüm, bana bakışlarında gördüm. Hissettim... Şimdi olmasa da muhakkak bana saldıracaklarını hissettim. Öfkelerini bana bilediklerini hissettim. Başımı duvara doğru çevirdim. İçimde sayı saymayı denedim... "1...2...3... 1...2...3..."

Ne kadar uyuduğumu bilmiyorum. Uyandığımda göğsümdeki dayanılmaz ağrı rahat nefes almamı engelliyordu. Kırık ayağım derin ağrıyla zonkluyor, midem bulanıyordu ama hayattaydım. Damarlarımda akan kanı öfkeyle zehirlemiş olsam da nefes almakta zorlanan sevginin de o kanda bulunduğunu biliyordum. İnsanın tabiatında sevginin kazanacağını biliyordum, öyle olmalıydı, elimde kalan tek dayanağım buydu. Sakin mantığımla nerede olduğumu, kimin evinde olduğumu sezmek arzusuyla çevreye bakındım. Kapı kapalı idi ve odada kimseler yoktu. Sabah olmamış mıydı acaba? Ne kadar uyumuştum ki? Başımı öbür yana çevirdim. Orada toprağa bakan dar uzun pencere vardı, loştu. Sanırım sabah olmuştu ama bu odaya ışığın girmesi imkansızdı. Odanın duvarının birini kitaplarla dolu raflar kaplamıştı. Rafların önünde kahverengi iki koltuk duruyordu. Köşede duran masanın üstü dergilerle, dosyalarla dolmuştu. Yerlerde halı yoktu. Her yer toz içindeydi. Neredeydim, kimin deposunda? Doğrulmaya çalıştım; başaramadım. "Yardım edin!" diye bağırmak istedim, irkildim. Geceden idrar torbamın dolu olduğundan kasıklarımın ağrısı şiddetlenmişti. Lavaboya gitmek için muhakkak ayağa kalkmam gerekirdi. Umutsuzca çevreye bakındım. Lavabonun kapısına kadar mesafeyi bakışlarımla ölçtüm; altı ya da sekiz adım olmalıydı. Oraya kadar bir şekilde yürümeliydim. Ama önce yattığım koltukta oturma pozisyonu almalıydım. Zor olsa da uzun çabadan sonra oturmayı başardım. Ayaklarım tozlu zemine değiyordu. Doğrulmaya çalıştım, başardım da... Koltuğa bir müddet tutunarak ayakta durmayı da... Bütün vücudumla titresem de umutsuz değildim. İçimden üçe kadar saydıktan sonra zıplayarak, çektiğim ağrıyla hırçınlaşarak ilerledim. Lavabo kapısına artık çok yakındım. Kapı koluna dokunmak için uzandığımda dengemi kaybettim. Düştüğüm sırada beynimin korku darbesiyle soğuduğunu hissediyordum sadece. Onun ne odaya girdiğini duymuştum ne de bana doğru koştuğunu görmüştüm. Kollarının arasında titrediğimde damağım kurumuştu.

"Senin ayakta ne işin var?"

Sustum. Kendimi anlatmayı hiç düşünmedim. Şaşkındım. Hissediyordum. Bana hayatımın bağışlanmasını istemiyordum, sadece benimle aynı ağrıyı çekiyormuş gibi telaşlı olduğunu hissediyordum. Duymuştum çünkü bana çok yakındı. Yüreğinin bana duyduğu merhametinden göğüs kafesinin zorlandığını duymuştum. Gözlerimi kırpıp yüzüne baktım. Yanılmadığımı gözlerinde görmeliydim. Ama Stefan:

"Lavaboya mı girecektin?" diye sorunca silkelendim, ondan gözlerimi kaçırıp başımı "Evet" anlamında salladım. Koluma girdi. Benim aralayamadığım lavabo kapısını araladı. Bir an durakladım. Önümde engel gördüğüm eşiğin üzerinden sekerek geçtim. Lavabo dardı. Tuvalet taşının kapağı kapanmıştı. Onu açmak için Stefan uzandığında kulaklarına kadar kızardığımı hissettim. Eşofmanımı onun yanında indireceğimi beklemiyordu herhalde.

"Kolumu bırakın lütfen, iyiyim." diye geveledim.

"Pekâlâ!" dese de bir müddet daha oradaydı. Birkaç saniye sonra dengemin yerinde olduğunu anladığı vakit arkasından kapıyı kapatarak lavabodan çıktı. İşimi görüp elimi, yüzünü yıkadım. Kapıyı araladığımda Stefan kapı eşiğine baston gibi yaslanmış, çıkmamı bekliyordu. Ona gülümsedim. O ise aceleci davranarak koluma girip adım atmamı bekledi. Derin nefes aldım ve gözümde büyüyen mesafeyi katetmek için zıplamaya başladım. Daha yarı yolu tamamlamamıştım ki Stefan'ın cep telefonu çaldı. Nedense kimin aradığını merak ettim. Telefon bir süre açılmayınca refleks olarak yüzüne baktım. Stefan'ın çene kemikleri oynuyordu. İrkildim, onun başına yağacak taşın benden sekmeden geçemeyeceğini bildiğimden. Sonunda Stefan telefonu açtı. Ses etmeden karşı tarafı dinlemeye koyuldu. Kadının biri çıldırmış ses tonuyla:

"Seni sorumsuz, beş para etmez, bencil adam! Oğlun dün gece kanlar içinde kucağımda sızdı, biliyor musun? Taksici ona nerede rastladıysa... Onu nereden topladıysa... Eve kadar sırtında getirdi. Dönmeyebilirdi de. Hiç düşündün mü? Dönmeyebilirdi de... Suç senin köpek! Oğlun sorumsuz. Eğer sen onunla ilgilenseydin, babasını bilseydi, böyle deli danalar gibi başı boş gezmezdi; ama nerede sende o sorumluluk? Nerede?.. "

"......"

"Susuyorsun. Her zamanki gibi kolayına kaçıp susuyorsun. Ah pardon, sen yoğun bir adamsın! Bunu az kalsın unutuyordum. Önemli işlerin var. Memleketi kurtarıyorsun. Eve, aileye gelince, hayır! Biz gebersek umurunda olmaz değil mi? Hadi beni sevmiyorsun, ya evladını, onu da mı sevmiyorsun? Ama yok, sen kimi sevdin ki işinden, kendinden başka? Allah belanı versin senin Stefan! Seni tanıdığım güne lanet olsun!"

Stefan telefonu kulağından uzaklaştırdı. Genç adama baktığımda sinirinden morarmış, derin nefes alıp veriyordu. Utandım. İçimde bir çığlık kazaya sebebin ben olduğumu hatırlatıyordu. "Özür dilerim..." demek istedim. Ama nedense hala susuyordum. Özrümü nereye koyacağımı bilmediğimden belki. Altına etmiş çocuk gibi masumlaştığımı biliyorum. İçimde bir şey vardı, beni kemiren bir şey. Beni sokağa atmayan adamın zarar görmesini kesinlikle istemiyordum. Genç adam bakışlarımda ne okudu, bilmiyorum. Omuzlarını boş ver, der gibi silkti. Arkasından bana elini uzattı. Derin nefes aldım. Gücümü ondan alarak koltuğa yaklaşmak için bir iki adım daha attım. Yatacağım koltuğa yerleşmemi bekledi bir süre. Bir ara yüzüme soruyla baktı. Susacağıma emin olunca benden uzaklaşıp çıkışa doğru hızla yürüdü. Bana tek kelime söylemeden, tek kelime sormadan uzaklaştığına inanmıyordum. Oysa kendime gelir gelmez sorguya çekilip azarlanmayı bekliyordum. En azından adımın ne olduğunu sormasını bekliyordum. Kapının ötesinden gözden kaybolduğunu gördüğümde, bana burada kalmam için izin verdi mi acaba, diye düşünmeye koyuldum. Bir süre sonra kapı tekrar aralandı. Stefan elinde tepsiyle içeriye girdi. Tepsinin üzerindeki tabağın içinde hamburger, bir bardak su ve hamburgerin dibine konmuş iki adet ilaç vardı. Bana yaklaştı. Tabağı uzattıktan sonra suyu da uzattı. Onu şaşkınlık içinde izlediğimi soğuk yüz ifadesiyle karşıladı.

Emreden ses tonuyla "İlaçları iç, yemeğini ye ki gücünü toplayasın. Ayağa kalkman lazım, değil mi?" dedi.

Sesi birden o kadar soğuk geldi ki kulağıma, sonra defolup gidersin, demesini bekledim. Elindekileri aldım ve başımı evet anlamında salladım. Benden hızlıca uzaklaşmasını izledim. Kapının ötesinde kayboldu. Onu görmesem de ayak seslerinden merdivenlerde yürüdüğünü duyuyordum. Sanırım benim görmediğim üst kata çıkıyordu. İçten gülümsemeye başladım, sanırım benimle ilgilenmeyi kabul etmişti. Acaba... Sandığı gibi suç değil de ne büyük sevap işlediğini bilse... Ona karşı gevşediğimi hissettim. Ama hayır, tabii ki ona gerçekleri, başıma gelenleri anlatmayacaktım. Susacaktım. Katildim mesela, ikizimin adını çalmıştım. Battıkça battığımı da biliyordum. Ya bundan sonrası... Soracak olursa? Düşüncelerim, kabuslara ayna tutuyordu. Korkudan ölüyordum. Acı bir biçimde yutkundum. Sır benim kaderim olacaktı. Patlamaya hazır volkan gibi şişsem, gerilsem de çenemi sıkı tutacaktım. Başka çarem var mıydı sanki? Az sonra kapı tekrar açıldı. Göz göze geldik, "Ben çıkıyorum. Bir ihtiyacın var mı?" diye sordu. Ona cevap veremedim; çünkü ilgisine şaşırmıştım, sorguya çekilmediğime şaşkındım. "Nasıl bir belaya bulaştırdın bizi? Defol buradan, hayatımızdan!" diye bağırmamasına şaşkındım. Yüzüme soğuk ter baloncuklarının hücum ettiğini hissettim. Başımı hayır, anlamında salladım. Yutkundum ve sonunda hala yüzüme bakan adama "Ben iyiyim." diye fısıldadım. Başını asabiyetle sallayan adam tek kelime söylemeden bana sırtını dönerek kapıya doğru yürüdü. Kapıyı açıp gözden kaybolunca derin bir nefes aldım. Sancıyan bedenimle bu loş odada baş başa kaldım. Belirsizlik benim gırtlağıma çökse de bir yerlerde seğiren rahatlık, hala nefes almama yardımcı oluyordu. "Bir ihtiyacın var mı?" sorusunun nasıl bir samimiyetle söylendiğini bilmesem de bunun en zor günlerimde değer biçilmez olduğunu biliyordum. Bir ihtiyacım vardı tabii ki bayılmadan kendimi toplamalıydım, yemek yemem gerekirdi. Önümdeki hamburgere baktım. Elime alıp ısırdım. Çiğnerken bugüne kadar hiç aklıma gelmeyen şey aklıma geldi. Elimdeki ekmeğin içindeki etin hazırlanmasında kaç kişinin emeği vardır acaba? Buğday ekiminden başlarsak, aman Allah'ım, ne çok emek verildiğine şaşakaldım. İnsanın aklına, değerine şaşakaldım. Acı bir biçimde gülümsedim. Sanırım aklıma uzun süre gelmeyen iyi bir düşünce beni ziyaret ettiğine göre bu iyiye mi işaretti? Hayat nefes almama izin mi verecekti? Kısa, sancıyan bir kahkaha attım. Boş tabağı orada duran sandalyenin üzerine yerleştirip uyumak için yana döndüm.

15.

STEFAN'DAN

O gün hiç olmadığım kadar sessizdim. Benimle bir yola çıkmış askerle günlük haberler hakkında tartışmıyor, kimseyi yargılamıyordum. Arabanın camından sokağı izlerken geriliyor, dünyanın katı kurallarını zihnimle tartışıyordum. Yaşananları görmek içimi acıtıyordu mesela... Sokakta gürleyen, kolları uzun, sinsi fırtınanın yolun kıyılarında yeni serpilmiş hayatı doyasıya yaşamak için erişen kavak ağaçlarını bellerinden kırma çabasını görüyordum. Her yeri toz bulutunun hapsettiğini görüyordum. Korkunç olan havanın, insanın üzerindekileri ince ince delip deriden ruhuna, kalbine erişecek kadar zalim zihne sahip olduğunu seziyordum. Soğuk titredim. Ama tabii ki üşüdüğümden değil; tuhaf iğrentiye, telaşa kapıldığımdan. Çevreye bakınarak olumlu kırıntıların var oluşunu aradım. Ağır ağır esnedim. Dün geceki uykusuzluk üzerime çökmüş, bedenime yorgun haliyle yerleşmişti. Bekli bu tuhaf üşüme hissim de bundan ibaretti, bilemem. Ağzımın içinin zehir gibi olduğunu, torpidodan aldığım mataradan yudumladığım bir yudum sudan sonra anladım. Silkindim.

"Saat kaç?" diye sordum arabayı kullanan L. B.'ye. Genç asker, arabanın içini aydınlattı. Kolundaki saate baktı.

"7:45" dediği an yüzüme gizli gülümsemeyle baktığını gördüm.

"Hayırdır, komik olan saati sormam mı?"

Sesim her zamankinden sert çıkmıştı.

"Hayır, hayır Teğmen, siz hiç saati merak etmezsiniz de..." dedi.

Benim genel sert tavrımdan çekinerek silkinip ciddiyete büründü. Aslında haklı idi de... Sanırım onu tanıdığım altı sene içerisinde ilk kez acele ediyor, saati soruyordum. Aklım evdeydi. Tanya Soselia'nın iyi olup olmadığını merak ediyordum. Onun benim oğlumun arabasında ne işi vardı? Nerede tanışmışlardı? İlişkileri ne kadar ciddiydi. Oğlum ne kadar da sadece yolcu olduğunu söylese de nedense inanmak istemiyordum. Onun söylediğine göre kızın adını bile bilmiyordu. Kim olduğunu bilmiyordu. Belki de doğru söylüyordu. Bilemem. Çünkü getirdiğinde ben ısrarla kızın ailesini arama taraftarıydım. Ama oğlum:

"Yapma baba, baştan kızın şikâyette bulunup bulunmadığını öğrensek. Kendisi şikayetçi olmaz belki. Ailesi ikna etmeye kalkar falan..." diye yalvararak beni durdurmuştu.

Haklıydı bir taraftan da. Zaten sorumsuz oğlumun hapse düşmesini izleyemezdim.

"Pekâlâ, bekleyelim bakalım. Neyini bekleyeceksek?"

Bencillik bana göre değildi. Ama söz konusu oğlum olunca... O dört yaşına kadar benim varlığımı bilmeden büyüdüğü için kendimi affetmemiştim. Kendimi defalarca vicdan kantarında tartsam da onun varlığından dört yaşına kadar haberdar olmasam da suçluydum. Bilinçsizce yaşadığım o geceden itibaren suçluydum, bu değişmezdi, vicdanım hiçbir zaman rahatlayamazdı. Ama öbür taraftan vicdan bana başka yönden de gırtlağımdan öldüresiye yapışmıştı. Evdeki yaralı, genç kız ya ölürse düşüncesi beni adeta delirtiyordu. En azından kim olduğunu, ne yapmak istediğini öğrenmem gerekirdi. Kaza akşamı arabada bulduğum el çantasını o amaçla karıştırmıştım. Çantasında Tanya Soselia adına düzenlenmiş bir ehliyetten başka hiçbir şey yoktu. Bozuk paradan hariç para da yoktu. Giyimine bakılırsa yoksul bir hali de yoktu. Zevkle giyindiğini de söyleyebilirdim. Tanya Soselia'nın yol kaldırımlarındaki fahişelerden biri olduğuna inanmak istemiyordum, nedense inanmak istemiyordum. Baygın haliyle bile yüz hatları yorgun ama duruydu. Ama ya aklımdan geçen kaldırım fahişesi fikri doğruysa... Ya fahişeyse... Hayır! Ya sadece yolcuysa... Acaba nereye gidiyordu? Ofiste, internet üzerinde araştırdığımda kızın on altı yaşına kadar yurtta büyüdüğünü öğrenmiştim. Peki annesi... Onu nüfusa alan babası... Evleri, yurtları neredeydi? Kız Gürcistan'da doğduğuna göre... Oradan mı gelmişti? Daha geniş çapta araştırmam gerekirdi. Peki yurttan arkadaşlarına... Evine mi? Nereye gidiyordu? Peki şimdi neden susuyordu? Neden gideceği yere gitmek için o anki gibi acele etmiyordu? İşlediği herhangi bir suç var mıydı? Her şey o kadar tuhaf görünüyordu ki... Bu kızla muhakkak konuşmam gerekiyordu, muhakkak. Birden bu fikrin üzerine boş bir gölgenin düştüğünü hissettim. Şimdilik susmanın daha mı çok yararı olacaktı ne? Ya oğlum onunla beraber bir halt işlediyse... Ya benim duymayı istemediğim ya da duymamam gereken bir şeyse... Sonuçta herkesin hayatına burnu sokmak doğru olmaz. Ama bu şekilde, ne olduğunu bilmeden...

"Teğmen ileride birileri bize el sallıyor durayım mı?" L. B. seslendiğinde zihnimdekileri kovalayarak yola baktım. Alacakaranlıkta ilerisi zor seçilse de haklıydı. Birileri yolu kesmişti. Biraz daha yaklaştık. İki yaşlı adam yolun ortasında durmuş, havaya ellerini kaldırmış, panik halinde sallıyordu.

"Dur! Dur!" dediğimde araba çoktan yavaşlamış, durmaya hazırlanıyordu. Acele edip arabadan indiğimizde iki kişinin:

"Yardım edin! Yardım edin!" diye bağırarak bize doğru koştuğunu gördüm. Ne olduğunu kavramak için onlara sakin olmaları söyledim. Ama yaşlı bu iki adam o kadar telaş, panik, korku içindeydiler ki bizi duymuyorlardı. Kollarımızdan asılarak, yol kıyısında olan uçurumu işaret ediyorlardı. Birinin uçuruma doğru bizden önce koştuğunu gördüm, uçurumun derinliklere bakmaya çalıştığını, kendini tartakladığını... Acele edip ona yaklaştım. Kolundan tutup uçurumdan uzaklaştırdım. Yüzüne baktığımda şoka girdiğini fark ettim. Onu sarstım.

"Sakin ol ve bana tam olarak ne gördüğünü anlat." dedim soğuk, emredici sesle. Acı bir biçimde yutkundu. Dönüp arkasına baktı. Yoldan hızla ilerleyen beyaz arabanın oraya nasıl uçtuğunu gördüğünü söyledi. Onun işaret ettiği uçurum kıyısına neredeyse koşarak vardım. Başımı öne eğip derinliklere bakınmaya çalıştım. Gördüğüm bir şey yoktu. Karanlık her şeyi siyaha boğarak görmem gerekeni çoktan saklamayı başarmıştı. Kulağımı sivrilttim, havanın uğultusundan ne duyabileceğimi beklediysem artık... Ama bir ümit belki de birileri bize ses duyurmaya çalışır; tam nerede olduklarını, ne durumda olduklarını söylemeyi başarır diye. Yanılmışım, duyacağımız her şeyi fırtınanın yuttuğu aşikardı. Arkama baktım. Az önce bana omuzlarını silken asker, benden uzaklaşarak arabayı uçuruma daha yakın olması için çalıştırdı. Amacına ulaşır ulaşmaz uzun farlarını açtı. İyi kötü uçurumun bir kısmını aydınlatmayı başarmıştı. Cılız ışığın altında uçurumun derinliğine daha dikkatle baktığımda mağdurların umut ettiğimden kısa mesafede kaldıklarına dair son umudumu da yitirdim.

"Arabanın içinde kaç kişi vardı gördünüz mü?" diye sordum, benim dibimde biten adamlara. İkisi bir ağızdan "Hayır!" dedi. Telsizin ses düğmesini açarak acil yardım ekibinin ve ambulansın gelmesi için olay yerinin adresini verdim. Ben telsizle konuşurken asker arabanın arka bölümünde olan yaklaşık elli metrelik halatı uçuruma saldı.

"Hayır, asker sen orada dur!" dedim ve ona doğru koştum. Hazırdım, uçuruma inmek için çoktan hazırdım. Kayalığın köşesinde beni bekleyen halatı iki elle kavradığımı gören asker bir iki adım gerileyerek:

"Hayır, Teğmen oraya inmemelisiniz. Kabul edin, yüzde bir şansımız bile yok. Aklınızdan geçeni yapmamalısınız. Lütfen bana kulak verin. Araba her an patlayabilir ve siz hayatınızı kaybedebilirsiniz. İzin verin..."

"Sen orada dur asker!"

Emrettim. Derinliklere inmeye hazır, ilk adımımı atmıştım. Herkesin neredeyse nefesini kestiğini hissettim. Ölüm sessizliğini duymayan fırtınaydı sanırım. İlerliyordum, bir ümitle ilerliyordum. Ayağımın gücüyle uçurumdan kopan kayalıklar, ateşe düşmekte acele ediyordu. Zaman, zaman yeni bir kaya parçasının cehenneme ulaştığını seziyordum. Daha doğrusu yankı yaptıklarından yola çıktıklarını duyuyordum. Korkumu uyutarak, bir adım daha atarak olay yerine ulaşmak için acele ediyordum. Ateş çemberinin daha da büyüdüğünü görüyordum. Benden daha hızlı davrandığına inanmak istemesem de gördüğümde kesinlikle yanılmıyordum. Son saniyelerde bir mucize bekliyordum belki de. Ateş bir şekilde dinmeliydi ve orada olan insanlar, belki de çocuklar, yanıp kül, kemik değil de en azından cesetler olarak kalmalıydılar. Vahşetin kokusunu daha kuvvetli hissedince kadere, Tanrı'ya öfkeleniyordum. Uzaklardan hızla gelen araba sesi yardımın geldiğini hatırlatsa da bunun artık hiçbir işe yaramayacağını biliyordum. Halatın bittiği son dilimde donakaldım. Derinliklerde parlayan ateş paramparça gördüğüm arabayı iyice sarmıştı. Cehennem turuncu ateşle aydınlanıyordu. Geriye adım atmak için acele etmem gerektiğini biliyordum. Bir güç beni orada tutuyordu. Günahkardım, bunu biliyordum. Ama neden bunu dün gece değil de şimdi hissediyordum. Şimdi ne yararı olacaktı? Zavallı kızın acı çekmesine göz yummuştum. Bencillik beynimi, vicdanımı susturmuştu ve şimdi aşağıda olanlar, bu ateş çemberinde... Belki de hayatta olan insanların diri diri yanması... Aman Tanrı'm sen neden bu kadar zalimsin? Neden kimini ölüme, kimini delirme noktasına getirirsin ki? Yukarıdan bana el uzandı.

Karanlıkta kim olduğunu seçemediğim askerlerden biri çoktan bana ulaşmıştı sanırım, beni yukarıya çekmek için el uzatmıştı.

"Teğmen Stefan Belovski, dönmek zorundasınız, yüzbaşının kesin emridir." Duyduğum kelimelere karşı iç geçirdim. İsteksizce, ağır yürek ağrısıyla yukarıya çıkmaya başladım.

Eve dönmem sabahı buldu. Tanya'nın bulunduğu odanın kapısına baktığımda benden bir parçanın can sağlığı sorulacakmış gibi içim huzursuzlaştı. Ne yapıyordu acaba orada? Gününü nasıl geçirdi? Ağrılarının boyutu neydi? Ne düşünüyordu? Kimi düşünüyordu? Bekleyeni var mıydı? İyileşince ne yapacaktı? Durakladım. Dinledim. Uçurumun taşlarında parçalanan yaralı ellerimin sızlamasına aldıramazdım. Tanya için aldığım Walker yürüteçe yüklendim. Koridoru geçip merdivenleri dönünce bir yerlerden gelen ağlama sesleri kulağıma yetişti. Sesin nereden geldiğini düşünerek oracıkta duraklayıp çevreye bakındım. Ses sokaktan gelmediğine göre evden duyuluyordu. "Olamaz!" derken birkaç adım daha attım. Merdiven basamaklarını çıkmadan başımı kaldırıp kızın yattığı oda kapısına uzun uzun baktım. Dinledim. Sesin oradan geldiğine emin olunca "Hayır... Hayır..." diye diye merdivenleri çıkmaya koyuldum. Son basamağa varınca durakladım. Aramızdaki mesafeyi o an hatırladım. İrkildim. Onu korkutabilirdim. Ama ya sorun daha mühimse... Ya geç kalıyorsam... Kapı kolunu kavradım. Tam kapıyı içeriye doğru itekleyecektim ki "Kızım beni affet!" demesine şaşırarak durakladım. Bu genç bayanın derdi neydi ki? Düşünmeye koyuldum. Kızı mı? Nasıl olur? Araştırmalarıma bakılırsa Tanya bekardı. Çocuktan hiçbir resmi evrakta bahsedilmiyordu. Evlilik dışı mı? Kendimde daha fazla güç bulamayınca, oracıkta merdivenin son basamağında oturdum. Başımı ellerimin arasına alıp derin nefes almaya çalıştım. Önce onu yargıladım, sonra kendimi... Onun hayatına burnumu sokma hakkını nereden bulmuştum? "Ne sebeple? Ne sebeple?" diye söylendim. Zihnimde ördüğüm duvarların temelsiz olduğunu çabuk kabullendim. Askerdim.

Mesleki alışkanlığımdan dolayı onu yargılıyordum. Tanya benim gözümde bazen haklı bazen haksızdı. Olabilir, belki de doğurup birine verdi. Şimdiyse vicdanının sesinden ağlıyordu. Masum yüz ifadesine ne demeli? Her yüze içindeki çirkinlik vurmaz ki... Belki de birileri ile kazayla, hatayla yatmıştı. Sonra da... Peki, çocuğa sahip çıkmadığı için mi ağlıyordu? Çocuk şu an nerede, kimin elindeydi? Tanya'nın gidecek yeri yok muydu? Ağlayacak omuz... Yalnız mı yani? Onun için mi burada her eziyete, açlığa, ağrıya katlanıyor; yalnız olduğu için mi? Ayağa nasıl kalktığımı bilemedim, odanın kapısını nasıl açtığımı... Beni görünce korkmuştu. Birden ağlamayı kesip gözlerini eğmişti. Azarlayacağımdan korkar gibi hali vardı, oysa hiç öyle niyetim yoktu. İki adım daha yaklaştım. Korktuğunu bildiğim için daha fazlasına cesaret edemedim. Elimdeki Walker yürüteci kurmak için kutuyu yakın duvara yasladım. Kutuyu açıp içinden birkaç demir parçasını çıkardım. Eğilerek vidalarını yerine yerleştirmek için oracıkta üzerinde bulunan minik naylon paketi yırttım. İskeleti olması gereken şekilde yerleştirdikten sonra vidaları yerine geçirip sıkmaya koyuldum. Daha sağlam olması için alet çantasını kullanmam gerekiyordu. Onu almak için oradan uzaklaşıp odadan çıktım. Geri döndüğümde Tanya'nın kaşlarının altından gizlice beni izlediğini fark ettim. Yüzü sakindi ama hüzün onu terk etmemişti.

16.

LİLİA'DAN

Mart ayının soğuk ve puslu günlerden biriydi. Topraklı yoldan eve hızlı adımlarla yürüyordum. Kolumdaki iri saate baktığımda saat beşe geliyordu. Stefan Bey'in işten eve dönmesine neredeyse bir saat daha vardı ama ben yine de telaşlıydım. Eve zamanında varmak, üzerimdeki tozlu kıyafetlerden kurtulmak istiyordum. Daha yemek ısıtıp sofra kuracaktım. Haftanın belli günlerini bahçedeki odunlukta geçirdiğimi ondan gizliyordum. Sanırım, hobilerime burada da sahip çıkarak sürekli onun evinde, onun sırtında yaşayacağımı düşünmesini istemiyordum. Bir gün odunluğun genel temizliğini yaparken birileri tarafından terk edilmiş eski sandığın içinde bulduğum bazı ağaç sanatı yapabilecek aletlerin sevincini anlatmam güçtü. Onların bana bu zor, daha da beter günlerin bekleyişinde moral verdiklerini ben biliyordum. Ağaç parçacıklarını canlandırmak büyük zevk veriyordu bana. Bunu yaşamayan anlar mıydı? Sanmıyorum. Figürleri minik yavrumu, öğrencilerimi düşünerek yapıyordum. Her birini deli gibi özlüyordum. Onların yanında olmayı başardığımı düşünüyordum. Onlar ağaçtan kızlar, bizdik... Evet... Bizdik... Bizdik... Ben ve sevdiklerim, çok sevdiklerim bizdik... Acı bir biçimde yutkundum. Aylardır, Stefan Bey'in bana soramadığı gerçeğimin ağırlığını nasıl taşırdım başka bilmiyordum. Susmaya, aylardır olduğum yerde suskun suskun durmaya devam ediyordum. Bunun böyle devam etmeyeceğini bile bile. Telaşımdan kapının eşiğine ayağım takıldı. Dizlerimin üzerine düştüm. Canım yandı, umursamadım. Ruhumun acısı daha baskın gelince, kendimi burada boğuk hissedince, kendimi dünyada boğuk hissedince, kendi ellerimle gömdüğüme dokunamayınca, kendi kendimi kemirince... Neyi umursardım. Doğruldum. Şeytan "Geriye koş, birkaç gün önce yer değiştirip daha güvende sakladığı AĞAÇTAN KIZLARI sandıktan çıkar. Onlara sarıl. Kendinden can ver." diye fısıldıyordu. Hayatımın birden öldüğünü kabul edemiyordum. Öldüren bendim; suskun bendim. Tek bir adım atabilecek kadar yolumu tüketen bendim. Kendimi zar zor toparlayarak açık unuttuğum kapıyı itekledim. İçeri girdiğimde Stefan Bey'in gelmiş olduğunu gördüm. Mutfak penceresinden sokağa bakınıyordu. Beni mi arıyordu, diye düşünerek "Hoş geldiniz!" dedim ve üzerimdeki tozlu kıyafetlere usulca silker gibi dokundum. Hemen cevap vermedi. Bana dönmediği için öfkeli olduğunu düşündüm. Sokağa çıktığım için öfkelenmiş olabilirdi. Belki de beni komşu evlerden görmelerini istemiyordu. Benim sorunlarımdan daha fazla boğulmak istemiyordu. Ama beni kimseler görmemişti.

"Bu sokak hep böyle tenha mıdır?" İçi rahat etsin diye zor duyulan sesle sordum.

"Evet, genelde, şehre uzak olduğundan tercih edilmiyor." dedi ve sakin duruşuyla bana doğru döndü. Tuhaf bir adamdı Stefan Bey, insanın ruhunu okuyor gibiydi. Okuyor, sabrediyor, susuyor gibi gelirdi insana. Bu beni korkutmuyor değildi. Ama içimden ona nedense çok ama çok güveniyordum. İnsanları seven biriydi. Yoksa beni bunca zaman barındırır mıydı burada? Üstümle başımla, yiyeceğimle, sanırım ruhumla da ilgileniyordu ama bunu da üzerinde yük gibi hissetmeyeyim diye ustaca gizlemeyi de biliyordu. Sonunda benim hala orada dikildiğimden rahatsız oldu ki telaşla yanıma yaklaştı. Pantolonumun diz kısmındaki kan lekelerini fark etmiş olmalı ki hafif eğilerek baktı. Başını kaldırdı, kaşlarını çattı ve öfkeli sesle "Sana adımlarını atarken dikkat etmen gerektiğini söylemiştim. Sadece üç ay önce ayağını kırdığını ne çabuk unutuyorsun."

"Kapının önünde düştüm." Kaşlarını daha da çatınca bana inanası yokmuş gibi düşündüm. "Telaş yaptım da..." diye geveledim.

"Neden? Sesi hala soğuktu. Telaşlanacak durum mu vardı?" diye sorunca gayet ciddi idi. Başımı eğip gözlerimi kırpıştırdım. Durakladım. Birkaç saniye geçti. Bana neden inanmak istemediğini düşündüm. Hala gözleri üzerimdeydi ama suskundu. Cevap bekler gibiydi.

"Yoook..." diye geveledim. Dudağının sol kenarının hafif yukarı kalktığını gördüm. Gülümsemek istemişti. Haksız çıktığına sevinir gibi...

"Şimdi sofrayı hemen kuracağım, Stefan Bey." diye seslendim.

"Sofrayı bırak, üzerindekileri değiştirip yaranı temizle. Bunu yapman gerekir değil mi?" dedi ve tekrar pencereye doğru ilerledi. Onun benim için hazırladığı orta kattaki odama koştum. Odaya ait lavabosuna girip yüzümü bol suyla yıkadım. Üzerimdekilerden kurtulup dizlerimin ikisini de ıslatılmış pamukla temizledikten sonra yaralarıma batikon bastım. Giysi dolabından Stefan Bey'in bana aldığı pembe saç örgülü kazağı ve siyaha bakan pantolonu giydim. Mutfağa döndüğümde Stefan Bey'i orada görmedim. Masaya baktığımda şaşakaldım. Bizim için sofrayı kurmuştu. Peki kendisi neredeydi? Bu sorudan kendimi kurtarmak için az önce onun sokağa bakındığı pencereye yaklaştım. Gitmiş olamazdı, iki kişilik servis açtığına göre. Acil işi çıkmış olabilirdi, ne zaman dönecek acaba, diye düşünerek sokağa iyice bakındım. Çok tuhaf ama sanki onu bu evde özlüyordum. Belki de yalnızlığıma ortak olduğu için, bilemem. Ama özlediğimi o anda yoğun hissediyordum. Açılan kapı sesine dönüp baktım.

"Yemeğini soğutuyorsun." dedi ve sofraya oturmak için yaklaştı. "Çorba içersin değil mi?" diye sorduğu an eline kepçeyi almıştı.

"Olabilir." cevabını verirken aramızda ne tür değişim yaşadığımızı düşünmeden de edemedim. Fark ettim ki günlerdir sofraya beraber oturup beraber yemek yiyorduk. Çoğu zaman suskun geçse de çoğu zaman konuşacak konuyu bulan Stefan Bey, çalıştığı vakit başına gelen tuhaf, bazen komik, bazen de üzücü anıları anlatıyordu. Onu dinlemeyi seviyordum. Olaylar üzerine düşünceleri, görüşleri benim fikrime, ruhuma, anlayışıma hitap ediyordu sanki; biz aynı kafadandık. Belki bu evde huzurum bundan ibaretti. Bazı zamanlarda geçmişimi unutturup, sahipsiz olduğumu unutturup huzuru hatırlatıyordu. Yüzümde benim bile farkına varmadığım gülümsemeyi gören Stefan Bey,

"Komik olan ne?" diye sordu benden gülüşümü çalarak.

Durakladıktan sonra nihayet "Hiiç, dışarı çıktığım için bana öfkeli olmadığınızı görünce Stefan Bey."

"Öyle mi?" dedi ve ciddileşti. Bir an sustu ama sonra "Kızmam mı gerekirdi yoksa?"

"Hayır, Stefan Bey!" dedim ve gülümsemeye çalıştım.

"Tanya, ben senin Stefan Bey kelimenden sıkıldım."

"Amma..."

"Stefan diyebilirsin, bunu sakıncalı görmüyorum."

Başımı utanarak eğdiğimi görünce sözünü tekrarladı "Ne var bunda, biz sonuçta arkadaşız, değil mi? Değil mi?"

Yüzüne baktığımda ondan gelen sıcaklığı gördüm. Kızardığımı hissettim. Beni telaşlandırdığını fark etti ve daha sakin, yavaş, hafif hüzünlü ses tonuyla:

"Aramızda olanlar değişmeyecek, merak etme." diye geveledi. Ne demek istiyordu şimdi? Ne demek istiyordu?

Bir şey değişmeyecek. Aslında değişmesini istediğini, şimdi beni düşündürdüğünü fark etmedi mi acaba? Yoksa değişmesini mi istiyordu ve dolaylı yollardan? Yok, yok... Neden yanlış düşüneyim ki? Sonuçta aklında değişemeyeceği fikrine o sahip olmuştu ve dile getiren de oydu. Ama çoğu zaman gizlice hayranlıkla izlendiğimi fark eden ben değil miydim? Soğuk gecelerde, odama gizlice girip üzerimi örten de oydu. Komik hikayeleri anlatan da...

Bana saçma gelen düşüncelerimi beynimden kovmak için acele ettim. Sofrada su olmadığını fark ederek ayaklanıp mutfak tezgâhına doğru yürüdüm ve gördüm! Onları orada, AĞAÇTAN KIZLARI orada gördüm. Tam karşımda, rafın üzerinde. Bana bakıyorlardı, orada oldukları için teşekkür ediyorlarmış gibi duyguluydular; onları karanlıktan kurtardığım için, onlara can verdiğim için... Ama karanlıktan kurtaran ben değildim, bu melek kalpli adamdı. Aslında beni kurtaran da oydu. Sevinç çığlığı atmamak için ağzıma avucumla bastırdım. Çoktan dökmediğim sevinç gözyaşlarım yanaklarımdan süzüldü. Sürahideki suyu unutup her birini elime aldım. Üstelik şimdi Stefan Bey tarafından verniklenmiş tatlı tatlı parlıyorlardı. Yüzlerindeki hüzünlerden kurtulmuşlardı, hissediyordum. Umut doluydular sanki. Bana sırtı dönük oturan adama sarılmak istedim. Sıkı sıkı sarılıp "Teşekkür ederim... Teşekkür ederim... Teşekkür ederim..." diye haykırmak istedim. Ama sonra karanlık geçmişimi hatırlayınca, her dokunduğumu kirlettiğimi hatırlayınca sevincim birden kurudu. Buna hakkım yoktu. Orada duran sürahiyi elime aldım. Yavaşça sofraya yaklaştım. Sürahiyi sofraya bıraktım. Gözlerimi yere eğerek Stefan Bey'in yüzüne bakmadan:

"Ağaçtan kızlar için teşekkür ederim." diye geveledim.

"Onların yerinin orası olmadığını düşündüm." Fısıldar gibi söyledi.

"Belki de..."

Sesim az önce ağladığımdan titriyordu. Stefan Bey kızımı kabul etmişti. Bu aramızda olan her neyse nereye gidiyordu? Birden damdan düşer gibi hiç düşünmeden, söyleyeceğimi tartmadan:

"Amacınız ne?" diye sordum.

Israrla bana baktığını hissettim. "Amaç mı? Belli değil mi? Seni sevindirmek tabii ki..."

Utandım. Bizden bahsettiği için utandım. Kirli hayatımdan utandım.

"Yok, ben kendimden bahsetmemiştim. Sizin böyle bu evde herkesten uzak, sakin yaşadığınızı görünce."

"Huzurlu yaşamdan başka ne istemiş olabilirim sence?"

"Ya akrabalarınız, aileniz... Burada yalnız..."

"Kim olsun yanımda?" Yanlış soru sorduğuma inanmıyordum.

"Kimselerin gelip gitmediğini görünce..."

"Sen mutlu mu olacaksın?" derken huzurumu mu kast etmişti. "Gören olur diye korkmaz mısın?" Ne söyleyeceğimi bilmiyordum. Adam benim kendi gölgemden bile korktuğumu fark etti demek.

"Özür dilerim hayatınıza müdahale ettiğim için, istemezdim."

Acı bir biçimde gülümsedi. İkimiz sustuk. Bana olan hassasiyetini bu akşam, bu şekilde konuştuğu için beynimden atamaz oldum. Korkuyordum. Benim kim olduğumu merak edeceğinden korkuyordum. Sessizliği Stefan Bey bozdu.

"Peki senin amacın ne? Amaçsız hayat olmaz değil mi?"

Soru bana dönünce o an oradan kaçmak istedim. Korktuğum sorulardan, ilgiden kaçmak istedim. Evet, kaçmak istedim ama nereye? Beni bekleyen kâbus dolu günlerin tam ortasına mı?

Yutkundum. Köşeye sıkıştığımı, beynimle boğuştuğumu gören Stefan Bey, konuyu değiştirip:

"Ben bir bardak şarap içeceğim, ya sen?" dedi.

Sustum, sadece derin nefes aldım. Boş tabağa bakarak oyalandım. Onun masadan uzaklaştığını duydum. Bardağı mermerin üzerine koyarken çıkarttığı tık tık sesini duydum. Şarabın bardağın içine dökülüşünü... Bana yaklaşan ayak sesini... Stefan'a ait, bana yabancı parfüm kokusunu... Bilse... Bu kahrolası içkinin benim üzerimdeki etkisini... Bir bilse... Deli cesarete sürükleyişini... Suçumu bir bilse... Bırak şarap dolu bardağı ikram etmesini... Kelepçelerle, yüzüme insan dışı bakarak yaklaşırdı. Gözlerimi sıkı sıkı yumdum. Bu ben değildim. Stefan Bey tam karşımda yüzüme bakarak bardağı bana uzatıyordu. Hayır, desem onu kırmış olacaktım. Evet, desem uyutulmuş felaketimin başlangıcı olur muydu?

"Rahatlamak herkese iyi gelir." diyen Stefan Bey yüzüme gülümsüyordu.

Kabul ettim. Önüme koyduğu bardak için bir de teşekkür ettim. Sakin olmak için beynimdeki bir dizi kelimeyi sıralamaktan memnun olmasam da bunu yapmak zorunda idim. Bana hem yakın hem yabancı bu insanı üzmek ne doğru olurdu ne de adilce. Bu bendim ama kendi öfkemi kışkırtamayacak kadar sakin bir ortamın tam merkezindeydim.

"Yemeğe dokunmamışsın." dedi Stefan tabağına cevizli ıspanak koyarken.

Tabağıma biber dolması aldım ve çatalla ortadan bölerek soğumaya bıraktım.

"Eline sağlık, güzel olmuş." diyen Stefan usulca beni süzmeye devam ediyordu. Bardağını kaldırıp tokuşturmak için karşılığını bekledi. Gecikmedim, yüzüne kısa gülümseyip bardağına bardağımı dokundurdum. Dudaklarıma kavuşturup bir yudum aldım. Farkına bile varmadan ağaçtan kızlara bakıp gülümsedim. Beni izleyen Stefan Bey'in yüzüne geniş gülümseme yayıldı. Ona nasıl baktıysam gülümseyişine ad koyma ihtiyacı duydu.

"Seni bugün hiç görmediğim kadar huzur içinde gördüm. Bu şekilde sevineceğini bilseydim ağaçtan kızlara çoktan babalık yapardım."

"Siz...?"

"Evet, genç bir sanatkarla bu şekil tanışmış olsam da kendimi şanslı saymama izin verin."

Stefan Bey'in söylediği kelimeler bana mı aitti, diye düşünmekten kendimi alamadım. Bu bir mucize olmalı. Bana bu tür olumlu gözle bakan da varmış meğer? Şaraptan bir yudum daha aldım. Sabredemeyip konuştum:

"Düşündüğünüz sadece bu mu?"

Stefan Bey'in yüzündeki gülümseme birden kurudu. "Tabii ki hayır. Size acı çektiren ne?"

"Lütfen."

"Pekâlâ, affedin. Yaranızı deşmek istemem doğrusu."

Sustum, gözlerimi tabağa eğdim. İçime kapandım. Durgun halimden huzuru kaçan Stefan Bey:

"Size bu şahane sanatı sevdiren kim? Sakın okul demeyin, inanmam zor olur."

"Babam..."

"Belli, ancak aile bir insanın üzerine bu şekil güçlü etki yapabilir."

Aile kelimesinin beni vahşete sürükleyeceğini bilmeyen Stefan Bey elimden düşürdüğüm çatala, iri açılmış gözlerime şaşkınlık içinde bakakaldı. Bense bu konuda açık veremeyeceğimi düşünecek kadar yalana eğitimli değildim. Konuyu toparlayan yine Stefan Bey olmuştu.

"Üzgünüm, hayatta değil herhalde."

"Evet."

"Pekâlâ, öyleyse ziyarete gidelim."

"Nereye?"

"Kabristana. Kızlarımızı da alalım."

"Siz ciddi misiniz?"

"Evet."

"Yapamam. Hem sizin neden bu şekilde davrandığınızı anlamış değilim. Bence gereksiz."

"Olabilir; ama hayat her zaman gerekli yerlerde olamaz değil mi? O zaman..."

"Neyi kast ettiğinizi biliyorum. Kısa süre yüzümü göremezsiniz. Umarım her şey o zaman gerekli yerlerde olur."

"Beni kırıyorsunuz."

"Üzgünüm."

Sofradan uzaklaştım. Camın kenarındaki tekli koltuğa oturup sokağa bakarak şaraptan bir yudum daha aldım. Aylardır sayarak izlediğim, taşın sayısını ezbere bildiğim bahçe duvarına boş boş baktım. Öfkem sinirlerimi tırmaladıkça yüreğimin bağırmak için kabardığını hissettim. Elimdeki şarap dolusu bardağı son damlasını bitirene kadar içtim. Derin nefes almak için can atsam da alamıyordum. Korkunun zihnimde görünmez kelepçe kullandığını hissediyordum. Bir bardak daha içkinin iyi geleceği biliyordum. Rahatlar, kendimi beynimin dalgalanmalarına kaptırırdım. Bu durumlarda kimi zaman aşırı sevince kimi zamansa kedere kapılıp kendimi kaybedene kadar ağlardım. O an beynimde kasırgalardan başka bir şeyin olmadığını hissettiğim için içkinin devamını içmek bu adama haksızlık olurdu. Ama şarap... Hayır!... Kapat gözlerini! Şarap! Kapat gözlerini! Gözlerimi isteksizce yumdum. Kendimi odada çalınmakta olan Slav müziğine bıraktım ve o çok sevdiğim tutku... Bale yapan kızlar, bale yapan ben... Beynim bomboş. Bale... kızlar... Stefan Bey, eşittir huzur... Sıcak ortam ve ben... Tatlı tatlı uyku içinde ayak sesini duydum. Biri bana mı yaklaşıyordu? Birinin nefes alışını duyuyorum. Sıcak nefes yanağımı okşuyordu ve o tanıdık parfüm kokusu. Stefan Bey'in kokusu... Gövdemin yabancı bu adama tutkuyla uyandığını hissettim. Bu sadece bir rüya mıydı? Ama hayır, biri üzerime az önce battaniye bıraktı. Gözlerimi metrolojinin yurt içinde haberdar etmediği deli fırtınanın gürültüsünde araladım. İlk gördüğüm pencereye yakın olan erik ağacının dallarının deli savruluşu olmuştu. Acele ederek üzerime örtülmekte olan battaniyeyi burnuma kadar çektim. Gözlerimi fırtınayı umursamaz tavırla yumdum. Ama nerede? Kötülükten bahsetmeye heveslenen hava, kuzey dalgaları çileden çıkarmaya başarmıştı. "Doğa ve hayat..." Pencereye hızla yaklaştım. Fırtınanın bu inadıyla nereye varacağını merak ederek sokağı izledim. Deli fırtına, taşların arasında kendini unutmayı ümit eden tozları havalandırıp her canlıyı görüneceği mevkide savuruyordu. Felaket yakınlarda diye mırıldanıp pencereden çekildim. Çevreye bakındım. Ev neden sessizdi? Saat kaçtı ki? Kolumdaki saate baktığımda sekizi on geçiyordu. Stefan Bey'i kaçırdığıma inanmak istemiyordum; yüzünü bile görmeden, bana ne kadar kızgın olduğunu öğrenmeden. Nasıl yapıp uyuyakaldım, inanamıyordum. Kendimi onun odasında buldum. Bu odaya sadece onun evde olmadığı zamanlarda temizlemek için girerdim. Genelde yatağını toplanmış görürdüm ama o gün sanırım yatağa girmemişti. Sadece örtünün altından yastığı çekip kullanmıştı. Burada birinin kısa bir vakti huzursuzca geçirdiği aşikardı. Onu bu hale ben getirmiştim. Aniden hayatına girip düzenini bozmuş, huzurunu kaçırmıştım. Arkadaş çevresinden uzaklaştırmıştım. Belki nadir de olsa ziyarete gelen akrabalardan da uzak tutmuştum. Bu onun tercihi olmasına rağmen belli etmese de canını feci bir şekilde sıkmıştım. Peki, şimdi bu melek kalpli adama hala neden güvenmeyip zehirliyordum? Allah kahretsin, buna hakım var mıydı ki? Öfkemden kendime deli gibi bağırmak istedim, soğuk duvarları yumruklamak... Bunun ne faydası olurdu? Hiç, ama eğer burada kalmaya devam edersem o zaman bu hem yüzsüzlük hem ona haksızlık olurdu. Evet, gideceğim, gitmeliyim. Nereye? Cehennemin dibine! Bana sadece orası yakışır! Sadece orası yakışır! Odadan çıktım, kararlıydım. Buraya gelmeden önce tek sahip olduğum çantayı alıp çıkacaktım. Evet, çıkacaktım, bunu yapacaktım. Yapmak zorundaydım. Odaya girdim ve çevreme bakındım. Her şeyin bıraktığım gibi durduğuna inanamıyordum. Nodar olsa odamı alt üst ederek öfkesini sindirmeye çalışırdı. Oysa Stefan hiçbir yere dokunmamış hatta yatağımın üzerine benim için yabancı siyah çantayı, üzerinde ise notu bırakmıştı. Yatağa acele ederek yaklaşıp notu elime aldım.

"Özür dilerim. Yanlış anlaşıldım galiba. İstemeyerek de olsa seni kırmış oldum. Oysa sadece dertleşmekti niyetim. Lütfen sana aldığım hediyeyi kabul et, küslük bitsin."

Yazının altında birde site adresi bırakılmıştı:

"Sanat rüyası. Bu ne şimdi?" diye mırıldanıp orada duran siyah çantanın fermuarını açtım.

Tablet bilgisayarı görünce gözlerimi iri açarak "Vay canına!" deyiverdim.

Neydi şimdi? Şaka mı? Bu adres kime aitti ve neden ben? "Sanat rüyası" dediğine göre eğlenceli bir şey olmalıydı ya da... Ya da tuzak mı?

"Bunu da nereden çıkarıyorsun?" diye kendime bağırsam da içime bir korku saplandı. Bilgisayar, bilgi demek. Tuzak değilse ne? Ya sadece iyi niyet varsa ya bir çeşit özürse. Hayır! Tuzak... Evet... Tuzak... Sus! Sus! Gerçeği Lilia ile gömmemiz gerekmiyor mu? Çabalarımız bu yönde değil mi? Sana diyorum, tuzak! Tuzak! Allah kahretsin, olabilir de... Üstelik adam asker, anlıyor musun, asker? Kendime bağırıp çağırdıktan sonra, odadan dışarıya deli gibi koştum.

"Tuzaktı bu... Tuzak..."

Söylenerek yatağımın başlığında bıraktığım çantaya asıldım. Üzerimdeki Stefan Bey'in aldığı kıyafetlere bakıp onları orada bırakamayacağımı aklımdan geçirerek iç geçirdim. Ona ömür boyu maddi, manevi borçlu kalacaktım. Derin nefes aldım ve arkama bakmadan koridordan alt katta, oradansa ilk gün beni sırtında taşıyarak soktukları kapıdan dışarıya, sokağa çıktım. Sokak kapısını da terk ederek dar, tenha patika yoldan neredeyse koşarak yürümeye başladım. O an üzgünüm diyemem, sevinçli de değildim tabii ki. Korku boynuma öyle bir tasma atmıştı ki ondan başka kalan duygularımın tüm hissini kaybetmiştim. Yolun birini tüketip hiç bilmediğim sokağa doğru döndüğümde korkunun rengi değişti. Keşke biri kolumdan tutup nereye gidiyorsun, diye bağırsa keşke... Çevreye bakındım. Kimseleri göremeyince daha da panikledim. Karamsarlığa büründüm. Hayat kendi oluklarından akınca beni kim hatırlardı acaba diye söylendim. Birden sokağın bir köşesinden bana doğru koşan kediyi, arkasından onu paralamak için kovalayan köpeği gördüm. Zavallı kediye yol vermem gerekirken panikledim. Kedinin kaçacağı yolun üzerinde kararsızca sendelediğim için kabahatliydim. Maalesef kabahatliydim. Gözümün önünde kan döküldü. Orada olanları gözyaşları içinde izlerken bunun bir işaret olduğunu düşündüm. Evet... Adım atmak bana yasaktı. Adımlarım kanlı olabilirdi. Evet, yasaktı. Kanlı olabilirdi. Geriye dönüp tüm hızımla yürümeye başladım. İyice delirmiştim. Düşüncelerim hızla değişiyordu. Birden durakladım.

Kendi kendime "Ben ne yapıyorum?" diye sordum. İçim adsız kahkahasını attı. Yaptığım yüzsüzlüktü... Doğru. Tıpkı Tanya'nın çoğu zaman bana yaptığı gibi... Keşke yine yüzsüzlük yapıp saklandığı delikten geri dönse... O zaman bana ne olacaktı? Benim o zaman ölmem mi gerekirdi ya da bir bahaneyle sahtekarlıktan kurtulmam. Yeter ki eve gelsin, sağ olduğunu görelim. Birden nefesim daraldı. Durduğum yerde yığılmamak içim çömeldim. Kalbim hızla atıyor, yüreğim kaburgalarımdan kurtulmak istiyordu. Temiz havaya ihtiyacım vardı. Huzura ihtiyacım vardı. Peki, o zaman yüzsüzlük yapıp geri dönmeli miydim? Sanırım şu an yapacağım en doğrusu şey de buydu. Hem belki bir gün Stefan Bey'e kendimi anlatırdım. Ondan yardım isterdim. Yalan... Adaletten hep korktun sen. Güvenmedin. Ya şimdi, adaletin kapısına mı dayanacaktım? Stefan Bey'e yani? Pekâlâ celallen o zaman. Düşünmeden adım attığında başına gelenleri ne çabuk unuttun, elinde silahla, orada... Ateş ettiğini ne çabuk unuttun? Ya ikinci kurban... Adaleti düşünüpte mi işledin suçları? Vahşi ataklarda doğru olanı düşünerek mi? Geri dönmelisin kızım. Nereye? Doğruldum. Çevreme bakındım. Kimseler yoktu. Havadan iri lokma kopardım. Yüreğimi öne attım, yürüdüm.

17.

STEFAN'DAN

Bana ne olduğunu anlamış değildim. Bu bir takıntı mıydı?

Yoksa bağlılık mı? Onun ruhuna takıldığımı hissediyordum. Her an ne yaptığını görmek ne düşündüğünü bilmek istiyordum ısrarla. Kendime engel olamadığımı söyleyebilirdim. Bak yine gitmesi gerektiğini söyledi dün, haklıydı da... Ya ben ne yapıyordum? Aslında gitmesinin doğru olduğunu bile bile onu durdurmak için yollardaydım. Durakladım... Gitsin! Söylendim... Yok gidemez... Gidemez... Sebep... Sen mi engel olacaksın? Hangi sıfatla? Gerçeklere kördüm, sağırdım. Bahaneler uydurmak için beynimi yoruyordum. Sırf çevremde olsun diye... Ya kaderin kirliliğe mahkûmsa... Onun peşinden gitmeliyim... Onu gözetlemeliyim. Beni bahçe kapısına kadar getiren bu düşünceler miydi?

"Vay canına, ben bunu yapacak adam mıydım? Değilim ama buradayım."

"Böyle olmaz!" diye bağırdım kendime. Mantıklı hareket etmeliyim. En baştan sormam gerekenleri sormalıyım. Evin giriş kapısını açmak için cebimde anahtar ararken paspasın üzerinde ona ait spor ayakkabıların olmadığını fark ettim. Telaşlandım. Yüreğim yuvadan fırlayacakmış gibi deli atmaya başladı. Kapıyı nasıl açtığımı, eve nasıl girdiğimi bilmiyorum. Hiçbir yere bakmadan odasına koştum. Odada değildi. Yatağının üzerinde ona aldığım hediyenin yeri değişmemişti. Ama yazdığım not yerinde değildi. Gitmişti. Nereye? Neden? Hayır gidemezdi. Evin bütün odalarını tek tek dolaştım. Hiçbir yerde bulamayınca bahçeye çıktım. Orada da yoktu. Sokağa çıkmış olamaz mıydı? Ama nereye giderdi? Çevrede kimseyi tanımıyordu. Çöp atmaya gitmiş olsa çoktan eve dönerdi. Dönmediğine göre... Gözümü uzun dar sokağa uzattım. Yoktu. Görünürde yoktu. Kendime öfkelenmeye başladım. Ne bekliyordum ki? Sonsuza kadar burada kalmasını mı? Bir gün gidecekti ve o gün bugündü. Neden?.. Neden?.. Neden?.. Sorular beni boğuyordu. Kolumdaki saate baktım. İşten kimselere haber vermeden çıkmıştım, geri gitmem gerekirdi. Gerekirdi ama... Oradaydım. Beynimin anlaşılmayan isyanlarını dinliyordum. Tanya'nın çoğu zaman üzgün ve ağlamaklı hali gözümün önünden gitmiyordu. Bu kızın nesi var? Sorusuyla aylardır ruh gibi dolaşacağıma sorsaydım keşke. İçimde beslediğim samimiyeti belli etseydim keşke. Ama... Ama yapamadım, kullanıldığını düşünmesini istemediğim için belki... Ne aptalmışım. Hayır korktum... Eğer sevgimi hissettirirsem kaçacak diye korktum... Kaçmadı mı? Havaya yumruk salladım. Yetmedi, en yakın olan ağacı yumruklamaya başladım. Gördüm. Onu köşenin birinden eve doğru döndüğünü gördüm. Ona koşmak, sarılmak geçiyordu içimden. Ama bunu yapamazdım. Bu kez benden doğan hiçbir sebeple kaçmasına izin veremezdim. Bir iki adım gerileyerek kalın ağacın arkasına gizlendim. Beni görmesini, korkmasını istemiyordum. Bana doğru daha da yaklaştı. Aramızda sadece yüz metre kadar mesafe kalmıştı, belki daha az... Adımlarını ağır ağır atıyordu. Elinde el çantasından başka hiçbir şey yoktu. Kendine çanta yapmamıştı. Belki de beni terk etmek için çıkmamıştı evden. Beni terk etmek için mi? Bu ne saçma düşünce. Ben kimdim onun için? Sıradan biri olmalıyım, hepsi bu kadar. Benim hakkımda ne düşündüğünü biliyor muyum ki? Belki oğlumu ihmal ettiğim için vicdan yaptığımı bu yüzden de onu burada tutuğumu düşünürdü. Bilemem? Eğer öyle düşünüyorsa ne yazık. Ben öyle biri değildim. Sadece iyileştikten sonra onu kapının önüne koymaya gönlüm razı gelmedi. Bunun da sebepleri var tabii ki. Belli ki çaresiz olduğunu düşündüğümden, hem de çok çaresiz. Yoksa yabancı bir adamın yanında yaşamayı kim isterdi? Eğer bir duygusal bağı yoksa tabii ki. Duygusal bağ mı? Saçmalama. Kızın yüzüne bir bak, acı akıyor, hem de tarif edilmez ölçüde, sanki ömür boyu sıcak köze oturmaya mahkûm edilmiş gibi. Gizli gizli ağlamalar, gece kan ter içinde ağlayarak, hıçkırıklarla uyanmalar... Başta sadece kırıklardan duyduğu ağrılardan ağladığını sandım. Ama şimdi? Onun bir derdi olmalı. Aramızda beş adımlık mesafe kalmıştı. Beni görmemesi mümkün değildi. Artık kafası nasıl dalgındıysa... Cenaze evinden gelmiş gibi, gözleri ağlamaktan şişmişti. Nereye gitmiş olabilirdi? Bu kısa sürede, nereye gidip kime ağlayabilirdi? Aklımı yitirmek üzereydim. Benden uzaklaşmayacağını bilsem, yanına yaklaşır, kollarından tutup "Anlat, anlat!" derdim ama... Sırtı bana dönüktü. Bahçeye girmek üzereydi. Kendimi birden şanslı hissettim. İçimden acı bir kahkaha attım. Bana geri döndüğüne inanamıyordum. Onun bir gün bana içten gülümsediğini görsem aklımı yitirirdim herhalde. Eve girdiğinden emin olmak istiyordum. Ancak o zaman ferahlardım, sanırım. Oracıkta bekledim. Eve girmesini bekledim ama, yanıldım. Tanya odunluğa doğru yürüdü. Neden? Duramadım, arkasına takıldım. Evin arka cephesine düşen odunluğun kırık olan camından içeriye baktım. Telaşlı olduğu her halinden belliydi. Kendini kilitlediği dev kafeste boğuluyormuş gibi bir hali vardı. Yok. Acil bir şey arar gibi dönüp durduğunu fark ettim. Odunlukta onun isteğine cevap verecek ne olabilirdi ki? Başını ellerin arasına aldığını gördüm. Oracıkta kararlı durakladığını. Yüzünün felaket görmüş gibi sarardığını. Hayır! Hayır! Aklımdan geçenden dolayı soğuk soğuk titredim. Refleks olarak tavana baktım. Onun da oraya bakmasını soğukkanlılıkla bekledim. Orada hazır olan kancayı bilirdi herhalde. Acı bir biçimde yutkunarak bekledim. Bakmadı. Tam aksine oradan uzaklaştı. Demir raflardan birine yaklaştı. İzlenip izlenmediğini kontrol etmek için çevreye bakındı. Odunluğun kapısına baktı. Acele edip rafın birinde üst üstte konmuş kutuları karıştırmaya başladı. Ne aradığını düşünmeye kalmadı kutunun birinden radyoyu çıkardığını gördüm, büyük hevesle kucakladığını... Kapıya yakın prize doğru yürüdü. Afalladım. Haberleri dinleyecekti herhalde, aklım almıyordu, ne yapmak istediğini anlamıyordum. Ne yapmayı amaçladığını anlamıyordum. Onun farkına varmadan yansıttığı gerginlikten titredim o an. Soluğumu kestim. Sabırsızca olacakları beklemeye koyuldum. Radyoyu prize yakın sandalyeye koyduğunu gördüm. Fişe takmak için acele ettiğini... Sesin çıkması için düğmeyi birkaç kez çevirdiğini... Gergindi. Bekleyiş içinde idi. Ağır bir bekleyiş içinde. Unutulmuş nabzının yeniden atacağı bekleyişi içinde... Amacına ulaştı sanırım. Bale müziği duyuldu. Odunluğu besleyen sesti bu, onun ruhunu besleyen ses... Hayata yeniden kavuşma anıydı bu. İçimin eridiğini hissettim, damarlarımdaki kanın heyecandan delirircesine aktığını. Ağladığımı geç fark ettim. O an sadece bu anın bitmemesini istiyordum, sonsuza dek sürmesini arzuluyordum. Gördüğüm ve yanılmak istediğim en son şey buydu. Onun yıkılışını görmeye dayanamazdım ama gördüm, yıkıldığını gördüm. Sevinçten kelebek gibi uçtuğu vakit, kül olup dağıldığını gördüm. Soğuk terleyip acı yutkundum.

"Hayır, hayır!" diye bağırdım, "Hayattan elini çekemezsin! Bunu yapamazsın. Kalk, ayağa kalk. Soğuk topraktan uzak dur. Tabuttan uzak dur. Sen zayıf biri olamazsın. Ruhunda sevgi barınan insan zayıf biri olamaz." Sesimi duyurmak için pencereyi yumrukladım, duymadı. Duyamazdı da zaten. Burada değildi, çaresizliğin ortasında çırpınıyordu. İnatla, ısrarla, yenileceğini bile bile... Yapamadı. Daha fazla ayakta duramadı. Yığıldı. Lütfen, diye yalvardım. Tanrı'dan bağışlamasını istedim. Duyan yoktu, gören de. Tek müzik çırpınıyordu, sesleniyordu belki, yalvarıyordu belki ve sonunda soluklandığını gördüm, doğrulduğunu gördüm. Kendini müziğin kollarına teslim ettiğini gördüm. Acılara karşı müzikle bir olduğunu gördüm. Aldığı soluğu müzikle beslediğini gördüm, müzikle güç bulduğunu. Ayak altına serpilmiş kör tuzaklardan ustaca kaçtığını gördüm. Gördüğümün sonu olmayacağını bile bile oradaydım. Bir ümit bekledim ve sonunda korktuğumu gördüm. Müzik bitince toprağa kavuşma arzusunu gördüm. Azrail'in kapısına vardığını gördüm. Geç mi kaldım? Hata etmişim. Konuşmak için ikna etmeliydim. Derdi her neyse bir şekilde hallolurdu. Temeli yaşam olunca gerisi kaderden sürpriz ikram tabağına benzer. Ya tabakta benim göremediğim zehirden varsa... Tanya'nın yüzü soluktu. Ya tabakta zehir varsa...

O an orada yemin ettim. Ölüme ilaç bulacaktım. Ölüme ilaç bulacaktım.

18.

LİLİA'DAN

Hissediyordum. Aynanın karşısında durup kendime gözlerimin içine bakarak ne yaşadığımı net bir şekilde hissediyordum. Kabaca, oldukça kabaca hatta vahşice, zihnimi ellerimin arasında boğarcasına kıstırdığımı hissediyordum. Ona, "Dur be! Dur! Seni parçalayacağım! Ayağımın altına alıp tükeninceye kadar üzerinde tepineceğim. Dişlerimin arasına alıp kanını içerek ölmeni bekleyeceğim. Sakinleş, aklını başına topla. Hayatımı zehir ettin be, kendimden vazgeçmeme sebep oldun! Beni rahat bırak. Canınla ödemek istemiyorsan rahat bırak." dedim.

Yapardım da...Yapacağımı iyi biliyordu. Gözümü karartacağımı iyi biliyordu. Tek bir çıkış yolu teklif ettiğimde, doğru olmasına ihtimal vermese de başka çıkış yolu olmadığını biliyordu. Vahşice ölmek istemiyordu. Sakin ol! Sakin ol! Duyulmayan sözleri tekrar etmeye başladım. Ruhuma dokunmak için, yetişmek için ecel terleri dökmeye başladım. Zor olsa da sonunda başardım. Nefesimin ritmini duyduğumda sevginin yeşerdiğini hissettim. "Korkma!" kelimesini duyunca, zihnime sevap, bir lokma ekmeği bulduğuma sevindim. Gülümsüyordu; zihnimde, gözlerimde gülümsüyordu. Gülümsemeye karar vermiştim. Yumruklarımı parmaklarımı açarak serbest bıraktım. Yatağa yaklaşıp bilgisayarı kucakladım. Orada, tam orada hayatın olduğuna inanmak istedim. Çok istedim. Başımı çevirdiğimde onu gördüm. Benim yaşadığım acılardan sanki etkilenmiş, üzerinde kalakalmış yorgun sevgiyle beni izliyordu. Kısa bakıştıktan sonra bana "Yorgun görünüyorsun." dediğinde itirazımı göstermek için başımı salladım:

"Hayır, yorgun değilim, sadece ..."

"Sadece ne?"

"Sadece size karşı mahcubum."

"Neden?"

Bana yaklaştı. Çok yakınlarda durakladı. Sanki yüzüme dokunmak istedi ya da ben bunu yapmasını istedim. "Sizce... Burada sizin evinize yerleştim." Stefan bir adım geriledi. Acı bir biçimde güldü.

"Anladım, yoldaşım beni terk etmek istiyor."

"Terk etmek mi?" diye geçirdim aklımdan. Gitmemi kendisi mi istiyordu? Onun hayal kırıklığına uğramış yüzüne düşünceli bakakaldım. Sonra kendim bile beklemediğim adımı atarak yaklaştım.

"Mahcubum anlıyor musun? Bana iyi davrandığından, beni bilmeden evini açtığından, yediğim ekmeğin, giydiğim kıyafetlerin varlığından mahcubum."

Beni kaşlarını çatarak dinliyordu. Bana öfkeli değildi, kesinlikle... Korktuğunu görüyordum yüz ifadesinden. Onu uzun uzun izleyerek zihnimi kurcaladım. Korkuyu bir yere koymalıydım. Geçmişimden de korkmuş olabilirdi. Benim adıma da... "Benim adıma... Benim adıma..." Tekrarladım, birkaç kez. Farklı bir şey düşünmenin beni sadece korkuttuğunu bildiğimden... Hayatımın bitmiş olmasını görmek istemiyordum. Ama onu görüyordum. Ne yazık ki onu görüyordum. Birinin beni anlamasını bekledim, sessiz çığlığımı duymasını bekledim, buna çok ihtiyacım vardı. Belki bana saman gibi kuru gelen oksijenden daha fazla... Koca dünyada yalnız, görünmez yaşamak en ağır ceza idi benim için. Öfkemin bana etiketlediği katil damgasını düşününce ise... Kendimle savaşıyordum... Kim biliyordu? Katilimin meleğimle diş dişe olduğumu kim biliyordu? Zihnimdeki karmaşadan delirmek üzere olduğumu kim biliyordu? Bağırışlarımı duyuramadığımı kim biliyordu? Ben var mıydım şimdi? Defalarca sordum kendime. Gövdem vardı doğru, ya içim... Dokunmaya gelmez, dağılır küle dönüşürdü, iğrenç kokan kan gölüne belki...

Stefan genzini temizledi. Orada duran sandalyeye oturdu. Yüzüme uzun uzun baktı. Ona candan kulak verdiğimi hissettiğinde "Sorun bu ise bence gereksiz olduğunu düşünün. Hem ben hepsini sizin adınıza düşündüm ve kendimce çözüm bularak size fırsat sundum." dedi.

Stefan bakışlarını yatağının üzerinde duran bilgisayara çevirdi. "Bence sevdiğiniz işi yapmalısınız. Söz para ise siz kazanmaya başlayınca ben zaten size yardım etmem. Etmem, bunu bilin. Kendi ihtiyaçlarınızı kendiniz karşılarsınız."

Duyduğum kelimelere afalladım. Sevinç dolu bakışlarla onu izlemeye koyuldum. Defalarca teşekkür etmek istesem de sustum.

"Ne dersiniz? İyi bir fikir değil mi?" diye ısrarcı olan Stefan'a,

"Evet, evet tabii ki."

Cevabını nihayet verdim. O an boynuna sarılmak istediğimi bir bilseydi. Ama bunu yapmama kızımın gölgesi izin vermedi. Stefan huzurlu yüz ifadesiyle işe gitmesi gerektiğini söyleyerek odadan ayrıldı. Kapının eşiğinde donakaldım. Bir müddet sonra oradan uzaklaşıp benimle sıcak sıcak konuşmaya can atan aynaya yaklaştım. Karşımda duranın gözlerimin içi gülümsüyordu. Evet gülümsüyordu. Gördüğüme inanmak için o kişiyle burun buruna geldim. Yüzünün soğuk yansımasına dokunup aklımdaki soruyu sormaya başladım. O bende ne gördü? Kendini topla! Kabaca söylenen kelimeleri duydum. Afallamıştım. Kendimden duyduğum kelimelere afallamıştım. Ama hayır, hissettiğim yanlış olamazdı. Stefan ayakta durmama yardım ediyordu. Bunu görüyor, hissediyordum. Peki, o zaman neden başımı kaldırıp tepeme ışıldayan güneşe gülümsemekten kaçıyorum? Neden kaçıyorum? Kaçmayacağım! Hiçbir yere kaçmayacağım. Sevincimden ne yaptığımı bildim mi? Hayır... Tabii ki hayır... Ağrıyan tabanlarımı unuttum mesela. Yatağa doğru koştum. Laptopu kucağıma alıp sarıldım; sıkı sıkı sarıldım. Ellerime baktım. Ağaçtan kızları yapacağız; çiçekleri, farklı figürleri... Siz, bana yardım edeceksiniz. Evet, yardım edeceksiniz. Yaşamak istiyorum. Sadece yaşamak. Benden istenenleri yapmak, kendimi hissetmek istiyorum. Eskisi gibi sevgiyle hissetmek istiyorum. Öylece orada ne kadar durduğumu bilmiyorum. Sonunda sıradan gelen adımımı atmak için kıpırdandım. Her sağlıklı insanın görevlerini düşündüm mesela. Odaya göz attım. Temizlemem gerekirdi. Ama dur, Stefan'ın odası... O ne halde? Odaya doğru yürüdüm. Pencereyi araladım. Temizliğiyse çorap söküğü gibi ilerledi. Yaşadığımı hissediyordum; canlandığımı hissediyordum. Hevesle, huzurla evin işlerini yaptığımı. Bu halim günlerce sürdü, diyebilirim. Stefan'ın desteği ruh sağlığımın onarılmasına el atmıştı diyebilirim. Zihnim az da olsa ferahladı diyebilirim. Gölgemizde dolaşan zalimliği unutmaya kalkıştığımı diyebilirim. Kötü rüyaları iyimserlikle yorumladığımı diyebilirim. Ama kahrolası kader, sırtımın arkasında yaşananlar, hislerim... Kapıyı çalmak için gecikir mi hiç ya da unutur mu?

O gün beklemediğim vakit, kapı deliğine sokulan anahtarın sesini duyar duymaz, mutfakta doğramakta olduğum sebzelerden bıçağı çekip saklanmak için odaya göz attım. Nafile, mutfakta saklanacak yer yoktu. Bu kısa vakitte hiçbir yere gidemezdim. Çaresizce orada öylece donakaldım. Kimin kapıyı açacağına dair korkumu yudumlayarak bekledim. Nihayet kapı açıldı ve içeriye Stefan girdi. Bir taraftan onu görünce ferahladım öbür taraftan da kötü göründüğü için korktum. Bitkin görünüyordu. Her an düşecekmiş gibi hali vardı.

"Korkma, sanırım ateşlendim. Anlayacağın, kendimi kötü hissedince işimi bırakıp eve gelmek zorunda kaldım."

Sendeledi. Düşeceği korkusuyla duvara tutundu. Ona doğru hızlı adımlarımla yürüdüm. Yaklaştığımda düşündüğüm gibi koluna girerek onu destekleyemedim. Korktum. Samimiyetimi, ona hissettiklerimi görürse her şeyin değişeceğinden korktum. Hayatımı irdelemeye başlayacağından korktum. Donuk halime alınan Stefan, yüzüme bile bakmadan, "Sen işine bak." diye geveledi. Kendi eşekliğimden kızardığımı görmemesi için ona hızlıca sırtımı dönüp mutfağa doğru yürüdüm. Daha kapıya varmadan geri döndüm. Onun koluna girdim. Birkaç adımdan sonra ona nereye yatmak istediğini sordum.

"Burada, koltukta yatsam daha iyi olur." dedi zor duyulan gür ve çatlak sesle.

"Koltuğu açmamı ister misiniz?" diye sorduğumda,

"Olur, suyu da verirsen iyi olur." dedi.

"Hemen..." dedim ve onu koltuğa yerleştirdikten sonra mutfağa yürüdüm. Suyu sürahiden bardağa boşalttığım an bile ondan gözümü ayırmadığıma şaşırmış kendimi yargılıyordum. O benim için o kadar önemli miydi? Beni paniğe sokacak kadar mı? Onun dudaklarına bardağı götürdüğümde ellerimin titremesine engel olamıyordum.

"Boğazın kötü galiba, yutkunmakta zorlanıyorsun. Doktora görünmem lazım. Biliyorsun değil mi?"

Yüzüme tatlı tatlı baktı. Gülümsedi. Gözlerini kırpıştırdı.

"İğne vuruldum, ilaç da aldım, yeterli mi?"

Munzurluk yaptığı her halinden belliydi.

"Hayır, dinlenmen lazım."

Dudağını büktü. "Ya sen? Sen ne yapacaksın? Böyle iyiydik. Hasta ilgi ister değil mi?"

"Evet, doğru söylüyorsun ilgi ister."

"Karnım aç. Etli yemek varsa..."

"Hemen" dedim ve ona sırtımı dönerek mutfağa doğru yürüdüm.

Çorbayı ısıtırken "Biz bu gidişle nereye varacağız?" diye sordum kendime.

Bana bağlandığını her halinden belli ediyordu. Ama babamın kızı olduğumdan her şeyin altında ne olduğunu merak ederim. Düşeceğim şüphe kuyularını kazmaya meraklıydım. Acaba, ya, sadece... Neşeli halim agresifliğe dönüştü.

Çorbayı sıcak içemezsin. Doktor söylemiştir değil mi?"

"Tanya, ben kendimi sana emanet ettim, sıcak soğuk kabul. Vereceğin zehir bile olsa ses etmeyeceğimden emin ol."

Orada durakladım. O farkına varmadan beni vicdanımdan vurmuştu. Güvenerek yapmıştı bunu. Yapmayacaktı. Zamanı gelince geçmişimin, doğrularımın, eğrilerimin üzerinde tartışacaktık. Acele etmişti. Beni melek görerek hata yapmıştı. Gerçeğimle kabul etmeyeceğini belli etmişti. Yıkılmıştım. Onun yanına çorba kasesiyle vardığımda telefonda biriyle görüşüyordu. Bayan sesini duyunca kim olduğunu merak ettim. Daha doğrusu kıskançlığımdan toplanan kirpiye benzediğimi hissettim. İlk kez alnına dokundum mesela. Gizliden değil de onun görebileceği şeklinde içimi çektim. Telefon konuşması sırasında ağır hastanın başını bekler gibi yanından ayrılmadım. Telefonun kapama tuşuna bastığı andaysa duygularımı yalanlamak için:

"İlaçları eczaneden almaya fırsat buldunuz mu?" diye sordum.

"Meslektaşım sağ olsun!" dedi gülümsemenin altında farklı rengini katarak.

Anladım, ondan bir şey gizlemek zordu. Az önce asık olan suratımın sebebini de biliyordu.

"Kahve içmeme müsaade var mı?" diye sordum mutfağa doğru yürüdüğümde.

Ses etmedi. Ocağın turuncudan maviye kaçan alevini izlerken bocalıyordum aslında.

"Birinin hayatını alınca senden de bir parça gidiyor." diye fısıldıyordu beynim.

Allah kahretsin hayatımda her şeyi kaybetmiş ben, hangi temelin üzerinde yaşam kurmaya çalışıyordum? Kahvenin taştığını çıkan sesten fark ettim. Başladı, hayatın gerçekleri beni kemirmeye başladı. Korku ve ızdırap hücumla üzerime çullanınca havasız öleceğimi sandım. Bocalasam da cehenneme kaçmaması için aklımla pazarlığa otursam da nafile. Suskundu, tek kelime haklı neden bulamıyordu. Tavana baktım. Evet, en son olacak olan aşikardı. Tahtalı köy, oradan bana sırıtıyordu. Elimin, ayağımın güçsüzlüğünü hissettim derinden. Oracıkta oturdum. Gözlerimi sıkı sıkı yumdum. Bekledim, üzerime çöken tonlarca ağırlığın ne zaman hafifleyeceğini bekledim. Bir ses duymak istedim; bir işaret, soluk almak için bir neden. Ama Allah kahretsin, sessizliği sarsan buzdolabının motor sesiydi sadece. Gözlerimi daha sıkı yumdum. Kendimi bale yaparken hayal ettim. Ondan zihnime ilaç niyetine müziği koparmaya çalıştım. Zihnimde tam takım topartladım, derken araya başka ses karıştı. Öğürme sesiydi bu. Stefan'ın öğürme sesiydi bu. Onun yattığı odaya doğru koştum. Orada onu bulamayınca lavaboya... Lavabonun kapısı kitliydi. Kapıya sırtımı dayayıp beklemeye koyuldum. Nihayet öğürme sesi kesildi. Arkasından akan su sesi de. Onu kapı eşiğinde karşıladım. Titriyordu, üşüdüğünü söylüyordu. Koluna girdim. Yattığı koltuğa kadar eşlik ettim. Yattı. Üzerini örttüm. Oracıkta sandalyenin birine oturdum. Yattığı yerde kıpırdamayan Stefan'ı bir müddet izledim. Ne kadar zamandır orada oturduğumu bilmiyorum. Odayı dolduran karanlığın onu yavaş yavaş yuttuğunu gördüğümde irkildim. Onu kaybetmek istemediğimi bir kez daha hatırladım. Hiç düşünmeden içimden geçeni yaptım. Battaniyeyi kaldırıp onun yanına yattım. Onun soluk sesini, kendi soluğumu besleyerek dinledim bir süre. İçimin onun varlığının desteğiyle az da olsa rahatladığı anlardı o anlar. Zihnimin ağır ağır silikleştiğini hatırlıyorum en son. Uyuyakalmışım.

Neredeydim, bilmiyorum, nasıl bir ortamda? Sesleri duyuyordum. Çevreden beni çok iyi tanıyanların sesleriydi bu. Gözlerimi araladım. Az önce gördüğüm, duyduğum uykunun içinde yaşadığıma dair kendimi ikna çabasına girdim. Korkunun, hislerin, gerçeklere bağlılığın çok uzaklarda olabileceği ihtimalini düşündüm bir müddet. Kendimle epey mücadele etmem gerektiği aşikardı. Stefan'ın yanında olduğum için az da olsa şansımın olduğunu hatırlattım kendime. Onun bana yabancı olduğu fikri aklıma geldi. Onun ateşten yanan bedeninden ellerimi çekip uzaklaştım. Artık ondan yarım karış uzaklıkta yatıyordum. Gördüğüm kabustan kurtulmak için kendimle kalakalmıştım. Eğer rüyada gördüğüm gibi yaşamım değişse ne olacağı düşündüm. "Bilmem..." Korkuyla geveledim. Çaresizce gördüğümü unutmak için kendime, zihnime yüklendim. Nafile, oradaydı, göz ferimin tam merceğinde, zihnimin tam zirvesinde. Hissettiğimden acı acı terledim. Ruhumun acısından öleceğimi sandım. Hislerimden nasıl kurtulacağımı bilemedim. Biri beni vicdan damarlarıyla örülmüş idam ipinden kurtarır mı? Bağırmak istedim. Yattığım yerden hızla hareket ederek kalktım. Pencereye doğru koşup karanlığa teslim olan görünmez bulutlara baktım; telaşlı idiler, aceleci idiler. Avuçlarında birinin nefesini taşıyor gibiydiler. Kimin için boğuştuklarını bilmiyorum ama yaşananların etkisinden canım çok yanıyordu. Duraklamadan arkasından koştum, zihnimin sürüklediği yere. Benden kaçmaya hazır, canımı kıstıracağı yere doğru. Sanki

Tanya'yı gördüm, evet gördüm. Karanlıkla özdeşleşmiş gibiydi. Tek net gördüğüm göz bebeklerinin yuvaya kaçmış olduğuydu. Çökmüştü, on yaş yaşlanmıştı. Kıpırdamıyor, ses duymuyor, tepki vermiyordu. Ölü müydü, diri miydi, anlamak için bir adım ilerledim. Bir an başını çevirdi. Bakışlarla göz bebeklerime acının dadandığını hissettim. Bir adım geriledim. Kara gördüğüm gövdesinden bir ordu kara sinek uçuştu. Birden leş koku yayıldı. Kardeşim çürüyor, kalıyordu. Sordum, neden? Alt dudağını kıpırdattı. Çürümüş dudak çene kemiğinden kurtuldu. Sinekler, böcekler ağzının çukurundan dışarı tırmandı. Tanya'nın kara gövdesi titremeye başladı. Korkumdan geri adım atıp koşmak için hazırlandım ki beni yakamdan yakaladı. Kendimi geri çektiğimde ondan kopmuş kolun üzerimde sonsuza kadar kalacağını anladım. Durakladım. Zaten gidemezdim. Ona peşimi bıraksın, diye yalvarmaya hazır dudaklarımı araladım. Sesim çıkmadı. Sesimin rengini hatırlamaya çalıştım. Sanki hatırladım ama dudaklarımın arasından çıkan:

"Üzgünüm, çok üzgünüm." kelimelerini ben bile duymadım. Tanya ise benimle konuşuyordu:

"Lilia, burada olmamın sebebi sensin. Lanet olsun sana! Ağlamıyorum... Evet, ağlıyorum... Gözyaşlarını göremiyorum deme bana. Gözyaşlarım kurudu kardeşim. Evet, kurudu. Beni gözyaşlarım bile terk etti. Siz beni lanetlediniz. Ailem beni lanetledi. Ama dur! Bunu sizin yanınıza bırakmayacağım! Bırakmayacağım! Benim şu an yaşadığım ne ki... Siz, hepinizin daha beterini yaşaması için elimden geleni yapacağım. Neden mi? Düşünün bi... Bir kez olsun benim adıma düşünün."

Başımı avuçlarımın arasına aldım. Bu işin içinden aklımı yitirmeden nasıl çıkacağımı düşündüm. Bir yerden başlamalıydım ama nereden? Beynime saldıranlara daha fazla dayanamayıp banyoya koştum. Kendimi soğuk suyun altına attım. Kulağımda aşınmaya başlayan sese ses karıştı, Stefan bana,

"Tanya bana su verebilir misin?" diye sesleniyordu.

Bir yerde hayat akıyordu. Benim orada olmam gerektiğini düşünerek mutfağa koştum. Stefan benim için korumasız, avucumda tuttuğum göz bebeğimden farksızdı. Benim dikkatsizliğim onun hayatının ferini söndürebilirdi. Biliyordum. Buna izin veremezdim. Bir insanın hayatını mahvedemezdim. İki gün kendimi delilik yapmamak için zar zor dizginledim ve o gün, Stefan'ın iyileştiği ilk gün kahvaltı sofrasında otururken ortaya bir soru attım,

"Rüyalara inanır mısın Stefan?"

Bir müddet sustu. Başımı tabağa gömsem de hissediyordum, rüyamda ne gördüğümü gözlerimin içine bakarak sezmeye çalışıyordu. Sonunda:

"İnanıyorum, sonuçta bu bir his, insan neyi hissederse bence onu görür."

Sanırım haklıydı. Eğer öyleyse, Allah kahretsin Tanya şu an nerede? Başına ne geldi? Bu soruların beni rahat bırakmayacağı aşikardı. Onu bulmadan nefes alamazdım. Aklımda laptop fikri yeniden canlandı. Sonuçta oradan bilgi edinebilirdim. Hayırlı olmasını umuyordum. Tanrı'nın bana sırtını döndüğünü unutursam...

19.

Bir aydan fazla laptopun başında saatler geçirerek kardeşimin izini arıyordum. Hiçbir ipucuna rastlayamadığımdan ümidimi yitirmeye başlamıştım. Kendimi bildim bileli umutsuzluktan nefret ederdim. Keşke sadece nefretle kalsa... Umutsuzluğu günleri hızla öldüren katil olarak görürdüm; elinde koca bıçakla arkamdan gezen katil. Stefan huzursuzluğumu hissedip soru sormamak için sabrediyor olsa da her gün evden çıkmadan gözlerimin içine bakıp:

"İyi misin?" diyerek ona açılmamı teşvik etse de cevabını alamayacağını biliyordu. Hissediyordum, derin suskunlukla ondan uzaklaştığımı. Çoğu zaman eve geldiğini, yanımdan geçtiğini görmüyor; gördüğüm zaman da onunla ilgilenmiyor, konuşmuyordum. Stefan'ın aramızda hızla kalınlaşan beton duvarı yıkmak için beynini kurcaladığından da emindim. Bir gün sabah evden çıkmadan önce ona güvenip güvenmediğimi sordu.

"Tabii ki..." dediğimde,

"Peki, akşam bu durgunluğunun, huzursuzluğunun sebebini açıklarsın o zaman." dedi.

Kabaca ses tonuyla vardığım uçurumun kıyısından ayrılmamı emretti. Sesinin kararlılığından, kabalığından korkan ben, telaşa kapıldım. Ya benden bıktıysa... Hakkımda ipucu sahibi olduysa... Ya önümde duran uçurumda kendi yiterse... Ya o zaman... Psikopat bir katil gibi ölmez miydim? Gerçeği anlatmaya kalksam...

Ya o zaman... Sevdiğinden emin ama bunu dile getirmeye korkan insan nasıl davranırdı? Beynimde boğmaya çalıştığım soruyu kendi düşüncelerimle, hislerimle cevapladım. Ben sevdiğim insanı anlamaya çalışırdım. Akşamı beklemeliydim ve bir şekilde olan biteni anlatmalıydım. Aramızda özel yakınlık olmasa da ruhumuzun özdeşleştiği düşüncesine kendimi bırakmak istiyordum. Evet, bir yerden anlatmaya başlamam gerektiğine kendime ikna etmiştim. Laptopu kapatarak, her bayanın yaptığı gibi, en kötü gün de olsa sevdiğine güzel, sevimli görünme çabalarına girdim. En çok yakışan mavi kazağımı giyip özenle saçımı taradım. Yemekleri daha şık tabaklara yerleştirip üzerlerini sadece kızıma yaptığım, sebzeden oluşturduğum çiçeklerle süsledim ve çoğu zaman olduğu gibi beni ya cesarete ya da deliliğe sürükleyen içki şişesini de sofraya koymayı unutmadım. Bunları yaparken beynimin içinde mıh gibi sıkışan "Anlatmaya nereden başlayacağım?" sorusuyla boğuluyordum. Stefan'dan sorular gelirdi elbette. İrkilerek titredim. Sonra kendimi teselli adına, beni iyi kötü tanıdığından hayatımla mücadele ettiğimi de görmüş olmalıydı. Ona gerçekleri yumuşatarak anlatma fırsatı bulurum. En azından ben öyle umuyordum. Sonunda zaman kendini buldu, kapı çaldı. Durduğum yerden kapı mesafesine yaklaşmak için ateşten çemberi geçme zorunluluğumdan terledim. Tek tesellimse bana karşı hissettiği aşktı. Haydi hayırlısı, diye geveleyerek kapı koluna asıldım. Eve gelen Stefan'ın durgun havası ona özenerek hazırlandığımı hissettiğinde değişti.

"Merhaba!" kelimesine sevinç rengini katan Stefan elindeki çörek dolu paketi bana uzattı. Çörek paketini elime almadan önce bir an durakladım. Üzerinde gördüğüm, sanırım pastaneye ait amblem beni geçmişime fırlattı. Gördüğüm amblemin çocukluğumda Tanya'nın çizdiği amblemle tıpatıp aynı oluşu tesadüf olamazdı. Peki burada ne işi vardı? Stefan omzuma dokunduğu anda düştüğüm durumdan silkinip kendime geldim. "Hoş geldin!" kelimesini hiç beklemediğim huzur dolu bir sesle seslendirdiğime şaşkındım. Çörek paketini elime aldım ve yemek dolu masaya hiç olmadığım kadar merakla aç yürüdüm. Tedirginliğimi belli etmemeye çalışsam da kendimi ne kadar gizleyebildiğimi bilmiyorum. Masadaki tabaklardan birine çörekleri sıraladığım an tek düşündüğüm Stefan'ın ne bildiği İdi. O kardeşimi tanıyor olabilir, fikri beni daha da gerdi. Olabilir de sonuçta asker adamın her yerde gözü ve kulağı var. Yay gibi kasıldım. Eee, o zaman... Bu çörekler bana Tanya'dan gözdağı mı? Hayır... Onun cebinin pastane açacak kadar dolu olduğunu sanmıyorum. Tanya bu, kendinde olmaz, olanı bulur. Eğer öyleyse onu bulmuştum. Bana silah çevirecek değil ya! Acaba... Sanki şimdi yaşıyorsun, diye bağırdı iç güdülerim. Vicdanın idam ipinde sarkan sen, soluğundan kısıtlandığını biz bilmesek, acısını biz tatmasak... Başımı iki elimin arasına aldığımı gören Stefan:

"Bir şeyin mi var? Bir yerin mi ağrıyor?" diye sordu.

"Hayır, hayır... Her zaman ki gibi sofraya tuz getirmeyi unutmuşum yine."

Ondan uzaklaştım. Sırtının arkasına geçtiğimde dönüp baktım. "Ben seninle nasıl baş ederim Stefan?" diye fısıldadım. "Ya seninle Tanya..." Bu tuhaf işaretten sonra kendimi tanıyamaz olmuştum, sanki soluğum yeni oluşmuş damarı yakalamış, oksijenin yeni kaynağını bulmuş gibi... Gördüğüme ilişkin sevinçle dolmuş beynim, geç kalmadan şüpheye de yakalanınca sarsılmayı başardı. O an üzerime düşmüş sersemliğin zihnimi de boşalttığı da aşikardı. Bu Tanya'ya ait işaret buraya nasıl geldi? Şüphe beynime aktıkça yanında sürükleyeceği deliliğimden korkmuyor değildim. Sofraya tuzlukla döndüm. Stefan'nın tabağına özel soslu kreplerden servis yaptım. Bana bakıp gülümsemeyi deneyen adamın yüzünde şüphe izlerinin hala silinmediğini gördüm. Onun için havyar tabağına uzandığımı gören adam:

"Seni karşımda görmek beni daha mutlu eder. Sakin ol, kendin ol, ben bu evin misafiri değilim, değil mi?"

Sofra başında bile gizleyemediğim huzursuzluğumdan tedirgin olan Stefan sessizliğini sonsuza dek bozmuş görünüyordu.

"Ne oldu? Korkmuş gördüm seni. Benim bilmem gereken bir durum mu var?"

Cevap vermem için gözlerimin içine bakan Stefan'dan yüzümü nereye çevireceğimi bilemedim.

"Ah, bir şey yok. Sadece bu çörekleri çok sevdiğimi nereden bildiğinizi düşündüm."

"Sevindiğine sevindim. Üzgün halineyse üzüldüğümü görmemezliğine dayanamıyorum."

"Biliyorum." Sözünü kestim, "Sizi üzdüğümün farkındayım. Ama bana biraz zaman verin lütfen. Kendimce hesaplaşmam gereken bazı çıkmazları yaşıyorum."

"Ne gibi?"

"Üzgünüm şu an cevap veremem. Sizi düşünerek bunu yapmak zorundayım. Benim derdim bana kalsın."

Stefan'ın yüzünde derin umutsuzluğu görünce, "Size karşı haksızlık yaptığımı biliyorum ama eğer bu derdimi de size bulaştırırsam, sizi bir kez daha üzersem kendimi çok daha kötü hissederim. Kahrolurum. Söz, gün gelir kendimi tüm samimiyetimle size anlatırım. Anlatmak zorundayım. Şimdi ise erken davranıp sizi yaralamak sadece canımı daha çok yakar."

Stefan başını eğdi. Derinden iç geçirdi. Kaşlarının altından yüzüme ruhunun acısıyla baktı, uzun zaman kimsenin bana bakmadığı samimiyetle. Acı bir biçimde gülümsedim. Bana komşu olan omzuna dostça dokundum. Dokunduğum omzuna başımı yasladım. Onun elini saçımın üzerinde hissettim.

"Sen iyi birisin Stefan, benim için önemlisin. İleride ayrılsak da yüreğimde taht kuran birisin. Sana vefa borcumla sonsuza kadar bağlandığımı bilmen gerek. Canımı iste veririm. Ama aklımı, ruhumu benden isteme." Yüzüme hayal kırığıyla baktı. "Şimdi isteme... Sakın yanlış anlama... Esirgediğimden ya da dolu olduğundan değil. Sadece.... Sadece..." Yutkundum. Gırtlağımda hissettiğim yumruğun gittikçe sertleştiğini hissettim. Gözyaşlarımın şakaklarımda, yanaklarında yol bulduğunu da... Stefan'ın elini omzumda hissettim. Şefkatle bana dokunduğunu... Başını başıma dayadığını... Ağlayan küçük bir çocuğun yerine beni koyarak susturmaya çalıştığını... Gözyaşlarımı sildi bir ara. Yüzüme umutla baktı:

"Her şey geçici, bu zor günler de geçici. İnanmak zorundasın kendine, bana, geleceğe. Aldığın soluğun hatırına bunu yapmalısın. Tecrübe konuşuyor, Tanya..."

Ağlamayı kestim. Ona inanmak istiyordum; kendime inanmak istiyordum, bu zor da olsa başarmak istiyordum.

"Haklısın, çok haklısın Stefan, sanırım bazı kararları verme zamanı geldi."

Gözüm tezgâhta bıraktığım boş çörek paketine gitti. Bir müddet sonra beni daha sakin gören Stefan, oturduğu yerden doğrulup CD çalara doğru yürüdü. Ona onu benimseyerek baktığıma inanamıyordum. Çok tuhaf, onu o gün kendimden bir parça bilmiştim.

Ne kadar zamandır uyuduğumu bilmiyordum. Sabaha karşı birkaç sokak köpeğinin evin duvarlarını sarsacak kadar kuvvetli gürültüsüne uyandım. Huzursuzluğumdan delirmiş kalp atışlarımı Stefan'nın duymaması için omzundan usulca başımı kaldırıp yanından sıvıştım. Aklım çöpün kenarına bıraktığım çörek paketindeydi. Üzerinde yazılan adres geleceğimin rehberi olabilirdi. Tanya'yı bulabilirdim. Sırtımdaki ağır yükten kısmen kurtulabilirdim. Laptop odamdaydı. Oraya varmak için parmak uçlarımın üzerinde sessizce yürüdüm. Odam loştu. Kapı aralığından ışığın görüleceğini düşünerek ışığı yakmadan yatağımın köşesine oturup laptopun açma tuşuna bastım. Açıldı. Google sayfasında "Benim Dünya" pastanesini tuşlayarak sonuçları beklemeye koyuldum. Karşıma pastanenin adresini gösteren sayfa belirdi. Oradan Soçi'nin tanınmış sokaklarından birinde yer aldığını okumuştum. Sahibinin Nina Çerenkova olduğu belirtilmişti. Nina Çerenkova kimdi? "Benim dünya..." Bir zamanlar Tanya'nın aklında çizdiği amblemle nereden, nasıl tanışmıştı? Bu bir tesadüf olamazdı. Böyle bir düşünce, benzetmenin, iki kişinin beyninde doğması imkânsız olarak düşünülse, imkanlı olan neydi o zaman? Birbirlerini tanıyor olabilirlerdi. Evet, kesin tanıyor olmalılar. Laptopun ekranında genç kadının kendi sayfasında gösterdiği bu işarete daha dikkatle bakarken Tanya ile seneler önce yaşadığımız diyaloğu zihnimde tekrarladım. Biz o zaman sadece dokuz on yaşlarında olmalıydık. O gün resim yaparken usulca yanına yaklaştığımı hatırlıyorum. Beyaz kâğıdın üzerine çizdiği kelebeğe ait tek taraflı kanatların içinde yuvarlak halkayı çizip boyamıştı. Resme bakarak derin düşüncelere kapıldığını da net hatırlıyorum. Durgun gördüğümden ona ne çizdiğini sordum.

"Bu benim Dünyam" diye geveledi ve hüzünle gülümsedi.

"Nasıl yani?" diye sorduğumda,

"Çok basit. Ben de kelebeklerin ömrü kadar kısa fakat sakin, kavgasız, sorunsuz bir dünya istiyorum."

"Ya bu içindeki halka..."

"Bu benim dünyam işte..."

Evet, aynı fikre başka biri de sahip olamaz, kanaatine vardım. Doğrusu bu olmalıydı. Evet, bu olmalıydı. Gözlerimi ovuşturup Tanya'ı bulabilirim, düşüncesine gülümsedim. Dalgındım ve Stefan'ın odaya ne zaman girdiğini fark etmemiştim bile. O ise beni izliyor, fark edilmek için zaman kovalıyordu. Sonunda sabredemeyip genzini temizleyerek kendi varlığını gösterdi. Ona dönerek:

"Ah günaydın!" diye seslendim.

Stefan bana iki adım daha yaklaşıp kibarca başını salladı. Ne izlediğimi merak eden adama doğru çevirdiğim Laptop ekranında yayılan ambleme baktı, baktı ve

"Madem çörekleri çok sevdin, hazırlan, gidip yiyelim." diye teklifinde bulundu.

Sokağa çıkma korkusundan kaşlarımı çattım. Bu duruma huzursuzlaşan Stefan dudağını büktü.

"Anladık benimle görünmeye de hazır değilsin." diye mırıldanıp açık bıraktığı kapıdan uzaklaştı. Bense o gittikten sonra laptopa geri dönüp Nina Çerenkova adını Facebook sayfasında aradım. Önümde birkaç Nina Çerenkova'ya rastlayınca olanaklara göz atarak en uygunu olan "Benim Dünyam, Pastane Sahibi" profilini bulmaya çalıştım. Geç de olsa sonunda rastladım. Bizim yaşlarımızda genç bir bayandı bu. İnce yüze sahipti, belki de gür olan saçının kesiminden öyle gördüm. Uzun, salık kullandığı saç yüzünün bir kısmı kemirmeyi başarmıştı belki. Koyu kahve rengi gözleri oldukça ufaktı; fakat yaşadığı hüznü gizlemeyi becerebileceği kadar değil. Her neyse sorun, o Tanya'yı benim kadar belki benden daha iyi nereden tanıyordu? "Benim Dünyam" hikayesini bildiğine göre... Ona bunu sanal hayatta tanışarak soramazdım. Doğru olacağını sanmıyordum. Beni kolayca tek kelimeyle kestirip atabilirdi. Ama eğer görüşürsem... Bu fikir beni kaynar kazanın içine saldı. Sokağa çıkma korkusunu yenemiyordum. Belki katil zanlısı olarak şu an aranıyordum. Belki de düşmanlarım hala izimi sürüyordu. Ama ömür boyu da burada bu şekil çakılıp kalamayacağıma göre... "Tanrı'm, yardım et." diye fısıldadım ve başıma gelenleri gözden geçirmeye karar verdim. Bazı olumlu durumları görerek daha beter paniğe kapılmamak için kendimi teselli etmem gerektiğini biliyordum; ama bir baktım ki daha çıkmaz durumlar içinde boğulup kaldım. Ya Tanya bulunduysa... Ya onu arayanlar Tanya'yı buldularsa... Ya öldürüldüyse... Kaçmam değil de polise gitmem doğru olmaz mı? Evet, bu fikir aklıma neden gelmedi? Polisleri neden aramadım? Şimdi arayabilirim, düşüncesiyle odadan fırlayıp telefon ahizesine koştum. Telefonu elime aldığım andaysa durakladım. Bunu yapamazdım. Buradan Stefan'ın evinden arayamazdım. Bu doğru olmazdı. Telefon numarasından Stefan'ı ele verirdim. Polisler daha fazlasını öğrenmek için buraya gelebilirlerdi. Yapabilirlerdi bunu. Ya Stefan ev telefonunu kendi cep telefonuna yönlendirdiyse... Otur Lilia oturduğun yerde, diye emrettim kendime. Ama nafile zihnimin emir yağdırdığını da iyi biliyordum. Kamyonet sürücüsü ölmüş müydü acaba? Bunu öğrenmek için o zavallı kuru kızı bulmalıydım. Bu kez facebook adresine onun adını yazmaya başladım. Sadece iki harf tuşladım ki kapı çaldı. Ayağa kalkıp kapıya yöneldim. Gelen Stefan'dı. Öğle olmuştu bile. Yüz ifademde ne gördüyse, adam bana:

"Hasta mısın?" diye sordu.

"Hayır." dedim ve içeriye yürüdüm. Arkamdan:

"Emin misin?" diyerek üstüme gelince,

"Dün gece uyumadım. Şimdi uyuyakalmışım. Kapı çalınca uyku içinde korktum." dedim.

Elinde aynı amblemi taşıyan paketi fark ettim. İsteksizce gülümsedim. Ona sırtımı dönüp yüzümü yıkamak için lavaboya yürüdüm. Biliyordum, ona her şeyi anlatırsam rahatlayacağımı biliyordum. Ama nereden başlayacağıma dair hiçbir fikrim yoktu. Lavabodan çıktım, mutfağa doğru yürüdüm. Tahminim doğru çıkmıştı. Stefan öğle yemeği için sofrayı kurmuş, beni sofra başında bekliyordu. Zoraki gülümseyerek karşısına oturdum.

"Durgunsun." dedi Stefan yüzümü inceleyerek.

"Evet, doğru, durgunum. Nefes almak istiyorum. Bunu ise bir türlü beceremiyorum."

"Nedenlerini bana anlatabilirsin. Biliyorsun, çok iyi doktor olmasam da seni ölüme bırakmam."

"Biliyorum, bilmez miyim hiç?"

Kazadan sonra halimi düşündüm o an. Sessizce iç geçirip Stefan'ın seçtiği hafif yemeklerden patates püresi ve soslu tavuktan bir parça ağzıma attım. Stefan'ın yemek yerken ne düşündüğünü bilmiyordum. Benim tek derdim o kamyonetin sürücüsünün durumuydu. Ölmüş olmamasını diliyordum. En azından yaşadığını öğrenerek ayağımın biri çözülürdü. Burada, Soçi'de suç işlememiş olduğumu öğrenerek zincirlerimin bir kısmından kurtulurdum.

"Yemekten sonra ballı çöreklerin yanında kahve?" diye soran Stefan'a başımı evet anlamında salladım. Önüme koyduğu bir fincan kahvenin yanında nefis çöreği görünce Stefan'ın yüzüne gülümseme yerine hüzünle baktım. Maalesef aklımdakiler bundan fazlasına izin vermiyordu. Pislik içine gömülmüş bir kördüm. Çevrem karanlıktı. Tepemde parlayan ışık, hayat burada, diye fısıldıyordu. "Dünya burada..." diye fısıldadım.

"Onlar senin yemen için orada bekliyorlar." dedi Stefan çörekleri işaret ederek.

"Ya kilolar..."

"Onlara da çözüm bulunur. Bana kalsa her şeye çözüm bulunur sen istersen tabii ki."

Kelimelerle ısrarını sürdürdü.

"Bana elini uzat artık." Güven, demek istemişti. Bence öyle... Fincanın dibinde kalan kahveleri sessizce yudumladık. Boş fincanı boş tabağın üzerine yerleştirip Stefan'ın gözlerinin içine baktım.

Ciddi görünüyordu. Bir müddet sonra sessizce ayağa kalktı. CD çalara yaklaştı. İçine CD yerleştirdi. Odayı yeni versiyondan bale müziği doldurunca şaşkın ne yapacağımı bilemedim. Her damarım ayrı bir coşmuş hareket etmek için sabırsızlanıyordu.

"Kilo... Çözüm... Müzik..." dedi Stefan ve karşı koltuğa beni izlemek için kuruldu.

Ayağa kalktım. Odanın boş olan tarafına doğru yürüyüp kendimi müziğin kollarına bıraktım. Dans etmek benim için mutluluğa besin, gecesiz gündüz, uzun kahkaha, ruhumun ferahlığı, gözümün perdesinde çiçek bahçesi, terli tenime yapışan çilek şerbeti demekti. Ama, bunu hiç beklemiyordum. Huzurumu kurşuna dizen notayı beklemiyordum. Sevdiğim her şeyin yok oluşunu, yıkılışını beklemiyordum. Müzik kabalaşınca ben de kabalaştım. Ruhum paralanmaya başladı. Gündüzüm karardı. Çilek şerbeti zifte dönüştü ve acı son... Stefan'ın ayak sesini duydum. Bana koştuğunu hissettim. Sonra sesini duydum,

"Yapma, kendine bunu yapma!" diye haykırışını. Nefes alıyor muydum? Emin değildim, almak istediğimden emin değildim.

"Yapma bunu! Yapmaya hakkın yok! Kendini umursamamaya hakkın yok! Kendini öldürmeye hakkın yok! Beni öldürmeye hakkın yok! Yok!.. Yok!.. Yok!.."

20.

O akşam yatmadan önce laptopun açma tuşuna bastığımda, daha sakindim. Stefan'ın bana isyan içinde söylediği kelimeleri unutmayacaktım. Düştüğüm durumdan kurtulmak için çözüm bulacaktım. Pekâlâ, nereden başlamalıydım? Ekran açılınca ne öğreneceğim telaşından yüreğimin mermiden kaçarcasına koşturmaya başladığını hissettim. Ona sakin ol, diye bağırmaya başladım. Birkaç kez derin nefes aldıktan sonra sanki biraz sakinleştim. Google'ı açtıktan sonra kuru kızın adını, Marina Promova, yazdım. Sonuçta, sadece iki kişi Marina Promova gözüktü. İkisi de popüler denebilen şahıslardı. Benim aradığım kuru kızla alakaları yoktu. Ya öldüyse fikri aklıma düştüğü anda, dur, diye bağırdım kendime. "Sağdır, neden ölsün ki, hapistedir. Kamyoncu ölmüştür." Aman Allah'ım ne saçma fikir... Facebook'ta kaydı var mıydı? Orada aynı ad altında yüze yakın kayıt bulundu. Soyadların bazıları sadece bir iki harf oynuyordu. Tek tek sırayla Facebook sayfalarını açıp onu orada aradım. Kiminin resmi yerinde farklı figür olunca onu bulmak da zorlaştı. Hatta bir ara umudumu kesip laptopu öfkeyle kapattım. Başımı yatağın başlığına yaslayıp ne yapmam gerektiğini düşündüm. Nina Çerenkova ile görüşmeliydim. Belki kılık değiştirerek bunu yapmalıydım. Muhakkak Tanya'yı yakından tanıyor olmalıydı. Belki de şu an nerede olduğu hakkında bilgisi vardı. Ya Stefan sokağa çıktığımı öğrenirse... Ona durumu nasıl açıklardım? Bunca korkaklıktan sonra "Dolaşmaya çıktım." yalanına inanır mıydı, sanmam. Yok, bu Marina'yı bulmadan imkânsız görünüyordu. Tekrar Facebook'a dönerek onun izini sürmeye başladım ve sonunda... Bu oydu. Evet, ta kendisi. Profilinde resim olmayan sayfanın birinde yüklenen günlük resimlere baktığımda onu hemen tanıdım. Bal rengi gözleri mutluluktan parlıyordu. Üzerinde güzel pembe elbisesi vardı ve saçları bakımlıydı. Kilo alıp toplanmıştı. Aman Allah'ım oydu. Mutluydu. Hatta fotoğrafın birinde genç delikanlının biriyle nişanlandığına dair görüntüler veriyordu. Laptopu bir kenara itip ayağa fırladım. Odanın ortasında resimlere bakarak sevinçlerini paylaşır gibi dans ediyordum. Sonunda dans etmeyi bırakıp fotoğrafta bana sırıtan kuru kızın yüzünü öpmeye, ona teşekkür etmeye başladım. Kendime teşekkür ediyordum. Ölmemiş olan kamyon şoförüne de yaşadığı için teşekkür ediyordum. Herkese sevgilerimi göndererek yatağa derin uykuya dalmak için girdim.

Ertesi sabah uyandığımda Stefan evde yoktu. İşe erken gitmişti. O an onu görmeyi ne kadar çok istediğimi hissettim. Bu güzel haberi ona vermeliydim. Benimle beraber sevinmeliydi. Adamın ölmediğini söylemeliydim. Nereden başlasaydım acaba? Ama dur... Belki anlatmamalıydım. O adamla nereden tanıştığımı sorarsa... Düşünmek için zamana ihtiyacım vardı. Olduğum yerde duramıyordum. Sakin olmam gerektiğini iyi biliyordum. Kendime çeki düzen verdikten sonra hafif bir kahvaltı yaptım. Gergindim, gözüm aklıma düşen telefon ahizesindeydi. "Benim Dünya" pastanesini arayarak Nina Çerenkova ile görüşebilirdim. Yok, görüşemezdim. Telefonla arayarak olacak iş değildi bu. Yüz yüze görüşmeliydim. Başka çare yoktu, Stefan'ı bekleyip ona durumumu bir şekil anlatmayı deneyebilirdim. Ama nasıl? Ona güven vererek tabii... Evden gizli çıkıp iş çevirerek değil herhalde. Mutfağa koştum. Onun sevdiği yemekleri yapıp akşama şahane sofra kurmalıydım. Bütün bunları yaparken Stefan'ın vereceği tepkiyi, Nina Çerenkova'nın bana söyleyebileceği kelimeleri, her ihtimali düşündüm. Stefan'ın eve dönüşüne sadece birkaç dakika kalmıştı. Ya beni anlamazsa fikrinden çekindim. Kendimde cesaret arayışına girerek viski şişesine uzandım. Stefan beni elimde viski şişesiyle görünce iri açmış gözlerle:

"Ne oluyor burada?" diye haykırdı.

"Bilmiyorum, sanırım huzurumu kutlamaya karar verdim."

"Peki, bu partiye ben de davetli miyim?"

"Tabii ki..."

O an kendimden hiç beklenmedik bir şey yaptım. Ona doğru yürüyüp yanağına öpücük kondurdum. Şaşırmıştı. Yüzüme bakıp gülümsüyordu.

"Sofraya geçelim mi?" diye sorduğumda centilmenlik yapıp yol gösterdi. Sofraya göz attığı anda:

"Ooo... bugün tüm sevdiğim yemekler burada. Eline sağlık nefis görünüyorlar." dese de hala yüzüme şaşkın şaşkın bakıp ne olduğunu anlamaya çalışıyordu. Masa başında duran sandalyeyi benim için öne çekip oturmamı bekledi. Yerleştim, kendime sakin olmak için söz verdim. Stefan'ın yüzüne baktım. Sofraya, yemeklere kendini vermeye çalışsa da pek becerebildiği görünmüyordu. Dalgındı. Bunun arkasından gelebilecek sürpriz gelişmeden korkar gibiydi. Çatalı eline almıştı ama önündeki dolmayı alacağına sadece ona gözünü dikmişti. Ona doğru eğilerek dolmasını tabağa ben koydum. Göz göze geldik.

"Pardon ama seni tanıdığım günden beri şaşkınım. Nasıl olur da senin gibi anlayışlı, hassas ve sevecen insan yalnız, anlamış değilim?"

Stefan'ın yüzüne acı gülümseme yayıldı. "Belki senin bende gördüklerin başkasına nasip değildi ya da görmek istemedi, dersem. Hem yalnız değildim."

"Yaa..." demiş oldum, sesimde hayal kırıklığımı gizlemeyi beceremeyerek.

"Annem vardı." dedi Stefan.

Sorulardan hoşnut kaldığını gizleyemiyordu. Ona "Çok kötüsün." demek yerine omzuna hafifçe dokundum. Verdiğim tepkilere kendim de şaşkındım. Suyun altında yüzmeye sıkılan balina gibi yaşam sevincimi görsele vurdum anlaşılan. Bunu fark eden Stefan gözlerimin pırıltısından büyülenmiş konuşmuyor, belki kendi bile farkına varmadan göz bebeklerini yüzümün ince noktasına kadar değdirip beni okşuyordu. Omzuna başını yaslayarak seninim, demek istemişim. Omzumu kavrayan Stefan:

"Seni bu şekilde görmek beni mutlu ediyor Tanya." diye geveledi.

Keşke Tanya adını ağzına almasaydı. Yalanlarla beni tokatlamasaydı.

"Sebebini bilmiyorsun Stefan." diye boğuk, tedirgin, titrek sesle mırıldadım.

"Anlat. Bunu hislerine borçlusun değil mi?" diye mırıldarken omzuma daha da güçlü sarıldı.

"Hayatta yanlış arabaya binmek kaç kişiye nasıp olur bilmiyorum ama ben bunu yaşadım. Bedelini de acı çekerek ödedim."

Stefan yüzüme bakmak için bana eğildi.

"Hayır, oğlunu kast etmiyorum." fısıldadım gözlerindeki acıyı görmemezlikten gelerek. Onun temiz sevgisinden eziliyordum. "Sürücüden izinsiz, bindiğim kamyonda rehin bir kızla karşılaştım. Onu oradan kurtarırken kendimi düşünemezdim Stefan, öfkemi yenemezdim. Adam sarhoştu. Şiddetimden öldürdüğümü sanmıştım."

Stefan'ın o an kasılmasını çene kemiklerinin harekete geçmesinden hissetmiştim. Suskundu. Tedirginlikten suskundu.

"Ölmemiş, bugün ölmediğini gördüm."

"Nerede?" diye sordu, sesini öfkeden zapt etmeye çalışarak.

"Benim yanımda olan rehine kızın kısa süre önce Facebook'ta eklediği resimleri görerek. O ölmüş olsaydı, kız belki de..."

"Yakalanırdı, diyorsun."

"Doğru değil mi?"

"Evet." dese de sesinde şüphe sezmiştim. Ağlıyordum, sevincimden mi? Ona anlattığım için üzerimden attığım yükten mi, bilmiyorum ama ağlıyordum. Onun saçıma dokunuşunu hissediyordum, benimle beraber canının yandığını hissediyordum. Ağladığını erkekliğine yakıştırmasa da benimle birlikte ağladığını hissediyordum. Onunla bir olduğumu hissediyordum. Fazla sokuldum. Yüzüne bakmaya çekinsem de dudaklarım ona dokunacak kadar yakındı. Hissetti, daha fazlasını ondan dilendiğimi hissetti. Tenime sıcak öpücüklerle dokundu. Elimden tutup ayağa kaldırdı. Kucağına alıp koltuğa götürdü.

Sabah uyandığımda Stefan yanımda değildi. Güya yanımda değildi. Öpücükleri, dokunuşları, tatlı kelimeleri bana bırakıp gitmişti. Çılgınca sevinç, huzur içinde geçirdiğim gecenin yakasına yapışmışım meğer ya da bırakmak istemediğim için zihnimde hapis etmeye çalışıyordum. Kim başarmış ki bunu ben başarayım? Uzun sürmedi zaten... Delice sevince kapıldığım geceden üzerindeki sıcak kürkü atar gibi soyundum. Sibirya'da çıplak kalakaldım. Ayrılmak istedim. Adım atamadım. Yaşadığımı hissettiğim yerden uzaklaşırsam sonsuza dek kaybedeceğimden korktum. Ama, ah kader, daha baskın çıkınca başımı gerçek olan cehenneme çevirdim. Başka şansım mı vardı? Ben zaten oralıydım. İlk geri adımımı attım. Yok olmadı. Epey ağladıktan sonra özüme döndüm. Odama koşup laptopun beni beklediği yatağa yaklaştım. Açma tuşuna basarken kâbusun çabuk çözülmesini diledim.

1. Tanya'nın nerede ve nasıl olduğunu öğrenecektim.

2. Stefan'a gerçekleri anlatan mektup bırakacaktım.

3. Katilsem cezasını çekecektim.

Başka türlü kendi kılığıma sığmaz olmuştum. Boğuluyordum. Taşarak rahatlayamıyordum.

Google kutusuna Nina Çerenkova adını yazdım. Önüme çıkan siteleri tek tek açarak bana yararlı olabilecek bilgi edinmeye çalıştım. Yoktu, Allah kahretsin işe yarayacak bir şey bulamadım. Ama bulacaktım. Bulmalıydım. Neredeyse yarım gün aralıksız yazıların, kelimelerin üzerinde hakkım varmış gibi didindim. Elimden gelse her harfi sorgulamaya kalkar gizledikleri gerçeği öğrenmek için kurşuna dizerdim. Ama maalesef öfkemle sadece kendi sonumu getirmekten başka bir şey yapamıyordum. Kurumuş damağımı nemlendirmek için mutfağa girdiğimde orada ayrı kriz yaşadım. Dün geceden kalan izler gerçekçi haliyle beni kucaklayınca tam canı bulmuş bedenimin kurşuna dizilişinin vahşi acısını yeniden hissettim. Kâbusun ortasında kalakalmıştım. Odaya geri koşup laptopa saldırdım. Onu sarsıp, "Konuş, Allah kahretsin, konuş!" diye bağırmaya başladım. Çok şey mi istiyordum? Bir işaret... Eğer Nina, Tanya'nın arkadaşıysa bir işaret... Beraber geçirdikleri anılarının bir işareti... Başka ne isterdim ki? Nina'nın karşısında damdan düşer gibi "Ah pardon, bu ad 'Benim Dünyam' nereden doğdu?" diye soramazdım. Sokağa çıkma korkusunu itiraf etmek zor geliyordu. Bir ipucu bulsaydım, mermi bile beni durduramazdı. Sonunda Tanrı mı beni hatırladı bilemem, Nina oturduğu sanal dünyasından, Facebook'tan bir yazı, duyuru paylaştı. Sitelerde makaleyi binlerce kişinin beğendiğini yazmıştı. Makalenin başında ikiz kardeşimin adını görünce afalladım. Bu cümleler Tanya'nın yurtta yazdığından bahsediyordu. "Bu sadece onlarca gencin kaleminden düşen isyanlardan biri idi."

KAYBOLAN UMUTLARIN GÜNLÜĞÜ.

Tanya

"Ben lanetliyim!" bu kelimeleri kendimi gördüğüm her gölgeme, her yansımama, her kâğıda, evraka, yazılan adıma, benden bahseden her sese bağırıyorum. Hangi kul, bitki, taş, heykel, deniz, yol, aklınıza gelen hangi can, eşya biliyor beni; kabul edip, sevip umursuyor acaba? Hiç mi? Peki neden? Neden her yerde fazlalığım ve itip kakılıyorum? Şimdi neden lanetli olduğumu anlıyorsunuz değil mi? Kaderimi mi suçlayayım? Ama neden? Kader benden doğan bir varlıksa, elimden tutan kim? Hava gibi boşum, renksiz, kullanılan ve umursanmayanım. Gözyaşlarımı sadece gözlerim mi görüyor? Evet... Gözlerimden akan tuzlu sıvı doğanın kanunu... Sıradan bir şey değil mi? Söyleniyor: Çocuk bu ağlar. Ya yüreğimin parçalanışı, çaresizce çırpınışı... Kahretsin, benden uzak her ebeveyni ısıtan sevgi kelimesine. Varlığımda ona arzum olmasa... Lanet olsun olmasa... Hayat daha mı kolay olurdu? Beni neden tanımıyor? Neden?..

AİLEM, siz benim elimden her şeyi aldınız; hayatımı, sevgimi, varlığımı, güvenimi... Lilia KARDEŞİM, sen neden yaptın bunu? Neden bana sahip çıkmadın? Neden var oluşumu hatırlamadın? İçimde sıkışıp kalan, hala kanayan yüreğimdeki hançer sensin. DUY... DUY... DUY... İŞTE SENSİN!..

BABA, kelimesinin var oluşunu bilmek istemiyorum. Bilen var mı acaba? Herkes suskun. Neden? Benden bıkanlar, deliliğimi görenler onu aradılar. Bulamadılar. Yokmuş, dediler. Bana piçsin, diye bağırdılar. Piç mi? Yakıştı değil mi? Yakıştırdınız. Bunu siz yaptınız. Yok olan ailem yaptı. Baba en büyük suçu sen işledin, beni sonsuza unutarak...

ANNEM mi? Var mıydı ki? Beni doğuran var mıydı? Düşünüyorum hayvan olsa sahip çıkar. Gördüm, imrendim. Her hayvanda evlat sevgisini gördüm. Duyguyu bilmeden de olsa deli gibi imrendim. Bitki de evladını sever. Üzerine kapaklanır. Yoldum onları. Yaşamalarını istemedim. Bana gözüme sokarcasına yaşadığı aile duygularıyla imrendirdikleri için, öfkelendiğim için yoldum.

Ciğerimden sevgi koparan siz oldunuz, hepiniz... Ne koydunuz yerine biliyor musunuz acaba? Tabii ki hayır! Kin, öfke... Öfkeyle yüklü şişeyi patlattınız ciğerimde, varlıklara karşı zehirle beslediniz. Köpüren, zaman zaman katil kılığına soyunan dev denize benzettiniz beni; dev, azgın kanlı denize... Herkesi kin ve öfkemle gördüğümü biliyor musunuz acaba? Benim için karşıma çıkan her insan sömürgen hayvandır. Bana düşmandır. Bu ne demek biliyor musunuz? Her attığım adımdan sonra geriye bakıp öldüreni beklemektir. Her aldığım solukla zehri soluduğunu bilmektir; yaşamayı nefretle hissetmektir. Ya sıcak bakış, gülüş, söz, hayal mi? Sizden intikam almamak elimde değil. Öldürdüğünüz hayat için bunu yapacağım. Her fırsatta içimde yeşertmeye çalıştığım hayalimi kemirdiğiniz için bunu yapacağım. Beni defalarca öldürdüğünüz için bunu yapacağım. Beni sevmediğiniz için bunu yapacağım. Unutup hiçe saydığınız için bunu yapacağım. Canavara mahsus ruhu içimde bıraktığınız için bunu yapacağım. İçimi az da olsa soğutmak için bunu yapacağım. Ne beklediniz benden? Zehir tatlansın mı? Denemedim mi sanıyorsunuz? Kendim için... Ağırlaşmış nefes için... Ama hayır, o sadece beni günden güne tüketti; kötü bir hastalık gibi yayıldı. Tanrı'dan yardım mı? Sizden umut mu? Nerede kaldı? Öldürdünüz, öldürdüğünüzden haberiniz var mı? Ağlıyorum ama gözyaşlarımla değil, içini öldüren benden boşalan kanımla...

YORUMLAR:

Yazık. Bu duyguları besleyen Tanya'ya elimi uzatmak isterdim. Ama bakın, kul sevmez insana nasıl el uzatılır? Onu anlıyorum. Anlamaya çalışıyorum. Nasıl bir kâbus yaşadığını hayal etmekten bile korkuyorum. O ise yaşıyor bunu. Ağlamamak elimde değil. Ölmek için yalvarıyor, dileniyor ama kuldan sevgi istemeye cesaret edemiyor zavallı. Hakikatten BEN LANETLİYİM kelimelerine inanmak güç de olsa, inanmak istemese de insan, kızcağız lanetli. (Ailesinin yüzüne tükürmek isterdim.)

H. K.

Acısam mı, üzülsem mi, kızsam mı bilemiyorum; yoksa böyle bir varlık aramızda dolaştığı için korksam mı? Bilemedim. İnanın korku daha baskın bu durumda...

O.L.

Her insana beyni olan varlık, denmez maalesef. Bu çocuğun annesi onlardan biri. Tanrı onun cezasını verir; ama o belanın neden geldiğini bile anlamaz. Olan çocuğa oldu. Yazık, toplum bilinçsiz cahil anneler tarafından çürütülüyor ne yazık ki...

T. S.

21.

Tanya'nın ruhundan vahşet haykırışlarını okuduğumda şoke oldum. Arkasından ölümcül ızdırap çekerek içimin, beynimin paralandığını hissedip terledim. Karanlığın içinde onu gördüm. Kan ter içindeydi. Üçümüzün de ellerimizi idam halatıyla bağlamış, ağızlarımızı ölüye mahsus pamukla tıkamıştı. Kopmak üzere olan boynunun şah damarına bizi düğümleyerek karanlığa doğru ilerliyordu. Hayata mahsus vahşet kırbaçlarıyla darbe yiyip ağrı çekerek ilerlese de vazgeçmeye niyeti yoktu. Bizi çürümüş kanla tok bataklığa sürükleyerek boğacağına yemin ediyordu. Üçümüzden ilk olarak babamın ölümünü istedi demek, onu öne atıp başına elini basarak soluğun kesilmesini bekledi. Soğuk soğuk titredim. Başarmıştı. Babam ölmüştü. Sırada kim vardı? Kızım mı? Olamaz, Tanya bana bunu da mı yapacaktın? O bir çocuk, masum bir çocuk... Beni öldürseydin razıydım. Ama kızımı, kızıma dokunmayacaktın. Lanet olası kardeş! Lanet olası kardeş! Bağırmamak için, suçlandığımı daha fazla kişiye duyurmamak için, kızımı kurban verdiğimi görmemek için yüzüme yastık bastırdım. Avazım çıkana kadar bağırdım, bağırdım, bağırdım. İçimin acısı dinmeyince beni bataklığa salması için yalvardım. O ise halime gülümsüyor, acele etmeyeceğini söylüyordu.

Yastığımı fırlatıp ne istediğini çözmek için beynime yüklendim. Tanya'nın bakışları bazen benim üzerimde, bazense anemin üzerinde kalakalıyordu. Hangimiz, hangimiz? Sırada hangimiz vardık? Laptopu iteklediğimden haberim yoktu. Odanın içinde deli gibi gezindiğimden haberim yoktu. Dolabı açıp giyindiğimden haberim yoktu. Sokağa çıktığımdan da haberim yoktu. Bilmediğim sokaklarda beslediğim korkuların üzerine basıp yürüdüğümden de haberim yoktu. Yol beynimde alev gibi hızlı, kararlı, amaçlı hal almıştı meğer. Genç taksicinin tuhaf bakışlarına aldırmadan:

"Nereye gideceğiz bayan?" sorusuna

"Benim Dünyam" diyerek pastanenin adresini vermiştim bile. Taksi ağır ağır kalkınca sürücüye,

"Acelem var!" diye hırçınca bağırdım.

Adam bir terslik olduğunu anlamış olmalı ki ölüm kalım arasındaki çizgiye varacakmış gibi arabasına yüklendi. Bense ayaklarımın altından yaşamın çoktan çekildiğini bildiğimden belki de ölümle yüz yüze gelmeyi hedeflediğimi biliyordum. Taksi Facebook'ta gördüğüm binanın önünde durdu. Tam karşımda Tanya'nın bir zamanlar çizdiği işaret, ağzını aralamış; kanlı dişlerle bana intikamın sırlarından bahsediyordu. Arabadan indim. Adımımı attım. İnatçı beynim yüzleşmeye çoktan hazırdı. Olacaklara yaklaştığımı hissediyordum. Pastane kalabalıktı. Onlarca yüzlere göz atıp Nina Çerenkova'yı aradım. Görünürde yoktu. Bekleyecektim. Çevreye bir kez daha bakınıp kendime müsait masa aramaya koyuldum. Biraz bekledim ve sonunda birileri bir masayı terk etti. Şansıma masa, giriş kapısına yakın düşmüştü. Oturdum. Buradan Nina'nın gelişini kolayca fark edebilirdim. Yaklaşık yarım saat bekleyişten sonra kapı aralandı ve onu gördüm. Yüzünde geniş gülümsemesiyle ilerleyen kadın, hemen hemen her masayı süzüp onunla göz göze gelenlerle selamlaştı. Beni geç fark etti. Hayal görmüş gibi şaşkın ve çaresiz görünüyordu. Onu daha fazla korkutmayı istemediğimden gülümseyip başımı merhaba, anlamında salladım. Nina el işaretiyle bir saniye bekler misin, demek istediğini belli etti. Bana sırtını çevirip hızlı adımlarla kasaya doğru yürüdü. Beni tanıdı, diye geçirdim içimden. Kim olarak... Sorudan kaçınsam da beynim öfke içinde yakama yapışan iki kimlikten birini seçmem gerektiğini çoktan emretmişti. Bana yaklaşınca ne konuşacaktım? Ona "Tanya nerede?" diye nasıl soracaktım? Bunları düşündüğümden beynim ağır hareket halinde titriyor, bana kararını ver artık diye eziyet ediyordu. En doğrusu doğrusunu anlatarak doğrusunu sormaktı. Nina bana yaklaştığında hazırdım. Ona elimi uzatarak kendimi tanıttım.

"Ben Lilia Soselia" dediğimde genç kadının gözleri şaşkınlık içinde gerildi. "Tanya'nın ikiziyim."

Korkması, rahatsız olması gereken canavara bakar gibi yüzü ekşidi. Tabii onun yayınladığı yazıya bakılırsa beni sevecek değildi herhalde. Kaba bakışa karşı sadece acı acı gülümseyerek gözlerimi ondan kaçırdım. İçimde sıkışan volkanı boşa bırakmak istercesine derin, ağır nefes alıp verdim. Nina perişan yüz ifademden sıkılarak gözlerini benden kaçırıp sohbetin devamını korkuyla bekledi.

"Sizin yazınızı okudum. Ne cesaret?" dediğimde öfkeden elim, ayağım, bedenim, yüreğim elektro şok verilmiş gibi şiddetli titremeye başladı. Sonra birden Tanya'nın ailesine yazdığı kelimeleri hatırlayarak kendimi daha fazla tutamadım ve gözyaşlarına boğuldum. Kadın çevreye rahatsız bir şekilde bakıp ayağa kalktı.

"Odamda konuşabiliriz." dedi ve yürüdü.

Ben arkasından yürüdüm. Suskundum, konuşmayı unutmuş gibi donuktum. Aklımda olan her soruya karşı cevabı olacağını hissediyordum. Düşmanım büyüktü. Kanımdan, canımdan ayıramazdım. Savaşmayı göze alamazdım. Nina'ya kim ve nasıl varlık olduğumu anlatamazdım. Kendime bile itiraf etmeye korkan biriydim. Çok iyi biliyordum, ruhumun süslenecek tarafı yoktu. Yüreğimde dokuduğum her ilmiğe taze kan lekesi bulaşmıştı. Genç kadın soracağım soruların korkusunu renk vermemeye çabalasa da hissettiriyordu. Hangi kul Azrail'i gördüğü an sakin durabilmişti ki? İçimden bir his korkunun üzerine gitmem gerektiğini söylüyordu.

"Tanya kayıp." dediğimde kadının rengi birden attı. Kekeleyerek:

"Ben, ben aslında onu tanımazdım." diye geveledi. Gözlerinin içine bakıp alaylı gülümsedim:

"Pardon ama Tanya'nın hayal ettiği 'Benim Dünyam' ile ilgili öyküsünü siz onu tanımadan beynini mi röntgenlediniz yoksa?"

Kızardı, korkunun üzerine çareyi birden sesini yükselterek bulmaya çalıştı:

"Beni rahat bırakın!"

"Öyle mi dersin? Sen bizim özelimizi herkese sunarken biz rahat mı duracaktık sandın? Senden insan gibi yardım istedik şurada değil mi? Tanya nerede?"

Ses, içimdeki katilin kaba sesinden gelince yumuşamak zorunda olduğunu anlayan Nina daha sakin sesle:

"Bilmiyorum, ben onu senelerdir görmedim." diye geveledi.

"Nereden tanıyorsun?"

"Ben ona hiç bulaşmak istememiştim."

"Neden?"

"O hasta, hasta biri. Beni rahat bırakın."

"Bulaşmadığın insanın hasta olduğunu nereden biliyorsun?"

"Ben bulaşmak istemedim doğru; çünkü ona bulaşanların halini gördüm."

"Nerede?"

"Nerede olduğunu sormanıza ne gerek var, yazılardan belli değil mi? Bilmiyorum, ben onun varlığını sadece yurttan biliyorum. Yakın arkadaşlığım olmadı yani. Onun günlüğü elime tesadüfen geçti. Senelerdir saklıyordum. Ama gördüğün gibi daha fazla görmezliğe gelemedim, sabredemedim."

Oturduğum yerden fırladım. Gırtlağına sarılacağımı nasıl belli ettiysem kadın da ayağa kalkarak bir adım geriye çekildi. Hiç beklemediğim an "T.O. yurdun adı..." diye geveledi. Odadan çıktığımda gerçeğe yaklaşmak üzere ilk ilmiği attığıma inandıramadım kendimi. Bu yurtta nerede? Düşünürken yanımdan geçen biri saatin geç olduğundan bahsediyordu. Sanırım dönmem gerekirdi.

Yoldaki karmaşayı, kalabalığı dijital çoğalmasıyla mı görüyordum? Hayır. Gördüğüm düpedüz olanlardı. Peki bu sesler? Benim sesimden binlerce, milyonlarca ses... Hepsi nereden, nasıl çoğalarak içime sığmıştı? Adımlarımı hızlandırdım. Onlardan kaçmayı denedim. Ama onlar benden daha hızlı hareket ederek tam yanımda bittiler. Kendime sesimi yükselterek küfretmeye başladım. Ama ne oldu? Önce hepsi birden birkaç saniye için sussalar da bunun acısını, sesini daha da yükselterek ağlayarak, bağırarak, isyan ederek çıkardılar. Kendimi bir yere kapatmalıydım. Nereye, nereye? Beni kim isteyebilirdi ki? "Ağaçtan kızlar" dedi en yakınlarımdan biri. Evet, huzur ancak orada var. Önce bahçenin, sonra odunluğun kapısını araladım. Kendimce düzenlediğim raflara koştum. Onlar oradaydılar. Sessiz ve çaresiz sanki beni bekliyorlardı. Kiminin başı dik, kimi iki büklüm, başı toprağa yakın kimi durgun kimi ciddi yüz ifadesiyle elleri göğe yakın öylece donakalmıştı. Kimi hanımlığına, kibarlığına toz kondurmayarak dimdik kaderine karşı çıkıyordu. Bir kız çocuğu vardı. Masallara inanmış huzurla gülümsüyordu. Dik etekle, tek ayak dimdik duruyor; ellerini havaya uzatarak büyümek için acele ediyordu. Onu avucuma alıp öpücüklerle boğdum. Sonra nedense kaderim ona bulaşmasın diye korkup geri yerine bıraktım. Onların karşısında sırtımı duvara vererek oturdum. Ortamda hem korkutan hem huzur, güven veren sessizlik vardı. Sabredemedim. Ayağa kalkarak tekrar onlara yaklaştım.

Suskunsunuz; çünkü hissettiklerinizden diliniz düğümleniyor. Söyleyecek bir söz bulamıyorsunuz. Suskunsunuz; çünkü her biriniz bensiniz. Suskunsunuz; çünkü sır tutmayı biliyorsunuz. Suskunsunuz; çünkü olanlardan, yaşadığım öfkeden sonra kendimi avutmak için size can verdiğimi biliyorsunuz. Yaşadıklarımı siz de yaşadınız, hissetiniz hatta donuk hareketlerle gösterdiniz. Bağırmıyorsunuz, ağlamıyorsunuz, kendinizi değiştirmiyorsunuz. Benim kadar çaresizsiniz. Suskunsunuz; çünkü beni hissedip bana acıyorsunuz. Suskunsunuz; çünkü bana içten içe ağlıyorsunuz, kızımı özlüyorsunuz değil mi? Sizi seviyorum ağaçtan kızlar. Çok seviyorum. Yargılamayın beni, kaldıramam.

Onlardan ayrılamazdım. Onlar beni biliyordu, tanıyordu, seviyordu. Belki de yargılıyorlardı; ama susmayı tercih ediyorlardı. Belki de her biri benim yerimde olsaydı, çıkılmaz yola sürükleneceğini bilirdi. Bilip susuyorlardı. Ben de susuyorum. Kızlar sizi üzmek istemiyorum. Sarılın bana, içten sarılın. Suskunluğa sevgiye, çok ama çok ihtiyacım var. Ağaçtan kızlarıma uzandım. Yere oturup sırtımı duvara verdim. Kızlarımı çevreme topladım. Sevdim, sarıldım ve sanırım orada uyuyakaldım.

22.

Uzun çamların ötesinde ne gizlendiğini bilmiyorum. Bazı çamların başı bükük bazılarının felaketten kavrulmuş eteklere sahip olduklarını gördüğüm için orada iç açıcı bir durumun olmadığından neredeyse emindim. Kim bilir çamların dipleri, kaç terk edilmiş çocuğun isyan gözyaşlarına toktu. Kaç çocuğun haykırışlarla yükselen ağlamaklı sesi karmaşanın güçlüğünden canlarını verecek kadar kendinden bezmişti. Onlara bir kez daha göz attım. Düşündüm: Ayakta durmalarının tek sebebi kara toprağın derinliğinde gizlenen kökleri miydi? Var olduklarına şükrandan mı? O zaman moral buldum. Kederin, öfkenin bizden daha güçlü olmadığına karar verdim. Evet, ben de sorunları çözecektim. Derin nefes alıp yaşayacaktım. Bir iki adım daha öne ilerledikten sonra durakladım. En zayıf çamların dibinde zamanın tükenmesini bekledim. İçimi tuhaf bir huzur kaplamıştı. Kendimi kontrol edebilme gücünü bulmuştum. Sebep mi? Umut... Belki de çıkış yolunun gizli ışığı keyiflendirmişti beni. Bekleyip görecektim. Yüksek kapıdan iki genç kadının çıktığını gördüm. Onlara doğru iki üç adım attıktan sonra birden durakladım. Çok gençlerdi. Tanya'yı tanımaları olanaksızdı. Daha eskiden beri çalışan biriyle görüşmem gerekiyordu. Seneler önce burada görev alan biriyle... Ve sonunda uzun bir bekleyişten sonra kapıda biri daha gözüktü, altmış yaşlarında kadın... Ona doğru hızlı adımlarla yürüdüm. Yaklaştığımda "Merhaba!" dedim ve onunla birlikte ilerleyerek geç kalmış cevabı bekledim. Sonunda kadın yanında kimin yürüdüğü merakından başını bana doğru çevirdi. Şaşkınlık içinde kaşları yukarı kaldırarak,

"Senin burada ne işin var?" diye geveledi.

"Beni Tanya'ya benzettiğinize sevindim. Onu tanıyorsunuz demek."

Kadının yüzünde huzursuzluğunun arttığını görünce kısa gülümsedim. "Sizi rahatsız etmeyi istemezdim; ama başka çarem olmadığından... Af dileyerek ..."

"Konuşacak ne var? Benden ne istiyorsunuz?"

"Beni yanlış anlamayın ben Tanya değilim, onun ikiz kardeşi Lilia'yım. Sadece insanlık adına yardıma ihtiyacım var. Lütfen beni dinleyin."

"Ben bir şey bilmiyorum. Onu senelerdir görmedim."

"Bunu tahmin edebiliyorum. Ama bakıyorum ki sizi kırmış ya da ne bileyim... Onu sevmediğiniz besbelli."

"Evet, sevmezdim. Sadece ben değil, onu kimse sevmezdi. Bundan dolayı toplumu suçlayamazsınız değil mi?"

Kadının sesi gittikçe asabileşti. Sustum, haklı olana ne denilirdi ki?

"Ailesi kıza sahip çıkmadı. Sorularınızı onu başından atan ailesine sorun bence."

"Beni suçladığınızı düşünemem çünkü... Çünkü benim durumum da Tanya'dan farklı değildi."

İkimiz de sustuk. Yan yana yürüdük. Kadının yüzündeki asabiyetin yavaş yavaş eridiğini, yerini merhametin aldığını görebiliyordum. Yol bitmese bari... Durağa yaklaşmıştık. Ya bu duraktan şehre giden otobüse biniyorsa... Elindeki çantanın ağır olduğunu geç de olsa fark ettim.

"İzin verin" dedim ve çantasına uzandım. Kadın çantasını taşımama izin verdi. Biraz ilerledikten sonra durağa varmadan durakladı.

"Tanya huysuz bir kızdı. Ama sadece huysuzlukla kalmadı. Hocalarından birini ayartıp, onunla birlikte ortalıktan kayboldu."

"Hocanın adı ne?" Kadın iç geçirdi. Sonunda istemeyerek de olsa "Mark Zayçev" adını geveledi.

"Ya adres?"

"Ben nereden bileyim?"

***

Facebook'tan Mark Zayçev adına birkaç kişi gözükse de hangisinin Tanya'nın sevdiği olabileceğini tahmin etmekte zorlanmadım. Çünkü göze hoş görünen, onun için uygun yaşta olan sadece iki kişinin arasında kalmıştım. Biri çalıştığı yerden bahsetmiyordu, bekardı. Öbürü eskiden öğretmendi, şirketin birinde danışmanlık yapıyordu. Eskiden öğretmen olanın üzerinde durmak daha doğru olur, diye düşünerek çalıştığı şirkete ait adresin peşine düştüm, buldum da... Ertesi sabah Stefan evden çıkınca ben de hemen arkasından kendimi yollara atıp D.R. adlı şirkete varmak için acele ettim. Büyük, beyaz, çok katlı binanın üçüncü katında odası olan Mark Zayçev'in kapısını çaldığımda içeriden "Girin!" diyen bayan sesi duydum. Girdiğimde üzerinde Mark Zayçev yazısı olan fakat boş kalmış masayla karşılaştığımda önce ne yapacağımı bilemedim. Sonra masanın üzerinde Facebook'ta profil resmi olarak kullandığı fotoğrafı fark ettiğimde aklıma yeni bir çıkar yol geldi. Resimde Mark yedi-sekiz yaşlarında kızıylaydı. Diğer masada oturan:

"Size nasıl yardımcı olabilirim?" diye soran kızıl saçlı bayana,

"Ben Tanya Soselia, Mark Zayçev'ın kızının özel öğretmeniyim. Mark Bey bana evin adresini yazmıştı ama maalesef kaybettim."

Kızıl saçlı kız beni bir kez daha süzdü. Adresi not yaprağın üzerinde karalayıp bana uzattı. Teşekkür edip oradan uzaklaştım. Kendimi sokağa attığımda derin bir nefes aldım. İçten içe her şey yoluna girecek ve kardeşimi bulacağım sevincini yaşıyordum. Adrese bir kez daha baktım. Zaten bulunduğum semtteki sokakların birinde olduğunu anlayınca oradaki esnaftan birine adresin nerede olduğunu sordum. Adam binayı gösterdi. Kısa süre yürüdükten sonra bina karşımda idi. Giriş kapısına varmak için üç basamaklı merdivenlerden çıkmam gerekiyordu. Basamağın birine adımımı attığımda sanki biri,

"Bayan, güzel bayan!" diye seslendi.

Başımı sese doğru çevirdim. Orada kirli kıyafetlerin içinde içki şişesiyle oturan, orta yaşlarda adam, beni görür görmez:

"Geç kaldın." diye geveledi. Ona aldırmadan merdivenleri tırmanmaya devam ettim. Bina kapısını itip adreste tarif edilen dördüncü kata çıktım. Tanya'ya benzerliğimi kullanarak kendimden emin tavırla kapıyı çaldım. İçeriden kapıya doğru ayak sesini duyunca derin nefes aldım. İçimden, gelenin Mark olmasını diledim. Ama kapıyı Mark açmadı. Kapıyı açan sarışın bayan beni görünce birden asabileşti. Üzerime yürüdü. Aşırı agresifti. Elini ayağını kontrol edemiyor, bana kulağa hoş gelmeyen kelimelerle bağırıyor, kocasını bana bırakmayacağından bahsediyor, beni ölümle bile tehdit ediyordu. Oradan kaçamazdım. Ona karşılık veremezdim. Karşılık verseydim belki içindekileri bu şekilde rahatlıkla kusamazdı. Boş bulunduğumdan kadın yüzüme saldırıp yanağımı tırmaladı. Orada fazla olduğumu nihayet anladım. Kadını kendimden itekleyip uzaklaşmak için acele ettim. Kendimi apartmanın dışına attım. Oracıkta durakladım. Ne geriye ne ileriye adım atabiliyordum. Sanki adım atarsam son adımlarımı atmış olacaktım. Görüyordum, yaşıyordum, her açtığım kapı yüzüme hızlıca kapanıyordu. Korkuyordum, çok korkuyordum. Yanağımdan sızan ince kanı elimin tersiyle sildim. Birkaç adım ilerledim. Yoğun trafiğe, yayalara yardım edin der gibi yalvarırcasına baktım.

"Sana geç kaldın dedim ama..." bana yetişen sözleri duyunca durakladım. Gelen sese doğru baktım. Az önce karşılaştığım sarhoş bana bakıyor, dişleri olmayan ağzını geniş açarak gülümsüyordu.

"Öyle mi dersin?" diye seslenip ona doğru yürüdüm. Adam gülmeyi kesip şarap dolu şişesini ince dudaklarına götürdü. Şarabı başını hafif yukarıya kaldırarak içmeye başladı. Ona bakıyor benimle konuşmasını bekliyordum. Oysa içmeye devam ediyor, gitmemi bekliyordu. Gitmezdim, gidemezdim. Onun bildiğini öğrenmeden gitmeye de niyetim yoktu. En sonunda suskunluğuna tahammülü edemeyen ben, şişesini elinden kapıp içinde kalmış iki yudumu içtikten sonra boş şişeyi apartmanın önündeki yeşil alanın içine fırlattım. Adam alkolden kızarmış, şaşkın gözleriyle beni izliyor; ne yapacağımı kestiremiyordu. Kirli kaldırımın yanına oturdum. Yüzümü avuçlarım arasına aldım. Bu şekilde kaç dakika oturduğumu bilmiyordum. Sonsuza dek de oturabilirdim. Bir an aklımdan geçen, adamın benden şanslı oluşuydu; en azından özgürdü... Fikrime acı acı güldüm. Sonra deli gibi kahkahayı patlattım. Arkasından hıçkırıklarla ağlamaya başladım. Sarhoş adamın elini omzumda hissettim:

"Kendine gel, kendine gel..." dili dolanarak gevelemeye başladığını duydum. Ona doğru dönüp,

"Neden acı çekmek için mi?" diye kükredim.

Adam "Boş bıraktın, kaptırdın. Suç sende..." deyince ona bakarak,

"Yardım et." dedim ve yüzüne hayata aç, yalvaran gözlerimle bakakaldım. Sustu. Kirli, saçı karışmış başını kabaca kaşıdı. Genzini temizledi. Başını olumsuzca sallayıp benden çevirdi. Yardım etmeye niyeti olmadığını hissedince,

"Ona değil, yaşamaya ihtiyacım var asıl." diye geveledim.

"Ne?"

"Evet, yaşamaya..."

"Ona değil, onun parasına değil, yaşamaya mı?"

"Evet."

"Anlamadım..."

"Anlamayacak bir şey yok. Hayat beni öyle bir tutsak etti ki inan senin yerinde olmak bile beni tatmin edebilir. Ama maalesef..."

"Ne diyorsun?"

Şaşkınlığının içinde haykıran adam, bir müddet sustu. Sonra zor duyulan sesle araba plakasının harflerini ve rakamlarını geveledi. Onun söylediğinin ne işe yarayacağını bilmesem de çantamdan çıkardığım kâğıda yazdım. Söylediğinin devamını getirmesi için onu sessizce bekledim. Adam:

"O gününün tarihini hatırlamıyorum. Soğuk ve rüzgârlı günlerden biri olduğunu söyleyebilirim. Geceydi. Burada oturup kafa çekiyordum. Siyah bir araba ayaklarımın dibinde sert bir fren yaparak durdu. Arabayı kullanan güzel bir bayandı. Fazla beklemedi. Apartmandan iki valizle Mark Bey indi. Arabaya yerleşince gözden kayboldular. O günden beri Mark Bey'i bir daha görmedim."

Adama cebimdeki harçlığımı verip ayağa kalktım. Hızlı adımlarla yolları geçiyor, ne olup bittiğini anlamaya çalışıyordum. Mark'la ayrılmışlar mıydı? Tanya istemeden kimse ondan ayrılmazdı. Yoksa bu kız Tanya'nın arkadaşı mıydı? Mark'ı Tanya'nın bulunduğu yere mi götürdü? Peki, Tanya neredeydi? Mark neredeydi? Mark'ın karısı olanlara gözünü yumup sustu mu? Aman Allah'ım, neler oluyor? Tanya'yı öldüren bu ikisi mi yoksa? Saçmalık bu, olamaz...

Eve kan ter içinde döndüm.

23.

STEFAN'DAN

Pencerenin dibinde oturup o günkü uyumlu, sakin, ısınmaya dönmüş havanın huzurundan çalmak istedim. Bahçedeki hafif esintiden dans eden ağaç yaprakları görüyordum. Onlar ılık rüzgârın dokunuşlarını kabul ediyor, kısık sesle şarkı fısıldıyordu. Bazen de tatlı seslerin içine özleşmiş öfke rengini katıp derinlerinde hissettiklerinden kabaca kükreseler de çabucak toparlanarak yeniden iyiliğiyle diriliyorlardı. "Ya Tanya?" diye geçirdim aklımdan. Aslında o hep aklımda idi ama bazen içimdeki öfke seviyesi anlayış seviyesinden ağır basınca Tanya'dan kaçmayı deniyordum. Onu anlamıyordum. Bazen deli fişek gibi idi, bazen hayattan bezmiş, ölüm dileyen varlıktı. Onun aklındakileri bir bilsem... Ruh halinin türünü bir anlasam... Belki ilaç olacaktım ama... Ama maalesef yaklaşmaya bile korkuyordum. O geceden sonra ise hiç... O gece aramızda yaşananlar onu nereye fırlattı? Ağır geçmişe mi? Neden bana karşı bu kadar hazımsızlık yaşıyordu? "Hazımsızlık mı?.." diye kükredim kendime. Tanya'ya haksızlık yapmıyor musun? Çekip giderdi eğer sevmeseydi. Korkuları aştığı belli. Yolda karşılaştığımız o gün, nerede olduğunu sorduğumda cevap vermek için birkaç saniye kafasından duruma uygun yalanı aramıştı. Hissetmiştim.

"Markete..." demişti. Elleri boştu. "Paramı düşürdüm." demişti. Acaba nerede olduğunu sorsa mıydım? Hayır sorguya çeker gibi... Hayır... Hayır... Acı neskafeden bir yudum aldım. Evde süt bitmişti. Tanya'da alışık durum değildi bu. Onun dört dörtlük düzeni vardı. Biliyordum. Alışmıştım. Ne haller olduğunu sorsa mıydım?

"Tanya yeter, mutfak rafları yeteri kadar temiz. Sil, sil bıkmadın mı? Gel, iki arkadaş gibi karşılıklı kahve içelim."

Birden yüzünün ekşidiğini fark ettim. Toparlanmaya çabaladığı o kadar belliydi ki... Neyse, istemeyerek de olsa kendine kahve alıp tam karşıma oturdu. Ama o an karşıma oturan bir arkadaş değildi. Daha çok sorgu sandalyesinde oturan suçlu gibiydi. Yüz ifadesinde suçlu birinin tedirginliği, korkuları, yaşadığı ortamlardan iteklendiği suçlara hazımsızlığı vardı. Gözlerini kaçırıyordu.

"İyi misin?" diye sordum. Soruyu bekler gibi hızla cevap verdi:

"Aslında değil. Sana söyleyecek bir şeyim var." dedi ve durakladı.

Gözlerimi irice açarak ağzından çıkacak kelimeleri bekledim ve sonunda söyledi.

"Mutfak masrafları için bıraktığın parayı kendime harcadım."

"Demek ihtiyacın vardı."

"Öyle ama değil. Stefan ben kaç gündür dışarı çıkıyorum. Bir arkadaşımı arıyorum. Ama bulamadım. Adresi değişmiş meğerse... Elimde olan tek şey bu araba plakası. Senden ricam..."

Elinde olan kâğıdı aldım. Orada plakanın yanında yazılması gereken arkadaşının adını görmeyince

"Arkadaşının adı soyadı ne?" diye sordum.

Kızardı. Birden ayağa kalkıp kapıya doğru koşmaya başladı. Öfke ve utanç onu kırbaçlıyor gibi hızlı koşuyordu. Ben onu vicdan damarlarından örülmüş idam ipinden kurtarmak için daha hızlı koştum. Ama bir o kadar da öfkeliydim. Yakaladım. Gözlerimin içine bakıp, titriyordu. O beni hissediyordu. Gözlerini kapattı. Bana, ölüme teslim olmuştu. Bu kadar basit. Bazen çaresizlik ölümle eşit. Duramazdım. Evde daha fazla duramazdım. Ya yaşananları hazmetmeliydim ya da onu daha fazla vicdanla hırpalamamak için dışarıya çıkmalıydım. Odaya yürüdüm. Üzerimdeki eşofmanlardan kurtulup giyindim. Hiç konuşmadan evden çıkıp arabaya bindim. Hiç düşünmeden şubeye varmak için Soçin'in yoğun trafiğine girdim. Acele ediyordum. Belki bu plaka Tanya'nın hayata dönüşü olacaktı. Belki olacaktı. Ya aksiyse... Hayır, buna inanmak istemiyordum. O yaşamak için adım atmaya karar vermiş bir kere. O gün, bana hayatından bir dilimi anlattığı an bunu hissetmiştim. Belki şimdi daha fazlasını istiyordu. Vicdanına ispat arıyordu. Ya öyleyse ya o zaman... Elime telefonu aldım. Onun sesini duymak için evi aradım.

"Efendim!" dediği an anladım, onunla ölüme gidebilirdim. Çünkü onsuz yaşamanın imkânı yokmuş gibi panik içindeydim. Keşke sadece panik olsa. Gerçekten yakıcı, can alıcıydı.

"Tanya, az önce bu şekilde davrandığım için özür dilerim. Ben sadece aramızdaki yaşananların yalan olduğunu düşünmek istemiyorum. İstemiyorum anla işte!"

Dinliyordu. Susuyordu. İnatla yanıt bekledim.

"Haklısın ama inan ben de haklıyım."

Sustu. Gerisini deşmedim. Ya şüphelerimin tümü yanlışsa... Ya değilse... Kader zamanımızı yokuşa sürecek ya... O gün günlerden daha ağırını yaşıyordum. Soçi'de sık sık düzenlenen olimpiyatlardan yoğunlaşmış sokakların çoğu trafiğe kapanmıştı. Varacağım yere birkaç saat sonra vardım. Odaya koştum. Müsait bilgisayarı bulup başına oturdum. C 804 YK 495 RUS numarayı tuşladım. Sahibinin adı: Maksum Onarin diye biri çıktı. Kimdi bu?

Tanya'nın onunla ne alıp veremediği vardı? Neden bu plaka? Başıma birden sancı girdi. Neden bu adam? Niçin? Tanya'nın karnındaki doğum çatlaklarıyla alakalı değildir herhalde. Adam çocuğun babası değildir herhalde. Masaya sert bir yumruk salladım. Olamazdı! Olmamalıydı! "Ah ah!" diye bağırdım. Kıskançlığımdan yay gibi gerildiğimi hissettim. Ama sırası değildi. Toparlanmalıydım. Mantıklı düşünmek için bunu yapmalıydım. Muhakkak yapmalıydım. Pencereye koştum. Sokağa bakındım. Her yerde üniformalı asker disiplinli hareket ediyordu. Ya ben, duyguyla mı yıkılacaktım? Hayır!.. Hayır!.. Hayır!.. O adam kimse onun karşısına geçecektim. Tanya'yı soracaktım. Ya onun adını kendi adının yanına koymaya cesaret ederse... Belimdeki silaha sarıldım. Yok... Yok... Yok... Yok... Bunu yapmayacaktım. Yapmayacaktım. Gözlerimi yumdum. Derin nefes aldım, bir kez daha yaptım. Evet, bu sadece bir işti. Sevdiğim arkadaşımın ricasıyla sadece arabanın sahibini bulacaktım. Karışıklık olmalıydı. Sahibi kız olmalıydı. Belki numara yanlış... Evet, yanlışsa... Tanya ile konuşmak için evi aramaya koyuldum ama tuşların tamamlamasına yakın telefon ahizesini sertçe kapattım. Sorguya mı çekecektim onu? Bilgisayarın başında biraz daha sakinleşmiş durumdayken döndüm. Onu bulabilecek herhangi bir adres aradım. Sonunda adamın adı altında gördüğüm bir kahvenin ve evin adresini hafızama kazıdım. İlk olarak kahveye uğramalıydım. O saatlerde işletenin orada olması gerektiğini düşündüm. Öyle de yaptım. Kaldırımın sol köşesinde parayı seven birinin mimarlığıyla inşa edilen dev binanın bordum katının merdivenlerini tırmanmaya başladım. Daha demirden kapıya yaklaşmadan içeride müziğin ve kargaşanın karıştığı sesleri duyunca ben, son adımlarımı neredeyse koşarak attım. Önce demir sonra da camdan kapıyı itekledim. İçeriden gece fazlasıyla kullanılan içki ve sigara kokusu bir hışımla dışarıya çıktı. Havada küçük dozda da olsa kafa bulduran otların zehir kırıntılarının mevcut olduğunu anlayınca iyice gerildim. Masum bildiğim Tanya'nın bu tarz insanlarla ne işi olabilirdi? Düşündükçe çıldırdım. Çevremde çoğu gençlerden oluşan kalabalığı öfkeyle süzdüm. Onların arasında aradığım yüzü görmeyi beklemesem bile... Tahminim doğru çıktı. Adam aralarında yoktu. Bana yaklaşan genç çalışana Maksum Bey'in nerede olduğunu sordum. Genç delikanlı bakışlarını karşıya düşen kapalı kapıya kaçırsa da "Maksum Bey dışarıda." diye geveledi. Ona tabii ki inanmadım. Az önce gözlerinin doğru söylediği kapıya hızla yürüdüm. Kapıyı çalmayı düşünmedim bile. İtekleyip içeriye girdim. İçeride Maksum'un ve ondan para alan güzel fahişenin alışveriş durumdaki rezilliklerine tanık oldum. Hiçbiri kapının kilitli olup olmadığını fark etmiyor, hiçbiri yaşadıkları durumun porno kasetlere malzeme verebilecek durumda olduğunun farkına varmıyordu. Onlara yaklaştım. Yüzüme zevkten sarhoş bakan adamın omzuna kabaca dokundum. Adam aniden silkelenip başını kaldırdı. Kadına dizini sallayarak işin bitmesini emretti. Kadın başını kaldırıp iri açılmış gözlerle bana baktı. Sonra da ne olduğunu anlamadan seri bir şekilde karşı odaya sıvıştı. Artık oda müsaitti. İş icabı hep mantıklı adım atma taraftarıydım ama burada mantığa yer yoktu. Tanya'nın bu adamla herhangi konuda muhatap olması benim zaten çileden çıkmama yetiyordu. Adamın alnına bir darbe indirdim. Başını koltuğun ahşabına vuran adam korku dolu, şaşkın bakışlarla yüzüme bakarak olup biteni anlamaya çalıştı. Ayağa kalktı. Bana:

"Kimsin?" diye bağırdı. Cevap vermeye hiç ihtiyaç duymadan cebimden Tanya'nın vesikalık resmini çıkarıp onun önüne, sehpaya bıraktım. Resme merakla bakan adama:

"Tanya neden seni arıyor?" diye sordum. Adam resmin üzerine eğildi. Bir müddet resme dikkatli baktı. O an hafızada deşildiğini anlamak zor değildi.

"Bilmiyorum." diye geveledi ama sanki rahat sesi tedirginlikten bir miktar kısılıp kalmıştı.

"Nasıl?" Belimdeki silaha asıldığımı gören adam bir adım geriledi. Ölüm korkusunu yudumladığını gırtlağının hareketinden görebiliyordum. Ellerini yukarıya kaldırdı.

"Ey... Ey...." sesi titriyordu. Ona inanmak zorunluluğunu hissettim, yine de:

"Söyle o zaman C 804 YK 495 RUS plaka, kadının cebinde ne arıyor?" diye sordum.

Adam derin nefes aldı. Rahatlıkla koltuğa yürüdü. Kendini gri koltuğa bıraktı. Yüzüme baktı.

"Arabayı ben kullanmadıktan sonra bilecek halim de yok, değil mi?"

"Arada senin üzerine..." diye kükredim.

"Evet, ama kızım kullanıyor. Başka soru..."

"Kızın nerede?"

"Cehennemde. Onunla konuşmuyorum. O benim kızım değil." adamın anlık kapıldığı asabiyetten, yüz ifadesinin iğrenme dolu tablosundan yalan söylemediği anlaşılıyordu. Bu durumda boş ellerle odayı boşaltmanın zamanı gelmişti. Dışarıya çıktığımda somurtkan hava beni bekliyordu. Arabaya bindiğimde bundan sonra ne yapacağımı düşündüm. Adamın eşi ne biliyor acaba, diye düşünerek arabanın motorunu çalıştırdım. Birden başlayan yağmurla kalabalıktan dolup taşan yolların göze görünen bir hızla boşaldığını görüyordum. Bir saate kadar varacağım yere yarım saatte vardım. Lüks bir semtin saray görünümlü evlerinden 14 numaralı evin bahçe kapısına vardım. Sol köşesindeki kameralı diyafona parmağımı bastım. Kameranın ışığı yanmadan kapı açıldı. Karşıma çıkan bir buçuk metre genişlikte, taştan patika yolda yürüdüm. Evin kapısına vardığımda kapı açıktı. Hole adım atar atmaz çevreye bakınarak:

"Kimse yok mu?" diye seslendim. Geç verilen yanıt "Ben buradayım." olmuştu. Az sonra ise karşı odada orta yaşlı kadın gözüktü. Tuhaf bir şekilde beni görmezlikten gelerek pencereye düşen koltuğa doğru yürüdü. İçine gömülerek oturduğunu görünce genzimi gürültüyle temizleyerek kendimi hatırlattım.

"Geç otur." dedi yüzüme bile bakmadan. Geçip karşısına düşen diğer koltuğa oturdum. "Anlat." dedi kadın.

"Neyi?" diye sorduğumda:

"Bilmem, konuşmak için geldiğine göre söyleyecek bir şeylerin vardır herhalde."

"Var olmaz mı? İyi misiniz?"

"Ben iyim. Sen bu evde mi yaşıyorsun evladım? Ne zaman geldin? Önce de burada mıydın?"

Ne diyeceğimi bilemedim. Hayır, desem kadının bana gösterdiği samimiyete hakaret olabileceğini düşündüm. Evet, desem işin içinden çıkamazdım. Sessizliğimi korudum. Ben suskun suskun çevreyi izlerken biri aniden kapıyı itekleyip bir telaş içeriye girdi. Kadına doğru koştu. Onu iyi görünce bana dönüp,

"Siz kimsiniz? Burada ne işiniz var?" diye sordu.

"Sakin olun." dedim karşımda duran ve heyecandan titreyen kadına. "Ben size kapıyı açmadım. Kendisi açtı demek. Bu hiç hoş bir şey değil. Kadının hastalığından istifade ederek içeriye sızmak da ne demek? Hem burada ne işiniz var?"

"Susarsanız söylerim."

Kadın sustu. İri açılmış gözleriyle, beni parçalamaya hazır yüz ifadesiyle ağzımdan çıkacak kelimeleri bekledi. Ayağa kalktım. Kapıya doğru birkaç sakin adım attım. Kapıdan çıkmadım, sadece oracıkta kadının bana doğru gelmesini bekledim. Demek zeki imiş... Gelip karşıma dikildi. Ona kendi kartımı göstererek kim olduğumu kavraması için biraz bekledim. Ama sonra:

"Ben bu evin küçük hanımını bekliyorum. Siz onun nerede olduğunu biliyor musunuz?" diye sordum.

Onun adını duyunca birden kötülüğe karşı gizli dikenleri salmış gibi irkildi. Beni dışarıya çekip, telaş içinde:

"Ne yaptı?" diye sordu. Kadına onun hakkında hiçbir şey bilmediğimi söylersem bildiğini de öğrenemeyeceğimi düşündüm.

"Acil görüşmem gerek, hayat meselesi..." diye de ekledim.

"Onun nerede olduğunu Svetlana'ya sorun. O muhakkak bilir."

"Svetlana'yı nerede bulacağım?" diye sorduğumda, birden durakladı. Sonra asabi, kısa kahkaha patlattı. "XX barda. Oda Olga gibi striptizci ya... Evet, evet bence siz ona gidin. Bilirse o bilir."

Kadına teşekkür ettim ve oradan ayrıldım. Dışarıda bardaktan boşalırcasına yağmur yağdığından arabama varana kadar sırılsıklam oldum. Bu şekilde direk bara gidemezdim. Baştan Tanya ile yüzleşmem gerekirdi. Yüzleşmek gerekirdi ya... Hem de hemen. Evin yolunu tuttum. Duyduklarıma karşı asabiydim. Yaşananlara karşı asabiydim. Yaşayacağım yıkılışı seziyordum. Tanya'nın çevresi o kadar kir kokuyordu ki utanarak öleceğimi düşündüm. Striptiz de ne demek? Tanya da mı yoksa... O güzel vücudunu mu sergiliyordu? Başka ne yapıyordu? Gözlerimin karıncalandığını hissediyordum. Dışarıda yağan yağmuru mu suçlasaydım? Direksiyon hakimiyetimi kaybettiğimde ıslak dağın eteklere boş gözlerle baktım. Bilinçsizce frene bastım. Araba kendini şöyle bir savurdu, sonra bir şekilde durdu. Direksiyona vurdum. Dağın diğer tarafında sakin görünmeye çalışan Soçi'nin bilmediğim semtine göz attım. Yardım edin, düşündüğümün koca bir yalan olması için yardım edin. Yüreğimi paralama pahasına bağırmaya hazırdım. Ama onlardan gelen yardım bu şekilde olmuştu. Şehir ıslanıyor, üzerinde tuttuğu kıyafetlerden arınıyordu. Alttan çıkan gerçek yüzleriyse, hiç düşünmeyeyim daha iyi. Bu kadar mı kalleş bu dünya, bu kadar mı yüzsüz herkes? Bu insanların ar damarları nerede, hiç kızarmadı mı? Ya iyiler... Ne kadar da az... Varlar mı ki? Yoksa... Başımı boş toprağa çevirdim. Orada da yağmur yapacağını yapmıştı. Gerçeği benim gözüme sokarak yapmıştı. Cehennem istifle dolu. Ya cennet, neredeyse boş, parmakla sayılı birkaç kişi ya var ya da yok. Allah'ın belası hayat, dedim ve arabayı evin yoluna çevirdim. Evet, gerçeği Tanya ile yüzleşerek öğrenecektim. O kahrolası bara yalnız gitmeyecektim. Onu da sürükleyecektim. Gerçeklerle yüzleşmesi için sürükleyecektim. Eve girdiğim de Tanya'ya seslendim. Başını odanın birinden çıkardı.

"Giyin sokağa çıkıyoruz!" diye bağırdığımda itiraz etmedi. Tek bir kelime sormadı. Yüzüne kara gölgenin düştüğünü gördüm tabii ki ama umursamadım. Birkaç dakika sonra arabanın içinde XX bara doğru yola koyulmuştuk. Ben arabayı kullanırken bir kez bile onun yüzüne bakmadım. Ne haldeydi görmedim. Ama tedirginliğin ölçülmez boyutta olduğunu biliyordum. Pusmuştu, solmuştu, neredeyse nefes bile almıyordu. Sanki barlar sokağına girdiğimi görünce yaşam belirtileri vermişti. Derinden iç geçirip alnına düşen saç dilimini kulağının arkasına itti. Neden? Neden rahatladığını içeriye girince öğrenecektim. Yüksek tavanlı mekânda gökkuşağı renginde, değişken dekordan göz kırpan aydınlatma zaman zaman sert çalan müziğin ardından çiğ bulut rengine dönüşüyordu. Puslu ışığın arkasından gördüğüm altın sarısı yüksek kapıyı itince caz müziğe eşlik ederek oynayan kalabalığın ortasına düştük. Silkindim. İlk olarak dikkat ettiğim Tanya'nın gördüklerine karşın vereceği tepkiydi. Beklediğim durum yaşanmadı. Tanya ne tedirgindi ne de bu barı iyi bilen birinin rahatlığı vardı üzerinde. Sadece şaşkındı. Hem de çok... Bir ara bana dönerek sordu:

"Neyi kutluyoruz?"

Koluma girdi. Yüzüne baktım. Heyecanlı, şaşkın ve o kadar da mutlu görünüyordu.

"Beraberliğimizi..." demekten başka bir kelimeyi durumu kurtarmak için seçemezdim. Gülümsedi. Sonra daha geniş gülümsemeye cesaret buldu. Gözlerinin içine baktım. Gözyaşlarıyla dolmuş, taşmak üzereyken kırpıştırdı. Parmak uçlarının üzerine kalkıp ıslak dudaklarını yanağıma dokundurdu. Koluma daha sıkı tutundu. Derin nefes aldı. Çevreyi iyimserlikle süzdü. Sanki nefes aldığını yeni hissediyor gibiydi. Peki, ben neden hala karamsardım? Ya aklımdaki soru... Onu, zamanı kollayarak çözecektim. Gördüğümüz mekânın iç kısımlarının mimarlığı kademe kademe değişiyor, deliriyor, çileden çıkıyor, açılıp saçılıyordu.

"Burada ne işimiz var Stefan? Neden beni buraya getirdin?"

"Hoşuna gider sandım."

"Hoşuma gidecek mi?"

Kendini arkaya çekerek kolumdan kurtuldu.

"Hoşuma gidecek ne var burada Stefan? Sen beni kim sandın? Ben kendimi sana bu şekilde mi gösterdim? Benim hakkımda ne biliyorsun da bu şekilde davranıyorsun?" Çevredeki kalabalığın bizi izlediğini gördüğümde onu fazla dinleyemezdim. Kolundan tutup kendime doğru çektim. Göz göze geldik.

"Sorun da burada Tanya ben seni hiç tanımıyorum. Hiç tanımıyorum."

"Tanımak mı istiyorsun? Peki dinle, cesaretin varsa dinle. Önce kendimi kendim tanımam lazım. Kim olduğumu bilmem lazım. Onu bile bilmiyorum Stefan. Hayatımı öyle bir alt üst ettim ki inan bilmiyorum. Senin gözünde deliyim değil mi? Kendini bilmez deli... İnan ki Stefan deli olmak ben olmaktan daha kolay."

Parmaklarını saçlarının arasına geçirdi. Kaşlarını çattı. Gözlerini kıstı. Göz ifadesinde yürekten doluşmuş acıyı gördüm, tarif edilmez acıyı...

"Keşke, keşke deli olsam. Belki o zaman sorumluluğun ne olduğunu bilmezdim. Kendimde hata bulup kendimi suçlayamazdım. Kendimi çiğ çiğ yemezdim. Ciğerim bu şekilde nefes aldıramayacak kadar yanmazdı. Ama yandı, yanmaya da devam ediyor Stefan, hiç azalmadan... Belki bilinçli, belki bilinçsiz ama inan ki yaptıklarım mantıktan uzak, çok uzak... Ben ne yazık ki..."

Derin bir iç geçirdi. Sonra kara gördüğü boşluğa baktı.

"Şeytan karışmasaydı zihnime hayatım arapsaçına dönmezdi. Ama lanetliysen bil ki şeytan damarında çoktan yuvasını kurmuştur. Onu öldürmeye ise gücün etmez, yetmez anlıyor musun, yetmez! Ah, ah, ah!"

Avazı çıkana kadar bağırıyordu. Benden tekrar kurtulduğu için bu kez koluna zar zor girdim. Kalabalıktan uzaklaşmamız gerekirdi. Ama nereye?

"Bırak beni, bırak!" diye bağırdı. Yüzünü ellerinin arasına alıp ağlamaya başladı. Ölmek istemediğini biliyordum. Adım attığını da görüyordum.

"Kabinimiz boş." dedi garsonlardan genç olan. Onun peşinden gittim. Tanya omzuma yaslanmış, kendini bana bırakmıştı. Kabin fazla geniş değildi. Orada orta boy masa, karşılıklı duran dört adet geniş ve rahat görünen sandalye vardı. Tanya acele edip kendini sandalyenin birine bıraktı. Masaya dirseklerini koyup yüzünü ellerinin arasına aldı. Ben onun karşısına oturdum. Bizden sipariş bekleyen garsondan Tanya için meyve suyu, kendime ise bira istedim. Siparişler çabuk geldi. Tanya önüne gelen bardağı kendinden uzağa itekledi. Bir müddet ikimiz de konuşmadık. Sonunda ben:

"Yaptığın taşkınlık gereksizdi. Buraya aradığın arkadaşını görmek için gelmiştik."

"Neden beni buraya getirirken söylemedin?"

"Neden mi? Buraları biliyorsun sandım."

"Bilmiyordum, bilmek de istemiyorum."

"Pekâlâ gidelim."

"Hayır, kalacağız."

"Eee..."

"Ne eee?"

"Olup biteni bana anlatmayacak mısın?"

"Stefan bu işi kendim çözmem lazım. O kızla kendim yüz yüze görüşmem lazım."

"Adını bilmiyorsun?"

"Hayır."

"Peki ben sana söyleyeyim adı Olga."

"Stefan sağ ol." Elini elime koydu.

"Bir şey daha var Tanya, Olga ortalıkta yok."

"Nasıl yani?"

"Eve gitmiyor ve kimse onun nerede olduğunu bilmiyor. Biz de buraya arkadaşı olan Svetlana'ya sormaya geldik."

"Gidelim soralım." Tanya ayaklandı.

"Git sor, kız burada striptizci."

Tanya tekrar yerine oturdu. Yüzünü ellerinin arasına alıp ovuşturmaya başladı.

"Neler oluyor?" diye geveledi. "Hayat bu kadar mı kötü Stefan? Her adımımın altında yılan mı ürüyor yoksa benim tabanım mı yılan yuvası? Neden her şey beni buluyor? Tanrı beni ne sanıyor, kılıçlar için darbe çuvalı mı? Samandan çuval mıyım ben? Hayır, hayır ne yazık ki, ne yazık ki, hayır... Ben yürek ve kan torbasıyım bilmiyor mu?"

Tanya göğsünü kabaca avuçladı. Yüreğini avuçluyordu, ezebilirdi; niyeti parmaklarının arasında onu boğmaktı. Yüzünün soğuk ve sert ifadesinden kendi idamına el uzattığını gördüm. Yapacaktı da bunu, adım attığı aşikardı. Nefret, kin, intikam, bezginlik dolu olduğunu gördüm. Hem ölüyordu hem ölemiyordu. Ama ölmek için Tanrı'ya yalvarıyordu. Doğacak sebepler için yalvarıyordu. Gökte ışığın sönmesi için yalvarıyordu. Bunları yaşarken hem haykırmak hem susmak... İnsanlığın çizgisinden tepe takla düşerek mezara ulaşmak nasıl bir şeyse bunu tüm şeffaflığıyla bu kızda gördüm. Korktum, insan olmaktan korktum. Bu kızı dinledikçe korktum.

"Dokunmasınlar Stefan! Dokundukça kanarım ama inan ki çok yoruldum. Kan tatmakla, koklamakla, hissetmekle, yaşamakla yoruldum. Bazen diyorum ki..."

Tanya çıplak gırtlağına parmaklarıyla saldırdı. Gözleri yuvasından dışarıya fırladı.

"Saçmalama, saçmalama, sen kan ve yürek torbasıysan olduğun gibi bak şurada içimde yaşamanı istiyorum." Göğsüme vurdum. "Yalnız değilsin tamam mı? Ben varım. Ciğerin burada, tam yüreğimin yanında. Buradasın, kanamayacaksın. İzin vermiyorum, kesinlikle. Kanarsak beraber kanayacağız. Bu mesele, her neyse senlikten çıkmış. Bana geldiğin o günden beri senlikten çıkmış..."

Ayağa kalktım. Avuçlarımı masaya koyup ona doğru eğildim. Ona çok yakındım. Gözlerim onun gözlerinin içinde kaybolmaya hazırdı. Tek bir kelime vardı dudaklarımda, "Yalvarıyorum... Yalvarıyorum... Bana güvenmen gerek..." Daha sakin, minnetle baktığını gördüm. "Ben bu kadını bulup Olga'yı soracağım. Bu düğümü beraber çözeceğiz. İzin ver yardım edeyim."

Başını salladı. Kabinden çıktım. Kalabalığa karıştım. Bu kahrolası striptiz gösterileri yapılan alana vardım. O kahrolası direğe baktım. Boştu. Kimse onun çevresinde dişiliğini göstermiyordu. Zamanı mı vardı bu gösterinin? Sormak için garsonun birine yaklaştım. Genç çocuk kimi görmek istediğimi sordu. Kaç kişi idiler bunlar?

"Svetlana," dediğimde gözleri ışıldadı.

"Özel mi?" diye sorunca,

"Evet!" demekten başka çarem yoktu. Svetlana'ya kalın camın ötesinden sergileyeceği gösteri için yüklü miktar parayı ödedim. Dışarıdaki kalabalıktan uzak rahat bir koltuğa yerleştim. Az sonra karşıma kusursuz vücuda sahip, neredeyse çıplak, sarışın bayan süzüldü. Cama iyice yaklaştı. Oyunculardan çaldığı yetenekle beni arzuyla süzdü. Asabileştim. İnsan bu kadar mı ucuz olur? Oyuncu... Bağırmak istedim. Para mı bu hayatta her şey? Nerede hakiki duygular, aşklar, arkadaşlıklar, insanlık nerede? Yumruklarımı sıktım. Öfkemi kendimde zapt etmeye çalıştım. Kızsa işinin başında, vücudunu müthiş kullanmakta... Gerildim. Asabiyetten gerildim. Tanya'yı düşünerek, şüphelerimi yudumlayarak gerildim. Tabii ki camı ya da kendimi ona bakarak okşamadım. Kalın camı yumrukladım. Elimden gelse karşımda kıvırtan kızı gebertecektim. İnsan değerinin bilinmesi için bunu yapacaktım. Ama hayatı düzenleyecek güce sahip değildim. Yumruklarımı daha da sıktım. Kız camın ötesinden tepkimi okumuş olmalı ki hızlıca bulunduğu yeri terk edip, hiç beklemediğim taraftan bana yaklaşarak:

"Merhaba!" dedi. Gülümsedim. Ne istediğimi sorduğunda Olga'yı bulmam gerektiğini söyleyip kartı gösterdim. Karttan irkildi. Canını yakmışız besbelli.

"O yok." dedi. Birinin peşinden takılıp gittiğini söyledi.

"Kime gitti?" diye sorduğumda durakladı ama sonra istemeyerek de olsa Mark Zayçev adını verdi.

Kendimi dışarıya attım. Tanya'nın aradığı kız kayıptı. Ne biliyordu ki bu kız? Tanya onu niçin aramıştı? Ben durduğum yerde bunları sayıklarken bataklığa yaklaştığımı sezdim. Orada Tanya'yı gördüm. Soluk almak için sadece birkaç saniyesi kalmıştı. Ölüyordu. Elimi çabuk tutmam gerekirdi. Ama nereden başlayacağımı bilmiyordum. Birden beynimin bomboş olduğunu hissettim. Sadece yutkunup duruyordum. Ağzım zehir gibiydi. Hiç beklemediğim an duyduğum telsiz sesinden irkildim. Barda müzik sesi yok olmuştu. Renkli ışıklar yerine gündüzü aratmayan sanal ışık dolmuştu etraf. Az önce eğlenmekle meşgul olan gençler, duraklayarak ne olduğunu anlamaya çalışıyordu. Sivil polisin yüzünü görmedim. Bana sırtı dönüktü. Elinde bir dosya, bir de 12-16 cm boyutunda yüzünü tam seçemediğim sarışın bayanın fotoğrafı vardı. Aranıyordu. Polise yaklaştım.

"Pardon!" diye seslendiğimde bana dönmek zorunda kaldı. Onu biliyordum. Onu kendi camiasında bilmeyen yoktu. Kayıp büro amirliği sivil Polisi Valeri Kromov'du.

"Ben Teğmen Stefan Belovski, aranan bayanın adını bana lütfeder misiniz, malum branşlarımız farklı olsa da mağdur ya da suçlu her kimse onunla bizim de yolumuz kesişebiliyor değil mi?"

"Tanya Soselia."

Tanya Soselia, Tanya Soselia, Tanya Soselia... Beynimde sıcak mermi niyetiyle vızıldayan bu iki kelime orada canımı alsaydı keşke. Ama almadı. O an dakikaların patlayıcının hızından daha hızlı ilerlediğini bildiğimden koşmam gerektiğini biliyordum fakat ortam ablukaya alınınca bu mümkün olmadı. Dikkat çekmemek için attığım birkaç sakin adım ömrümü kemirdi. Öldüm, öldüm, dirildim. Sakince oradan uzaklaşmayı başardım. Kabine varacak üç dört adımlık mesafeyi ise deli gibi koştum. Deli gibi Tanya'yı kolundan tuttum. Arabaya kadar mesafeyi hiçbir açıklama yapmadan neredeyse onu sürükledim. Ona arabaya binmesini emrettim.

"Başını eğ! Başını eğ!" diye bağırdım birkaç kez. Tanya'nın "Ne oluyor?" sorusuna yanıt vermedim. Korktum, gerçeklerin sertliğinden korktum. Eve güya ikimiz sakin adımlarla girdik, güya... Tanya odasına koştu. O an benimle konuşmak istemediğini, gözden kaybolmak için çabalandığını sandım ama yanılmışım. Üzerinde tuttuğu dar açık mavi jean'i, beyaz tenine o çok yakışan siyah bluzu onu belli ki sıkmıştı. Üstündekilerden kurtulup pembe eşofmanlarla odaya geri döndü. Sakin görünüyordu. Önümden geçip bana tek kelime bile sormadan koltuğun birine oturdu. Güya suskundu. Buna kendi de inanmıyordu ya... Görüyordum, onu saran zincir beni bile boğuyordu.

"Dalgınsın, keyfin yok, ne olduğunu söylemeye niyetin yok mu?"

"Hayır, bir şey yok."

"Nasıl bir şey yok Stefan?"

"Yok dedik değil mi? Gülecek durum var da ben mi bilmiyorum."

Tanya tek kelime daha sormadan kalkıp odadan uzaklaştı. Onun gidişiyle sanki oda tüm yaşam belirtilerini aniden tüketti. Duvarların üstüme üstüme geldiğini hissederken çareyi Tanya'nın peşinden gitmekte buldum. Tanya'nın yatağının sol köşesi boştu. Oraya kıvrıldım. Daha uzağa gidemezdim. Gözlerimi kapatıp beynimi soğuk tutmaya çalıştım. Yapamayacağımı bile bile... Gerçek benim için gıda kadar ihtiyaç olmuştu. Biliyordum, hissediyordum. Yataktan yattığım gibi yavaşça sıvıştım. Alt kata indim. Elime telefonu aldım. Bahçeye çıktım. Bana yardım edebilecek bir arkadaşımın telefon numarasını çevirdim. Ona:

"Tanya Soselia, şahsın kim olduğunu araştırır mısın bana?" diye sordum.

"Özel durum mu?" diye sorduğunda:

"Özel, özel!" dedim ve sustum. Beni bir müddet bekletti. Sonra:

"Üzgünüm kardeş, seni özel olarak görmem gerek." diye geveledi.

Cevabını beklemeden telefonu yüzüme kapattı. Arabamı çalıştırdığımda Egor'un benim için hazırladığı kötü haberlerden henüz haberdar olmasam da müthiş bir şekilde geriliyordum. Geceden dolayı Soçi'nin trafik yoğunluğu azalmıştı. Yolların neredeyse boş olması, benim lehime hizmet etse de bunun keyfini çıkaramayacak kadar bomboştum. Egor özel görüşmek istediğine göre dosyada sır ve entrika düğümlerinin bol olması gerekirdi. Daire kapısını çaldım. Kapıyı açan Egor meslekten edinmiş olduğu soğuk bakışla beni şöyle bir süzdü. Neredeyse fısıldayarak "İçeriye gir." dedi ve odanın derinliğine ilerledi. Arkasından yürüdüm. Oda loştu. Çalışma masasının üzerinde başı eğik duran metal renginden gece lambası birkaç evrakı aydınlatıyordu.

"Oturur musun?" dedi Egor. Masaya yakın oturdum. Sabredemedim, oturmaya hazırlanan Egor'a:

"Yüzüne bakılırsa bana kötü haberlerin var." dedim.

"Haber iyi mi kötü mü sen karar vereceksin. Bazen istemediğimiz bir şey duymak bizim yararımıza olabilir, değil mi?"

"Belki de haklısın ama..."

"Onu ben bilemem sen karar vereceksin. Benden istediğin dosyalar bunlar. Göz işaretiyle lambanın altına bıraktığı dosyaları gösterdi. Çalışma masasına korkuyla yaklaştım. Dosyaları elime alıp tekrar sandalyeye döndüm. Sessizce okumaya başladım.

ŞÜPHELİ İFADE TUTANAĞI (Müdafili)

ADI VE SOYADI:				Tanya Soselia

BABA VE ANNE ADI:			Grigor. Nadejda.

DOĞUM TARİHİ VE YERİ:		Tiflis

NUFUSA KAY.OL.YER:			H.T. Sk.

KİMLİK NO:					45xxxxxxxx

İKAMET ADRESİ:				XRUŞ. Sk

İŞ ADRESİ:					-----------

EV-İŞ-CEP TELEFON NO:		031XXXXXXX

MESLEĞİ VE EKONOMİK DURUMU:	-------------

İFADENİN ALINDIĞI YER: İfade odası	"..........."

TARİH VE SAAT: 23. 06. 1994. .....

Şüphelinin müdafi seçme hakkının bulunduğu ve onun hukuki yardımından yararlanabileceği, müdafiin ifadesinde hazır bulunabileceği bildirildi. Şüpheli: Müdafinin çağrılmasını istediğini bildirdi. Tanya Soselia ile yapılan çağrı üzerine gelen İgor Niçayev -Baro Avukatlarından- ifade odasına alındı;

Ceza Muhakemesi Kanunun xxx maddesi uyarınca, şüpheliye kimliğine ilişkin soruları doğru olarak cevaplandırmakla yükümlü olduğu hatırlatıldı. Şüphelinin kimliği tespit edildi.

Şüpheliye yüklenen suç anlatıldı, yükletilen suç hakkında açıklamada bulunmama hakkı olduğu bildirildi. Şüpheliye yakınlarından istediğine yakalandığını bildirme hakkı hatırlatıldı. Şahsi ve ekonomik durumu hakkında kendisinden bilgi alındı.

Şüpheliye şüpheden kurtulması için somut delillerinin toplamasını isteyebileceğini hatırlatarak kendisi aleyhine var olan şüphe nedenlerini ortadan kaldırmak ve lehine olan hususları ileri sürme imkânı bulunduğu bildirildi. Şüpheliden müdafi huzuru ile savunma ve delilleri soruldu.

ŞÜPHELİ İFADESİNDE: Evet bana sorulan şahsı Boris Akimov'ı yaklaşık üç yıldır tanıyorum. Boris Bey'in şirketinde sekreter yardımcısı olarak çalışmışlığım var. Sekiz ay önce kendi isteğimle işten ayrıldım. 22.06.1994 tarihinde saat 23.00 da Boris Bey'in ikamet ettiği binanın önünde karşılaştık. Aramızda geçen kısa bir konuşmadan sonra yollarımız ayrıldı. Boris Bey'in saldırıya uğramasıyla hiçbir alakam yok.

İlave edeceği başka bir husus olup olmadığı soruldu. "Yoktur" dedi. Tutanak kendisine okutuldu, yazılanların söylediklerinin aynısı olduğunu belirtmesi üzerine tutanak birlikte imzalandı.

23.06.1994

Diğer dosyaya daha tedirgin yaklaştım. Okuduklarımı aklımın bir köşesine sığdırmaya çalışsam da bunu başarmama imkân yoktu. Düşünmeye kabiliyetimi yitirmiştim adeta. Boştum, bomboş... Gözümü benden ayırmayan arkadaşım:

"Ne düşünüyorsun?" diye sordu.

"........."

"Üç kez aynı tesadüf yaşanmaz değil mi? Hem kurbanların ifadelerini okudun mu? Baştan onun olabileceği düşünüyorlar, sonra nedense... Bence bu kız... Stefan onlara şantaj yapmış olamaz mı?"

"Sus! Sus!" oturduğum yerden fırladım. Az eşya olan odada deli gibi gezindim. Titriyordum. O an kendimi parçalamak için yol bulmaya çalışıyordum. Sırf olanları unutmak için. Sırf onu tanıdığım günü unutmak için. Onu ben yaşamadım. Bu kız kanıma tüm varlığıyla sızmadı mı? Sızdı, Allah kahretsin... Öyle bir sızdı ki...

"Sen benden gerçeği istedin Stefan"

"Evet, ama şimdi vazgeçtim."

"Bu, bu atık değil."

"Atık olan ne, kendinden bir parçanın suçlu olduğunu bilmek mi? Beni rahat bırak. Olanları unutmam lazım."

"Unutmak mı? Biz kendimizi unutamayız Stefan. Unutamayız çünkü biz buyuz. Biz kanunlara, gerçeklere hizmet etmeye yeminliyiz. Ne kadar acı olsa da..."

"Tamam, belki de haklısın ama bütün bunlar tesadüf olamaz mı?"

"Hımm, delillerle somut kalan suç desek!"

"Üzgünüm... Sağ ol ama benim gitmem lazım." Kapı kolunu saniyeler içinde açmak için kavradım.

"Düşün Stefan, uzun uzun düşün."

24.

LİLİA'DAN

Stefan'ın yataktan kalktığını hissettim. Pustum. Kapının açıldığını duydum. Odadan uzaklaşan ayak sesini dinledim. Diğer kapının açıldığını duydum. Sokağa çıktığını pencereden gördüm. "Nereye gidiyorsun?" diye kendi kendime mırıldadım. Ses vereni beklemedim tabii ki. Suskunluğun cevabını bilen bendim. Stefan benim için neydi, kedi yavrusu mu? Bazen bana sokulmasına izin verirdim, bazen tekmeleyerek yanımdan kovardım ya şu an ne yapmıştım? Boynunda tasmayla kaynar zift kuyusuna mı sallamıştım? Gerçeklerle bunu başardığıma inanamıyordum. Stefan benim kurbanım olamazdı. Olamazdı, buna izin vermeyecektim. Kendimi durdurmalıydım. Nasıl? Nasıl? Giyinip sokağa fırladım. İlk işim evden uzaklaşmaktı. Bunu arka bahçe yolundan başardım. Hızlı adımlarla yürüyordum. Sadece birkaç saat önce o kahrolası barda yalnız kaldığımda akıllılık edip garson çocuktan Svetlana'nın ev telefon numaralarını almıştım. Şu an ne işe yarayacağını düşünüyordum. Telefon kulübesini bulmakta hiç zorlanmadım. Not aldığım ilk telefon numarasını çevirip yanıt bekledim. Ses çıkmayınca, ikinci telefon numarasını çevirdim. Cevap veren geç olmuştu. Sesiyse yaşlı kadına aitti. Başta durakladım. Sonra:

"Svetlana evde mi?" diye sormayı akıl ettim.

"Hayır!" cevabını aldım. "Ben annesiyim." diyen kadına:

"Ben Svetlana'nın arkadaşıyım. Soçi'ye dışarıdan geldim. Svetlana bana ev adresini yazmıştı ama defterimde bulamadım. Sanırım kaybettim. Onu nasıl görebilirim?"

Yalanım işe yaradı. Kadın kızın adresini hiç tereddüt etmeden bana verdiğine göre... Az önce Svetlana'nın ev adresi aklımdaydı. Telefon kulübesinden uzaklaşıp bana verilen adrese varmak için taksinin birinden yardım isteyebilirdim. Çevreme bakındım. Stefan'ın mahallesinin sokağında olduğuma göre taksiyi diğer sokaklarda aramalıydım. Stefan'ın bu ziyaretimden haberi olmamalıydı. Onu bu işe bulaştırmamalıydım. Hızlı adımlarla yürümeye başladım. Tek korkum işten dönmek üzere olan Stefan'la yolda karşılaşmamdı. Ama ne tuhaf ki o gece sokaklar beni kara samimiyetle karşıladı. Yollar neredeyse boştu. Hava sakindi. Karalara bürünmüş doğa, bir taraftan sakinliğinin tadını çıkarırken diğer taraftan da tehlikenin sesini bana duyurabilme garantisini veriyordu. Yolun ağzında bana yakın sıralanan baba ağaçlar, alçak bahçe duvarları hatta yüzü pis çöp kutuları bile ani tehlikeden korunmam için misafirperverlik ediyorlardı. Korkacak bir şey yoktu; tabii ki dipsiz kuyunun kıyısına varana kadar... Ölüm kalım meselesi olmuştu hayatım. Bir yerden sonra tıkanmıştım. Görüyordum, hissediyordum; kendimden kaçacak yerin olmadığı biliyordum. Yoldan geçen boş taksiye el kaldırdım. Taksiye biner binmez Svetlana'nın ev adresini verdim. Svetlana'nın yardımıyla Olga'yı bulacağıma neredeyse emindim. Olga'nınsa Tanya'nın varlığından haberdar olmaması imkansızdı. Biliyordum, hissediyordum. Tanya'yı tanıyordum. Kardeşim, ben bildim bileli sarmaşık gibidir. Kurtulduğuna emin olduğu vakit burnunun dibinde bitiverir. Taksi lüks semtin iç kabuklara kadar ilerledi. Geniş sokaklar, bakımlı parklar, yüksek lüks binalar kale sertliğiyle dursa bile nedense içim hiç rahat değildi. Taksi beni eteklerinden silktiği an soğuk irkildim. Mozaik taşlarla döşenmiş yola şüpheyle baktım. Aklımı çeliyor, yaşam ve ölüm yüzleri güneşe tutulan ayna gibi göz kırpıyordu. Başımdaki göğe baktım. Bir işaret istedim. Fark etmez... Bir güç... Var olmam için güç... Havadan iri lokmayı koparmaya çalıştım. Başaramadım. Yerini hıçkırıklar aldı. Keşke tıkanıversem. Hayır tıkansam leşimi bulurlar. Leşimi mi? Balerin Lilia'nın leşi. Ya öğrencilerim... Ya onlar... Yüz ifadeleri... Ruhumun iç astarını bilenler... Ağaçtan kızlar... Ağlarlar. Göz yaşlarını ben mi kirleteceğim? Hayır, bunu yapamam. Yapamam ya... Ben kimselere kıyamam. Kıyamam, kıyamam! Kendime evet! Tanrı'm yardım et. Yardım et, Allah aşkına ya da ateşe ver. Öyle yak ki benden kül bile kalmasın. Havayı kirletmeye ne yüzüm var? İnsanların soluğuna bulaşırsam... Kızımın temiz, ruh yolculuğuna ağır gelirsem... Küllerimi toprağa serp desem, ya birinin tabanından kızımın mezarına ulaşırsa. Boğuluyorum. Bir işaret... Yanımdan hızla geçen araba müzik denen gürültüyle kendini avutmuştu. Dikkatimi içeride oturan çift dağıttı. Araba kullanan belli ki genç bir adamdı. Omuzlarını müziğin ritmine bırakmış, eğleniyordu. Yanında oturan... Bir ara yüzünü görür gibi oldum. Svetlana, evet ta kendisi. Barda resmini görmüştüm. Arabanın arkasından koştum. İndiklerinde beni fark etmediler. Arkalarından "Svetlana, Svetlana" diye bağırarak yetişmeye çalıştım. Başını geç de olsa çevirdi. Durakladı. Tanya'yı tanıdığı için donakaldı. Ona el salladım. Sanırım gülümsedi. Yanındaki genç adam bana doğru iki adım attı. Çok tuhaf, göz ifadesini okuyamıyordum. Gözleri kullandığı lenslerden cam gibi parlayınca görebileceğimi umduğum ruhun hissi somuttu.

"Tanya" dedi Svetlana boynuma atıldığı an.

Tanıyordu demek. Ben de sarıldım. Korkarak da olsa bunu başardım. Ama burada işim bitmemişti. Bastığım yaş tahta ne kadar dayanırdı bilmiyordum. Svetlana sarhoştu. Ayakta zor duruyor, boynumdan sarkıyordu. Bir ara benden bir adım geriledi. Tedirgin bakışlarla beni şöyle bir süzdü.

"Seni beklemiyorduk. Sürpriz oldu. Gel eve çıkalım. Hem sende ev anahtarları vardı, girseydin eve."

"Evet, evet" diyerek doğruladı genç adam elindeki telefonla meşgul olduğu zamandan benim için zaman ayırarak. Başarmıştı. Beni avutarak aklından geçene can vermişti. Bir ara bu kelimeleri dile getirdi:

"Siz gelin. Tanya burada. Birazdan eve çıkacağız. Görüştüreceğim sizi ama acele edin."

Kimle görüştürecekti? Her kimse, benim işime gelirdi. Eve çıkmamıza kalmadı, genç adam laf kalabalığı yapınca onu dinlemek zorunda kaldık. Tuzaktı, tuzaktı. Bilemezdim. Geç fark ettim. Ancak sert bir frenle ayaklarımın dibinde vızıldayan araba sesini duyunca başımı çevirdim. Ama geç kaldım. Daha ne olup bittiğini anlamadan gri arabanın içinden seri bir şekilde fırlayan üç kişinin elleri üzerimdeydi. Saniyelerin içinde ayaklarım yoldan çekildi. Biçimsiz bir şekilde birilerinin kolları arasında ezilirken bütün gücümü harcayarak kıpırdıyor, avazım çıktığı kadar bağırıyor, kurtulmaya çalışıyordum. Nafile, arabanın içine çoktan tepildim bile. Biri ağzımı tiner kokan bezle tıkadı. Onların elinde insan olduğumu unutulmuş varlıktım. Bana uygulanan şiddet mezbaha kapısından geçirmek için uğraştıran hayvana mahsustu. Demek dayanamadım, bayıldım... Ölmek için cehenneme yarım adım attığımı biliyordum. Hafiftim, rahattım, sancım yoktu, ızdırabım da... Ama bu tatlı rüyayı bile bana çok gören yanımdakiler, beni silkerek kendimde olmamı istediler. Zor da olsa nefes aldım. Beni deli eden beden sancımdan birkaç kez inledim. Kirpiklerimin arasından nerede olduğumu kestirmeye çalıştım. Göremiyordum; çevrem silikti. Nefes alıp, ağzıma dolan kanı tükürdüm. Başımı düz tutmaya çalışarak karanlığa bürünen ortamı bir kez daha dikkatle süzdüm. Şehirden uzak tarlada ne işimiz vardı? Benim bu insanların arasında ne işim vardı? Benden ne istiyorlardı? Biri:

"Ne yapacağız?" diye seslendi. Öbürü:

"Patronu bekleyeceğiz, o bilir." diye geveledi.

Araba sert frenle durdu. Kapılar açıldı. Birileri bedenime tekrar uzandı. Karşılık vermeye mecalim yoktu. Kadere testim olmaktan başka çarem de yoktu. Yıkık dökük eski binaya vardığımızda biri elini cebine uzatarak anahtarları aradı. Çoktan dokunulmayan kapı, hırçın bir ses çıkararak açıldı. Beni içeri iteklediler. Yetmedi, bir kat aşağı olan bodrum kata kadar sürükleyerek taşıdılar. Önümüzde bir kapı daha, kapının ardından mezarı aratmayan karanlık ve darlık. Az sonra yalnızdım, bitkin ve çaresizdim.

Ellerime yalvardım, ağrıları unutun. Kollarıma yalvardım, son gücünüze sıkı sıkı sarılın. Gözlerime yalvardım, imkansızı deneyin, karanlıkta ışığı ayıklayın. Ruhuma yalvardım dayan. Acı bir biçimde güldü. Dayanmak mı? Alay mı ediyorsun? Nasıl? Ben, ben miyim sanki. Hani ruhlar serbest... Görünmemekte kutsal... Ya ben... Bana bir baksana! Avcım o kadar çok ki... Darbeler o kadar ağır ki... Soluğum o kadar zayıf ki... Ben miyim, diye düşünüyorum. Bazen, özelikle senin içinde olduğum için kendimden iğreniyorum, kendimi lanetliyorum. Başka kapıya, lütfen! Lütfen! Ben pes ettim. Ölmeme bari izin ver! Lanet olası varlık! Lütfen ölmeme izin ver. Ruhuuum.

Defol başımdan. Defol!

Yapma... Anneeem, anneeem, anneeem kelimesinden merhamet diledim. Belki bir ihtimal beni ısıtır diye düşündüm. Ama hayır... Beni bilmiyor, tanımıyor bile. Annem denilen kadın alkolün nehrinde kayıp. Babam, soğuk topraklarda... Tanya ruhunu bana sattın. Senin günahlarınla idam ediliyorum. Başardın, Lilia öldü. Yaşama sırası sende.

— ANNEM! ANNEM!

— İA, KIZIM.

— ÇIK ORADAN. MEZARIMDAKİ ÇİÇEKLER KURUDU. AĞAÇTAN KIZLAR AĞLIYOR ANNEM, ÇIK ORADAN! ÇIK! LÜTFEN ÇIK!

25.

STEFAN'DAN

Kapıyı uzun süre çaldım. Açan yoktu. Oysa komşular

Nadejda Düşeva'nın evde olduğunu söylemişlerdi. Peki ne olmuştu? Yaşlı komşu kadının söylediği gibi içki komasına mı girmişti acaba? Bir ara vazgeçsem mi acaba, diye düşündüm ama nedense geriye adım atamıyordum. Belki beni rahatlatacak, tatmin edecek bir ipucu bulurdum orada diye. Kapıya birkaç kez daha sert bir yumruk salladım. Duyan yoktu. Bu kez farklı bir yol denemeye karar verdim. Cebimden kredi kartlarımdan birini çıkarıp kapının kilidine yakın aralığın içinden geçirmeye çalıştım. Belli ki kadın kapıyı kilitlememişti, yoksa açılmazdı. İçeriye adım atar atmaz ağır sigara, içki ve ter kokusu beni rahatsız etti. Pis ve dağınık odaya şöyle bir göz attım. Kimseler yoktu ya da ben görmüyordum. Ağır kokudan tiksintiden elimi burnuma kapatıp, odanın derinliğine doğru biraz daha ilerledim. Neye ayak bastığımı anlamış değilim. Bir şeyi ezerek kırdım. Sanırım cam bardaktı bu. Durakladım, çevreye bir kez daha göz attım ve nihayet onu gördüm. Kadın mutfak dolabının dibinde, yerde sızmıştı. Acele edip ona yaklaştım. Beni duymadı. Yaklaştığımı hissetmedi. Ama bir an gözlerinin ince çizgisinin arasından yüzüme boş boş baktı. Yüzü pis bir şey görmüş gibi ekşidi. Bir müddet varlığımı unuttu. Sonra az da olsa doğrulmak için çabaladı. Başını geriye düşürdü. Ya halsizdi ya da sarhoş. Çevreye bakındım. Ayaklarının dibinde boş bir şarap şişesi ve kenarı kırık kirli tabak vardı. Artık nasıl içtiyse... Kadının neredeyse dibine çömeldim. Bir ara kendine gelmesi için kuvvetli sarsmayı düşündüm. Ama sonra vazgeçtim. Onu korkutmak istemezdim. Kulağının dibinde:

"Merhaba" diye seslendim. Kadın, kulağının içine düşen sesten irkilmiş bir tavırla aniden sarsıldı. Gözlerini iri açıp:

"Ne bağırıyorsun?" diye homurdandı. Cevap vermedim. Sadece yüzüne bakarak olup biteni kavramasını bekledim. Bir müddet sonra:

"Şişe var mı?" diye sordu.

"Hayır." diye cevap verince

"Ne geldin o zaman?" diye kükredi.

"Tanya'yı sormak için gelmiştim?"

"Evde değil mi? Küstürdün onu değil mi? Bana şişe de yok. Ciğersiz pezevenk. Leşimizi deşip bırakıyorsunuz."

"Hayır."

"Ne hayır? Hepiniz aynısınız. Gel ben seni karşılayayım o zaman. Ama hayır genç istersin değil mi? Ben de bir zamanlar gençtim."

Duyduklarımdan vahşileşip ayağa kalktım. Kadının üzerine eğilerek neredeyse dövercesine,

"Hayır, hayır." diye bağırdım.

Kadın o an irkilmek yerine delirircesine neşelenerek kahkahayı bastı. Karakolda olsam sabredemeyip gırtlağına saldırırdım ama yapmadım. Az sonra kadın kahkahayı kesti. Yüzüme bu kez mağduriyete düşen hayvan gibi baktı. Az sonra ayaklarının arasından sıvının sızdığını hissettim. Kıpırdamadı bile. Sadece ağzında bir şey unutmuş gibi çenesini oynatmaya başladı.

Durakladım. Ne yapmam gerektiğini düşündüm. Bilgiyi ondan alamayacağıma göre oradan gitmeli miydim? Öyle de yaptım. Sokağa çıkıp taşlı yoldan yürümeye başladım. Adım atsam da oradan uzaklaşsam da yaptığımın bir eksiği varmış gibi panik içindeydim. Yapamazdım. O kadını o şekilde bırakamazdım. Nedenini bilmiyorum ama ona hem öfkelenmiştim hem de acımıştım. Karşıma çıkan bakkala girdim. Sıcak lavaş, bir şişe gazoz ve buharda pişmiş olan sosislerden aldım. Geriye döndüğümde kadını hala yerinde buldum. Eline uzattıklarımı aldı. Gülümsedi, baktı, baktı ve aceleci birkaç gözyaşı düşürdü. Artık dost olduğumuzu düşünerek rahatlıkla karşıma çıkan odaya doğru yürüdüm. Kapıyı açar açmaz durakladım. Buraya benden önce giren her kimse her yeri karıştırmış, kirli yere boşaltmıştı.

"Aman Allah'ım!" diye bağırdım, duvarlara yapışık duran yüzlerce Tanya fotoğrafını görünce. Yere atılmış kıyafetlere basmamak içim gayret göstererek onlara doğru ilerledim. Resimlerin çoğu sanırım 14-16-18 daha üstü yaşlardan sonra çekilmişti. Tanya'nın bakımına, giyimine düşkün olduğu apaçık ortadaydı. Yüzünde kullandığı makyajsa küçük yaşlarda daha fazla abartılıydı sanki. İleriki yaşlarda daha hafif kullanmayı tercih ettiğini düşünsem de kirpiklerin destekçisi rimelin koyu düşen rengi neredeyse günlük hayatında da vazgeçilmez olmuştu. Alımlı genç kızdı, kendine sonsuz güvenen tavırlarla benim görmeye meraklı olmadığım lüks mekanlarda bile boy gösteriyordu. Acaba hangi parayla, diye düşünmeden edemiyordum. Kendisi oralara ulaşamadığına göre, ona yoldaş para babalarının olması gerekirdi. Kesin öyleydi de zaten. Bu babalar bedava mı beslemişlerdi? Tabii ki hayır. Güzel geceyi talep etmeden ha! Külahıma anlatsınlar bunları. Zaten Tanya kendini gizlemeye de meraklı değilmiş meğer. Bu o anlama geliyordu ki halinden, olduğu yerden memnun. Oyuncu... Bana soğuk yaklaşımını düşündükçe deliye dönüyordum. Kendi çıkarı için gözümü boyamayı başardı mı, başardı. Şıllık... Ona nefret beslediğim anlardı o anlar... Karşıma çıktığı güne lanet olsun, dediğim dakikalardı. İğrendiğim, öfkemden tepindiğim, ciğerimin ona karşı soğumayı beklediğim anlardı. Ama nafile... Ben onun acılarını hissederek yaşarken, onun korkularını tadarken, bambaşkaydım. Mantığımı yitirmiştim. Tek bir düzey çalışıyordu. Bağışlamak, sevmek eşitti. "Lanet olsun!" diye bağırdım kendime. Lanet olsun! Kazanır mıydı? Bence hayır... Ama evet için son nefesini de vermeye hazırdı, değil mi? Sesten silkindim. Kadın boş gazoz şişesini asabiyetle duvara fırlatmıştı. Çevreye yeni görmüş gibi bakındım. Ben kime tutulduğumu düşündüğüm anda öfkemden, kendimden iğrendiğim için çıldırdım. O an ortalığı tekmelediğimi biliyorum, anlamsız seslerle bağırarak içimi soğutmaya çalıştığımı... Kadın şaşkın şaşkın bana bakıp susuyordu. Kıpırdamıyor, nefes almıyor gibiydi. Ya ben, zihnime gerçekleri tepmek için çareyi arayan zavallıydım. Evet pisliğin tam ortasına düşmeliydim. Tanya'nın beyninin tam ortasına. Bunu yapmalıydım, hem de hemen. Ortalığı daha hızlı deşmeye başladım. Ne aradığımı bilmeden elime geçeni didiklemeye başladım. Elime aldığım kıyafetlerin ceplerini kontrol ettim. Çekmeceleri ters çevirdim. Neredeyse her ayakkabının içlerini kontrol ettim. Ama rezilliğini ne daha abartan ne de daha azaltan duruma rastladım. Ta ki elime açılmayan zarf geçene kadar. Zarf Lilia adına gelmişti. Açmak için acele ettim. Açtığımda içinde üç adet fotoğrafa rastladım. Şaşkınlıktan irileşmiş gözlerle fotoğraflardaki kalabalığa göz attım. Beş-altı-yedi-sekiz yaşlarında kız ve erkek çocukları bale kıyafetlerinin içinde çok şirin ve tatlı görünüyorlardı. Fotoğrafın ikisinde bale hareketleriyle beni büyülemeye başarmışlardı. Son fotoğrafta ise iki sıra halinde duran çocukların yanında öğretmenlerine, Tanya'ya rastlayacağımı bilemezdim. Beyaz bale elbisenin içinde... Yok, yok bu imkansızdı. Ama orada idi. Zarftan çıkan, elimde unuttuğum kısa mektubu okumaya başladım.

Merhaba Lilia öğretmenim,

Bugün en mutlu günlerimden birini yaşadım. Sadece ben değil öğretmenim, hepimiz sevinçten havalara uçtuk. Biliyor musunuz

UĞUR BÖCEK FESTİVALİ'nin birincisi biz olduk. "İA BALE" öğrencileri... Sizin öğrencileriniz... Sizin çocuklarınız... Sizin unuttuğunuz çocuklar... Biz sizi seviyoruz öğretmenim. Çok seviyoruz, çok özlüyoruz ...

Neredesiniz öğretmenim? Biz sizi çok aradık. Annem beni okula neredeyse her gün götürdü. Ama şimdi, bir haftadır gitmiyorum çünkü siz yoksunuz. Bir gün geleceksiniz diye bekliyoruz ama... Ya geri gelmezseniz diye de çok korkuyoruz. Böyle bir şey olmaz değil mi? Sizin de bizi sevdiğinizi hepimiz biliyoruz. Peki neredesiniz? Neden bizi terk ettiniz. Okulumdaki öğretmenim, annem bana izah etmeye çalıştılar. Kızınızı İa'yı meleklerin aldığını söylediler, geriye gelemeyeceğini de. Annem ağladı, ben ağladım, hatta hiç ağlamayan babam da ağladı. Ama en çok ben ağladım. Küçük İa için ağladım. Sizin için ağladım. Geri gelmezsiniz diye ağladım. Kayboldunuz diye ağladım. Annem bana mendil uzattı. Dedi ki mektup ıslanırsa harflere yayılır, okuyamazsınız. Bense ona yenisini yazacağımı söyledim. Yazacağım öğretmenim. Kaç tane yazdığımı unuttum ama yine de yazacağım. Belki birini okursunuz diye yazacağım. Sizi seviyorum öğretmenim. Lütfen nereye gittiyseniz geri gelin. Biz bekliyoruz, ben bekliyorum. Bir gün evimizin telefonu çalacak ve siz arayacaksınız diye bekliyorum.

Sizi çok seviyorum.

Lölya

Zarfın üzerinde yazılı olan teslim adresine bir kez daha göz attım. Doğru, adres bu daireye aitti. Peki Lilia? Sarhoş kadının önünde durakladım. Elimden gelse kadının beynini ters çevirip silkerdim ama oradan sadece beli kırık kurtçukların döküleceğini bildiğim için... Kapıdan dışarı çıktığımda, mektup gönderen kıza, ailesine ulaşmak için plan yapmaya başlamıştım bile. Nadejda Düşeva, Tanya, Lilia her birini, kim olduklarını merak ediyordum.

Dairenin kapısından merdivenlere doğru adım atığım an karşı daireden gizliden gizliye takip edildiğimi hissettim. Daha doğrusu Soselia ailesinin evine giren çıkan merak ediliyordu. Meraklı komşular... Asıl sorguya oradan başlamam gerekiyordu. Komşunun kapısını çaldım. Kapıyı açan yaşlı kadın başını uzatarak, titrek sesle:

"Buyurun evladım." diye geveledi.

"Pardon, siz Lilia'yı gördünüz mü? Onu sormak için rahatsız ettim." dediğimde yüzündeki korku izleri, şaşkınlıkla değişti.

"Hayır evladım, ben onu nereden göreyim. O buraya gelmez ki?"

"Ama tanıyorsunuz?"

"Yoook... O burada yaşamıyor"

"Ama varlığını biliyorsunuz?"

"Torunumdan."

"Torununuzdan mı?"

"Evet ama o da Lilia'yı tanımıyor. Sadece Tanya'dan onun varlığını duydu. Telefon konuşmasından... Yani size yardımcı olamayacağım..."

Yaşlı kadın başını asabiyetle salladı. Kapıyı yüzüme kapatarak konuyu kapatma kararı vermişti aslında. Orada yapacak başka bir şey olmadığını düşünerek kendimle iddialaşsam da içime sinmeyen bir şeyler vardı. Vicdanım, hislerim nedense benimle inatlaşıyordu. Hızlı adımlarla oradan uzaklaştım. Gördüklerimle afallamıştım. Sis, buhran içindeydim sanki. Zihnim buzdan kalıplarla dolmuştu. Tanya'nın annesinin alkolik olması beni şoke etmişti. Kadına karşı duyduğum merhamet duygusu yüreğimi sıkıştırıp canımı yakıyordu. Bir insan nasıl bu hale gelebilir? Sebep ne olabilir? Biri kendini neden bu şekilde zehre itsin ki? Nasıl bir akıl, mantık?

Anlamış değildim. Zavallı Tanya bütün bunlara şahit oluyor, bunları yaşıyor muydu? Bu sadece benim gördüğüm yüzü, ya görmediklerim... Ya bu kadının geçmişteki kir tabakası... Tanya bu kirden ne kadar nasiplendi? Belki gırtlağına kadar batan da kendisi belki bu yüzden kabarık suç dosyaları... O ise o bir melek. Melek mi? Beynimde dolaşan o iğrenç kelimelere ne oldu? Şimdi delirecektim. Sanki biri beynimi açmış, içine hazmı zor taşları atmıştı. Deliriyordum. Her şey karanlıktı. Bedenimde yer etmiş Tanya'nın nabzı hızlı biçimde atıyordu. Allah kahretsin, nasıl bir hayat bu? İğrenç, çekilmez... Tanya'nın annesini gözümün önüne getirdim. Hiç gitmedi ki. Onu bu şekilde bırakamazdım. Bırakamazdım. Ya çevredeki halk, halk ne yaptı? İzledi ve güldü mü? Dünyanın acı yüzü de burada... Cebimdeki telefona sarıldım. Alkol ve madde bağımlılığı tedavi merkezini aradım. Gereken bilgileri verip acele etmeleri gerektiğini de dile getirdim. Biraz olsun vicdanım tatmin oldu mu, hayır. Geç kaldım, geç... Kör gezdim. Geç kaldım. Kabahatliydim, Tanya'yı bir şekilde konuşturmalıydım. Bencillik yaptım. Duyabileceğim gerçeklerden korkarak bencillik yaptım. Sarı taksi yolda göründü. Boştu. Benim için müsaitti. Taksiciye şube adresini verdim. Tiflis'e uçmak için pasaporta, paraya ve en önemlisi acil birkaç evraka ihtiyacım vardı. Hava boşluğunda uçağın 467 km (875km/h536 mph) hızla dev mermi gibi uçtuğundan daha hızlı olmak için ruhumu bile boşluğa salmaya razıydım ama zaman ve prosedür ayak bağı olacaktı her zamanki gibi. Lilia bana nasıl yardımcı olacaktı? Ah Tanya, bir konuşsaydın.

Küçük balerin kızın ailesine ait kapıyı çaldığımda bir anlık derin sessizlik beni korkuttu. Ama bir müddet sonra sanki oradan sesler duyar gibi oldum. Kapıyı bir kez daha çaldım. Kapıyı açan genç, sarışın kadına kendimi tanıttıktan sonra elimdeki mektubu ona uzattım.

"Eğer zamanınız varsa Lilia Hanım hakkında konuşmamız gerek."

Kadın gözlerini kırpıştırdı. Suskundu, ne yapması gerektiğini bilmiyor gibiydi.

"Bakın uzun yoldan geldim. Dağılmak üzere olan bir aile meselesi. Sizden rica ediyorum beni dinleyin. Belki birlikte bir felaketi önlemiş oluruz... Ne dersiniz?"

Kadın beni şöyle bir süzdü. Yüzüne acı acı gülümseyerek beni boş çevirmemesi için yalvarıyordum adeta.

"Buyurunuz." dedi sonunda ve kapı eşiğinden çekildi. Oturmam için koltuğu gösteren kadına minnettarlıkla gülümsedim. Oturdum. Elimdeki fotoğraflardan ikisini de tam karşıma oturan kadına uzattım. Biri zaten kendilerine aitti. Ya öteki... Ne diyeceğini bekliyordum. Kadın fotoğrafları eline aldığı sırada odanın kapısı açıldı. İçeriye mektubun sahibi küçük kız girdi. Annesine doğru parmak uçlarının üzerinde yürüyen kıza gülümsedim. Elimi sallayarak merhabalaşmak istedim. Şaşkın şaşkın beni izleyen kız, annesine:

"Anne bu amca kim?" diye sordu.

"Lilia öğretmeninin arkadaşı!" dedi kadın. Öğretmeninin adını duyar duymaz küçük kızın yüzü aydınlandı.

"Siz bize ondan haber mi getirdiniz?" diye sorup merakla cevabı bekliyordu.

Sustum sevimli kıza ne diyeceğimi bilemedim. Kız annesine yaklaştı. Onun elinde gördüğü Tanya'nın fotoğrafına asıldı. Fotoğrafa bakıp:

"Lilia öğretmenim..." diye haykırdı.

Yüzünde şaşkınlığı okunuyordu. Benden açıklama bekliyordu besbelli.

"O Lilia öğretmenin değil." dediğimde bakışlarıyla bana düşman kesildi. Yaşla dolan gözlerini ağlamamak için sık sık kırpıyordu.

Görüyordum. Lilia'nın onun içine işlediği sevginin gücünü görüyordum.

"Ben de Lilia Hanım'ın iyi olmasını, bulunmasını istiyorum. Senden yardım istemek için geldim aslında." dediğimde annesi "Ama biz ne yapabiliriz?" dedi ve arkasından "Eşi Nodari'ye bile ulaşılmadı. İkisi birden kayıp sanki..."

"Onları arayan soran başka biri var mı?"

"Yok, yani belki var da bizim bilgimiz yok. Aslında biz sadece bale okulundan tanımıştık Lilia Hanım'ı. Çocuklar sevince..."

"Arkadaşım Natela'nın annesi, babası da arıyor anne..." diye lafa girdi küçük kız. Kadın kızının başını okşadı:

"Biliyorum evladım, buluruz onu. Söz verdik değil mi?"

"Siz bana Lilia Hanım'ın ev adresini verin. Gerisini ben hallederim. Kayıp ilanının verilip verilmediği konusunda bile henüz bilginiz yok anladığım kadarıyla..."

"Hayır, söylediğim gibi, tam neler olduğunu anlamış değiliz!"

"Anlıyorum. Polisle irtibata geçmem gerekir. Anladığım kadarıyla iş karışık. İkisi de ortalıkta yok..." Kadının gözleri duyduğu kelimelerle irileşti.

"Beraber tatile gitmiş olamazlar mı? Malum Lilia Hanım ağır bir travma yaşadı."

"Sanmam ya..." Kadın dudağını bükerek benden uzaklaştı. Kısa sürede elindeki beyaz kâğıda yazdığı adresle döndü.

***

İç savaşın derdinden tasalanmış Tiflis, açlıktan zayıflamış soluğuna kronik hastalığa alışır gibi alışmış mıdır acaba? Çevreyi şöyle bir süzdüm. Sanmıyorum, diye mırıldadım. Kadere boynunu eğmiş, diyebilirim. Gözyaşından bıkmış olabilir. Ama yüreği sızlıyordur muhakkak; susuyordur belki...

Afetlerin tokatlarına cevap vermiyordur belki. Yolu kaldırımlardan ayıran iri ağaçların, rüzgârın etkisiyle sallandığı vakitlerde keyifleniyor havası yaratsa da buna inanmak güçtü. Rüzgârın etkisinde zorlanan yaya trafiğe yükleniyor, karmaşa yaratıyordu. Farkındaydım, hissediyordum, şehir kendi ruhundan birini görmekte hoşnuttu. Derdini okutanı görmekte hoşnuttu. Belki anlaşıldığı için hoşnuttur, kendini karşı aynada gördüğünden hoşnuttur ama ben değildim. Ümide tutunmuştum. Nefes almak istiyordum. Pozitif enerjiye ihtiyacım vardı. İyi düşün, iyi olsun kelimelerine... Şehirle özdeşleşmeye çalışan rüzgâr, yanaklarıma cesaretsizce dokunup attığım adımdan dolayı beni takdir ediyordur belki. Sessizce teşekkürlerini mi iletiyordu yoksa? İçimden acı bir biçimde gülerek keşke, diye geveledim. Başka türlüsü nefes almak mı? Ah Tanya, susarak ne yaptığının farkında değilsin. İşi bilmeyen doktor gibi cahil bırakıldığımdan haberin olsa keşke. Yaşamam için seni yaşatmam gerek, bu aşkın anlamı budur. Ama bak terslik nerede? Sen sancıyan yerini söylemeyince ben kendimce elimde hızlı tesir eden bıçağı bilmeden sallıyorum. Damarın musluğuna dokunurum diye de ölürcesine korkuyorum.

Taksi durdu. Aradığım adresin burası olduğunu söyleyerek Lilia'nın apartmanına doğru parmağını uzattı. Teşekkür ettim. Boş gülümsedim. Pişirdiğim acı çorbamın tuzunda katkısı olduğunu bir bilse... Belki gülüşümün o kadar da boş olmadığını anlardı. Her neyse... Daire kapısının yüzüne baktığımda içimden bir parçanın sancılandığını hissettim. Ruh halimin bu şekilde zayıf düştüğüne inanasım yoktu. İçimden bir ses burada aradığımı bulamayacağımdan bahsediyordu. Korkularım o yöndeydi. Karamsarlık yersiz, diye kükredim kendime ve kapı ziline parmağımı bastım. Cevap veren yoktu ama olmalıydı. Çünkü kapı önündeki paspas ıslak ve çamurluydu. Israrımın sınırı yoktu. Bu kez yumruklarım girdi araya ve nihayet birine ses duyurabildim.

Kapı ötesinden hızla yaklaşan ayak sesi duyuldu. Sabırsızca beklemeye koyuldum. Uzun sürmedi. Neredeyse saniyeler içinde kapı açıldı. Karşıma yataktan yeni kalkmış, üstü çıplak, aldığı alkolden yüzü kızarmış, kırk yaşlarında adam belirdi. Bu adam Lilia'nın eşi Nodar olmalıydı. Beni dinlemeden:

"Ne var?" diye bağırdı.

Derin nefes aldığım vakit sakinliğimi koruyordum aslında. Kendimi tanıttım. Öfke dolu bakışının merakla değiştiğini fark etmemem mümkün değildi. Arkasından:

"Lilia Hanım'la muhakkak görüşmem gerek." dedim.

"Ne sıfatla?" diye sorduğunda:

"Siz..." dememe kalmadı,

"Ben eşiyim. Bilmek hakkım değil mi?" diyerek ağzımı kapattı.

"Elbette, fakat buna kararı siz değil de Lilia Hanım vermeli."

Asabiyetle kahkaha atan adama baktığım vakit içime derin öfkenin çöktüğünü hissettim.

"Nodar! Nodar!" diye ses çınladı kapı arkasından. Bu ses genç kadına aitti. Lilia mı diye düşündüm. Başımı sese doğru uzatarak:

"Lilia Hanım, Tanya hakkında konuşmamız gerek." diye bağırdım.

"Defol! Defol! Konuşacak bir şey yok. Ben Tanya diye birini tanımıyorum. Onun adını ağzıma alarak kirlenmek istemiyorum, defol!"

"Duydun!" diye bağırdı Nodar. "O orospu bize uğramaz." cümlesini duyduğum vakit kendimi kaybettim.

Ellerim onun boğazındaydı. Onu orada öldürebilirdim. Bunu hiç düşünmeden yapabilirdim. Kadının çığlıkları apartmanı doldurduğu vakit oradan gitmem gerektiğini anladım. Adamın yüzüne tükürüp yürüdüm.

26

TANYA'dan

İçki beni adam akıllı sarssa da yeni tanıştığım bu zengin piçi yatağa çekme arzum yerindeydi. Onunla beraber unutulmaz geceyi yaşamak istiyordum. Buna kendimi fazlasıyla hazır hissediyordum. Dudaklarımın onun vücudunun üzerinde gezindiğini hayal etmeye başlamıştım bile... Kanımın ısısı yükseliyor, değişen kimyamın tadını almaya başlıyordum. Yakınında, oldukça yakınında durmaya çalışıyordum mesela. Sonsuza denk yakınında kalmak için tüm hünerimi kullanabilirdim. Zamanı gelince diyordu zihnim. Onun cebinde olan bitmez paranın tadını damağımda sonsuza dek hissetmem gerekiyordu. Güzelliğime, dişiliğime güveniyordum bir tek. Barda çalınmakta olan müziği kullanıyor, kendimi oldukça açık ona sergiliyordum. Pazarlığım sıkı ve kalıcı olmalıydı. Tek gece değildi söz konusu olan. Belki bu yüzden acele etmiyordum, daha doğrusu acele etmemem gerektiğini düşünüyordum. Benim hakkımda farklı düşünmeliydi mesele. Geceme, yatağıma âşık olmalıydı. Damarlarına sızmayı başarmalıydım. Eğitimli olduğumu söyleyemem. Hayatın bana verdiği dersler kadarıyla aptal olmadığımı göstermek için çabalamam gerekmiyordu. Aptal değildim. Şansa ihtiyacım vardı böyle durumlarda, buna emindim tek. Onun omzunun altındaydım. Elim omzunun birindeydi. Onun elinin biri belimde, diğeri kalçamın üzerinde... Tutkuya bırakmıştık kendimizi. En azından o alt dudağımı emerken bu şekil düşünmüştüm. Aksilik olacak ya öpüşmeyi kesen adam elini kalçamdan çekti. Geç fark ettim. Eline telefonu almıştı, demek ki aranmıştı. Aralarında geçen diyalogu gizli tutma çabasındaydı. Doğru olanı yapmalıydım, asil duruşuma yakışanı. Ondan iki, bilemedin üç adım uzaklaştım. Ya aklım, kabarmış merakım... Müziğin arasında telefon görüşmesini kesik kesik işitiyordum. Tehlike yakınlardaydı ve oradan kaçmam gerektiğini anlamıştım. Telefon konuşmalarını duymadığımdan emin olması için ona iyice yaklaşarak kulak vermediğim müziğe aldırır gibi kıvırdım. Yanağından makas alıp lavaboya gitmek için izin istedim. Başta sakin, sonra neredeyse koşarak çıkış kapısına yakın olan lavabolara doğru yürüdüm. Sokağa çıktığım an doğru yaptığımdan kesinlikle emindim. Nedeni basitti. Soçi'nin göz boyamak için ışıldayan vakitlerinde nasıl labirent gibi çıkılmaz sokaklarla dolu olduğunu bilmeyen yoktu. O an ne yapmam gerektiğini tartamazdım. Sadece kaçmam gerektiğini anlamıştım. Kendime en doğru sığınağı buluncaya kadar kaçmalıydım. Nereye adım attığımı bilmeden kalabalığı yarıp ilerliyordum. Biraz daha koştuktan sonra geniş yola bitişik yaya yürüyüş yolunun üzerinde olduğumu fark ettim. Durdum. İkiye bükük kaşlarımın altında önce Tanrı'dan yardım istesem de biliyordum ki bana yardım elini uzatan olmazdı. Ne zaman yardım elini uzatan biriyle karşılaşmıştım ki? Doğrulup bezgin birkaç adım attım ki birden önümde siyah lüks bir arabanın durduğunu gördüm. Arabanın içinden benim kadar telaşlı görünen bir adamın indiğini gördüm. İki adım ötede telefonda hararetle konuşmaya başladığını fark ettim. Kelimeleri anlaşılmayacak şeklinde şifreli olsa da acele ettiğini hissetmiştim. Az sonra araba buradan uzağa uçacaktı. Benim de orada olmam gerekirdi. Tabii ya orada olmam gerekirdi. Sessizce arabanın arka kapısını araladım. Adam dönüp bakmadan arabaya binmek için acele ettim. Arka koltuğun dibine çömelip başımı dizlerimin arasına gömdüm. Üzerime sinen içki, parfüm kokusunu o an hissettim. Adam beni fark edip aramaya başlayabilir, düşüncesiyle pustum. Korkumdan nefes almayı bile kestim neredeyse. Şansım yaver gitti. Az önce adam sigara yaktı. Gözlerimi yumup sessiz ve derin nefes aldım. Araba hareket etti. Bense sarsılan arabanın içinde bilmediğim yolun keyfini sürmeye başladım. Zaman geçiyor, planım tıkır tıkır işliyordu. Bir süre sonra gözlerimi aralamaya cesaret buldum. Bindiğim arabada çarptığım çantanın hafif aralandığını gördüm. Şeytan dürtecek ya iki parmak yardımıyla çantayı biraz daha araladım. 'Para... Para dolu çanta mı?' diye sordum kendi kendime ama soruya cevap vermeden hayallerim zihnime cazip bir şekilde yağmaya başladı. Sanki hayata mahsus ani bir nefes aldım. Sanki dipsiz kuyudan bir el tarafından yanlışlıkla geri hayata çekilmiş şanslı varlıklardan biriydim. Bir insan, evet sanırım insan olduğumu hatırladım. Başımda çatısı olan insan. Hesapsız yemek, paralı doktorlar, araba, saygı. Saygı, bak bu başka sorun olmuştu zaten. Bugüne kadar saygıya arka çıkamadım. Çıkamazdım. İstesem de çıkamazdım. Öksüz insana kim saygı duyardı sizce? Aç insan, kiminin gözünde gereksiz, çöpten farksız görünürdü. Peki, ailem, ekmeğim olmadığı halde aklımı nasıl korurdum? Aç olan karnım, korkularım buna fırsat verir miydi? Hah! Her neyse, nasıl olsa para her derde deva. Cebimde para, uçağa binebilirdim. Herkesten uzak, beni sevebileceklerini düşünerek, sefasını sürerek yaşayabilirdim. Yapardım bunu. Bunu yapmalıydım. Ölüm pahasına da olsa yapmalıydım. Evet, parayı alıp arabadan toz olmalıydım. Nasıl mı? Kapıya sinsi sinsi baktım. Adam nereye gidiyordu acaba? Ne fark eder? Kuytu köşeden, sakin bir sokaktan başka bir şeye ihtiyacım yoktu ki... Koltuğun dibinden sokağı göremezdim tabii ki. Tek gördüğüm seyrek de olsa cılız yanan sokak lambalarıydı. Tenha bir yolda olduğumuzu anlamıştım. Ayrıca sarsıldığımız için belli ki yol bozuktu. Tam zamanı... Arabanın altında ezilmek de vardı. Keşke saklanabileceğim demirden, yuvarlanabilir bir teneke kutum olsa... Daha ne, öfkelendim kendime. Beni koruyacak bir şey... Bir şey olmalı... Gördüm... Koltuğun üzerine serilmiş olan ince kilimi gördüm. Yavaşça asılıp yanımda topladım. Çantaya uzandım. Göğsüme basacak şeklinde tuttum ve... Bir, iki, üç... Kapıyı açıp kendimi yola attım. Bedenim sert bir şekilde yola savruldu.

Hissettiğim sancıdan öleceğimi sandım. Gözlerim karardı. Soluğum kesildi. Ama kalkmak zorundaydım, koşmak zorundaydım. Arkamda düşmanım vardı. Yanımda düşen para çantasına asıldım. Kilime asıldım. Üç adım ötede olan karanlığa doğru yürüdüm. Adamın bana doğru yürüdüğünü görünce kilime sarılıp konserve kutusu gibi yuvarlanarak kendimi dibini kestiremediğim bir boşluğa bıraktım. O an düşmanın arkada olmadığını, esas içimde olduğunu düşünemezdim.

27.

LİLİA'DAN

Ellerimi bulunduğum bu dört, bilemedin beş tabut boyutunda olan sığınağın aşırı rutubetli duvarlarında, belki bir yerde pencere bırakılmıştır diye gezdirmeye başladım. Neredeyse milim milim dokunuyor, ellerimi gezdiriyordum. Betonun sertliği, bazı yerlerinde cam kırıklarını andıran sivriliğine rağmen vazgeçmeye hiç niyetim yoktu. Kendimi kadere bu kez teslim etmeyecektim. Bunu yapmayacaktım. Ağırdan kemiğimden etimi tüm gücüyle sıyırsalar bile... Beni yavaş yavaş ölüme çekiştirseler bile... Canımın ağrısından soluğumu köreltseler bile... "Aptallar!" diye bağırmak istedim. Bağırmaya korktum, düşünmekle kaldım. İçimdeki dev gücün rengini vermemek için belki... Kızımın sesinin tesirini bilmemeleri gerekirdi. Aramızdaki telepatiyi bilmemeleri gerekirdi. Duygunun onlara uğramadığını bilsem bile... Ne bileyim, belki birinin yüreğine kazayla vicdan tohumu kaçmıştır, benim hissettiğimi hissetmiştir. Göz perdemde gördüğüm yakınlaşan ölümümü kabul etmek mi? Hayır! Ölmeyeceğim! Kızım beni istemediği sürece hayır, hayır!

"Mezarındaki çiçekler kurumayacaktı, ağaçtan kızlar ağlamayacaktı." Ben bir anneyim, çocuğunun mezarında yatmaya hazır bir anne. Hiç uğruna harcanmak mı? Ellerime baktım. Karanlıkta hiçbir şey görmesem de kan kokuyorlardı. Titriyorlardı.

Vahşi sancıyla sızlıyorlardı. Canım oradaydı sanki, ruhum orada. Ama hayır, ruhum serbest. Evet, kızımın tarif ettiği yolun üzerinde... Canım mı? Dayanmalıydı. Dayanmalı! Dayanmalı! Pes etmek mi? Köpeklere leş olmak mı? Onların kirli diş kabuğuna girmek mi? Hayır! Parmaklarımı kastım. Kastım. Güç göstermeleri gerektiğini söyledim yüksek sesle. Titremelerini kesmelerini, ağrıyı unutmalarını emrettim katı emrimle. Kanlarına ihtiyacım vardı, evet, ihtiyacım vardı. Bunu kendilerine söyledim. Onlar kızımın mezarına su ırmakları olacaktı. Ağaçtan kızlarıma nefes, can olacaktı. Kimse ağlamayacaktı; sokakta, mezarın başında bekleyen köpek bile... Hepimiz ayakta duracaktık. Kızımı yaşatacaktım, evet, evet, duymayan var mı? Evet... Gücüm gözlerini mi yumdu? Zamansız ölüme mi teslim oldu? Bedenim çürümeye yüz tutmuş saman üzerine mi serildi? Hayır! Toprağın lafını mı işitti? Mezarla özdeşleştiğine dair fısıltılar mı duydu? Yoook... Yoook... Yoook... Bu doğru değiiil! Değiiil! Ayakta olmalıyım. Evet... Son gücümü topladım. Ruhuma baş kaldıran hırsımı saldım. Başardım. KIZIM SENİ DUYDUM BAK. BAŞARDIM! Kanım can bulmaya, ellerim kaybettiği gücün peşine düşmeye başladı ve son anda kıl payı yetişerek yakaladığım canımın peşine düştüm. Hepimizin bir mucizeye ihtiyacı vardı. Var gücümle, inancımla, beni gör, diye yalvardım. Samanlar arasında, karanlığın içinde, duvarların üzerinde, bir yerde beni beklemeliydi. Yanılmadım... Zamanı bilmiyorum ama bir müddet sonra elimin altında sert bir şeye rastladığımı hissettim. Yanılmamışım, avucuma çakmak denen bir cisim düştü. Cebime attım. Soluklandım. Beynimi düşünmesi için zorladım. Tünel kazabilirdim belki. Duvarları delebilirdim bir şekilde. Neyle? Bir yerden ses mi işittim? Uğuldayan motor sesini... Esinti mi sezdim? Nereden? Nereden? Göğü tadan bir delik mi vardı çevremde? Havaya kapı açan bir kıymık mı? Evet, vardı. Hissediyordum, bir yerlerde bir şey vardı. Oksijenin sızdığı bir yer mi? Ellerim daha hızlı hareket etmeye başladı ve duvarı kendinden ayrı tutan tahta parçasına rastladım. Ne vardı onun ötesinde, havanın bulunduğu yer olduğuna göre pencere mi? Evet başka ne olurdu ki? Sevinç çığlığım, beni bir sarstı şöyle. Gücüme ilk ihtiyacı olan suyu verdi sanki. Tahtanın geniş olmayan kenarlarına zar zor tutunup kendime doğru asıldım. Çiviliydi pencerenin çerçevesine sanırım. Evet, çivili. Hayır... Hayatımı tam yeniden bulmuşken... KIZIMIN SESİNİ DUYMUŞKEN... Paslı çivilere canımı bırakmak mı? Ne kadar uğraştığımı bilmiyorum. Epey bir zaman sanıyorum. Hayır, onu oradan çıkaramazdım. Yapamazdım. Yapamamıştım. Beynimi zorladım. Bir yolu vardır, diye bağırdım. Bir yolu vardır. Dışarıdan duyulan motorun sesi yaklaşmıştı sanki. Biri yakınlarımda olmalıydı. Belki birkaç yüz metre ötesinde. Ama biri vardı. Birden çakmağın ve ateşin beni kurtaran tek şey olabileceği düşündüm. Eğer pencereye çakılmış bu tahta parçasını yakabilsem. Yakmayı başarabilsem, ölümü yakmış olacaktım.

"Haydi ama düşünmek için zamanımız yok..." BEN, KIZIMIN, AĞAÇTAN KIZLARIMIN Birlik sesini duydum. Hırslandım, delirdim. Çakmağı zor da olsa ateşledim. Tahta yavaş yavaş yanmaya başladı. İçeriye dolan duman soluğumu zehirlerken samanın üzerine düşen ateşse cehennem ateşinden bahsediyordu. Ama hayır, daha sağdım, cehennem ateşini kabul edemezdim. Tahtayı yumruklamaya başladım. Başardım. Ateşten zayıflamış tahta parçaları içeriye değil de dışarıya, toprağın üzerine düşmeye başlamıştı. Turuncu alev arasında grileşmiş gök yüzünü demirden korkuluk arasında gördüm. Korkulukları gören beynim o an soğudu. Ölümü kabullenmekten başka çaresinin olmadığını biliyordu. Zihnim, attığı umut adımından vaz mı geçti bir ara? Pusmuştu. Sadece gözlerimin hala tetikte olduğunu geç anladım. Tarlada ağır hareket eden iki far ışığını görene kadar. Biri yersiz ateşi mi fark etti? İki far ışığı bana doğru dönerek yaklaşmak için acele mi ediyordu ne? Motor uğultusu yaklaşıyordu. Evet, evet, beni kurtarmak için acele ediyordu. Motor sesi kesildi. Toprağın üzerinde koşan ağır ayak sesi duyuldu. Biri bana yaklaşmak için acele ediyordu. Turuncu alev arasında bakımsız, yorgun surat beni seçmeye mi çalıştı? Gördü... Göz bebeklerim dehşete kapıldığına göre... Bir an durakladı. Sonra toprağa düşen ve hala yanmakta olan tahta parçalarının üzerinde hızlıca tepinmekten terledi.

"Burada korkuluk var! korkuluk var!" diye bağırarak onu uyarmaya çalıştım. Görmüştü zaten. Onun traktöre doğru koştuğunu gördüm. Geri döndüğünde elinde bir halat vardı. Ben içeride hala zayıf da olsa yanmakta olan samanların üzerinde tepinirken o halatı hala sıcak olan korkuluğa bağlamakla meşguldü. Hızlı hareket ediyordu. Bir ara gözden kayboldu. Traktörün bağırış sesi duyuldu. Kafesten kurtulduğuma inanmak mı? Soluğumu yeniden tatmak mı? GELDİM KIZIM diye sayıkladığımı elinin tersiyle yüzündeki teri silen adam duymuştur.

"......"

Bağıran adamın ağzına bakakaldım. Şoktaydım. Onu duyuyor ama ne istediğini anlamıyordum. Belki de duymuyordum. Bilemem.

"Saçın tutuşuyor! Saçın tutuşuyor!" diye bağırınca olan biten beynime ağır köz gibi damlamaya başlamıştı ki üzerimdeki tişörtü üste sıyırarak saçımın çevresine topladım.

"Elini ver, elini ver!" bu adamın ikinci emriydi. Kollarımı yukarıya silik gördüğüm cisme uzattım. Gölgenin biri pencereyi kapladı. İki kol bana doğru hareket etti ve yanmış ellerime biri dokundu. Tanımadığım vahşi çığlığımla boğazım yırtıldı.

"Bağırma duyan olur!" diye bağıran adam beni kendine çekmeye başladı. Ona yardım edemiyordum. Gücümü yitirmiştim. Hissediyordum.... Tükeniyordum... Birden içime karanlık ve hafiflik çöktü. Soğuk ırmaklar başta beynime, sonra ise bedenime sızmaya başladı. Bedenimin bir yerleri ara ara sıcak teninin dokunuşunu hissetti. Biri koca beşikte beni mi sallıyordu? Beynim mi sallanıyordu? Ama madem öyle, beşiğin altında cam kırıklarını unutan kimdi? Homurdanan biri vardı yanımda. Babam değildi. Ama babamın yorgun düşmüş sesine de benziyordu. Yeşillik gördüm. Bana tapan yeşillik... Peki ya şimdi... Beynimin tam ortasında düşen yıldırım yaşamayı isteyen ıslak kan hücrelerime geri mi döndü. Tam öyle... Göz perdem çürümeye yüz tutmuş kapı eşiğini mi gördü. Zayıf soluğum kir, sidik, küf, alkol kokusunu mu duydu? Ya kulağımı tırmalayarak yetişen ses neye benziyordu? Su sesi mi? Evet.

"Orospu çocuğu su bidonunun ayak altımda ne işi var!"

"Hatırlatalım, annemiz bir."

"Ptüüü, lafımı dinleyip içmeseydin şaşardım. Sana ne desek boş. Bakma aval aval. Su bidonunu kaldır! Yok Tanrı'm, bana ceza verecektin madem biraz kafanı yorsaydın. Kendi yarattığın hasta kulunu benim başıma ne sarıyorsun be mübarek!"

"Hasta değilim ben, değilim!"

"Kapat çeneni. Ayağım altından çekil. Kapı eşiğinde ayaklanmış leş gibi ne bekliyorsun?"

"Yardım istersin belki..."

"Senden mi? Sen kendine yardım et önce. Ayağımın altında geberme de."

"Hah... O nedenmiş?"

"Çekil be, çekil! Keşke..."

"Benim ölmemi istiyorsun, biliyorum ama ölmeyeceğim."

"Bu kafayla gidersen... Yatağın üzerinden tüfeği al. Çabuk ol!"

Ağzı kokan biri yanıma mı yaklaştı. Evet öyle silik de olsa birini gördüm. Yüzüme sıcak bir el mi dokundu? Sarsıldım mı? Evet, biri beni bir yere atmıştı sanırım. Ağrıyan kemiklerim iç içe karıştı. Bağırmış olmalıyım ki sidik kokan el ağzımın, burnumun üzerine indi.

"Buna içki ver."

"İçki mi?"

"Dediğimi yap."

"Sen nereye?"

"Beklenen cehenneme barikat çekmeye. Dediğimi yap. Sesini kessin. Sızsın. Daha yolumuz uzun."

"Burada iyiydik abi. Daha para kazanacaktık."

"Ama artık değiliz... Dediğimi yap."

Az önce gördüğüm ay ışığı kapı arkasında saklandı. Yattığım yerde hafifçe doğrulmaya çalıştım. Ama vücudumun her yerinden yayılan şiddetli ağrılar bırak kıpırdamayı, nefes almaya bile engel olmuştu. Vücudum, beynim hala darbelere maruz kalmış gibi ağrım tazeleniyrdu. Kapalı olan gözlerimi hafif araladım. Üzerime alkol kokan sakallı birinin eğildiğini gördüm. Adam korku içinde beni izliyor, bir şeyler homurdanıyordu. Ama ne? Cevap beklediği belliydi... Ses vermedim. Sadece acı bir biçimde güldüm.

"Ha!" dedi bir ara, ellerini şaklattı. "İçki..içki.. Sana iyi gelir biliyor musun?"

Benden uzaklaştı. Yeri süpüren ayak sesi duyuldu. Ardından bana yaklaşan ayak sesi.... Adam başımı hafif kaldırdı. Dudaklarıma bardağı yaklaştırdı.

"İç sancıların hafifler." dedi.

Bardağın boşalmasını bekledi. Alkolü oldukça yüksek olan votkanın boğazlarımı yakarak mideme indiğini hissettim. Birkaç dakika sonra her şeyi daha silik, daha uzaktan görmeye başladım. Sanki kuma gömmüşlerdi beni. Bedenim ağır yükün altındaydı. Başım ağrıyor, midem bulanıyordu. Öğürdüm. Bir kez daha... Adamın bana doğru panik içinde koştuğunu gördüm bir ara.

"İğrenç şey..." diye homurdandığını duydum. Beni kollarımdan tutup kendine doğru çekiştirerek yatağın üzerinde oturtmaya çalıştı. Alnıma dokundu.

"Leş gibi is kokuyorsun. Zehirlendin belki. Temiz havaya ihtiyacın var, ne bileyim belki doktora..."

Hala yüzüme bakıp benden yanıt bekliyordu. Su getirdi bir ara. İçirmeye çalıştı. Yutamadığımı görünce, başını olumsuzca salladı.

"Bir bu eksikti..." diye geveledi. Benden gözünü ayırmadan asabiyetle başını kaşıdı, sonra uzaklaşıp dar odada anlamsız dolaşmaya başladı. Gergindi. Ara ara bana yaklaşıyor, ölmek üzere olan bir hayvana bakar gibi gözlerimin içine bakıyordu.

"Korkma ölmeyeceksin." dedi ve elimi ellerinin arasına aldı. Bana ait merhametini gördüm gözlerinin içinde. "Ben ölmeni istemiyorum." dedi sanki. "Ölmeyeceksin. Korkma, ben buradayım. Yardım ederim sana, korkma."

Kan tadıyla yutkunup gözlerimi yumdum. Sanki bir yerden onun gücünden bir damla yüreğime damlamıştı. Sisler içinde kızımın bana gülümsediğini gördüm. Derin nefes aldım. Hayatın hala var olduğunu o an hissettim. Araba sesi duydum. Gözlerimi açıp sarhoşa baktım, kapıya bakıyordu. Sonra dönüp bana baktı. Gördüm, loş ışığın altında onun huzurla derin nefes aldığını gördüm. Arkasından ayak sesi ve kapı sesi işittim. Sarhoş "Ah nihayet, kadın iyi değil!" diye öfkeyle homurdandı.

"Biliyorum. Nasıl olmasını bekliyordun? Ama iyi olacak. İçki içirdin mi? Şüpheli durum oldu mu?"

"Huu..." dedi sarhoş.

Takır, tukur seslerini duydum. Aradıkları neydi? Neler olduğunu anlamaya çalıştım. Beni kurtaran adam ne arıyordu? Aradığı silah mıydı yoksa. Belki benim için ağrı kesici arıyordu. Anlamadım.

"Haydi toparlanıyoruz. Acele et." dediğinde sarhoş:

"Nereye?" diye sordu.

"Cehenneme... Dediğimi yap."

Bağıran adam yanıma yaklaştı. Beni kucaklamak için sırt kısmıma ve ayak kıvrımlara doğru ellerini sürdü. Az sonra yatakta değildim. Başım adamın kirli yakasının yakınına düşmüştü. Dudağım, iç organlarımın şiddetle zonklamasından titriyordu. Kapıdan çıkınca adam:

"Su bidonu almayı unutma!" diye bağırdı.

Tepemde sarkan gökyüzünü gördüm. Çalkalanıyordu. Belki çalkalanan gökyüzü değil de beynimdi, bilemedim. Başımı çevirdim. Kararmaya yüz tutmuş biçimsiz tepecikler de çalkalanıyordu. Sinirim bozuldu. Gözlerimi daha iri aralamaya çalıştım. Yolun ağzında bizi bekleyen arabayı o an gördüm. Kapılar açıktı. Arka koltuk benim için boştu. Adam beni oraya yatırmak için epey terledi. Kapının kapanması için ayaklarımı içeriye iterek düzeltti. Burnumun değdiği yerde ağır bir koku duydum. Biri koltuğa sanırım kan izleri bırakmamamız için önce hayvanın altında kullandığı muşambayı sermişti. Arkaya bagaja bir şeyler atıldı. Kısa sure içinde ise hareket ettik. Arabanın içini hareketli müzik sesi doldurdu.

"Patron sana lüks araba verdi ha, ne kıyak! Değerini bil."

"O bana kardeş kadar yakın. Bunu unutma."

"Huu! inanayım mı?"

28.

Uyku sersemliğimin içinde birinin horlama sesini duyar gibi oldum, sonra birden çalan telefon sesini işittim. Sivri ses çevremdeki olan bitene duyarlılığımı tetikledi. Telefona cevap veren beni kurtaran adamın ta kendisiydi. Şimdi hatırladım. Orada, alkoliğin sızdığı somyanın dibinde, eski halının üzerinde iki büküm uyuyakalmıştı. Uyandırdılar demek. Birine:

"Sakin ol!" diye cevap veren adam sanki bana yaklaşmak için acele birkaç adım attı. Gözlerim hala kapalı olduğundan ne yaptığını ya da ne yapmak istediğini anlamadım. Sadece durumumu merak etmiş olabilirdi ya da konuştuğu konuyu duyup duymadığımı merak ettiğinden ayaklanmıştı. Uyuduğumu sanmış olmalı ki konuşmasına gayet rahat devam etti.

"Dilini siktiğim kadın. Haaa! Burada dağın ortasında üç gündür yan gelip keyif çatıyorum. Bir gün de bunun başına bir şey mi geldi, diye düşünüp üzül be. Tabii ya dokuz canlıyım. Bana bir şey olmaz. Senin o zehirli lanetlerinden sonra insanda şans mı kalır?"

"..."

"Ben orada olmadığıma göre seni hapse atacak değiller merak etme. Andrey parayı bulup borcunu kapatır. Borç onun borcu. Ben sadece kefildim."

"..."

"Çeneni bir saniye kapatırsan, kafamı toplarım..."

Adam sustu. Sanırım telefonu kapattı. Rastgele atılan asabi ayak sesleri duyuyordum. Adamın içi içine sığmıyor gibiydi. Ne olduğunu, ne düşündüğünü merak ettim. Düşüncelerin içine beni katıp katmadığını merak ettim. Nasıl biri olduğunu merak ettim. Birden aklıma gelen düşünceden dolayı irkildim. Üç gündür beni bu dar, eski barakada saatli bomba saklar gibi neden saklıyorlardı? Başına iş açılacağından korkmasa terk edilmiş bu barakaya neden taşınalım ki? Peki neden suskundu? Neden harekete geçmiyordu? Neden polislere benden bahsetmiyordu? Neden benimle konuşmak istemiyordu? Benim kim olduğum hakkında ne düşünüyordu acaba? Islık sesiyle değişen horlama sesi birden kesildi. Sarhoş uyanmış olmalıydı, gürültü çıkararak yaylı yataktan kalktığını duydum. Bir şeyler homurdandığını, arkasından küfrettiğini... Yürüdü. Kapıyı açtığına göre dışarıya çalılar arasına işemeye gitmiştir. Başka bu ıssız ortamda sokakta ne işi olabilirdi ki? Beni kurtaran adam da hala rahat değildi. Ayak sesinden bana yakın olması gerektiğini seziyordum. O anki işkencemin bitmesini istedim. Şüphelerimin hafif zelzele haliyle geçmesini istedim. Ama içimdeki kaygı irileşiyordu. Öyle ki gözlerimin üzerine çökmüş, aralanmasına engel oluyordu. Duyacak daha çok şey varmış gibi tetikteydim. İdrar torbamsa dün öğlenden beri dola dola taşmak üzere olduğundan huzursuzdum. İnsanlığımdan iğreniyordum. Sabretmeliydim ama nasıl? Dışarıdan sanırım hafif aralık kalan kapı eşiğinden sigara dumanı içeriye sızdı. Sarhoş dün akşamdan cebinde zar zor zapt ettiği son sigarasını yakmıştı. Zaman kum saatinin dibine vararak tükenmişti. Ya sonrası... Bundan sonra ne olacaktı? Boğuluyordum. Bu iyiye işaret değildi. Artık gizlenmeme gerek yoktu. Gözlerimi açıp adamın yüzünü yakaladım. Dalgındı, fazlasıyla dalgındı. Ona baktığımı fark etmedi bile. Telaşlı tavırla cebinden telefon çıkardı. Tuşladı. Karşıdan gelen yanıtı epey bekledi. Sabredemedim. Tuvalete kalkmam gerekirdi. Kaburgalarımın ağrısını hiçe sayarak, yattığım yerden dudağımı çiğneyerek doğruldum. Ağır birkaç adımdan sonra kapıdan dışarı çıktım. Seziyordum. Düştüğüm bataklığın hiç kurumayacağını seziyordum. İçeriye girdiğimde adamın elinde gri kumaş çanta vardı. Çantanın fermuarını açmış içine kirli kıyafetlerini tepiyordu. Ellerine baktığımda titrediğini fark ettim. Burada bir şeyler olmuştu. Belki telefon konuşması tatsız geçmişti. Fazlasıyla tatsız, diye söylendi beynim. Adam çantasını kapının ağzına fırlattı. Yanımdan geçip eski masaya yaklaştı. Üzerinde duran araba anahtarlarını aldı. Tabağın içinde dünden ıslatılmış kuru ekmeğin son parçasını ağzına attı. Kardeşine,

"Yürü!" diye seslendi. Bana bakıp,

"Gidiyoruz" diye bağırdı.

Ayaklarımı sürerek onun arkasına takıldım. Arabaya en son ben bindim. Suskundum. Hareket ettik. Kısa sürede baraka toz bulutun arkasından kayboldu. Sağından solundan uzanan tepeciklerin arasında kısılıp kalmış kıvrımlı yolda hızla ilerliyorduk. Çevreme bakınıp durdum. Bir işarete ihtiyacım vardı, yolun nereye gittiğine dair. Hiçbir işaret yoktu. Her şey sanki sıfırın altında tükenmeye yakın duruyor gibiydi. Ne ileri ne de geri hayat geçiyor gibi. Bence burada bir yanlış vardı. Hayat hızlı akıyordu o an, sadece biz üçümüz bunu görmüyorduk ya da görmeyi reddediyorduk. Arabanın dikiz aynasından yaşlı adama baktım. Gözleri boş değildi. İçinde olanı ayıklamaya çalıştım. Ümit, pişmanlık, acı... Neye umutlanmıştı acaba? Neye pişman olmuştu? Hissettiklerine mezar taşı gibi kapanan acının sebebi neydi? Adam gözlerini kıstı. Yutkunuşundan zor bir karar üzerinde olduğunu anlamıştım. Öfkeliydi sanki? Vereceği karardan kaçıyor gibiydi. Elini boğazında gezdirdi. Boğuluyordu besbelli. Direksiyonun hakimiyetini kaybetti bir ara. Araba sağa sola şiddetle savrulmaya başladı.

"Oha!" diye bağırdı sarhoş. "Dikkat et, dikkat et!" diye bağırınca adam ani frene basarak arabayı durdurdu. Elleri direksiyonun üzerindeydi. Başı eğikti. Kıpırdamıyordu. Ara ara göğüs kafesi hareket ediyordu. Sarhoş ona dönerek olup biteni anlamaya çalıştı. Hiçbirimiz konuşmadık. Hiçbirimiz çığlık atmadık. Eğer çığlık atmış olsaydık, belki bir ihtimal adamın içindeki çığlığı parçalamış olurduk. Ama yapmadık. Adam deli gibi arabadan indi. Arabanın bagajını açtı. Oradan tüfeğe asıldığını gördüm. Sarhoş onun ellerine atıldı. İkisi de titriyordu. Beynimin soğuduğunu hissettim. Tepki vermiyor, düşünemiyordu. Sarhoşa baktım. Ona, bir şeyler yap, demeyi çok isterdim ama... Ama... Sanırım söyleyemedim. İkisinin boğuştuğunu gördüm. Soğuk ter dökerek izledim. İzlerken kimin öleceğini düşündüm. Tüfek ateş aldı. Sarhoş vahşi bir çığlık attı. O an gördüğüm tek şey toprağa düşen adamın gövdesinden yolda yılan gibi uzayan kan şeridiydi. Sarhoş geç de olsa abisinin üzerine kapaklandı.

"Neden? Neden? Neden?" diye bağırmaya başladı. Geç de olsa onun cesedini kucaklayıp arabaya yaklaştı. Bana göz işareti yaparak bagajı açmamı istedi. Dediğini yapmak için arabadan indim. Birkaç adım attım. Onlara çok yakındım. Başımı çevirdim. Gördüm. Ölen adamın donuk bakışlarını o an gördüm, yaşı gördüm şakaklarında. Tetikçinin duygulu olduğunu bildim. Ağzı hafif aralık kalmıştı. Tanrı'ya nasihati mi vardı? Ruhu mu onu terk ediyordu? Başımı çevirdim. Duyuyordum, sarhoş adamın inlemesinden adamı bagajın içine yatırmakla zorlandığını ve sonunda bagajın kapandığını işittim. Dönüp baktım. Sarhoş bana bakarak kanlı ellerini onun üzerine siliyordu.

"Arabaya bin! Şu kahrolası arabaya bin!"

Bağıran sarhoşu dinledim. Hareket ettik. Arabanın içinde kan kokusu hızla yayıldı. Benim çok iyi tanıdığım kokuydu bu. Öğürdüm sanırım yol boyu. Azarı işittim, küfrü de... Kulak asmadım tepki de vermedim. Boştum, bomboş... Ölen adamın yarım açık gözlerini görüyor, kendimi kemiriyordum. Bir şekilde onu yaşaması için ikna etmeliydim. Yapmadım, kendimi düşündüm sadece, bencil davrandığıma inanamıyordum. Oturduğum yerde pustum. Sokağın birini terk ettik. Araba yavaşladı. Sarhoş ölen adamın telefonu ile biriyle konuştu. Sanki benden de bahsettiğini işittim. Doğru işittiğimi köyün giriş yolunda durduğumuz an anladım. Arabaya doğru beş yaşlarında kız çocuğu koştu. Sarhoş arabadan indi. Yanına yaklaşan kızın önüne çömeldi. Kızın bakımsız kahverengi saçına okşarcasına dokundu. Başını sola çevirip gizleyemediği gözyaşını elinin tersiyle sildi. Kızın yüzüne tekrar baktı ve bu kez aklındakini geciktirdiğini hatırlayarak kelimeleri peş peşe sıraladı:

"Abla olmuşsun Nataşa, bize yardım etmek ister misin?"

Küçük kız iri açılmış ela gözleriyle onun yüzüne bakınca adam işaret parmağını bana doğru uzattı.

"Bu abla benim misafirim. Sen onu evine götürür müsün?"

Kız sessizce başını evet anlamında salladı. Adam onu bağrına bastığında ağlıyordu. Arabadan inmem gerektiğini anladım. Acele etmem gerektiğini biliyordum. Yanımdan hızlı adımlarla geçip giden adam, teşekkür kelimesini bile beklemedi. Acı bir biçimde yutkundum. Birkaç adımdan sonra durakladım. Küçük kız yolun ortasında tepkisiz duruyor, adamın bindiği arabadan gözünü ayırmıyordu. Bir an arabaya doğru koşmaya niyetlendi. Yolunu kestim. Yüzüne yakın eğildim. Gülümsedim.

"Gidelim mi? Annen merak eder." diye geveledim. Kız başını evet anlamında salladı. Serçe parmağımı yakaladı ve taşlı yoldan yürümeye başladı. Onu takip ettim. Takip ederken kızımı gördüm, sevgisini hissettim. Üzerime kapaklanan özlemle durakladım. Küçük Nataşa'nın saçına dokundum. Ona doğru eğilip sarılmayı düşündüm. Sol elimdeki yanık izlerini fark ettiğimde kendimi geriye çektim. Bana şaşkınlıkla bakan küçük kıza:

"Yoruldun mu?" diye sordum. Gülümseyerek başını hayır anlamında salladı.

"Adın ne?" diye sorduğunda bir an kendime temiz bir adı yakıştırmaya çalıştım.

"Sen ne olmamı istiyorsun? diye sorduğumda kız kıkırdadı. Neşe dolu sesle:

"Lüşa. Benim bebeğim var Lüşa. Dayım aldı. Biliyor musun Lüşa'yı yatırdığımda uyuyor."

"Başka ne yapıyor Lüşa?"

"Ağlıyor. Ama ben onun ağlamasını istemiyorum. Öptüğümde susuyor, biliyor musun?"

"Ona şarkı söylüyor musun?"

"Evet" diyen kız ezbere bildiği şarkıdan birkaç kelime söyledikten sonra birden sustu. Onun baktığı yöne baktım. Genç kadının biri bahçe kapısında durup bizi izliyordu. Küçük kız serçe parmağımı bırakıp,

"Anne, anne!" diye bağırarak ona kollarını açan kadına doğru koştu. Annesine,

"Anne bu Lüşa. Ben onu sevdim biliyor musun?"

"Ne güzel." diyen genç kadın beni tepeden tırnağa süzdükten sonra zoraki gülümsedi.

Bahçe kapısından içeri girdi. Kadının arkasından yürüdüm. Öfkeliydim, kendime deli gibi öfkeliydim. Tanrı'nın benim için düşündüğü cezayı çekmeye razıydım. Yeter ki ağzımdaki bu bitmek tükenmek bilmeyen kan tadını yok edilebileyim. Taşlı yola hırçınca adımlarımı basıyor, "Yeter Tanrı'm, işkencelerinin sonu yok mu?" diye içimden homurdanıyordum. Bir ara kadın dönüp bana baktı. Keyifsizdi. Kardeşinin zoruyla beni evine kabul ettiğini gizlemiyordu. Birbirlerine çok yakın dikilmiş çam ağaçlarının ötesindeki duvarları kalın, eski, dar verandası olan evin önüne geldik. İçeriye buyur ederken tek kelime bile olsa sorar ya da söyler diye bekledim ama hayır, suskundu. Olan bitenden haberi var mıydı acaba? Önüme yırtık terlikleri süren kadına baktım. Telaşlı gözüküyordu. Benim ona yaklaşmamı bekledi. Tek kelime söylemeden omzuma dokundu.

"Yorgun görünüyorsun." derken kirli kıyafetlerime bakıyordu. Başımı evet anlamında salladım. Utanarak gözlerimi yere eğdim. Kadını sessizce takip ettim. "Şöyle geçin." dedi kadın zaten aralıklı olan kapıyı iyice aralayarak. İçeriye girdim. Nataşa'nın benim için sürüklediği tabureye oturdum. Ellerim titriyordu. İçimde kelepçelediğim gözyaşlarım damla damla kirli pantolonuma damlıyordu.

"Bir çaydanlık kaynamış suyum var. İstersen ılıtırım. Yıkan. Ben de o arada yiyecek bir şeyler hazırlarım."

Başımı evet anlamında salladım. "Nataşa Lüşa teyzeye banyo göster. Ben size yetişirim."

Küçük kız beni evin dışında eski, tek bir insanın zor dönebileceği, önceden belki kiler olarak kullanılan odaya götürdü. İçeride eski odun sobası duruyordu. Üzerinde demir kovanın içinde soğuk su vardı. Ayaklarımın altında ahşaptan ızgaralık sabun lekeleri içindeydi. Köşenin birinde küçük kıza ait şampuan şişesi vardı. Kadın kapıyı tıklattı. Kapıyı hafif araladım ve ondan bir kova ılık su, havlu, birkaç parça temiz kıyafeti aldım. Mahcupça gülümsedim. Üzerime suyu dökerken dışarıdan çığlık sesi duydum. Arkasından feryadı... Tuğla boşluğundan baktım. Kadının dövünerek sokağa koştuğunu gördüm.

DÖRT GÜN SONRA

İçim daralıyor hiçbir yere sığmıyordum. Yataktan kalktım. Pencereye yaklaştım. Göğü görmek bana iyi gelmemişti, hafiflemeyi bekledim ama hafiflememiştim. Sokağa çıkmaya karar verdim. Nataşa'nın ve annesinin yattığı oda kapısının önünden geçerken konuşma sesleri işittim. Durakladım. Konuşulanlar tam net anlaşılmıyordu. Olsun... Ben hala orada huzurdan merhamet diler gibi dikiliyordum. Çocuk sesi içimde tatlı gürültüyle akan nehrin şımarıklığını hatırlatıyordu. Gece sessizdi. Köpekler ulumuyor. Ağaçların üzerinde esir kalan yapraklar, içlerinden oh çekerek olacakları bekliyordu. Dikkatimi ayak sesi dağıttı. Biri yataktan kalktı. Ses zayıf olunca Nataşa'dır diye düşündüm. Yanılmamışım, arkasından daha kuvvetli ayak eski tahta tabanı tartakladı. Kısa sürede biri pencereye asılmış olmalı ki ahşabın sürtüşme sesini duydum.

"Nereye bakıyorsun kızım?"

"Dayının mezarına anne."

"Neden kızım? Bakma, dayı senin bu hallerini görürse üzülür."

"Anne dayının orada ışığı yok değil mi?"

"Var kızım."

"Nasıl? Babamınki gibi mi? Ona ışığı kalbinde yaşayan melekler mi tuttu?"

"Evet kızım."

"Anne, ben de babam ve dayım gibi iyi biri olacağım. Benim de ışığım olacak değil mi?"

"Evet kızım olacak."

"Peki korkmuyorlar mı? Orada kimseler yok."

"Kimseler yok belki ama onlar bizi görüp duydukları için mutlu olmalılar kızım."

"Sesimizi mi?"

"Evet kızım."

"Ben babamı çok seviyorum anne."

"O da seni çok seviyor kızım."

"Dayı mı da seviyorum anne."

"Oda seni seviyor kızım."

"Dayımın bana söylediği şarkıyı biliyor musun anne?"

Kadın şarkının melodisini mırıldanırken oradan kaçarcasına ayrıldım. Dinleyemezdim... Dinleyemezdim...

Yine uykusuzluğa yakalanmıştım. Bahçede çam ağacının dibinde kuru taburenin üzerinde oturup kendimi dinliyordum. Şafak yeni sökmüştü. Rüzgâr adalete yetişmek için kolları sıvasa da zayıftı. Ne kötülüğe karşı gelebiliyor ne de içimdeki kaygıdan beni kurtarabiliyordu. Çam ağacından üzerime düşen dikenler omzumu, gövdemi ziyaret ettikten sonra gideceği yeri biliyor ya da planlı biçimde çürümek için toprağa düşüyordu. Bense... Ha böylece, kuru taburenin üzerinde donakalmıştım! Düşünüyorum da annem beni rahminden fırlatırken Azrail hali hazırda hayatımın çıkış kapısının eşiğine ayağını mı koymuştu yoksa? Yolu, nefesimi kıskandığına göre... Bugüne kadar beni bir şekilde kollayan meleğin desteğiyle mi yaşadım yoksa... Öfkem çileden çıkmıştı. Ne yapmalıydım, bilmiyordum. Koşsam yol yırtık. Dursam ayağımın dibi yırtık. Ahh, boğuluyordum! Zihnimi toprağı ezen ayak sesi sarstı. Başımı kaldırdım. Kadın siyahlar içinde bana yaklaşıyordu. Elinin birinde beyaz fincan vardı, ötekinde siyah. Konuşmadan yanı başımdaki kütüğün üzerine oturdu. Yüzüne bakamadım. Korkuyordum. Orada yerleştirdiğim tabutları göreceğinden korkuyordum. Düşünüyordum da Azrail beni kovalarken ruhuma yetişmeyi beceremediğinden mi sevdiklerime, yanımda duranlara yetişiyordu? Bilemedim... Yanımdaydı... Allah kahretsin... Ayak izlerimi takip ediyordu. Düşüncelerimden kurtulmak için başımı olumsuzca salladım. Kadının omzuma dokunduğunu geç de olsa fark ettim.

"Sana kuşburnu çayı getirdim. Günlerdir açsın. Burada size göre ne tabutumuz var ne de hali hazırda mezar. Kendinizi toplayın lütfen."

Gözlerimi kırpıştırdım. Fincanı elinden aldım. Yara bere içinde olan ellerimin sancısından soğuk titredim. Dişlerimi birbirine bastırdım. Derin nefes aldım ve çaydan yudumladım. Çayın şekeri yoktu. Son olanı da üç gün önce kullanmıştık. Kadın da çayı yudumladı. Başını boşluğa çevirdi. İç geçirdiğini gördüm. Dönüp tekrar bana baktığını hissettim. Acelesi varmış gibi huzursuzdu. Bahçe kapısına baktı. Gözlerini kısarak çevreyi süzdü. Belli ki konuşmak için kelimeleri seçmekte zorlanıyordu. Nereden başlayacağını mı bilmiyordu? Belki benim ağzımı açmamı bekliyordu. Ah bilse, küçük dilimin ağırlığını... Kaç kişinin başına mezar taşı diktiğimi bilse...Ne yaptığımı bilse... Bale seven bedenimi nasıl bir karanlık labirent içinde kaybettiğimi bilse... Tabutuma girmek için yırtındığımı bilse... Hıçkırıklarımı unutup, ölmüşlüğüme alışmış sessizce ağladığımı bilse... Yüzüne bakmadan,

"Özür dilerim." diye mırıldadım.

"Anlamadım?"

"Anlatmaya nereden başlayacağımı bilmiyorum ama abiniz... Nasıl desem, bilmiyorum, kendi başı dertteyken bile benim yiyeceğim ekmeği düşündü."

"Sen, ne söylemeye çalışıyorsun?"

"Birilerinin benden istediği hayatımı bana yeniden bağışladı. Adımı bile sormadan..."

"Abim doğru olanı yapmıştır. Tamam, yoksuluz ama gururumuzdan, insanlığımızdan yoksun değiliz Allah'a şükür."

Gırtlağının bir aşağı bir yukarı hareketinden acı bir biçimde yutkunduğunu gördüm. Yüreğinin acısını içimde hissettim.

Elimden gelse, hayatımdan ümidim olsa, huzurumdan ümidim olsa hiç düşünmeden ama hiç düşünmeden bu aileye yaşayacağım günlerden bağışlardım. Hayatım kan içinde boğulurken kimin işine yarardı? Kimin işine yarardı? Kimin işine yarardı?

"Gideceğim."

Yüzüme baktığını hissettim, omzuma dokunduğunu da... Merhametiyle beni ısıtırken yargıyla dövdüğünü de... Başımı kaldırıp yüzüne baktım. Kollarımı kadına dolayıp sarıldım. Ağlıyordum ama bu kez ses vererek. Kadın gözyaşlarını kuruladı. Arkasından benim şakaklarıma uzandı. Hava boşluğuna baktı bir ara, derin nefes aldı. Sonra siyah bol elbisesinin cebine elini uzattı. Cebinden çıkardığı gazeteden bir sayfayı bana uzattı. Fotoğrafımı gördüm. Bana biçilen ödülün miktarının 50 bin dolar olduğumu öğrendim. Kadına iri açılmış gözlerle baktım. Orada acıyla karışan merhameti gördüm. Kadın elimde unuttuğum gazete parçasını parmaklarımın arasından çekip yırttı. Bir kez daha elini cebine uzattı. Cebinden beyaz mendil içinde sarılı olanı bana uzatarak:

"Al, buna ihtiyacın var. Kapıda abimin oğlu seni bekliyor. Buradan gitmen lazım."

Boş boş gözlerinin içine baktım. Mendilini cebime soktu. Beynim donmuştu. Hiçbir şey düşünemiyordum. Kalktım, kapıya yürüdüm. Orada siyah Lada ve genç delikanlı beni bekliyordu. Köyden uzaklaştığımızda inmem gerektiğini söyledim. Arabadan indiğimde gördüğüm ormana doğru yol aldım. Mendilin içine olana baktığımda ruhum beni soğuk toprağa serdi. Beyaz mendilin içinde para vardı. Cenazede yardım olarak toplanan para... Birkaçının üzerinde adlar yazılıydı. Büyük ihtimal paranın sahiplerine aitti.

29.

Egor Lebedev'in telaşlı sesinden bana iyi bir haber vermeyeceğini hissetmiştim ama ölümü hiç düşünmedim. Tanya'nın ölümünü ise hiç... Egor beni ev ofisinde masa başında bekliyordu. Dramatik yüz ifadesiyle yüzüme bakıp oturmam için karşıya düşen koltuğu gösterdi. Ani vahşi hislerimden avlanıp öyle bir kasılmıştım ki üzerimde taşıdığım ve senelerdir ayırmadığım parıltılı, krom kaplama, yarı otomatik tabancanın tetik kısmıyla hayatım üzerine düello yapabilirdim. Yapmadım. Öyle kolay değildi. Tanya'ya borçlu kalmıştım. Onu sevdim ama koruyamadım. Kabullenmek mi? Asla... Tanya'nın soğuk bedenini zihnime sığdırmak mı? Asla... Onunla ölmek sadece bencilik olurdu. Evet, ben bu hatayı bir kez yaptım. Derin nefes aldım, bana gösterilen koltuğa oturdum. Hazırdım. Hayır değildim.

"Stefan, üzgünüm." diye geveledi, Egor gözlerini benden kaçırdı.

"Nerede bulundu?"

" G. K. Ormanın batı kısmının 5. Kilometresinde."

Masaya doğru eğildim. Titrek parmaklarla önümde duran Adli tıp dosyasına uzandım. Beyaz kâğıdın üzerinde, sadece birkaç tuş kullanılarak ölümün yazıldığını o gün beynimin vahşi yıkılışıyla idrak etmiştim. Adli tıptan çıkan belirtilere göre Tanya Soselia vahşi bir işkence görerek öldürülmüştü. Hızlıca okumak istedim.

Vücudunda açık yara haline gelen darbe izleri mevcut.

Kafatasının sol kısmındaki kemik kırık.

Sert ve keskin cisimle öldüresiye dövülmüş.

Sol üst kaburgaların dördü kırık.

Vücudun 37 yerinde tespit edilen yanık izleri ölmeden 6-7 saat öncesinde gerçekleşmiştir.

Olay yerini kareler içine alan fotoğrafların beni cehennemin ortasına düşürmek için beklediğini biliyordum. Bunu yapamazdım. Kontrolümü kaybetmekten korkuyordum. Havanın benden çaldığı nefesi zoraki kopardım. Gözlerimi kırpıştırarak orada olduğumu anımsamaya çalıştım.

Dosyadan uzaklaşıp kendimi diğer koltuğa bıraktım. Damağım birden hiç su damlasıyla tanışmamış gibi kurudu. Acı bir biçimde yandı. Yutkunmaya çalıştım. Egor durumu kabul etmem gerektiğini düşünerek olanların üzerinden hızlı geçmek istedi.

"Raporlara bakılırsa kadın baştan zihnini koruyabilecek işkenceye maruz kalmıştı. Hırsızlık, tecavüz olayı olmadığına göre kadını öldürmelerinin sebebi de somut. Açıkta bırakılan delil yok. Soruşturma sürüyor tabii ki. Sen ne düşünüyorsun Stefan?"

"Soruşturma sürecinde muğlak kalan ya da ihmal edilmiş noktalar var. Kesinlikle hatalı olan noktalar olmalı. Sorgular sırasında iyi ele alınmayan şahitler olmalı. Bilmiyorum, bir terslik var. Keyfi olarak ya da kişisel güdülerle öldürülmüş olması ihtimali düşük. Bana kalırsa kayıp ilanını gazeteye veren de annesi değil. Yapan başka biri ya da yaptıran başka biri."

"Neden bu şekilde düşünüyorsun?"

"Sebepleri çok da bu yüzden. Kadın, kızının başına ödül olarak konan 50 bin doları hayatta bir arada görmemiştir, durumu ortada. Üstelik alkol tedavisi gören bir şahıstan bahsediyoruz. Sence..."

"Belki haklısın ama gazeteye bu ilan bir şekilde düşmüş değil mi?"

"Bende ondan bahsediyorum. Bunu yapanlar ya da yaptıranların Tanya Soselia'nın ölümünde parmağı var. Ölmesinin neyi çözeceğini bilmiyoruz. Ben bu konuyla bizzat ilgileneceğim."

"Dava sende değil, bunu unutma."

"Hatırlattığın için sağ ol."

Ayaktaydım. Oradan kaçmak istiyordum. Ama bunu yapmak da kolay değildi. Orada dosyanın ortasında beyaz parlak kâğıdın üzerinde o vardı. Son haliyle, evet, son haliyle... Tam kapıya iki üç adım kalmıştı ki çalışma masasına geri döndüm. Onu aldım. Onu oradan kopardım. Yazılanlardan uzak, ona ait olmamış gibi tutmak istedim. Fotoğrafını ters yüzünden hızlıca katlayarak kalbe yakın, gömlek cebime koydum.

***

Sokaktaki yollar çatallaşıyordu ya da ben öyle görmek istedim. Hava ılımlıydı. Fırtına avuçladığı toz bulutunu elinde serpme ölüm varmış gibi kimin üzerine bıraktığını hiç düşünmeden savuruyordu. Nefesim, biri kalbimi avuçlamış gibi daraldı. Arabaya binmeden önce kaportasına yaslanıp soluklanmak istedim. Toz bulutu beni kovalıyordu, tıkanıyordum. Arabadan hırçınca uzaklaşıp yoldan geçen boş taksiyi çevirdim. Adamın bana sorduğu adresi hızlıca söyleyip arabaya bindim. Beynim parçalanacakmış gibi ağrıyordu. Elimi cebime uzattım. Oradan çıkardığım dörde katlı fotoğrafı parmak uçlarımla yavaşça açtım. Tanya, ormanın gölgesinde, toprağı kapatan çürümüş yaprakların üzerinde biçimsizce yatıyordu. Baktığımda yüzünü tanımam mümkün değildi. Hafif aralık kalmış ağız çukurunda kırdıkları dişlerinin yerine parçalanmış üst dudak kısılıp kalmıştı. Bir zamanlar taptığım gözlerin yerinde patlıcan moru büyük tepecikler ölümün damgası gibiydi. Benim bildiğim ince saç telleri sol kısmında kırık olan kafatasından akan kanla kuruyup kalmıştı. Midem bulandı. Parmak uçlarımla ona okşarcasına dokundum. Dokundukça delirdim. Elimi çekip yumruğumu ağzıma sokarak içimdeki bağırışları engelledim mi? Bilemem, kendimde değildim. Pantolonumun üzerinde düşen, Tanya'nın fotoğrafını baştan geniş sonra daha ince dilimlerle parçaladım. Sadece birkaç saniye sonra ondan tamamen kurtuldum. Ya zihnim de olanı... Tanrı'ya lanetler yağdırdım. Arkasından zihniyetime sinirlenerek acı kahkaha attım. Teğmen Stefan Belovski'ye emrettim kaba sesimle "Doğru olanı yap!" dedim. "Acele edelim." dedim hala üzerimde kalan kaba sesimle. Beynimi beni öldüren duygudan serin tutmalıydım. Kaç kez kendime bu kelimeleri hatırlattım bilmiyorum. Hastaneye girdiğimde bunun bilinci altındaydım. Hasta kayıt bürosunun dar penceresine yaklaştım. Orada çalışan gençten Nadejda Düşeva adlı hastanın bugüne kadar kaydı tutulan ziyaretçilerinin listesini istedim. Kadını tek bir kişi ziyaret etmişti, Anton İluşin. Anton İluşin'in kim olduğunu kendisine soracaktım. Kadın odaya girdiğinde sırtım dönük, bana hiçbir şey ifade etmeyen trafiği yoğun olan yola pencereden bakıyordum. Kapının açıldığını duymadım. Belki de içeriye girerken kendim açık bırakmışımdır.

"Yine mi beni rahatsız etmeye cüret ettiniz. Kızım öldü. Şimdi istediğiniz ne?" Onu görmek için döndüğümde şaşkınlıktan iri açılmış gözlerle bana bakıp,

"Sen..." diye geveledi. Başımı evet anlamında salladım.

"Niçin?" diye mırıldadı.

Cevap vermedim ama yüz ifademden Tanya'yla bir mezara girdiğimi gördü. Birkaç saniye donuk durduktan sonra yanıma yaklaşıp üzerime sıçradı. Göğsümü acıyla yumruklamaya başladı.

"Sen bana iyilik yaptığını sanıyorsun ya, yalaaan... Benimle yaşamadın. Ne yaşadığımı bilmiyorsun! Beni buraya kapatarak iyi halt ettiğini sanıyorsun ya yalaaan! Oysa ben üzerime her gün bir kürek toprak döküyordum. Şarap değildi içtiğim zehir, toprak tadında zehir. Kendimi yok etmek için, hiç olmamışçasına yok etmek için. Şaşırdın mı? Şaşırma bilerek, evet bilerek. Neden mi? Kendimden iğrendiğimden olmasın. Ben hiçbir zaman sorumluluğu bilmedim. Canımın istediği gibi yaşadım. Ailemi hiçe sayarak bunu yaptım. Ne yaptığımı öğrendiğimde geç kaldım. Ailem dağıldı. Kızlar bir yerlerde Allah'a emanetti. Madem öyle, onlara beni unutturarak, onlardan merhamet beklemeden bu işi bitirmeliydim. Yavaş, yavaş... Çünkü fazlasına cesaretim yoktu. Benim kendimi... İçimi bıçaklayan hataları mı unutmam gerekirdi? Kızlarsa bana karşı nefret duymalıydılar. Yaptım da... Ama bunu hesaplayamadım. Zehir bulaşıcı... Kokusu bile yanında olana yetiyor. Battıkça battım. Kendi bataklığıma kızları da çektim. Bana ait zehir onlara sıçradı. İnsanca yaşamamaya tıpkı benim gibi ölmeye başladılar. Bunu gören bendim. Ya şimdi... Gördün acı kursağımda, yutsam da tıkansam... O da yok... Lanet olası herif ..."

Kadın dizlerinin üzerine yığıldı. Hıçkırıklarla ağlamaya başladı. Bir müddet yumruğumu ısırarak onu dinledim. Arkasından omuzlarından asılarak ayağa kalkmasında ısrar ettim. Üzerinde "anne" kelimesi olmasa onu bir kaşık suda boğardım. Yapmadım. Belimdeki kemeri çıkarıp uzattım.

"Boynuna dola ve geber. Hak ediyorsun. Yap bunu!... Kızına son görevini de yapmadan yap bunu! Biliyor musun, zevk duyarım. Büyük zevk duyarım. Kızının katilinin ölmesini istediğimden daha çok zevk duyarım. Ama buna izin veremem. Veremem çünkü senin ne bildiğini bilmem gerek. Kızının katillerini bulmam gerek. Onunla birlikte beni öldürenlerin kim olduğunu bilmem gerek."

Avazım çıktığı kadar bağırıyordum. Gözlerini yüzüme sabitleyerek donakaldı. Sonra sakin sesle,

"Onu defnettiler mi?" diye sordu.

"Evet" dediğimde,

"Özür dilerim." diye geveledi. İki adım ötesinde duran sandalyeye oturup belli ki niçin geldiğimi öğrenmek istedi. Yanına yaklaştım. Eteklerine bıraktığı ellerini alıp dudaklarıma götürdüm.

"Üzgünüm" dediğimde bir annenin ağlama sesini duydum.

"Biliyor musun, gazeteye verdiğim ilanla onu bulacaklarını sandım. Memur bana ümit verdi."

"Hangi memur?"

"Adını bilmiyorum. Söyledi ama unuttum."

"Anton İluşin mu?"

"Evet adı Anton du."

"Ya 50 bin dolar?"

"......."

Sustum çünkü ona kendi elleriyle kızına kurduğu tuzaktan bahsedemezdim.

*****

Dalgındım, yorgundum, zihnimde ilk normal düşünceyi ne zaman oluşturabileceğimi hiç bilmiyordum. Egor çalışma masasında elinin altında duran viski şişesine uzandı. Kaşlarının altından yüzüme baktı. Başımı hayır anlamında salladım. Viskiden bir yudum aldı. Genzini temizledi.

"Berbat görünüyorsun." diye geveledi. Alnımı ovuşturup, dişlerimi birbirine bastırdım. Önümdeki dosyaları bir kez daha karıştırdım. Neredeyse ezbere bildiğim Anton İluşin'in kabarık olan sabıka kaydına bir kez daha göz attım.

"Kaç para almıştır?"

"20 bin rubleden aşağı değil."

"Adam sahte polis kartıyla hastaneye giriyor. Kadını bir şekilde ikna ederek gazetenin birine ilan sözleşmesini imzalattırıyor. Evine gelen telefonlara cevap verip Tanya Soselia'nın izini sürüyor. Ertesi gün de kurbanın ölüsü bulunmadan trafik kazasında ölüyor. Delirmemek elimde değil."

Bana katılarak başını sallayan Egor elinde çevirdiği kalemi masaya fırlattı.

"Kadının evi arandı. Temiz. Bize ip ucu verebilecek ne bir belge ne de herhangi bir işaret var."

"Evet, demek Tanya Soselia neyi sakladıysa değerli."

"Bilgi mi diyorsun?"

"Sordurdum, son gün görüştüğü birkaç arkadaşının ifadesini aldık. Kaybolduğu gün barın birinde görünmüş, konuştuğu adam eski patronu. Temiz, ele alınacak suç yok ortada. Orada ikisi içmiş. Ayrı ayrı mekândan ayrılmışlar. Kadın son kez H.T. sokağında görünmüş. Başka kaydımız da yok."

"Cenazede olanlar?"

"Fotoğraflar burada."

"Yakınları?"

"Yok. Birkaç arkadaşı."

Egor fotoğrafları bana uzattı. Cenaze fazla kalabalık değildi. Fotoğraf karesi ancak 10-11 kişiyi alıyordu.

"Genellikle en uzun, dört seneye yakın çalıştığı bardan arkadaşları."

Birkaç kişinin üzerinde parmağını gezdirerek işaretledi Egor. "Bildikleri bir şey yoktu. Tanya neyi yaşıyorsa içinde yaşıyordu.

Çoğunun cevabı buydu. İki üç orta yaşlardaki komşunun tek söylediği, parayı seviyordu. Yardım etmeyi de ama fazla serbesti. Evine gelen gideni eksik olmuyordu. Kıskanıp öldürmüş olabilirler."

Egor'un söylediği bu kelimelere öfkelenip "Geç, geç bunları" diye kükredim. Delirmiştim. Elim kolum bağlıydı, Tanya'nın yaşadıklarını ben yaşıyordum. İşkenceyi ben yaşıyordum. Sadece fiziksel değil, psikolojik olarak da ben yaşıyordum. Fotoğraflara bir kez daha baktım. Orada dilenci kılığıyla üstü başı perişan iki 14-15 yaşlarında genci gördüm.

"Ya bunlar?"

"Stefan, onlar dilenci. Hassas düşen duyguları sömürmek için gelmiş olamazlar mı?"

"Cenazeye mi?"

Sanırım Egor haklıydı. Halüsinasyon görmeye başlamıştım. Neredeyse Tanya'nın yanından geçen karıncayı bile sorguya çekecektim. Yumruğumu masaya vurdum. Ayağa kalktım. Sokağa fırladım ve günlerdir hissettiğimi yine hissettim. Gideceğim yol yoktu. Onsuz olan boş evim, benim için koca mezardı. Kaç dakika boş boş durduğumu bilmiyorum. Sonunda adımımı attım. Taksiye bindim. Sokakların yüzüne bakasım yoktu. Onlar benim için birer aldatılma idi, toprağı mezarlara bölen görünmez kafes. Gözlerimi kapattım. Onu gördüm, onunla beraber yaşadığım her kareyi gördüm; zamansız, mekânsız, tereddütsüz... Sonra Egor'un dudağının kıpırdayışını gördüm. Her kelimenin beynimdeki ışığımın bir daha yanmamak üzere kararışını gördüm.

"Acele edelim," dediğimde taksici:

"Söylediğiniz adresteyiz." diye cevap verdi. Farkında bile değilmişim. Arabadan indim ve günlerdir sabahladığım bakımsız parka girdim. Kendimden bezgin halde yürüyüp oturduğum banka oturdum. Sokak arasından zor görünen, bir zamanlar Tanya ve annesine ait daireye, camlarına baktım. Yine kapalı, tıpkı ilk günkü gibi. Ama olsun, sanki orada benden kalan tek bir parçanın hala yaşadığını görüyordum. Beynim, orada gördüğüm fotoğrafların canlısını kurguluyordu bana. Tanya'nın küçüklüğünü, genç kızlığını... Ah pencere bir açılsa... Sayıklayan yüreğime gerçeği kabullen, dediğimde bana karşı çıkıyordu. Neden? Doğduğumuz an öleceğimizi biliyoruz zaten. Bu şekilde mi? Artık ayaktaydım. Çevreyi deli öfkemle süzüp boş boş dolanıyordum. Sakinleşmem gerekirdi. Tekrar oturdum. Başımı avuçlarımın arasına aldım. Gözlerimi kapatıp, ikimizin en sevdiği şarkıyı mırıldamaya başladım. Oyalandım mı, hayır, aylardır şarkıyı ikimiz dinliyorduk. Gözlerimi hızlıca açtım. Pencereye baktım. Orada birini gördüm. Başını saran biri bir şey silkeliyordu. Kim?... Kim ki? Düşünceyle binaya koştum. Kapısını deliler gibi hızlıca çaldım. Açan hızlı davrandı. Kapıda beni görünce şaşırmamış gibi, birini beklermiş gibi:

"Merhaba." dedi. Gülümsüyordu. Neden? Tanya ölmüş, gülümsemenin ne yeri ne de sırası, diye düşündüm.

"Yeni ev sahibi siz misiniz?" diye sordum.

"Siz?" diye soran kadına:

"Yakınlarıyım." diye cevap verdim.

"Buyurunuz." diyen kadın kapının önünden çekildi. İçeriye girdiğimde masada duvardan toplanmış fotoğraf yığınını gördüm. Hızlıca yaklaşıp her birini elime aldım. Genç, yüzü çilli olan kadına dönüp:

"Neden bunu yaptınız?" diye sordum.

"Anlamadım?"

"Fotoğrafları duvarlardan neden indirdiniz?"

"İnmeyecekler miydi? Lilia Hanım indirmemi istedi."

Lilia Hanım adını duyunca birden afalladım. Kadına "Lilia Hanım sizden bunu yapmanızı mı istedi? O buraya mı geldi?"

"Hayır, telefonda konuştuk."

"Ne zaman?"

"Dün."

"Başka ne konuştunuz? Buraya gelecek miymiş? Neredeymiş?" Kadın sorulardan sersemleyip gözlerini iri açarak korktuğunu belli etti.

"Pardon ben yanlış mı yaptım?"

"Hayır." dedim ve karşıma oturmasını istedim. Kendimi tanıttım. Yaşananları iki üç kelimeyle özetledim. Bilmesi gerekir diye düşündüm. Belki de biliyordu, bilemem. Sonunda bana yardımcı olması için neredeyse yalvardım. Bunun içinse bana bildiklerini anlatması gerektiğini söyledim. Yüzüme dramatik ifadeyle uzun uzun baktı. Zorlukla yutkunup iç geçirdi:

"Üzüldüm." diye zor duyulan sesle geveledi. İç geçirdi.

"Siz hiç işsiz ve çaresiz kaldınız mı, bilmiyorum ama... Her neyse, işe ve eve ihtiyacım vardı. Günlerdir dolaşarak sokakların her müsait köşesine, ağaçlara ilan yapıştırıp telefon numaramı bıraktım. Dün beni Lilia Hanım aradı. Bu evin adresini söyledi. Paspasın altında bıraktığı anahtarlardan bahsetti, masanın üzerinde benim için bıraktığı ilk maaştan... Eve girdiğimde zarfın içinde parayı gördüm. Temizlik yaparken de elime bu tapu geçti."

Kadın komodinin içine koyduğu tapuyu gösterdi. Tapuya göz attım. Ev Lilia Soselia'ya aitti. Birkaç gün önce satın alınmıştı. Acı acı güldüm. Beni Tiflis'te kendi dairesinden kovan, kardeşinin hakkında konuşmayı bile istemeyen duygusuz kadın mıydı bunu yapan? Bunun altından ne çıkacağını merak ediyordum. Yoksa vicdanı mı onu yokladı? Gözlerimi kaldırıp kadına baktım.

"İşiniz ne?" diye sordum şaşkınlıkla.

"Lilia Hanım'ın annesine bakacağım hastaneden çıkınca. Hasta değilmiş kendisi. Alkol tedavisi görüyormuş. Eve alkol sokmadığına emin olacakmışım. Ne yapalım, size tuhaf gelebilir ama..."

"İyi" dedim kadının sözünü keserek. Ayağa kalkıp masanın üzerinde serilen fotoğrafları toparlamaya başladım. Bana bakan kadına:

"Onlar bana ait, Lilia Hanım sorarsa aynen söylersin. Soracak bir şeyi olursa kartım burada arar ya da beni görür fark etmez. Ha bunu söylemeyi de unutma geç kaldı, çok geç..."

Kadının bana uzattığı küçük torbaya fotoğrafları doldurup cebime soktum. Onlar bana ait, bana ait, diye sayıklayarak sokağa çıktım. Bu kez eve gitmek için acele ettim. Eve girdiğimde yalnız olmadığımı hissettim. Tanya'yı burada yaşatacaktım. Evet, burada yaşatacaktım. Odasına koştum. Yatağına kapaklandım. Yastığına yüzümü gömdüm. Kokusunu içine çektim. Birden içimdeki düğümlerin çoğaldığını hissettim. Tutku var olan her şeyime sıkı kelepçesini mi takmıştı? Bedenim onsuz yaşama baş mı kaldırıyordu? Izdırap, elinde kürek, beni tabutla gömüp toprak mı serpiyordu üzerime? Kanım mı çekiliyordu? Neden soğuyordum? Hayır, dedim kendime. Tanya bu evde artık, fısıltılardan bahsettim. Acı bir biçimde gülerek hızlıca doğruldum. Havaya yumruk salladım. Sonra kalkıp dimdik durdum. Cebime zor sığdırdığım fotoğrafları yatağa serptim. Her birine dokundum. Fotoğrafların bir kısmını o odanın duvarlarına yapıştırdım, bir kısmını ise çalışma masasının tam karşısına düşen duvara. Çalışma masamın başına oturdum. Saatlerce onu izledim. Bıkmadan, her saniyesinde daha da fazla özleyerek. Tabii özlemi çekiştiren ölümü de unutmadan... Katilin peşini bırakmak mı? Dosyaları kapatmak mı? Asla. Katili bulmam gerekirdi. Hak ettiği cezayı almadan soğumazdım. İçimde parlayan öfke barutunu dindirmek mi? Çalışma masasının çekmecesini karıştırdım. Bir yerde küçük balerin kızların evlerine ait telefon numaralarının olduğunu biliyordum. Orada idiler, not defterimin içinde. Acele ederek numaraları çevirip yanıt bekledim.

"Alo" dedi kadın sesi. Kendimi tanıttım.

"Öğrendiniz demek."

"Neyi?"

"Lilia Hanım tüm varlığını kimsesiz çocuklara bağışladı. Okulu, evi."

"Evi mi?"

"Evet. Biz de bunu eşimle onun evine konuşmaya gittiğimizde öğrendik."

"Lilia Hanım'la ve eşiyle konuştunuz yani..."

"Hayır. Evde eşi ve eşinin sevgilisi vardı."

"Nasıl yani?"

"Öyle, aylardır meğer sevgilisiyle yaşıyormuş. Lilia Hanım gururuna yediremmemiş olmalı ki evi terk etmiş."

"Ya şimdi, Lilia nerede bilen var mı?

"Hayır, sanki toprak yarılıp içine düştü."

"Ya, sizi bu yüzden rahatsız ettim. Bir şey duyarsanız..."

"Tabii ki hemen sizi ararım."

Telefonu kapattığımda beynim zonkluyordu. Seziyordum. Lilia'nın bir şeyleri bilmesi gerekirdi. Yoksa parmağı mı vardı bu ölümde? Vicdan yaptığına göre... Neden varlığını sıfırlamaya kalkıştı? Niyeti, düşündüğü neydi? Benim yüzüme bakan Tanya'ya baktım... Baktım... Sonra ayağa kalktım. Onun odasına koştum. Yatağın döşeğini yüklenip çalışma odama taşıdım. Yastığına sarılıp uyumaya çalıştım. Dinlenmeye ihtiyacım vardı. Sağlıklı düşünmek için bunu yapmalıydım. En azından denemeliydim. Uykuya daldım sonunda. Gece yarısı telefon sesine uyandım. Görev beni bekliyordu.

Toplantı salonunda telefon sesini kısmıştım. Egor'un aradığını tabii ki duymadım. Yaklaşık bir saat önce aramıştı. Arkasından not bırakmıştı. "Sende buluşalım." Koridoru nasıl tamamladığımı bilmiyorum. Tanya'nın öldürülmesiyle alakalı bir durum mu vardı? Katil mi bulunmuştu acaba ya da sağlam şahit? Eve kadar arabamı hiç kullanmadığım kadar hızla sürdüm. Egor beni bahçedeki bankta bekliyordu. Beni gördüğünde bir telaş ayağa kalktı.

"Ne oldu? Bir gelişme mi var?" sorduğumda:

"Eve girelim, anlatacağım."

Telaşla açtığım kapıdan ilk Egor girdi. İyi bildiği çalışma odama doğru hızlıca yürümeye başladı. Onu takip ettim.

"Sana söylediklerim ne kadar işe yarayacak bilmiyorum ama... En azından bilmen gerek diye düşündüm."

Egor odada benim için Tanya'nın hala yaşadığını bilmeden içeriye girdi. Tanya'nın fotoğraflarını duvarlarda gören adam ani şoka uğradı. Çok sevdik, demesem de hissetti. Ani refleksle bana sarılıp sırtımı dostça tartakladı. Acımı paylaştığını hissetmiştim. Yardım etmek için çabaladığını da görüyordum. Ama şimdi az önceki telaştan arınmış, konuşmamak için sustuğunu görüyordum. Gelişinin sebebini söylemek için acele eden Egor artık acele etmiyordu. Benim için hazırladığı daha kötü bir şey vardı, sezdim. Oturması için çalışma masasının karşı koltuğunu gösterdim. Ağır ilerleyip oturdu. Ben onun tam karşısında masa başında oturdum. İkimiz derin suskunluğun içinde huzurluyduk ki konuşmak için acele etmiyorduk. Ama birimiz bir yerden başlamalıydı.

"Egor anlat, durum Tanya'nın ölümüyle alakalı değil mi?"

Egor gözlerini benden kaçırmak için başını yere eğdi.

"Üzgünüm."

Durakladı. Israrlı bakışlarımdan daha fazla susmaya cesaret edemedi.

"Tanya ölmeden önce itiraf mektubu yazıp postane aracıyla H.N. karakoluna göndermiş." diye geveledi.

"Mektup nerede? Umarım fotokopisini getirmişsindir."

Egor elini cebine uzattı. Mektubu aldığımda ellerim titriyordu. Mektuba zarar vermemek dörde katlı kâğıdı dikkatlice açtım. Beynim birden canımı acıtan sorularla yoğunlaştı. Orada, Tanya içini mi dökmüştü? Aylardır benden gizlediklerini mi yazıyordu? Tanya'ya karşı öfke duydum. Beni kendine yabancı bildiği için, bana güvenmediği için, çaresiz kaldığı için... Çaresiz kaldığım için öfke duydum. Okudum... "BENİ ÖLDÜRECEKLER..." İlk satırları böyle başlıyordu. Gerisini okumak için acele ettim. Birkaç kişinin hakkında somut bilgi vermişti. "Onlar benim katillerle olan münakaşamla ilgili somut bilgilere sahip. Aralarından Liya, barın sahibi. M. T. Lastaçka şirketinin sahibi: Valya Lebedov ve eşi..."

V. L. katillerin robot resimlerini verebileceğinden de bahsetmişti. "Belki diğerleri de..." Not geçmişti. İki arabanın plaka numarasını, takip edildiği günün tarihini... Ağzıma elimle bastırdım. Oğlumun onu bana getirdiği gün... O gün oğlumun bana anlattığı yalan değildi demek. Tanya birilerden, ölümden kaçıyordu demek... Oğlumun arabasının önüne atladığına göre, onu öldüreceklerine emindi. Ve net verilen bir tarih daha.... Sadece birkaç gün önce. Evden çıktığı gün...

"Öleceğini biliyordu Stefan."

"Peki neden? Neden sebebi konusunda bilgi yok. Zemin bilgileri çok zayıf."

"Belki kaçıp gitmeni umuyordu."

"Hayır, hayır, öyle düşünmüş olabilir tabii ama 'BENİ ÖLDÜRECEKLER' net bir ifade Egor. Tanya katillerinin yakalanmasını istiyordu. Ama neden sadece avlandığını söylemekte ısrarlı. Sence ölümü sezen insan ölümden daha fazla bildiğinden mi korkar?"

"O da doğru ya..."

"Burada bir şey eksik. Ama ne? Ama ne? Mektubun Tanya Soselia'ya ait olduğu ispat edildi mi? Görünüşe göre kadın mektubu masa başında oturarak yazmadı. Kâğıtta karaladığı harflerin şekillerine bakılırsa Tanya dizlerin üzerinde, yani yumuşak zeminle destekleyerek acele karaladı. Bir yerde gizlendiği bir pozisyonda. Hatta yazının üzerinde birkaç biçimsiz çizgi, kâğıdı öğrencinin birinden almış olduğunu gösteriyor. Yani gündüz vakti... Saat dokuzla üç arası..."

"Mektup incelemede Stefan. Yarın sonuçları elimizde olur."

"Bu bir şaşırtmaca."

"Bence değil. Bence mektubu yazan, katilerin bir an evvel yakalanmasını isteyen biri. Belki kendi içlerinden biri. Soruşturma ekibi, gönderilen bu bilgilerin üzerinde çalışmaya başladı. Bence bu korkakça bir itiraf."

Gözlerimi önümde tuttuğum mektubun içinde unutmuş gibiydim. Beynim olasılıkların var oluşuna güvenmek istiyordu. Ama bu kahrolası zaman ağırlaştığı için gittikçe asabileşiyordum.

"Beklemekten başka çaremiz yok."

Haklıydı. Bana bunu anlatmak güçtü. Egor'a teşekkür edip onu uğurladım. Tanya ile nefes aldığım çalışma odası birkaç saniye içinde nasıl cehenneme döndüştü bilmiyorum ama bunu en ağır şekilde yaşadım. Baştan odayı, sonra evi terk ettim. Mektubun içinde yazanları düşündüm. Kıskançlık krizlerine girdiğime inanamıyorum, ama öyle...

Tanya kimlerle muhataptı görmeden, olan biteni öğrenmeden, onlarla erkek erkeğe konuşmadan çıldırırdım herhalde. Lastaçka şirketine vardığımda masa başında oturan genç sekreter işini unutmuş gibi şaşkın bir halde beni sessizce karşıladı. Ona Valya Bey'le acil görüşmem gerektiğini söyledim. Genç kadın hala susmaya devam edince daha sert sesimle onunla konuşmak zorunda olduğumu söyledim. Kekeleyerek:

"Az önce polisler aldılar." diye cevap verdi. Geç kalmıştım. Onun alındığı şubeye doğru yol aldım. Sorgu bir saat önce başlamıştı. Adamı kalın camın ötesinde görebiliyor, işitebiliyordum. İri yapılı memur, kuru sandalyede büzük oturan adamın başına dikilmiş; benim duymadığım sorunun cevabını bekliyordu.

"Paranın kimin olduğu hakkında bilgim yok, nereden geldiğini de bilmiyorum. Orospu, kim bilir kimin altında yatıp kimden arakladı? O gün söylediğim gibi eşimi aramıştı. Demek saklanacak yer arıyordu. Takip ediliyordu demek ki bilmiyorum. Adamları tanımıyorum. Söylediğim gibi o gün onu ilk kez gördüm. Adamların beni bir öldürmedikleri kaldı. Bir şey bilmediğimi öğrenince bıraktılar."

Daha fazla duymamak için kulaklarımı tıkamaya hazırdım. Kendimi sokağa attım. Tanya bir yerden kaçıyordu, bense sadece sıradan bir duraktım. Bunu kabullenmek mi? Bilemiyordum. Ama gerçek olan da buydu. Kendimi o gün deniz kıyısında, barın birinde buldum. Sarhoş olmalıydım. Öyle sarhoş olmalıydım ki kendimi unutmalıydım. Barın sandalyesinde oturuyor, ellerimle sarmaladığım viski bardağına boş boş bakıyordum. Dördüncü bardağın dibini görsem de hafızam hala uyanıktı. Anıların arasında acı tatlı çalkalanıyordum. Ta ki Tanya'nın ahlaki durumuna gelene kadar... Bak o an delirdim. Tanya denilen kadınla yaşadıklarımdan iğrendim, orada kalsa neyse, öyle ki bu kahrolası tiksinti kendime de öz eleştiriydi. Viski bardağından ellerimi çekip üzerime pis bir şeye dokunmuş gibi ellerimi sildim. Bu ellerle Tanya'ya dokunmuştum. İsteyerek, severek... Bu bir tuzaktı, fahişelere mahsus, onların kurdukları tuzak... Ama öyle... Kendimi sorgulamaya başladım. Kimi sevmiştim ben? Beynim "Mutluydun ama..." diye kahkaha atıyordu. Bak o zaman kendimi parçalamak istedim. Elimden gelse gırtlağıma sarılıp canımı yakardım. Ama maalesef... Bardağa tekrar sarıldım. Elimde dağıldığını ellerimin kanadığını görünce fark ettim. Dişlerimi birbirlerine bastırdım. Eğer bunu yapmasaydım içindeki haykırış duyulurdu. Tam karşıma gelen, gözümü güzelliğiyle okşayan dişi dikkatimi kendine kullandı. Var olan dünyanın içinde sarışın, iri, lacivert gözlü bayan bana gülümsüyordu. Refleks olarak hareket ettirdiğim mimiklerimden "Ne var?" sorusunu doğru okuyan bayan, "Kötü bir gün yaşıyorsun, yaranı sarmaya geldim." diye cevapladı. Teşekkür adına kısa gülümsedikten sonra ondan daha fazlasına ihtiyacım olduğunu anladım. Ona doğru eğilip dudaklarına dudaklarımı bastırdım. Kadının sıcak soluğunu tenimde hissediyordum, öpüşmemiz vahşileşip derinleşiyordu. Zarif bedenine kollarımı sarıp onu göğsüme bastırdım. İpek elbiseden teninin sıcaklığı bana ulaşıyor, onun arzusu bana geçiriyordu. Saçlarımın arasında kontrollü olarak dolaşan kibar parmaklarını hissettim. Yavaşladım. Gözlerinin içine baktığımda zevkinden baygın bir hali vardı. Neşe içinde, akışkan sert müziğin ritmine uygun benim için süzülüyordu. Boynundaki fulara benim için asılıyordu. Az sonra fularını, hala kanayan elime sardı. Barın tezgahında duran bardağına uzanıp onu dudaklarıma getirdi. Martiniden iri bir yudum aldım. Bir saniye bile gözünü benden ayırmayan yabancı, dudaklarımdan bardağını çektiğinde hali hazırda beni öpmeye başladı. Karşılık verdiğimde onun kadar nazik değildim. Sert ve derin öpücüklerle kadını iyice baştan çıkardım. Öyle ki arzunun havliyle tırnaklarını sırtıma batırıyor, daha da kabalığımı bekliyordu. O beni çoktan içinde hissetmişti. Yüzünde dolaştırdığım ellerimi beline doğru kaydırdığımda gözlerini iyice kapatıp başını arkaya bıraktı. Dudaklarımı boynunda gezdirdim. Kadın tattığı zevkten arsız göründü. Vahşileşti. Dudaklarımdan dilini içeriye sokup hafif titretti. Hızlıydı. Fuları üzerimde onu arzuluyordum. Ellerimi kalçasına indirdiğimde hafif geriledi. Az sonraysa dans pistinin tam ortasında bulduk kendimizi. Parlak zeminde yavaşça hareket etmeye birbirimizi okşamaya devam ettik. Bedenim onun bedenini arzuluyor, ona doğru akıyordu. O da bana hizmet etmek kıvamındaydı. Kolundan tutup çıkış kapısına yöneldim. Arabamın arka kapısını açtığımda itiraz etmedi. Kendini neredeyse yatay halde koltuğa bıraktı. Arabanın motorunu çalıştırıp oradan hızla ayrıldım. Mekân düşünmedim. Arabamı otoparkın birine çektim. Orası tenha ve karanlıktı. Direksiyonu terk edip arkaya onun yanına geçtim.

"Burada mı?" diye homurdansa da varlığımdan hoşnuttu. Nefesinin hızlandığını hissettim. Arzudan terlediğini...

"Burada olmaz." diye mırıldanırken onu duymuyor, dinlemiyordum. Bir elimle kendimi hazırlarken öbür elim eteklerinin altında poposunu bile kapatma zahmetinde bulunmayan iç çamaşırının peşindeydi. Kalçasını kavrayıp kabaca kullandım. İşim bitince arabadan hemen dışarıya attım kendimi. Onu görmek istemiyordum. Evet, görmek istemiyordum. Tanya'ya da bunu yapmalıydım. Beni kullanmadan ben onu kullanmalıydım. İkisinden de o an iğreniyordum. İkisini de görmek istemiyordum. Arabanın içinde oturup ağlıyor muydu? Kim Tanya'mı? Ha siktirsin... Numara yapmayı becerememiş mi? Dokundu mu? Ne dokunabilir? Avlanan avlanır. Bu kadar basit. Arabanın açık olan kapısından onun koluna ulaştım. Dışarıya çekiştirirken, "Defol! Defol!" diye bağırdığımı biliyorum. Dışarıya sürükledim. Asfaltın üzerine kendini bıraktı. Umursamadım. Arabaya binip çalıştırdım. Motor sesine CD'de yükselen müzik sesi karıştı. Otoparkı hızla terk ettim. Yoğun trafiğe karıştığımda benim için Tanya meselesinin bitmiş olması gerekirdi. Ben öyle olmasını istemiştim. Peki, neden o zaman ağlama sesleri duyuyordum? Neden dizginlediğim sinirlerim alt üst olmuştu? Hata yapıyordum. O yabancıyı orada terk ederek hata yapıyordum. Geri döndüğümde onu orada göremedim. Arabanın içinde oturup demirden yığın dolu otoparka bakıyordum. Beynim bağırışların içinde boğuluyordu. Bir yanım hala Tanya'yı severken, öbür yanım ondan nefret ediyordu. İçimden biri hala beni hırpalıyordu. Ölmüş biri...

30.

Odada birinin gezindiğini parçalanmış uykumun içinde hissettim sanki. Yanılmışımdır, düşüncesi ağır basınca gözlerimi açmadım. Zor bulduğum uykuyu tedirginlikle kaybetmek istemedim. Sadece birkaç saniye geçmiştir sanırım, kapının çarpıldığını duydum. Telaş içinde doğrulup gece lambasını yakmak için elimi uzattım. Karanlığın içinde benim bırakmadığım bir şeye dokunduğumu hissettim. Lamba yandığında komodinin üzerinde duran zarfı gördüm. Acele ederek elime aldım. İçinden ikiye katlı kâğıdı çıkardım. Açıp okumaya başladım.

Merhaba Stefan,

Hayatımın en büyük hatasını silahı ateşleyerek yaptım. Kızımın katilini öldürdüğümü sanmışken kendimi öldürmüşüm meğer. Beynimi, aklımı, insanlığımı öldürmüşüm. Ama intikam isteğimi öldüremedim. Öldürmemişim meğer. Bana inat, hayata inat, karşıma çıkanlara inat büyüdü. Balık yavrusu gibi üredi. Düşünemedim, olanları takip edemedim. Zayıf düştüm, iyiliğe karşı zayıf düştüm. Kızım da affetmez biliyorum. Pişmanlığım çok ama en çok seni üzdüğümden... Seni nasıl sevdiğimi anlatmak mı, insanlığından söz etmek mi, dilime yakışmaz bir kere... Neden sustun, dersen. Haklısın. Sustum çünkü temizliğin rengini kirletmek istemedim. Sustum çünkü temizliğin ışığını söndürmek istemedim. Sustum çünkü sessizlik hak etmediğim ışığın altına sığınarak huzur veriyordu... Kaybolmuş huzurumun yeniden doğuşunu bekliyordum, doğmayacağını bile bile... Benim için hayatın yalan olduğunu bile bile...

"Hiç kimse kaderine baş kaldıramaz, intikamını ise alamaz." Bunu öğrendim Stefan. Ama geç kaldım. Canımdan, kanımdan kardeşimi, Tanya'yı kaybettim. Şimdi uyandım... Korkuyorum... Kaderimin daha acı intikamından korkuyorum. Hayattan mı? Çoktan pes ettim.

Ben bu oyunu başlattım, bitirmek zorundayım...
Lilia

Tanya hayır, Tanya hayır! Hayat yalan değil. Sen yalan değilsin. Aşkımız yalan değil. Yalanın tek olduğu şey kader... Kader denen bir şey yok... Kabul etmiyorum... Hayır kabul etmiyorum. Gidemezsin, bir ölüme daha imza atamazsın. Yataktan nasıl fırladığımı bilemedim, ilk nereye koşmam gerektiğini de... Odadan hole, holden Tanya'nın odasına koştum ama kapıyı açtığımda soğuk yalnızlık beni yeniden sarmaladı. Oysa az önce buradaydı, bu evde, benim başımın ucunda, belki soluk mesafesinde... Beni görmek için gelmişti; teşekkür için, özür için... Peki neden gittin? Neden gittin? Biz iyiydik, beraber iyiydik. İçimden bir şeyin koptuğunu hissettim, eridiğini... Sancıyarak dağıldıkça dağıldığını... Zihnim titredi. Durakladım. Dur! Dur! Bağırdım iç güdülerime. Yüreğimin çığlıklarının önüne geçmem gerekirdi. Ağlayan, beni paralayan beynimi avutmalıydım. Sağlıklı düşünmem gerekirdi. Şimdi ne oldu? Bana ne oldu? Lilia benim için tamamen yabancıydı. Saçmalama, sevdiğim kişi olan ta kendileri, Tanya, Lilia'nın hırsızı... Başımı avuçladım. Karışmış beynimi dağıtmak istedim. Beynimin içindeki iki kişiyi sağlıklı ayıklamalıydım. Sevdiğimin temiz olması gerekirdi. Oysa zehir ve şerbet birbirine öyle karışmıştı ki. Güven basamaklarını yeniden inşa etmek ha! Canları cehenneme, ikisinin birden? Yapamam, yüreğim yıkıldı. Yapamam... Onsuz delirmek üzere olan sendin. Sendin... Sendin... Ya şimdi... Bile bile... Göre göre toprağa mı? Hayır! Hayır! Şimdi nereye gidiyordu? Nereye gitmek istemişti? Ağaçtan kızları geldi aklıma. Yanlarına koştum. Raflar boştu. Odunluk hiç olmadığı kadar ölümcül sessizliği soluyordu. Sinirlerim bozuldu. Havaya yumruk sallayıp kendimin bile tanımadığı sesle kocaman bir çığlık attım. Toplanıp gitmişti. Peki nasıl? Demek hazırlıklı geldi. Taksiyle ya da arabayla... Arabayla... Pijamalardan kurtulmak için eve koşmam gerekirdi. Onu sokakta aramalıydım ama nerede? Evin kapısını açtığımda telefon çalıyordu. Zihnim oraya kaydı. Kimdi? Beni arayan kimdi? Ahizeyi kaldırdım. Ses etmeden sesi bekledim.

"Lilia bunu yapmaya hakkın yok. Ölümü nasıl düşünürsün. Kardeşin bir suçlu..."

Arayan adam kimdi? Ne biliyordu? Ölmek mi? Deli kız... Yoksa... Pijamalardan nasıl kurtulduğumu bilemedim. Arabanın içindeydim, Tanya'nın mezarlığına doğru hareket halinde... Yolu izliyordum muhakkak ... Ama gördüğüm yol değildi. Kanı görüyordum. Mezar başında bileklerini kesen kimdi? Lilia mı? Tanya'nın leşinin üzerine kan mı damlıyordu? Direksiyonu nasıl tartakladığımı bilemedim. Bir ara yoldan çıktım. Kazadan kıl payı kurtuldum. Sert frenle duran arabanın içinde bir müddet oturdum. Ölümü görmek istemiyordum, kesinlikle... Kendime söz geçiremedim. Arabayı çalıştırıp tekrar aklıma koyduğum yolun üzerinde durdum. Mezarlıklara yaklaştığımda ilk olarak orada benim gibi zamansız gelen arabaya, taksiye bakındım. Yolun üzerinde hiçbirini göremedim. Arabadan inip koşmaya başladım. Mezarlığın dar yollarında deli gibi koşuyor, Lilia'yı arıyordum. Hava grileşiyor, görünümü puslaştırıyordu. Ama gördüm, zayıf bedenin yığılan taze toprağın üzerine kapaklandığını gördüm.

"Tanya!" diye bağırdım kuvvetli sesle. Dönüp bakmadı.

"Lilia! Lilia!"

Bağırışlarımı duyan olmadı. Onun önünde dizlerimin üzerine düştüm. Zayıf bedenini topraktan koparmaya çalıştım.

Kollarımdaydı. Sarı saçları kara toprağa değiyordu. Gözlerini kapatmıştı. Ama dokunduğum, okşadığım alnı hala sıcak ve terliydi. Kendine ne yaptığını anlamaya çalıştım. Kirli kıyafetlerle sarılan bedenine baktım. Kollarında kanı göremedim. Ağzından sıvının aktığını görünce, bir şey içmiş olduğunu düşündüm. Başını doğrultup ağzının çukuruna ulaşmak için dudaklarını parmaklarımla araladım. Daha ileriye gidip mide suyunu boşaltasıya kadar uğraştım. Acı hırlama sesi duydum. Yaşıyordu. Bedenine kollarımı iyice sardığımı anımsıyorum, ağladığımı da... Hiçbir zaman ağlamadığım acı gözyaşlarımla... İçim eriyordu sanki... Öğürdü. Daha beni görmeden kaşlarını çatıp acı acı yutkundu. Başını hafif kaldırıp dizlerimin üzerine bıraktım. Terli alnına dokundum.

"Lilia."

Fısıldarken sesimin titrediğini fark ettim. Gözlerini zorlukla kırpıştırdı. Ağlıyordu. Ya ben... Sevinçten kendimi kaybettim. Islak yüzünü öptüm.

"Seni bırakacağımı mı sandın? Hım... Yapamazdım. Biz birer soluk kullarıyız, dememiş miydim sana? Susma cevap ver."

Islak gözlerinden cevap beklerken dudakları kıpırdadı.

"Seni özledim. Çok özledim."

Onu kucaklayıp arabaya kadar hızlı adımlarla yürüdüm.

"Hastane olmaz." dediğinde ısrar etmedim.

Arabanın arka koltuğuna oturttum. Başını geriye düşürdü. Yüzünü acıyla ekşitiyor, gizlemeye çalışsa da dudağını içten kemiriyordu. Direksiyona geçtim. Motoru çalıştırdığımda gözüm dikiz aynasında onun üzerindeydi. O da bana bakıyordu. Endişemi görüyor, acı bir biçimde gülümseyerek cevap veriyordu.

"Sağ ol." diye mırıldadı. Ses etmedim. Sabredemedi:

"Sağ ol, benim burada olacağımı nereden bildin? Sen..."

"Seni tanıyorum."

"Bana kızgın değil misin?" diye iç geçirdi.

"Kızgın mı? Beni terk etmeyi düşündüğün için tabii ki... Ama şimdi yanımdasın, unut gitsin, ben unuttum bile. Şimdi sorunumuz başka, doktora gitmemiz lazım, biliyorsun."

"Stefan, ısrar etme, sadece çok yorgunum. Eve gitmek istiyorum. Şu an senden başka kimseyi görmek istemiyorum. Birilerine yaptığımın sebebini izah etmek zorluğunda bırakma beni. Hem eğer kendimi gerçekten kötü hissetseydim bunu ben senden isteyecektim. Sen benim yanımda olduğun sürece, beni anladığın sürece yanında kalmak istiyorum."

Gözlerini kapattı. Koltuğa bıraktığı başı beşikte sallanan bebek başı gibi bir sağa bir sola sallanıyordu. Ara ara yoldan gözümü kaçırıp onu izliyordum. Ne düşündüğünü çok merak ediyordum tabii ki. Ama yüzüne düşen sakinlik, o an hiçbir şeyi düşünmediğini gösteriyordu. Hayatın varlığını yeniden tatma arzusu vardı, ara ara açıp çevreyi süzen gözlerinin ifadesinde. Umarım yanılmıyorumdur. Umarım geçmişi onu bir daha yoklamayacaktı. Ama bu hiç kolay görünmüyordu. Geçmiş herkesin peşinde, canını yakmak için fırsat kollamıyor muydu? Eve varana kadar bir daha konuşmadık. Eve kadar koluma girerek yürüdü. Susadığını ve duşa girmek istediğini söyledi. Onu koltuğun birine oturttum. İri bir bardak su uzattım. Banyoya kadar eşlik ettim. O an giyeceği temiz kıyafetlerini odadan alıp banyoya getirdim. Oradaydı, duşta, kapının engelinden silik vücut hatlarının hareket ettiğini görüyordum. Benim kadınım, diye fısıldadığımı su sesinden duymadı. İçeriye girdiğimi duymadığı gibi... Mutfağa koşup sağlam kahvaltı hazırlamaya koyuldum. Benim için hayat yeniden doğuyordu. İçim sevinç çığlığımla kıpır kıpır çıldırıyordu. Banyodan çıktığında onu gördüğümü tahmin edip utanmış, yüzüme bakmıyordu. Sofraya yavaşça yaklaştı. Gözleriyle masada olanları adeta okşuyordu. Yemek yemeyi özlemiş gibi bir hali vardı. Merhamete bağlayan tüm insani duygularım kabardı. İçim hırpalanıp ona ağladı. Bu zamana kadar neredeydi? Ne yaşadı? Ne yedi? Hiç kimseyle aklındakileri konuşamadığı belli... Eğer konuşsaydı, içini dökseydi, ölümden caydıran kelimeleri duyardı. Ama kadın inat. Kendi adaletinden farklı adalet dinlemez, tanımaz.

"Oturalım mı?" diye seslendiğimde sofradakilerden nihayet gözünü ayırıp sandalyenin sırtından destek alarak oturdu. İlk içtiği su, sonra süt olmuştu. Peynirden bir parça alırken belli etmemeye çabalasa da gülümsüyordu. Benim onu izlediğimi fark edince:

"Burada olduğuma inanamıyorum." diye mırıldadı.

Sustum; çünkü benim için bunu hissetmek hem güçtü hem de olanları aklım hala almıyordu. Hayatın beynime bıraktığı kısa geçmiş, hala sıcak köz niyetine içimde yaşamayı sürdürüyordu, sürecekti de. Sustum; çünkü kendimi onsuz berbat hissettiğimi anlatmanın sırası değildi. Onun yüzüne bakarken Tanya'nın ölüsünü gördüğümü anlatmanın sırası değildi. Şimdi hem kendime hem ona acıyarak vahşice ağladığımı göstermenin sırası da değildi. Ayağa kalktım. Yanına yaklaştım. Üzerine eğildim. Yüzüne dokundum. Sıcak yanağını öptüm. Dudaklarına eriştim. Nazik öpücük kondurdum. Sakin karşılamasını beklerken beni şaşırttı. Dudaklarımı kuvvetle sahiplendi. Oturduğu yerden doğrulurken kollarını bana doladı. Var olan gücüyle bana sarıldı. Bedenim aç arzuyla seri bir şekilde dolmaya başladı. Tokasına dokundum, başından saçlarını serbest bıraktım. Parmaklarımı boynunda dolaştırıp öpücüklerle takip ettim. Onun eşofmanının fermuarına asıldığımda ağırdan ağıra sofradan uzaklaşmaya başlamıştık bile. Tutkularımız doyumsuzlaşıp vahşileşince çırılçıplaktık. Koltuk bize misafirperverlik yaptı. Lilia sıcak bedenini kıvrak kullanarak doğru pozisyon alıyor, vahşice karşılık veriyordu. Bedenlerimiz, arzularımız son lokmasını yutunca yüzüne baktım. Lilia'nın gözleri hala yarı kapalıydı. Uyumaya niyeti yoktu. Hissettiğini görüyordum, beni yeniden tatmayı istiyordu. "Bir kez daha..."

31.

LİLİA'DAN

Gecenin karanlığından kaçsam da yapay ışıklarla çevremi aydınlatmak için çabalasam da nafile... Gerçek hiçbir şekilde geri adım atmayacaktı, öz pisliğimi döküyordu önüme. Beni uzaktan izliyor görünse de soluk bildiğim ferahlığa kapıları kapatmak için gecikmiyordu. Var olan yoluma kapanlar kuruyor, benden gözyaşları bekliyordu. Boğuluyordum. Ne yapacağımı bilmeden bocalayıp terledim. Uzun uzun düşündüm. Vicdan damarlarından örülmüş idam ipinden nasıl kurtulacağımı düşündüm. Kurtuluş yoktu. Yoktu. Kraliyet zamanında yaşasak, bir hafta içinde asarlardı beni. Bana şüpheli gözüyle bakıp amaçsızca yargılayıp suçlarlardı. Stefan'ın teninden tenimi kopardım. Öfkeyle şahlanmış soluğunu dizginledim. Stefan'ın sakinlikle terbiyelenmiş yüzüne baktım. Onu gerçeklerimle çarptıramazdım. Bensizliğe alışmak daha kolay olurdu. Canımı isterse hiç düşünmeden verirdim. Keşke bilse... Düşünmeden, tereddüt etmeden... Ama yaşadığım ızdırabı, ona şerbet niyetine satamazdım. O kadar değil... O kadar değil... Ağlamıyordum. Vahşetle beslenmiş katiller gözyaşı bilmez. Kurban bendim, katil de bendim. Ağlanacak kul yoktu... Yoktu... Giyindim. Nedense şık... Sebebini bilmiyorum. Alt kata indim. Telefon ahizesini elime alınca önce saate, sonra Stefan'ı uykuda bıraktığım oda kapısına baktım. Kapalı idi. Saatse dokuzdu. Bu vakit Goça

Natroşvili ofisinde olmalıydı. Ezbere bildiğim telefon numarasını çevirdim. Üç kez çaldıktan sonra karşıdan yanıt aldım:

"Efendim, Avukat Goça Natroşvili'nin bürosu." Ayların tereddütü nereye uçtuysa:

"Ben Lilia Soselia, bizzat kendileriyle acil görüşmem gerek."

Sesim kararlı, biraz da kaba çıkmıştı. "Kendileri burada değil ama ben sizi dinliyorum. Ben Avukat Tamazi Bacacaşvili."

"Pekâlâ, fark etmez. Şimdi beni iyi dinleyin çünkü ben suçumu itiraf etmek üzereyim. Ben birini vurdum. Öldürdüm."

"...."

"Şimdi değil aylar önce."

"...."

"Bilinmiş müteahhit Tamazi Kufaradce'nin ölümünü duymuşunuzdur belki de. Onu, o gece ben vurdum. Kasten diyemem, hatayla silahı ateşlediğimi de söyleyemem. İçkiliydim. O gün onunla olan davayı kaybetmiştim. Fazla, oldukça fazla içmiştim. Adamın restorandan neşeli çıktığını görünce kan beynime sıçradı. O yaşıyordu. Kızımın katili yaşıyordu. Cinnet geçirdim. Kendimi tanımaz oldum, inanın... Korkumdan ne yaptım biliyor musunuz, oradan kaçtım. O geceyi sessizliğimin içinde geçirdim. Beni aradıklarını tahmin ederek de ertesi gün Gürcistan'ı terk ettim. Sınırı kardeşimin Tanya Soselia'nın kimliğiyle geçtim. Şimdi neden itiraf ettiğimi sorarsanız, yoruldum avukat. Her saniye vicdan damarlarıyla örülmüş idam ipiyle asılmaktan yoruldum. Cezamı çekmek istiyorum ve bana siz yardım edeceksiniz. Benim kim olduğumu artık biliyorsunuz. Şimdi söyleyin doğru yolu izlemeye nereden başlamalıyım?"

"..."

"Susmayın avukat. Yardım edin."

"Lilia Hanım Tiflis'e dönmeniz gerek. Kardeşinizin kimliğini kullandığınızı bilen var mı?"

"Hayır." Stefan'ı düşünmedim. Onun beni ele vermeyeceğini biliyordum. Ondan avukata bahsetmeyecektim. Onu kimselerin bilmemesi gerekirdi. Kariyerini de kendisini de tehlikeye atamazdım. "Hayır, hayır."

"Pekâlâ, beni dinleyin, gümrüğü geçerken pasaportunuzu kaybettiğinizi söyleyin. Kim olduğunuz tespit edilinceye kadar sizi sorgularlar ama sonra bırakmak zorunda kalırlar ya da..."

"İçeri alırlar değil mi?"

"Eğer aranıyorsanız... Tiflis'e döndüğünüzde beni arayın. İtirafınızda yanınızda olsam iyi olur. İki gün sonra Tiflis'te buluşuruz. Sabah on civarında. Sizi büromda bekliyorum."

"Aksi takdirde ararım."

"Tabii ki. Geri adım atmak için çok geç biliyorsunuz değil mi?"

"Merak etmeyin... Teşekkürler."

Telefonu kapattığımda, tüm bedenimle titrediğimi fark ettim. İçim boşalmış gibi halsizdim. Oracıkta tabanın üzerinde oturdum, donuktum. Sanki beynime biri girmiş çöpleri deşip bırakmıştı. Tabutlar birbirlerine öyle karışmıştı ki adım atacak yer yoktu. Hapishane gördüm; demirden kafes gördüm. Aklını yitirmiş mahkumlar gördüm. Dişlerimi sıktım. Yüreğimi kıstırırcasına sıktım. Aklımı yitirmekten korktum. Onun paralandığını görüyordum, vahşice bağırdığını... Derin nefes almaya çalıştım. Hayatın durmadığını, akışkan olduğunu hissetmek istedim. Günlerin eridiğini değiştiğini düşündüm. Sonunda nefes alacağımı da düşündüm. Ne zaman? Kim bağırdıysa artık geç algıladım, içimdeki çocuk... Adım atmasan sırtındaki tabut kalıverir üzerinde, yüreğinin kapakçığının tam ağzında. Nefes alabilir misin o zaman? Şimdi alıyor musun? Hayır!.. Hayır!.. İnanamıyordum... Aylar sonra kendimle uzlaşmaya vardığıma inanamıyordum. O an sırtımdaki tabutu önümde gördüğüme inanamıyordum. Ona ağladığıma inanamıyordum. Sinirlerim boşaldı. Belki kendimi yeniden bulduğum içindir, bilemem. Orada ne kadar oturduğumu bilmiyorum. Başımı kaldırdım. Stefan'ın oda kapısına doğru baktım. Gitmem gerekirdi. O uyanmadan gitmem gerekirdi. Doğruldum, telefon ahizesine baktım. Az önce çevirdiğim telefon numarasını sildim. Doğrusu buydu. Ayak izlerimi silmem gerekirdi. Kendimi buradan silmem gerekirdi. Kapıya doğru iki adım attım. Durakladım. Çevreme göz attım. Bu ev yüreğimde hala akmakta olan kanın temizliğine inanarak oksijeni sundu bana. Korkumu silmeyi başaramasa da çatısının altında kolladı beni. Sevgiyi damarlarıma enjekte ederek gözlerimi açtı ama inatçılığıma bir şey yapamadı. Avucumda ezmek için tutuğum hayata hiçbir şey yapamadı. Yaşamak için ölmem gerekirdi. "Belki değil!" diye bağırdı iç güdülerim. Beni sevenin peşimden öldüğünü bilerek mi? Buna hakkım yoktu. Stefan'ı öldürmeye hakkım yoktu. Kapıdan dışarı koştum. Bir an evvel buraları terk etmem gerekirdi. Bunu iyi biliyordum. Yüreğimse beni burada tutmakta ısrarlıydı. Kızlarım, ağaçtan kızlarım... Onları özlemiştim. Kara günlerimin yoldaşlarını özlemiştim. Sırdaşlarımı özlemiştim. Ruh aynalarımı, çocuklarımı özlemiştim. Stefan onları benden sonra mezarlıktan topladı. Kızlardan vedalaşmadan mı? Asla... Arabaya yaklaştım. Onları, önüme araba koltuğunun üzerine sıraladım. Yanlış yerdeydiler. Hayatın acı, tatlı görselleriydi aslında... Her birini elleyip öptüm. Vedalaşıp oradan ayrıldım. Hızlı adımlarla sokağı terk ettim. Yüreğime el verdim. Ayaklarıma söz dinlemesini emrettim. Taksiciye hiç tereddütsüz annemin evinin adresini söyledim. Taksi, söylediğim adrese beni götürdü ama arabadan inmekti mesele... Annemin yüzüne bakmaktı mesele... Kelimeleri seçmekti mesele... Yalanı seçmek mi? Bir kez daha mı? Hayır. Gerçeği anlatmak mı? Asla... Annemin evine uzanan merdivenlerinden geri döndüm. Neredeyse koşarak oradan uzaklaşıp dairenin penceresini görmek için karşıya düşen parkın bankına oturdum. Ne kadar oturduğumu, pencereyi ne kadar süzdüğümü bilmiyorum ama sonunda geçmişimin uğultusundan silkindim. Annem bizi terk etti. Bizi; beni ve Tanya'yı... Birliğimizi... Peki o zaman... Burada ne işim vardı? Ne görürdüm anneme bakarken? Ne hatırlardım? Izdırabımı, hayata bezginliğimi, dev yorgunluğumu, yüreğimin idama koşma çabasını mı? Tahta masaya koyduğum ellerime baktım. Titriyordu. Kendimi dizginlemek için içimden ılık şarkı söylemeye başladım. Ama ne zaman ki annem beni fark etmeden yanımdan geçip gitti, delirdim. Ona öfkemi o zaman hatırladım. Farkındaydım, hafızamda mıh gibi kalakalan anılardan ezildiğimin açısını hatırladım. Yumruklarımı yumdum; kime savuracağımı bilmeden... Anneme, beni doğuran kadına... Yapamazdım... Bana kanımı, etimi, zihnimi veren birine... Ayağa kalkıp koşmam bir oldu. Boşuna... Boşuna... Yüreğim körpe dişleriyle hayatın ipek ipliğine tutunmak için paralanıyordu. Korkularım büyüktü. Çaresizliğin koca ağzı benim için mi açıktı?

32.

Stefan'dan

İçimde tuhaf bir his, tuhaf bir korku... Hayır, dedim aklıma gelene. Hayır, Lilia... Daha gözlerimi açmadan elimi sola attım. Yanım boştu. Gitmişti. Gidemezdi. Eğer gittiyse neden? Beynim neden, kelimesiyle beni darbelerken dişlerimi birbirine basarak haykırışlarımı zapt etmeye çalıştım. Aklımı yitirmek üzereydim. Düşünüyordum, düşünüyordum, aramızda yaşananları düşünüyordum, bir yere varamıyordum, varamazdım da... Gidemezdi, bana arzuluydu, tenime arzuluydu, kokuma arzuluydu... Sevişirken kendini kaybetmişti, ben bunu hissettim. Ben onun arzusunu tattım. Bana açtı. Gözlerini kapayarak beni yaşamıştı. Sırtımdaki tırnak izleri hala yanmakta... Damağımda bıraktığı damak tadını ben aklımdan silemiyorsam, o da silemezdi. Ben onu hala tenimde hissediyorsam o da hissediyordur. Ben onun özel sesini hala duyuyorsam o da benimkini duyuyordur. Unutamaz değil mi? Kestirip atamaz. Silip atamaz? Yapamaz. Yapamaz. Ben denedim, ben denedim ya... Olmadı. Ölüme gittim, evet, ölüme gittim. Kendime küfrettim. Lanetler yağdırdım. Olmadı. Başka biriyle sevişim, olmadı. Beni hiç kimse, hiçbir şey ondan koparamadı. O da yapamaz... Yapamaz... Sahtelikti o zaman... Arzulayarak sevişmesi de yalandı. Ama değildi. Damak tadı damağımda. Gerçekti. İkimiz için gerçekti. Giyinmekle meşgulken hala çevreye bakınarak onu aradım. Hayır, canı sıkılıp pencereye yaklaşmamıştı. Lavaboya ya da duşa da girmemişti. Su sesi duyulmuyordu. Mutfağa inmiş miydi acaba? Sanmıyorum, çoktan seslenirdi. Dün gece içkiliyken aklıma gelen şüphenin üzerinde durdum. Telefona koştum. Bakalım Lilia onun can simidi, sırdaşı, avukatını aradı mı hiç? Telefon ahizesini aldım. Tekrar aramasına bastım. Kutu boştu. Ama bu doğru değildi. Olmamalı idi. En azından benim en son aradığım numara çıkmalıydı. Lilia nereyi aradıysa silmişti. Tabii benim Egor'un telefonuna dışarıdan aranan numaraları yönlendirdiğimi bilmeden. Egor'un telefon numarasını çevirdim. İlk çalışta açtı.

"Aradı mı?" soruma duraksız cevap verdi.

"Evet aradı." Sustum, gerisini sormak için dilim düğümlendi. İçimde ne koptu bilmiyorum. Hücrelerimin, etlerimin, sinirlerimin dişlendiğini hissettim.

"Sana kötü haberlerim var, dostum." Susmaya devam ettim. Kulaklarımı tıkamayı da denedim. Ama yapamazdım. Giden benim canımdı. Her ne olduysa sonuçta bana çökecekti.

"Lilia Soselia müteahhit Tamazi Kufaradce'yi öldürdüğünü itiraf etti."

Dünya çöker mi birden? Çöktü, beni de altına aldı.

"Bu doğru değil!" diye bağırdım. "Doğru değil!"

Derin bir sessizlik çöktü... Keşke duyularımı sadece birkaç saniye önce ateşe veren olsaydı. İşitmeden önce, beni dilim dilim parçalayan biri olsaydı. Ama olmadı... Dayanamadım, sordum:

"Araştırdın mı?" Duyduğumun yalan olmasını isterdim. Olanları kabul etmek mi? Hazmetmek mi? Canım farklı acıyordu. Tarif edilmez acıyla...

"Evet, adam ölmüş."

"..." soğudum. Ölmek için soğudum.

"Cinayet masasından soruşturma sürecinde elde ettikleri bütün belgeleri istedim. Henüz çalışılıyor."

"Lilia'yı durduramayız."

"Ondan zaman istedim. Yardım edeceğimi, buluşmamız gerektiğini söyledim."

"İkna edebileceğini düşünüyor musun?"

"Kardeşinin belgeleriyle buralara gelmiş. Sınırı geçmesi gerekiyor. Zamana zaten ihtiyacı var. Ben de..."

"O durmaz Egor... Onun içindeki alev ona düşünme fırsatı da vermez. Nerede şimdi?"

"Stefan üzgünüm."

Vahşi sesle bağırdığımı biliyorum. Gırtlağım tırnaklanmış gibi yanmıştı. Telefon ahizesine asıldığımı da biliyorum... Yerde paramparçaydı. Odama koştum. Seri bir şekilde giyindim. Özel kartlarımı almak için çalışma odamın kapısını araladım. Çevreme bakındım. Arkama bakındım. Kapıya bakındım. Gitmişti. Soluğumu da alıp gitmişti. Ne aradığımı bilmeden çekmeceleri deştim. Onun fotoğrafına rastladım. Onun muydu acaba? Yaşadıklarıma sığmadım, taşmam gerekirdi. İçimde var olanı, sığmayanı, döküp kırmak için ne yaptığımı bilmiyorum. Sokağa çıktığımda ev hala inliyordu.

33.

Lilia'dan

"Az kaldı. Gümrüğe yaklaşıyoruz" dedi otobüsten biri.

Yan koltukta oturan kadın aniden açtığım gözlerimin asabiyetine alınarak ısırıp kütürdettiği salatalığı aceleyle yuttu.

"Sizi uyandırdım mı?" diye sorduğunda suçluluğun dalgası hala yüz ifadesinde görülüyordu.

"Hayır uyumuyordum." cevabım rahatlatmış olmalı ki konuşmaya devam etti:

"Vallahi ben gençleri anlamıyorum. Sıfır beden olmakta neden ısrarcısınız bilemedim. Gençsin, güzelsin ama yetmiyor; iki kilo almayayım diye sen de mi benim torun gibi aç geziyorsun?"

"Pardon..."

"Bakıyorum da saatler geçti. Yemedin, içmedin, lavaboya bile kalkmadın. Sanki yaşamıyorsun."

"Haklısın, yaşamadığım doğru."

"Bak bu konuda cahilsin. Ölüm en kolay çözüm. Bana bunu annem söylemişti. Sebebini sorma, anlatacak değilim. Belki her mahkûmun kendince sebepleri vardır. Benim de vardı. Anlatmak geriye dönmek gibi bir şey... Sadece deliliğimi tazeler. İnsan ayakta durmasını öğrenmeli. Kötülüğe rağmen... Kendi için olmasa da insan olduğu için. Al şimdi bu salatalığı. Suyu da iç, insansın sen, bunlar da ihtiyaçların... Ölüm bencillere mahsus güzelim. Dediklerimi yapmalısın."

Kadın bir elime salatalık tutuşturduğunda boşa bıraktığım öbür elime ise elini kapattı. Sevgiyle, desteğiyle mıncıkladı. Yüzüme bakarak gözlerini merhametle kırpıştırdı. Salatalığı ısırdım, mesele kederimden kelepçelenmiş gırtlağımdan mideye bırakmaktı. Kadının söylediği kelimeler beynimin alaborasına karşı gelince yüreğim kabarıp gözlerim doldu. Başımı cama çevirdim. Hava kararmaya yüz tutmuştu. Biraz ilerideki değişken ışıklar gümrük kapısına vardığımızı işaret ediyordu. Otobüs yavaşladı. Yolcular kıpırdanmaya başladı. Sınır girişinde dikilen üç askerden biri otobüse doğru yürüdü. Otobüse girdiklerini onlara bakmadığım için görmedim. Ama sesini duydum.

"Herkes pasaportları hazırlasın."

Yanımda oturan yaşlı kadın kahverengi çantasını deşti. Pasaportunu çıkarıp elinde tuttu. Bakışlarıyla benim de hazırlamam gerektiği şeklinde beni uyardı. Ses etmedim. Sadece acı bir biçimde yutkundum. Asker adım adım yaklaşıyordu. Çevreyi çaresizce süzdüm. Herkes kendiyle meşguldü. Bana aldıran yoktu. O zaman soluğuma ayağını kim bastı ki daraldım? Vicdanımdan korkarak pustum. Acı bir biçimde yutkundum. Dişlerimi sıktım. Hayat ağzımın çukurunda gizliydi sanki. Eğer ağzımı açarsam uçuverir, hapishanenin duvarlarında başını çarpa çarpa ölüverirdi. Askerle göz göze geldik:

"Sizin pasaportunuz?" diye sorduğunda gözlerimi ölmeye hazır bir acıyla yumdum. Yanımda oturan kadına az önce söylediklerini tekrarla der gibi baktım. Oysa tersliği hissederek gergin, salatalığı asabice ısırdı.

"Kaybettim." diye mırıldadım zorlukla ve sustum. Ayağa kalkmamı emretti. Doğruldum. Çevremden üzerime atılan iğrenme dolusu bakışlarla göz göze gelmemek için çabaladım. Beni kim, neyi yakıştırarak idam ediyordu bilemem ama katille beslenen korkuları, caniliği düşündüren soğuk ifadeleri yoktu yüzlerinde. Ne görmüş olabilirlerdi? İçimden acı bir biçimde güldüm. Ölüm isteğiyle tepeleme dolup taşan pişmanlığıma güldüm.

"Yürü!" dedi soğuk sesle asker.

Adım attım. Kadının beni izlediğini hissettim. Yüzüne bakmasam da acı bir biçimde yutkunduğunu görmesem de kolumu sıkarak desteklediğini bana gösterdi. Hayatıma tükürmek için ağzım doldu. Aylar sonra nereye gittiğimi bilmeden yürüdüğümü söyleyemem, doğru yoldaydım eğer izin verirlerse. Yüz ifademin soğuk olması beni şaşırtacak değildi. Aylardır içimde barındırdığım dost ve düşman cepheleri birbirleriyle çatışınca nasıl olurdum başka? Beni idare edecek olan sesimin korkumdan zayıfladığını hissettim.

"Yürü" diye seslendi asker, beni öne itekleyerek. Yüzüme bakmayan bir tek oydu. Beynimdekileri okumayan bir tek oydu. Aklı başka yerdeydi. Soçi'de bedenimi satmak için sürttüğümü düşünüyordur muhakkak. Gümrüğün binasına yaklaştığımızda iyi bir şarkı söyleyecekmiş gibi genzini temizledi.

"Merhaba!" dedi oradaki askerlere, yeni günün ziyafetini damağında hisseder tatla. "İfadesi alınacak." dedikten sonra birbirlerine bakarak pis pis gülüştüler. Yüzüme bakan olmadı. Daha doğrusu halimi görmek isteyen olmadı. Oysa ben sabrımın körelmesi için terliyor, titriyordum. Biri omzundan hafif kayan Kalaşnikof silaha dokunarak onu düzeltti. Diğer iki asker sonraki yürünecek olan yolun dilimini işaret ederek bana önayak oldu. Otobüse doğru dönüp baktım, farlarını yakmış kalkmaya hazırlanıyordu. Girecek olduğumuz binaya baktım, sırlarından şişiyordu. Yürüdüm. Sırtıma ara ara dokunan Kalaşnikof silahın kumpasıyla yürüdüm. Dar koridordan, kapısı açık unutulmuş odalardan birkaçını geçtik. Oradan sesler duyuluyordu. Belli ki gümrük çalışanları yoğundu. Beyaz kapalı kapının önünde duraklayan asker, cebinden çıkardığı anahtarları kapı deliğine soktu. Çevirdi. Girdiğimiz tek penceresi olan oda, karanlıktı. Pencerenin üzerinde salık duran jaluzi perde, dışarıda parlayan sanal ışığı kesiyordu. Az sonra birinin yardımıyla odada, beyaz ışık parladı. Çalışma masasına baktım, dışarıdan içeriye atılan dilim ışıklar sonsuza dek kaybolmuştu. Çevreye bakındım. Kimseler yoktu. Masa evrak yığınından temizlenmişti. Fazla beklemedik. Arkamızdan hafif aralıklı bırakılan kapıdan biri girdi. Sivil giyinen kırk yaşlarında biriydi bu. Önüme geçti. Belli olmayan kaşlarını alnına topladı, kahverengi gözlerini irice açtı. Üst dudağının sol köşesini yukarıya doğru kıvırdıktan sonra bir kez daha beni baştan aşağı süzdü. Biraz durakladı. Sonra hiç konuşmadan kahverengi masanın başına oturdu. Masanın alt kısmında gizli çekmeceleri karıştırıp içeriden beyaz kâğıdı ve kalemi çıkardı. Beni bir kez daha şöyle bir süzdü. Siyah gömleğinin yakasını düzeltti. Kollarını masaya koydu. Yüzüme bakarak sinsi sinsi gülümseyip burnunu kaşıdıktan sonra ilk soruyu sordu:

"Adın, soyadın?"

"Lilia Soselia."

"Doğum yerin?"

"Tiflis."

"Nereden geliyorsun?"

"Soçi."

"Soçi de bulunma sebebin?"

"Anneme ziyarete gelmiştim."

"Ne işte meşgulsün?"

"Dans hocasıyım."

"Nerede ve kime hocalık yapıyorsun?"

"Eğitime erken yaşlarda başlıyoruz. Beş yaş grubu çocuklardan, yetişkinlere..."

Burada tuhaf gelen neyin olduğunu anlamış değildim. Adamın yüzünde alaylı bir gülüş belirdi. Ayağa kalktı. Yanıma yaklaşmak için ağır ağır yürüdüğü dakikaları vücudumu yiyecekmiş gibi izlemekle geçirdi.

"Bana öğretmeye niyetin yok mu yoksa? Haydi ama... İyi çift olacağımıza söz veriyorum."

Yüzüm ekşidi. Bir adım gerilediğimde farkına varmadan arkamda duran askerin kucağına düşmüştüm ya da asker hazır beni bekliyordu. Ondan uzaklaşmaya çalıştım. Ama beceremedim. Asker beni kollarımdan tuttu. Kendine doğru döndürüp sırıttı. Kendimi ondan koparmak için onu itekledim.

"Vahşi, bu arada...." dediğinde kahkahalar yükseldi. "Bence bu bize hem oynar hem saksafon çalar." dedi askerlerden biri. Sivil giyinen asker kahkahayı birden kesip arkadakilere odayı terk etmeleri için işaret verdi. Askerler odayı boşalttı. Hala yakınımda, soru sormaya ayakta devam etti. Az sonra ise masaya doğru giderek beni de oraya adım atmakla mecbur bıraktı.

"Evli misin?"

"Hayır."

"Ya erkek arkadaşın?"

"Sizin bu soruyu sormaya hakkınız var mı?"

"Bana işimi mi öğretmeye kalkıyorsun şıllık?"

Karşımda birkaç santimlik mesafede idi. Derinden nefes alıp verdiğini görüyordum. İlk olarak gözlerime ulaştı, sonra bakışlarını dudaklarıma sabitledi. Nefesimi asabiyetle alıp verdiğimi görünce geriledi. Soğuk sesle:

"Eşyaların nerede? Neyle yolculuk ettin?"

"Otobüsle. Eşyam yok"

"Yalnız?"

"Evet yalnız."

"Neden?"

"Pardon?"

"Tam bu her şeyle dolu yaşta... Verimli zamanında... Yazık. Yardım isteseydin benden."

Gözleriyle beni uzun uzun okşadıktan sonra göğüslerime dokunmaya başladı. Ondan kurtulmak için kollarımdan yardım istedim. Nedense bağırmamak için kendimi zor zapt ettim. O ise içimden bağırdığımın, ona saydırdığımın farkında bile değildi. Sorunsuz buradan sıyrılmak için sabrıma diz çöküp yalvardım. Suçluydum. Yaygara çıkarırsam belki de kısmen sıyrılmak üzere olduğum suçumdan apar topar tutuklanırdım. Adam keyfinde, bana bir adım daha yaklaştı. Alnıma düşen saç tutamıma dokundu. Hemen hemen sürtünmek üzere olduğundan ten kokusunu alıyor, beynimdeki sinir uçlarının harekete geçtiğini hissediyordum. Cinnet nöbetleri beni avluya almıştı. Emindim, az sonra kontrolsüz sinyaller vermeye başlayacaktı. Terliyor, kasıldıkça kasılıyordum. Durumumu az çok fark eden adam elini havaya kaldırınca geriye çekildim. Çene kemiklerim birbirine bastığımdan ağrıyordu. Yumruklarım katılaştıkça katılaşıyordu.

"Vay... zoru seviyoruz demek, ama dur..." üzerime sıçrayan adam elimin birini ne zaman yakaladıysa belime doğru geriye kıvırdı.

Canımın acısından dizlerimi kırdım. Adam hala bana çok yakındı. Ağzına kulak memem alıp dudakların arasında eziyor, hayal ettiği pozisyon için belime dolanan kemerin tokasını çözmeye çalışıyordu. Öfkemin kontrolsüz gücüyle başımı geriye attım. Kısa aceleci ayak sesi duydum. Oradan kaçmak için geriye baktığımda karşımda burnu kanayan adamı elinde silahını bana doğrulttuğunu gördüm. Acı bir biçimde gülümsüyordu. Sanırım özür dilememi bekliyordu. Yanılıyordu. Dehşetimi doğrudan ölçemediği için yanılıyordu. Eğer o kalçamın arasında hayal ettiği dilini beynimdeki sinirimin birine değdirseydi geriye adım atmak için daha acele etmiş olacaktı. Yapmadı. Tersine... Elindeki silahın namlusunu gömlek düğmelerime takıp gırtlağıma doğru sürdü. Onun karşısında yarı çıplaktım. Asabiyetimi yutup kısa soluk aldım. Sakince adım atarak ona yaklaştım. Ne yaptığımı bilmiyordum. Sinir uçlarımın ani akışından beynim durdu. Adamın takımlarını avuçladım. Elimde bir de adamın silahı vardı. Bir şey gördüğüm yoktu o an. Kendimi görüyordum. Merminin bana yaptıklarını görüyordum. Hayatımın cehennemin şarampolünde yuvarlandığını görüyordum. Akıttığım kan musluklarını görüyordum. Beynimdeki her ilmiğin parçalanması için kanattığım dişlerimi görüyordum. Var olanı anlatmamak için dilimin idam için yalvardığını görüyordum. Cesaretimin ölüm arzusunu hissetmesi için mezar taşlarında alnını kanattığını görüyordum. Bunu yapan mermiydi. Unutturan da mermi olmalıydı.

"Vur!... Zaten ben de kendimi öldürtmek için birini mumla arıyordum. Bak buradasın!"

Beynim çözümü bulduğu için kahkahalara boğuldum.

"Çok mutluyum, inan çok mutluyum, yap bunu."

Derin nefes alıp gözlerimi yumdum. Karanlığı görmek istedim. Sadece karanlığı... Annemin rahminden önce gördüğüm karanlığı... Sebebi ise basit. Allah benim belamı versin diyemem, belanın kralını verdi zaten. Neden mi?... Hayat verirken ilk olarak hayatı gözyaşlarıyla tanıttı bana. Ya ben, kendime, insana mahsus gözyaşlarını yakıştırmadım. Gururuma, kendiliğime yakıştırmadım. Kaderime silahı doğrulttum. Onu da hazmedemedim. Şimdi ise çıkmazlarda boğuluyorum. Yüreğimin bir yanı taş, öbür yanı kelebek yavrusu... Benim için zaman gelir ağlar, zaman gelir katile soyunur. Yoruldum... Allah kahretsin... Yoruldum... Yoruldum... Merminin barutuna susadım. İçim karıştı. Allah benim belamı versin, öyle bir karıştı ki kendimi tanımaz oldum. Şimdi geçmişimin karanlığına tapıyorum. Neden mi? İçim karışmış kan kıvamını bile tutturamıyor. Yaşıyor muyum? Hayır!... Sadece nefes alıyorum. Boş bir nefes... Kendini bilmez nefesi...

"Lilia Soselia geç bakalım."

Adamın yüzüne baktım. Onu ilk kez görüyordum. Yüz ifadesindeki asabiyeti, üzerimde eğreti duran gömleği fark edince arttı. Meslektaşlarının kadına düşkünlüğü onu rahatsız etmişti anlaşılan. Gömleğimi ayıbı kapatması için öne doğru çekiştirdim. Gözlerimi utancımdan yere eğdim. Kızardığımı hissettim. İçimden acı kahkahalar yükseldi. Sebebi basitti. Doğru yolun kayalığına zor da olsa parmak uçlarımla da olsa hala tutunuyordum. Tanrı'm atmam gereken adımları hatırlattı.

"Geç bakalım. Bizim misafirimizsin."

Adam kapıda duraklayarak bana yol verdi.

"Karnın aç mı?" diye sorunca beni daha da şaşırttı.

Bu bana altın tepsiyle sunulan iyilikti. Tanrı'nın bana hediyesi mi? Utandım. Açım, günlerdir açım, diyemezdim; çünkü dün Stefan'ın bana verdiği sütü içmiştim. Adamın babacan ses tonu beynimin sinir uçlarını keyiflendirmişti diyebilirim. Rahattım. Adamın temiz ayakkabılarının hareketli halini izliyor, onları takip ediyordum. Kısa koridoru tamamladıktan sonra, dört beş askerin dosya başında çalıştığı odanın kapısını aralayan adamı izledim. Bizi tepkisiz kabul ettiler. Masaların arasında yol bulan adamı takip ettim. Benim için açmış olduğu odanın birine girdim. Burası kayıp eşyalar için ayrılmış odaya benziyordu. Adam eli kapı kolundayken, benimle göz teması kurup az önce kullandığı sakin ses tonuyla:

"Kendine oturacak yer bulsan fena olmaz. Sabaha kadar buradasın."

Ses etmedim, sadece mahcup gözlerimi kırpıştırdım. Sert karton kutusuna oturdum. Kollarımı dizlerime yakın dirsekleyip kendimden ağır bulduğum başımı avuçladım. Gözlerimi yumdum. Hafızamdakileri kovmak için terledim. Birkaç kez derin nefes aldım. Sonra nefesim ağırlaştı, sessizleşti. Oradaydım, kendimi arayış içinde... Bir kadın doğum yapıyordu. Can alıcı sancılarını ben hissediyordum. Bir bebek doğuyordu. Sesi, çığlığı, çaresizliği bana aitti. Tepemizde bir kuş uçuyordu. Gagası açılıp kapandı. Tam üzerimizde durakladı. Gagasını bana doğru nişan aldı. Ben korkudan titrerken o vahşice kanatlarını çırptı. Puslu hava birden karardı. Çevremde ayıplayarak beni izleyen kalabalık gürültü çıkararak yok oldu. Gitmeyin... Yattığım yeşil çim alan altımda çürüdü, kanlı bataklığa dönüştü. Oradan kaçmaya çalıştım. Ama... Bağırmak için ağzımı açtım. Korkuyu benden uzağa savurmak için terledim. Yapamadım, tükeniyordum. Kapanmak üzere olan gözlerimi irice açtım. Tek gördüğüm kaplanın parlak dişleri olmuştu. Bebeğimin üzerine ölümü hatırlatarak düşüyordu. Çığlık çığlığa uyandım. Ben orada olmak istemiyordum. Ben orada olmak istemiyordum. Kapı sesini duyduğumu sanmıyorum ama adam oradaydı tam karşımda. Elindeki su şişesiyle başımda bekliyordu. Normal dışı baktığımdan tedirgin olmuştu, bir o kadar da korkmuştu...

"Sakin, sakin, buradasın. Sana dokunan yok. Gördüğün, sadece bir rüya..."

Elimi havaya kaldırdım. Başıma elledim. Kafatasımın terden ıslak olduğunu, kanlı olmadığını, avucuma bakarken anladım. Gözlerimi yumdum, açmadım.

"Yorgunum tamam mı? Sadece çok yorgunum."

Adam elindeki siyah torbayı bana yakın yere bıraktı. Kapıyı açmadan:

"Yarın seni almaya gelecekler. Sınırı sorunsuz geçeceksin. Sakın bir delilik yapmaya kalkma."

Çekip gitti. Arkasından "Evet, evet!" derken kendimi dizginlemeye çalıştım. Kabuslarımı bir gün kürekle toprağa gömeceğimi hayal ettim. Bükülmüş ağzımı gülümsemek için zoraki araladım. Eğildim, çok yakınımda benim için bırakılan su şişesine uzandım. Suyu yudumlarken içimin zehrini akıtmasını diledim. Orada olan siyah torbaya uzandım. Üstten peynirli, domatesli tostun beyaz kâğıda sarıldığını gördüm. Altta, aşçılardan birine ait, yağ kokan ama düğmeleri olan önlüğü... Karnımı doyurmam gerektiğini hatırladım. Üzerimde yırtık olan gömleğimi değiştirdim. Ellerimi göğsüme kavuşturdum. Yarın günümün yeniden doğuşu olacaktı.

Ertesi sabah değerli bir eşyaymış gibi üç askerin olduğu arabaya alındım. Yol boyu gözlerimi kapalı tutmaya çalıştım. Sessizliğe ihtiyacım vardı. Derin sessizliğe... Beynimde koşturan kocaman silgiye... Yok, opera söyleyen birine... Cenaze müziğini bastıran sese... Rüzgâra... Havanın, zamanın değişkenliğini gösteren rüzgâra... Canlı sese... Memleketin marşına... Stefan'ın tesellisine... Beynimdeki sayfaları sorular doldurdu. Hapishanede kaç sene yatacaktım? Bir daha onu görebilir miydim? Pencereden yola baktım. Tiflis'e yaklaşıyorduk. Çoğu donuk eve baktığımda tepkisizdim. İçimin ne zaman sustuğunu ne zaman bataklığa benzediğini de bilmiyorum. Orada bıraktığım hislerimin hangilerinin önceden eriyeceğini, çürüyeceğini de bilmiyorum. Belki sadece sinsi sinsi saklambaç oynuyorlardı... Bilemem... Kim kurtulacaktı önce, Lilia'nın hangi türü? Nefes alıyordum ama almam mı gerekirdi, diye düşünerek şehre sırtımı döndüm. Geç kalmıştım. Araba benden önce şehrin sokaklarını katlamaya başlamıştı. Bense kokmuş leş gibi şehrin yüreğinin tam ortasına düşmüştüm. Kim gizlenmiştir gerçeklerden? Düşüncelerime yanımda oturan askerin telefon sesi karıştı. Başımı güya işitmemek için cama çevirdim. Ama kulaklarımı tıkayamazdım tabii ki. Konuşması şifreli de olsa emir aldığı anlaşılıyordu. Biri saatin dilimleriyle ilgileniyordu. Varılacak yere ya geç kalınıyordu ya da erkendi. Benim için artık o da önemli değildi.

"Arkadaşlar sigara molasını verelim mi?" dedi yanımda oturan, telefonun kapama tuşuna basarken. Arabadan indiler. Benim üzerime kapıyı kilitlemediler. Ancak göz temasıyla kontrollerini de ihmal etmediler. Geri döndüklerinde beni gayet sakin buldular. Yoğundum, bataklıkta bir yere varmaya çalışıyordum. Yüreğim dediğini yaptı. Kabristan yolunun üzerinde durdu. Haklıydı da kendi parçasından bir parçayı oraya gömmüştü. Adalet beklerdi. Şehir eteklerinde var olan kalabalıkla beni karşılıyordu, evlatlarından birini... İşlediği suç, sadece birkaç dakika sonra resmi evrakların kayıtlarında belgelenecekti. Huzursuzlandım. Kızımın yüzünü görüyordum. Ona ne anlatacaktım? Ne kadarını?... Yok, gerçeği ona anlatamazdım, yalanı da... Sevdiğimi söylerdim. Sevgi kelimenin üzerindeki kir tabakasını kazımadan, nasıl?... Vücudum karıncalandı, beynim soğudu, gözlerim karardı.

34.

"Baloda sizi bekleyen hayranlarınızı merak içinde mi bırakacaksınız prenses?"

"Hayır, tabii ki ama..."

"O zaman söyleyin neden hazır değilsiniz? Gecenin karanlığında beklediğiniz kim? Dur tahmin edeyim, Maik avdan dönmediği için endişelisiniz. Ağlıyorsunuz."

"Bulaşma bana küçük cüce. Bırak da aşk acısını gözlerden uzak, doyasıya yaşayayım."

"Ben de onu diyorum size, aşk için savaşmak gerek. Canını ortaya koyarak savaşman gerek. Şimdi ne geçiyor aklınızdan?"

"Ormana gitmek istiyorum. Atları hazırlayın"

"Hayır." diye fısıldadığımı gözlerimi ağır açtığımda fark ettim.

Yatağımın baş ucunda elindeki oyuncakla konuşan küçük kız birden susup iri açılmış şaşkın gözlerini bana devirdi:

"Anne, anne!" diye seslendi başını hiçbir yere çevirmeden, sandalyede oturan kadına. Ne olup bittiğini anlamaya çalıştım. Derinden sızlayan uyuşmuş sol koluma baktım. Serum ve iğnenin yardımıyla bana yabancı kan mı veriliyordu?

"Anne, Lilia öğretmenim uyandı."

Küçük kız elime dokunmak için uzandı. Onu tanıdım. Küçük balerin kızı tanıdım. Lölya bana gelmişti.

"İyi misiniz?" Bana yaklaşan kadına gülümsedim.

Kadın göz temasından tuhaflığımı fark etmiş olmalı, endişeyle kaşlarını kaldırarak benden "Evet" kelimesini beklerken kendisi başını olumlu salladı. Yüreğim hafifti, hiç olmadığı kadar... Bale ritminin esintisinden damla damla da olsa huzurla doluyordu.

"Hoş geldiniz!" diyen kadına ben de katılmak istedim.

Derin nefes için adeta susamıştım. Ağır ağır soluklanınca başucumdaki vazoda duran çiçeklerin aromasının kokusunu duydum. Yüzümde mutluluk belirtileri gören kadın:

"Şanslısınız. Sizi deli gibi seven bir beyefendi var. Burada olduğunuzu bize haber veren de ta kendileri..."

Kadına soruyla baktım.

"Şimdi buradaydı, telefon görüşmesi için az önce çıkmıştı."

Gözlerimi kapattım. Gücüm olsaydı kalkar ona koşardım. Boynuna atılıp, onu sevgiye boğardım. Yapmıştım da zaten, ona sıkı sıkı hiç bırakmazcasına sarılıyordum o an, gülümsüyordum belki. Sevgimin işaret fişeklerinin hastane odasında ışıldayarak patladığını görüyordum. Önce içimdeki melekler çevremi sarıp, tutku dolu bale hareketleriyle eşlik ediyordu bana. Kurumuş nehirlerin dolup birleştiğini hissediyordum, bir daha kurumasalar bari... Düğünleri gördüm. Kahkahaları duydum. Ama birden tüfek patlayınca, yattığım yerde sıçradım. Korkuyla gözlerimi açtım. Lütfen bırak beni kader. Bırak da hissettiğimi yaşayayım. Tepinme soluğumda, lütfen tepinme. Akıtma tatmak istemediğim zehrini. Rahat ver!... Rahat ver!... Soğuk titredim. Biri elime dokundu. Sıcak ve terli eldi bu. Dokusu ona aitti. Yanağıma doğru eğildiğini hissettim. Alnıma kondurduğu öpücüğü... Sevgisine açlığı delircesine hissetsem de gözlerimi açamadım. Bataklık vardı gözlerimde. Kendimi gizlemeliydim. Silmeliydim. Gözyaşım yuvarlandı. Stefan da ağladı. Yaşı yüzümü ıslatıyordu.

"Lilia ağlama, lütfen. Ben buradayım. Senin yanında. Biz buradayız. İkimiz... Seni bırakmayacağım. Sen de beni bırakma."

Çenem titredi. Ağlıyordum.

"Doktoru çağırmak lazım, Stefan Bey başında ameliyatlı yeri kanıyor Lilia'nin."

Birilerinin koşturduğunu duydum. Arkasından kapı sesi... Erkek sesi... Başıma dokunan yabancı bir el... Gözlerimi aralayan da oydu.

"Lilia Hanım, merhaba." diyen de oydu. "Ağır bir ameliyat geçirdiniz. Şimdi nasılsınız? Beni duyuyor musunuz? Başınızla işaret edin."

Başımı olumlu salladım. Gözlerimi Stefan'a çevirdim. Gülümsedi. Gözlerini tatlı tatlı teselliyle kırpıştırdı.

"Sizi tanıdı mı?" diye Stefan'a soran doktora küçük kız:

"Beni tanıdı doktor bey!" dedi ve Stefan'ın önüne geçti. Sıra bendeydi insanları üzmeye hakım yoktu. Elimi ağır ağır kaldırdım. Küçük kızın eline dokundum. Gözlerini kırpıştırdı.

"Okula geri dönmenizi istiyorum. Bunu benim için yapar mısınız?"

Belli belirsiz gülümsedim. Fazlasına gücüm yoktu. Başımı olumlu salladım.

"Lölya kızım, yanıma gel, Lilia öğretmeninin dinlenmesi lazım."

Kızın gidişini gözlerim takip etti hüzünle. Derin nefes almak için kendimi zorlamak zorunda kaldım. Hava değildi o an solduğum, beynime sunduğum sadece o değildi. Belli ki hayata gözlerimi yeniden açtım. Çünkü yeniden hissetmeye başlamıştım. Ve ve her şey olduğu gibi, kemik torbasından dökülmüş gibi, önüme döküldü. Yok üzerime. Soluğumu kestim. Hissediyordum, kemiksizdim, etsizdim, bana dönük öfkem kemirmişti onları. Tek yüreğimin bir parçası sığınıyordu sevdiklerinin yüreklerine yakın. Yemiştim kendimi, öyle bir yemiştim ki, geri dönüşü olmayan bir şekilde. Aşk, sevgi değildi onlara bıraktığım, közdü. Allah kahretsin, köz! Can yakıcı köz! Elimi sevdiklerime uzatmak için geri dönmem gerekirdi. "Nasıl?" diye bağırdım kendime. O an kelepçeleri gördüm. Olacakları gördüm. Polislerin bana takacağı kelepçelerin hafifliği beni tatmin etmedi. Ben kendime öyle bir kelepçe taktım ki... O kadar çoktu ki onlar... Yüreğime, beynime taktığım kelepçeler kemiklerimden, etimden, yüreğimden canımı söke söke, vicdanın hıncıyla törpülenmişti. Titriyordum, çok ağır oldukları için titriyordum. Yatak çarşafı titriyordu. Yastık titriyordu. Stefan'ın benim üzerimde unutmuş eli titriyordu. Onun doktora söylediği kelimeler "Ona yardım edin." titriyordu. Doktorun söylediği kelimeler "Bu tür ataklar olacaktır, ağır depresyon geçiriyor. İlaç veriyoruz. Bunlar yaşanacak." titriyordu. Çalınan kapı sesi titriyordu. Birilerinin ayak sesi titriyordu. "Stefan Bey, konuşmamız lazım, Lilia Hanım hakkında." kelimeleri titriyordu.

Gözlerimi açtım, bana bakan siyah takım elbise içinde olan adam da titriyordu. Stefan'ın yüzüne baktım, adama bakarken korkumu gördüm. Bana dönüp bakmadı. Gerçekleri göstermek istemiyordu belli ki. Adama doğru yürüdü. Adamın çantasından çıkan evrağı bekledi. Sessizce ona söylenenleri dinledi. Gözlerimi kapattım. Gerisini görmeye gerek yoktu. Ayak sesi duydum. Kapı sesi. Stefan kapıdan dışarı çıkmıştı. Sanırım az önce çağrılan ve giden doktorun peşinden... Ne konuşulduğunu bilmiyorum. Bildiğim sadece, konu bendim. Ufaldım utancımdan, rezilliğimden, katil damgasından ufaldım. Yetmedi, tükenmek istedim. Kahrolası yüreğimin orada burada bıraktığı sevginin pılını pırtısını toplayıp yok olmasını istedim. Yapamazdım, soluğum kursağımı tıkasa da hala benimleydi. Tam burada gırtlağımın içinde, yüreğime inmiş, korkuyla pusmuş. Herkes başıma toplandı. Ayak sesleri haber verdi. Stefan'ın eli sargılı başıma dokundu. Alnıma dudakları dokundu. Yanağıma gözyaşı dokundu. Kulağıma "Lilia, aşkım!" kelimeleri dokundu. Soluğumu kesmek için bir gücüm olsa, ah bir olsa... Benden bahtiyar olan olmazdı. Olmazdı Lilia...

"Aşkım, eğer kendini iyi hissediyorsan, eğer iyiysen Avukat Tamazi Bacacaşvili'nin sana müjdeli haberi var. Aç gözlerini lütfen, pekâlâ dinle o zaman, SEN KİMSEYİ ÖLDÜRMEDİN. Bak, raporlar burada. Aç gözlerini."

Gözlerimi araladım:

"RESMİ VERİLERE GÖRE TAMAZİ KUFARADCE ÖLÜMCÜL BİR KALP KRİZİ GEÇİRMİŞ VE ÖLMÜŞTÜ."

-SON-

www.ingramcontent.com/pod-product-compliance
Lightning Source LLC
LaVergne TN
LVHW040132080526
838202LV00042B/2879